KB193595

침묵의 퍼레이드

沈黙のパレード

침묵의 퍼레이드

초판 1쇄 펴낸 날 2025년 3월 10일 3쇄 펴낸 날 2025년 5월 20일
지은이 히가시노 게이고 **옮긴이** 김난주 **펴낸이** 박설림 **펴낸곳** 도서출판 재인 **디자인** 오필민디자인
등록 2003. 7. 2. 제300-2003-119 **주소** 서울시 강남구 언주로 30길 13 대림아크로텔 1812호
전화 02-571-6858 **팩스** 02-571-6857

ISBN 979-11-92483-23-8 03830

침묵의 퍼레이드

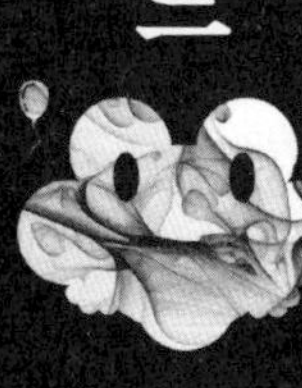

히가시노 게이고

김난주 옮김

재인

1

벽시계를 보니 20분만 있으면 10시다.

'오늘 밤은 이쯤에서 끝낼까.'

나미키 유타로는 주방에 선 채 카운터 너머로 홀 쪽의 상황을 살폈다. 남아 있는 손님은 중년 여자 둘뿐이다. 그중 한 여자가 가게로 들어서면서 "정말 오랜만이네." 하고 감격스러운 표정을 지었으니 전에도 온 적이 있는 손님일 것이다. 나미키는 슬쩍 그녀의 얼굴을 확인했다. 낯이 익은 것 같기도 하지만 어쩌면 착각일지도 모른다. 어쨌든 단골손님은 아니다.

잠시 후 그들이 일어서며 계산을 해 달라고 말했다. 나미키 옆에서 설거지를 하던 마치코가 네, 하고 대답하며 밖으로 나갔다.

"맛있게 잘 먹었어요."

손님 목소리가 들렸다.

"감사합니다. 또 오세요."

"조만간 또 올게요. 실은 아주 오래전에 온 적이 있어요. 한 5, 6년 되었으려나."

"그러시군요."

"종업원이 하도 귀여워서 저도 모르게 말을 걸었더니 이 집 따님이라고 하더라고요. 고등학생이라고 했던 것 같은데……, 잘 있나요?"

나미키는 부엌칼을 정리하던 손을 멈췄다. 손님의 무심한 질문에 아내가 뭐라고 대답할까. 듣기 괴로우면서도 저절로 귀가 쫑긋해졌다.

"네, 뭐……, 그냥저냥요."

마치코의 말투는 담담했다. 혼란스러운 속마음이 전혀 드러나지 않는다.

"그렇군요, 다행이네요. 아직도 여기서 지내나요?"

"아니요, 이제는 독립했어요."

"어머, 그래요? 어쩐지 똘똘해 보이더라니. 우리 아이들은 언제까지 부모한테 기대서 살려나 몰라. 답답해서, 원."

"그건 그것 나름으로 좋지 않나요?"

"하기야, 품 안의 자식이라는 말도 있으니까요."

"맞아요."

마치코와 손님들이 출입구 쪽으로 움직이는 기척이 들렸다. 드르륵, 미닫이문이 열리고, 마치코가 "고맙습니다." 하고 인사를 한다.

나미키는 부엌칼을 내려놓고 카운터 밖으로 나갔다. 마치코가 포렴을 떼어 품에 안고 들어오는 참이었다.

눈이 마주치자 그녀가 고개를 옆으로 살짝 기울이며 "왜?" 하고 물었다.

"아니, 손님과 얘기하는 소리가 들려서……."

나미키는 뒷머리를 긁적였다.

"아무렇지도 않게 잘도 대답하더라고. 물론 아무렇지도 않은 건 아니었겠지만."

마치코가 "아아." 하면서 살짝 미소를 머금었다.

"그 정도야 아무것도 아니지. 손님을 상대한 지 얼만데."

그녀는 포렴을 돌돌 말아 벽에 세워 놓은 후 다시 남편을 바라보았다. 자그마한 몸집에 얼굴도 자그마한데 젊었을 때부터 눈빛에 힘이 있었다. 그 눈으로 쏘아보면 왠지 뜨끔해서 뒷걸음질 치게 될 것만 같다.

"당신은 아직도 익숙해지지 않나 봐?"

"뭐가?"

"사오리 말이야. 사오리가 없다는 사실에 나는 이제 익숙해졌거든. 당신은 주방에만 있어서 잘 모르나 본데 아까 그 손님 같은 얘기를 하는 사람이 얼마나 많은데. 아마 나쓰미한테도 그럴걸. 그런데도 우는소리 한번 안 하는 걸 보면 그 아이도 익숙해진 거야."

나쓰미는 이번에 대학교 2학년이 되는, 나미키 부부의 둘째 딸이다. 본인이 바쁘지 않을 때는 가게 일을 거들곤 한다.

나미키가 아무 대답이 없자 마치코는 "미안해." 하고 말했다.

"익숙해지지 않는다고 해서 당신을 탓할 마음은 없어. 그냥 괜한 걱정은 안 해도 된다는 뜻이야."

"그래, 알았어."

"주방 정리, 혼자 해 줄 수 있어? 나, 위에 가서 할 일이 좀 있는데."

마치코가 집게손가락으로 천장을 가리켰다. 2층에는 나미키 가족의 거실이 있다.

"어, 그럴게."

"그럼 나 먼저 올라간다."

마치코가 가게 한구석에 있는 계단을 올라갔다.

나미키는 절레절레 고개를 저었다. 어쩐지 일할 마음이 생기지 않아 옆에 있는 의자를 끌어당겨 앉았다. 그리고, 참 대단해, 역시 여자는 강한가 봐, 하고 과거에도 몇 번이나 했던 말을 새삼스레 되뇌었다.

사오리는 나미키 부부의 첫아이다. 분홍색 살결에 커다란 눈망울을 지닌 채 태어났다. 첫째는 아들이었으면 했는데, 정작 태어나고 보니 그런 건 아무래도 좋았다. 눈에 넣어도 아프지 않다는 말로는 모자랐다. 이 아이를 위해서라면 언제 죽어도 상관없다는 생각마저 들었다.

마치코는 주방 일에서도 접객에서도 '나미키야'에 없어서는 안 될 귀중한 존재였다. 그녀가 가게로 복귀하는 것과 동시에 '나미키야'는 주방도 홀도 육아의 장이 되었다. 굉장히 힘들 것이라고 각오했는데 생각지도 못한 도움의 손길이 뻗쳐 왔다. 바쁠 때면 단골손님들이 사오리를 안아 주고 얼러 주고 했던 것이다. 덕분에 사오리가 돌을 맞을 무렵에는 둘째를 가져도 괜찮지 않을까 하고 생각하게 되었다.

모두에게 사랑을 받으며 사오리는 무럭무럭 커 갔다. 유치원에 다닐 때는 오가며 마주치는 사람들이 저마다 알은체를 해 주었다. 사오리가 커다란 목소리로 인사를 하면 얼마나 기쁜지 모르겠다는 말을 들을 때마다 나미키는 뿌듯한 기분이 되었다.

초등학교에서도 중학교에서도 사오리는 인기가 많은 듯했다. 가정 방문을 온 담임선생이 마치코에게 '누구에게나 친절하고 명랑하며, 힘든 일이 있을 때도 내색하지 않는 것'이 사오리의 장점이라고 말했다고 한다.

학교 성적이 우수하지는 않았지만 나미키 부부는 크게 신경 쓰지 않았다. 나쁜 짓만 하지 않으면 된다고 생각했다. 그 점에서는 자신들의 교육 방침이 틀리지 않는다는 자신감이 있었다. 심성이 고운 사오리는 부모에게 반항하는 일이 거의 없었고, 세 살 아래인 동생 나쓰미도 잘 돌봐 주는 다정한 언니였다.

게다가 사오리에게는 빛나는 재능이 한 가지 있었다. 바로 노래 부르기였다. 어려서부터 노래 부르기를 좋아하더니, 초등학교 고학년이 되자 재능이 도드라지기 시작했다. 아무리 어려운 노래라도 한 번 들으면 웬만큼 기억했고, 음정이 어긋나는 일도 없었다. 나미키는 절대 음감이라는 말을 그 무렵에 처음 알았다. 사오리에게는 절대 음감이 있는 듯했다.

그리고 그토록 훌륭한 재능을 유감없이 발휘할 기회가 찾아왔다. 바로 가을 축제였다. 메인 이벤트는 대규모 가장행렬이었지만, 지역 주민들이 가장 재밌어하는 건 노래자랑이었다. 사오리는 초등학교 4학년 때 처음 출전했는데, 영화 '타이타닉'의 주제곡 'My heart will go on'을 멋지게 불러 관객의 혼을 쏙 빼놓았다. 나미키도 현장에 있었는데, 딸이 작심하고 노래하는 모습을 보기는 그때가 처음이었다.

그 후로 가을 축제 때마다 불려 나갔다. 덕분에 지역에서 제법 유명해졌고, 사람들이 사오리를 보려고 축제에 몰려들 정도였다.

고등학생이 되자 사오리는 여름 방학 같은 때에 가게 일을 돕게 되었다.

입이 거친 단골 중에는 "이렇게 보잘것없는 가게에서 일하느니 도회지로 나가서 클럽에서 일하면 백 배는 더 벌 텐데." 라고 말하는 사람도 있었다. 사실, 부모가 보기에도 더할 나위 없이 예쁘게 자랐다고 여겨졌다. 사오리가 있는 것만으로도 꽃이 핀 것처럼 가게 분위기가 밝아졌다. 당연히, 손님도 늘었다. 그야말로 가게의 간판이라고 할 만한 딸이었다.

니쿠라라는 사람이 가게로 찾아온 것은 사오리가 고등학교 2학년이 되던 해였다. 그는 그 고장에서 꽤 이름난 자산가였다. 젊었을 때는 뮤지션을 지망하기도 했으며 업계 사람들과는 지금도 여전히 교류한다고 했다. 도쿄 도내에서 뮤직 스튜디오를 몇 개 운영하고 있어서 늘 재능 있는 젊은이를 찾는다면서 지금까지 자신이 발굴한 가수들의 이름을 늘어놓기도 했다.

댁의 따님은 틀림없이 가수로 성장할 수 있으니 자신에게 맡겨 달라는 것이 니쿠라의 말이었다.

사오리가 노래를 좋아한다는 건 알고 있었지만 연예인이 될 거라고 생각해 본 적이 없었던 나미키는 난데없는 제안에 무척 당혹스러웠다. 마치코 역시 같은 심정인 듯했다.

니쿠라가 돌아간 후 부부는 진지하게 대화를 나누었다. 사오리가 평범한 인생을 살았으면 하는 것이 부부의 공통된 생각이었지만 일단 본인의 의사를 물어보자고 결론을 내렸다.

얘기를 들은 사오리는 한번 도전해 보고 싶다고 말했다. 부모가 반대할 것 같아서 잠자코 있었지만 실은 가수가 되고 싶었다는 것이다. 대학 진학을 목표로 삼고 있긴 했지만 딱히 공부하고 싶은 분야나 가고 싶은 학부가 있는 것도 아니라고 사오리는 고백했다.

본인이 원한다니 어쩔 수 없었다. 좋아하는 일이 있다면 도전하도록 해 줘야 한다는 생각에 부부는 사오리를 니쿠라에게 맡기기로 했다. 바라는 대로 되지 않는다고 해도 그건 그때 가서 다시 생각하면 될 일이다. 아마 일이 그렇게 순조롭게 풀리지는 않을 거라고 나미키는 짐작했다. 그러나 설사 좌절하더라도 앞으로의 인생에 밑거름이 된다면 그것으로 충분하다고 생각했다.

둘째 딸 나쓰미는 마냥 기쁜 듯했다. 언니가 아직 데뷔한 것도 아닌데 큰 무대에 선 언니의 모습을 상상하며 신이 나서 떠들어 댔다.

그때부터 사오리는 학교에 다니면서 니쿠라에게 레슨을 받았다. 고맙게도 니쿠라는 레슨비조차 요구하지 않았다.

"데뷔해서 유명해지면 그간 들인 비용을 듬뿍 받아 낼 테니까 걱정 마세요."

돈 얘기가 나올 때마다 니쿠라는 그렇게 말했다. 존 레넌을 좋아해서 장발에 동그란 안경을 트레이드 마크로 삼고 있다는 그는 돈이 많다고 해서 거들먹거리는 일이 없는, 온후하고 좋은 사람이었다.

다만 레슨은 혹독한 듯했다.

"아무리 열심히 해도 니쿠라 선생님은 칭찬하는 법이 없다니까."

사오리는 곧잘 그렇게 투덜거렸다. 게다가 생활 태도에 관해 잔소리를 하는 일도 적지 않은 모양이었다. 스마트폰 따위는 노래하는 데 방해만 될 뿐 아무 필요가 없다는 소리도 몇 번이나 들었다고 사오리는 말했다. 그 얘기를 들은 나미키는 니쿠라에게 사오리를 맡기길 잘했다고 생각했다. 자신이 하고 싶은 말을 니쿠라가 대신 해 주기 때문이었다.

그리고 마침내 사오리는 고등학교를 졸업했다.

"이제는 아는 프로듀서에게 사오리의 노래를 들려줄 때가 된 것 같습니다."

새해가 되고 얼마 지나지 않아 니쿠라가 가게로 찾아와 기쁘다는 듯이 말했다. 사오리는 어느새 열아홉 살이 되어 있었다.

그로부터 불과 2주 후. 저녁 무렵 나갔던 사오리가 밤늦도록 돌아오지 않았다. 걱정스러운 마음에 전화를 걸어도 받지 않았다.

니쿠라에게는 물론이고 갈 만한 곳에는 모두 전화를 걸어 봤지만 찾을 수 없었다. 기다리다 못한 나미키가 경찰에 신고

한 것은 다음 날이 밝아서였다.

경찰은 즉시 본격적인 수색에 나섰다. 일대를 샅샅이 뒤지고, 곳곳에 설치된 방범 카메라 영상을 확인했다.

마침내 근처 편의점 앞에 설치된 방범 카메라에서 걸어가는 사오리의 모습이 확인되었다. 동행은 없었고, 스마트폰을 귀에 대고 있었던 것으로 보아 누군가와 통화하면서 걸어갔던 것으로 추측되었다.

경찰에서 통신사에 통화 내역을 조회했지만 그 시간대에 사오리의 발신 이력은 없었다. 즉 누군가에게서 걸려 온 전화를 받고 있었던 것이다. 착신 내역은 통신사에서 확인해 주지 않았다.

모종의 사건에 휘말렸을 가능성이 있다고 본 경찰은 대대적인 수색에 나섰다. 근처에 있는 강까지 샅샅이 뒤졌다.

그럼에도 사오리는 발견되지 않았다. 연기처럼 사라지고 만 것이다.

나미키 가족은 곳곳에 전단지를 뿌렸다. 근처 상점 주인들과 단골들도 거들어 주었다. 그러나 도움이 될 만한 정보는 어디에서도 들어오지 않았다.

애를 태우던 마치코는 그만 몸져누웠고, 나쓰미는 날마다 울어 눈이 퉁퉁 부어오른 채 학교마저 종종 빼먹었다. 사정을 아는 단골들은 '나미키야'가 때때로 문을 닫아도 군소리하지 않았다.

그러던 어느 날, 경찰에서 사오리의 DNA를 확인할 수 있는 물건을 제출해 달라는 요청이 왔다. 그것을 신원 불명의 사체 등이 발견되었을 때 감정하겠다는 의미로 받아들인 나미키는 캄캄한 나락으로 떨어지는 듯한 기분을 느꼈다.

그러나 그 이후 경찰에서는 아무런 연락이 없었다. 사오리로 추정되는 사체가 발견되지는 않았다는 뜻일 터였다. 그러니 다행이라고 여겨야 할지 어떨지 나미키는 혼란스럽기만 했다. 만에 하나 이 세상에 없다면 하루빨리 시신이라도 발견해 고이 묻어 주었으면 하는 바람이 커져 갔다.

어느덧 사오리가 실종된 지 만 3년 하고도 2개월. 그래 봐야 헛수고라고 생각하면서도, 재작년이나 작년처럼 나미키는 몇 군데에 전단지를 뿌렸다. 예상대로 헛수고로 끝나고 말았지만 낙담은 그다지 크지 않았다. 이제 그 행위는 하나의 의식이 되어 버린 것이다.

나미키는 시계를 보았다. 밤 10시 반이 지나 있었다. 멍하니 시간을 허비하고 말았다. 자리에서 일어난 그는 정신을 차리려고 손바닥으로 오른 볼을 톡톡 두드렸다. 아닌 게 아니라 이제는 익숙해져야 할지도 모른다. 사오리 생각을 할 때마다 모든 것이 정지된다면 앞으로 제대로 살아갈 수 없다.

주방으로 돌아가려는데 가게 전화가 울렸다.

누굴까, 이런 시간에.

나미키 가족은 각자 휴대 전화가 있다. 그러니 누군가에게 용건이 있다면 휴대 전화로 걸었을 것이다.

아무튼 수화기를 들고, 영업 중일 때처럼 "네, 나미키야입니다." 하고 받았다.

"나미키 유타로 씨 댁입니까?"

남자가 낮은 목소리로 물었다.

"그렇습니다만, 누구시죠?"

나미키의 물음에 상대는 전혀 예상치 못했던 대답을 했다.

"시즈오카 현경입니다."

2

심호흡을 한 번 하고 나서 회의실 문을 노크했다. 누구야, 하는 퉁명스런 목소리가 들렸다.

"구사나기입니다."

"들어와."

실례합니다, 하면서 문을 열었다. 고개를 숙였다가 다시 들었다. 회의 탁자 너머로 관리관 마미야가 보였다. 소매를 걷어 올린 와이셔츠 차림이다. 탁자 위에는 서류가 몇 장 놓여 있었다.

하지만 구사나기가 긴장한 것은 옛 상사인 마미야 때문이 아니라, 창가에 서서 이쪽을 등지고 있는 인물 때문이었다. 깔끔하게 빗어 넘긴 백발만으로도 그가 누군지 짐작할 수 있었다.

마미야가 구사나기를 뒤따라 들어온 사람을 보고 빙그레 미소 지었다.

"여비서를 대동하다니, 역시 경시청 엘리트 형사야."

"다들 바빠서요."

구사나기는 피식 웃으며 뒤를 돌아보았다. 부하 형사 우쓰미 가오루가 다소 불편한 표정으로 서 있었다.

"이타바시 강도 살인 사건이 마침내 해결될 조짐을 보이고 있으니 아마도 바쁠 테지. 그걸 알면서도 이렇게 갑자기 불러서 미안하네."

그리고 마미야는 맞은편 의자를 손으로 가리키며 "앉게." 라고 말했다.

네, 하고 대답하고서도 구사나기는 자리에 앉지 않은 채 창가에 서 있는 인물을 바라보았다.

"이사관님." 하고 마미야가 그 인물을 불렀다.

"구사나기가 왔습니다."

그러자 백발의 인물이 이쪽을 향하더니 말없이 옆에 있는 의자에 앉았다. 옛 관리관이자 이제는 수사 1과장에 버금가는 자리에 오른 다타라였다.

마미야의 눈짓에 구사나기도 의자를 잡아당겼다. 하지만 우쓰미 가오루는 앉으려 하지 않았다.

"우쓰미, 자네도 앉지 그래."

다타라가 비로소 입을 열었다. 여전히 뱃속에서 울리는 듯한 목소리다.

"아닙니다. 저는 이대로……."

"얘기가 좀 길어질 거야."

마미야가 말했다.

"그렇게 어정쩡하게 서 있지 말고 앉게."

"네."

비로소 우쓰미 가오루도 구사나기 옆에 앉았다.

자, 하며 마미야가 구사나기의 얼굴을 똑바로 바라보았다.

"안 그래도 바쁜 계장을 굳이 부른 이유가 있어. 자네 팀에서 꼭 맡아 줬으면 하는 사건이 있네."

구사나기가 의아한 표정으로 허리를 곧추세웠다.

"저희 팀에서…… 말입니까?"

예사로운 사건은 아니겠다 싶었다. 사건이 발생하면 보통은 현재 맡은 사건이 없는 팀에 지시가 떨어진다. 일단락되었다고는 해도 아직 완전히 손을 떼지 못한 사건이 있는 팀을 끌어들이는 경우는 흔치 않다.

"자세한 이유는 나중에 설명할 테니 일단은 얘기를 들어 보게."

그렇게 말하고 마미야는 앞에 놓여 있던 서류를 집어 들었다. 그가 꺼낸 얘기는 다음과 같은 내용이었다.

2주쯤 전, 시즈오카현의 작은 동네에서 화재가 발생했다. 그 화재로, 동네에서 일명 '쓰레기 집'으로 불리는 가옥 하나가 전소했다. 화재의 원인은 밝혀지지 않았지만, 인근 주민들의 방화가 아닐까 하는 억측도 있는 모양이다. 그런데 이 화재가 뉴스에 크게 보도된 이유는 다른 데 있었다.

진화 후 경찰과 소방 당국이 화재 현장을 조사한 결과 시체 2구가 발견되었는데, 둘 다 화재가 발생하기 전에 이미 백골이 되었을 가능성이 높았다.

곧바로 신원 확인 작업에 들어갔고, 한 구는 그 집에서 홀로 지내던 노파로 밝혀졌지만 다른 한 구는 신원을 파악할 만한 단서가 딱히 없었다.

시즈오카 현경은 타다 남은 액세서리나 신장 등을 근거로 젊은 여성일 것으로 보고 전국 경찰서에 공문을 보냈다. 이윽고 몇 가지 정보가 들어왔고, 그 가운데는 3년 전 도쿄도 기쿠노시에서 행방불명된 젊은 여성에 관한 내용이 있었다. 그 여성이 실종 당시 목에 걸고 있던 십자가 펜던트가 이번에 발견된 것과 아주 유사하다고 본 경찰은 DNA 감정을 실시했고, 그 결과 시체가 해당 여성의 것임이 확인되었다. 다만 그 여성과 화재가 발생한 집과는 아무런 연관성을 찾을 수 없었다. 유족에 따르면 그녀는 생전에 시즈오카현에는 간 적조차 없다는 것이었다.

마미야가 사진이 첨부된 서류를 구사나기 앞에 내려놓았다. 거기에는 여성의 이름과 주소, 생년월일 등이 기록되어 있었다.

"이름은 나미키 사오리. 실종 당시 열아홉 살이었어."

구사나기는 서류를 집어 들었다. 여성의 이름이 한자로는 並木佐織라고 적혀 있었다. 사진 속 여성은 티셔츠 차림에, 손가락으로 브이 자를 그리며 웃고 있었다.

"귀엽게 생겼네요."

옆에서 우쓰미 가오루가 서류를 들여다보면서 속삭였다.

"아이돌 같아요."

"제대로 봤어."

마미야가 진지한 표정으로 우쓰미를 보았다.

"고등학교 졸업 후 가수의 꿈을 키우고 있었다는군."

흐음, 하는 소리가 구사나기의 입에서 흘러나왔다. 평소라면 농담 한마디쯤 던질 법한 화제지만 오늘은 그럴 마음이 들지 않았다. 마미야의 얘기를 들으면서, 골치 아픈 사건임을 직감했기 때문이다. 왜 꼭 이런 사건은 자신에게 돌아오는 건지.

"다른 한 구의 사체가 그 집에 살던 사람이라는 건 확실합니까?"

구사나기가 물었다.

"타다 남은 의류 등에서 채취한 DNA를 조회한 결과, 거의 일치하는 것으로 확인되었나 봐. 동네 주민들 말로는 6년쯤 전부터 모습이 보이지 않았다는 거야. 하지만 평소에 교류가 없어서 아무도 신경을 쓰지 않았대. 주민 등록상으로는 6년 전 시점에 여든이 넘은 걸로 되어 있어. 일단 자연사로 봐도 좋다는 게 시즈오카 현경의 견해야. 이른바 노인 고독사라는 거지."

"6년 전이라면……,"

구사나기가 사진 속 젊은 여성을 가리켰다.

"노파는 가수 지망생의 사망과 관련이 없겠군요."

"뭐, 그렇게 봐도 무방하겠지."

"나미키 사오리 씨의 사인은 판명되었습니까?"

마미야가 스읍, 하고 숨을 들이쉬었다.

"타다 남은 뼈를 조사한 바로는 두개골 함몰이 확인되었다고 해."

다만, 하고 덧붙이며 마미야는 천천히 팔짱을 끼었다.

"두개골 함몰이 치명상이었는지 어떤지는 확실치 않아. 그리고 이번 화재로 인한 상처는 아니라는군."

즉, 하고 구사나기가 상사의 얼굴을 바라보았다.

"현재까지 살해당했다는 증거는 없는 셈이로군요."

"지금으로서는 그렇지."

그렇게 말하고 마미야는 옆에 있는 다타라 쪽으로 시선을 돌렸다.

"이거, 영 골치 아픈 사건이 떨어졌다고 생각하는 모양이군."

금테 안경을 쓴 다타라의 눈이 날카롭게 빛났다. 언뜻 보기에는 기품 있게 생긴 신사 같지만, 현역 시절에는 성미가 불같기로 유명했다.

"아닙니다, 딱히 그런 건……."

"아니긴, 얼굴에 그렇게 쓰여 있는데."

다타라가 냉랭한 미소를 머금었다.

"가령 살인 사건이라고 해도, 사건이 발생한 게 3년도 더 전이야. 목격자를 찾는 일조차 불가능에 가까울 테지. 물증도 마찬가지고. 게다가 시신이 은닉됐던 장소는 화재로 완전히 소실되고 말았어. 상황이 이래서야 뭘 어떻게 수사하면 좋을지 알 수가 없지. 수사 책임자로서는 패를 잘못 뽑은 셈이니 난감할 거야."

구사나기는 잠자코 책상만 내려다보았다. 자신의 심정을 꿰뚫어 보기라도 한 듯한 말이었다.

그러나, 하고 다타라 이사관이 다시 입을 열었다.

"……날 좀 보게, 구사나기."

구사나기가 고개를 들고 다타라의 금테 안경 속 눈을 바라보았다.

"네."

"이 사건은 어떻게든 자네들이……, 마미야 관리관과 구사나기 계장이 맡아 줬으면 해."

"그럴 만한 이유라도……?"

그러자 다타라가 마미야를 향해 고개를 까딱했다.

마미야가 구사나기 쪽으로 몸을 기울였다.

"사망한 노파 말인데, 혈육이 전혀 없었던 건 아니야. 실은 아들이 하나 있어. 노파가 사망한 후 그 집에 침입한 자가 있다면 그 아들일 가능성이 제일 높지."

"아들이 현재 지내는 곳은 확인이 됐습니까?"

"2년 전에 운전면허를 갱신했더군. 주소는 에도가와구. 지금도 거기 살고 있어. 그 전에는 기쿠노시 미나미기쿠노의 아파트에 살았고. 피해자의 집에서 직선거리로 2킬로미터 정도야. 그런데 어느 날 갑자기 다니던 산업 폐기물 처리 회사를 그만두고 집도 이사했어. 그 시기가 나미키 사오리 씨가 실종된 직후야."

구사나기는 안도의 숨을 내쉬었다. 마치 한 줄기 빛이 내비치는 것 같았다.

마미야가 서류를 한 장 더 꺼내 구사나기에게 내밀었다.

"이 남자야. 잘 봐."

운전면허증을 확대 복사한 것이었다. 그런데 사진의 남자 얼굴을 본 순간 구사나기는 움찔하고 말았다. 어디선가 본 적이, 아니 만난 적이 있는 얼굴이었다. 그리고 그의 이름이 눈에 들어오자 심장이 마구 뛰기 시작했다. 체온이 단숨에 상승하는 느낌이었다.

면허증에 적힌 이름은 하스누마 간이치.

구사나기는 눈을 부릅뜨고 두 상사를 번갈아 보았다.

"그 하스누마……인가요?"

"그래, 그 하스누마야."

마미야가 무거운 목소리로 대답했다.

"유나 양 사건의 피고."

한꺼번에 너무 많은 생각이 머릿속을 오가는 바람에 구사나기는 말이 나오지 않았다. 뺨이 실룩실룩 경련을 일으켰다.

그는 다시 한 번 사진을 들여다봤다. 구사나기가 만났을 무렵보다 나이는 들어 보였지만 그 차가운 표정은 그때 그대로였다.

"또 하나, 중요한 점을 떠올리게 해 줄까."

마미야가 다시 사진 한 장을 내밀었다.

"이번 화재로 불탄 집이야. 몇 년 전에 주민 센터 직원이 찍은 사진인데, 어때, 본 기억이 있나?"

구사나기는 사진을 받아 들었다. 거기에는 산더미 같은 쓰레기가 찍혀 있었다. 그러나 자세히 보니 지붕과, 조그만 문 같은 것도 보였다.

구사나기는 먼 기억을 더듬었다. 그러자 문득 떠오르는 것이 있었다.

"장소가…… 시즈오카현이었죠. 혹시 냉장고를 압수했던 그 집, 입니까?"

"맞아."

마미야가 검지손가락으로 구사나기를 가리키며 대답했다.

"자네, 나랑 이 집에 간 적이 있어. 19년 전이지. 물론 그때는 쓰레기가 이만큼 심하게 쌓인 집은 아니었지만."

"그 집이란 말이죠……."

"이제 알겠나?"

다타라가 말했다.

"내가 왜 이 사건을 자네들에게 맡기고 싶어 하는지 말이야. 형사부장이랑 수사 1과장에게도 그런 생각을 말했어. 아니, 역시 다른 팀에게 맡기는 편이 낫겠나?"

아닙니다, 하면서 구사나기는 책상 위에서 두 주먹을 불끈 쥐었다.

"잘 알겠습니다. 이 사건은 반드시 저희 팀에서 처리하겠습니다."

그러자 다타라가 만족스럽다는 듯이 고개를 끄덕거렸다.

그때, 저, 하고 우쓰미 가오루가 입을 열었다.

"유나 양 사건이라면……."

"나중에 알려 줄게."

구사나기가 말했다.

다타라가 자리에서 일어서는 것을 보고 구사나기도 따라 일어섰다. 다타라는 성큼성큼 걸어서 회의실을 나갔다. 그 뒤를 따르던 마미야가 걸음을 멈추고 뒤를 돌아보았다.

"시즈오카 현경과의 합동 수사본부가 기쿠노 경찰서에 설치될 거야. 이타바시 사건의 뒤처리는 관할 서에 맡기고 당장이라도 이쪽 수사에 합류할 수 있도록 준비해."

"알겠습니다."

구사나기가 힘주어 대답했다.

탁, 하고 문이 닫히자 그는 우쓰미 가오루에게 고개를 돌렸다.

"팀원들에게 연락해. 서둘러서 본청으로 집합하라고."

"알겠습니다."

우쓰미 가오루가 안주머니에서 휴대 전화를 꺼냈다.

3

도쿄도 아다치구에서 부모님과 함께 살던 모토하시 유나가 실종된 것은 지금으로부터 23년 전 5월이었다. 당시 유나의 나이 열두 살. 저녁 무렵 친구를 만나러 동네 공원에 간다면서 나갔다고 한다. 집 근처에 있는 그 공원은 등하굣길에 유나가 늘 지나치는 곳이기도 했다. 그래서 엄마는 전혀 걱정하지 않았다. 그런데 저녁 먹을 시간이 되어도 돌아오지 않자 엄마는 공원으로 아이를 데리러 갔다. 그러나 유나의 모습은 보이지 않았다. 유나 친구들에게 연락해서 물어봤지만 유나와는 이미 헤어졌다는 대답이 돌아왔다.

그제야 불안해진 엄마는 남편에게 연락했고, 부부는 유나가 갔을 만한 곳을 몇 군데 찾아다니다가 경찰에 신고했다.

사건성이 높다고 판단한 경찰은 대대적으로 수색에 나섰다. 그러나 유나의 행방을 짐작할 만한 단서는 전혀 찾을 수 없었다. 당시에는 지금처럼 CCTV가 많지 않았고, 유효한 목격 정보도 좀처럼 들어오지 않았다.

그러던 중 유나로 보이는 소녀가 파란색 작업복을 입은 남자와 걸어가는 것을 보았다는, 거의 유일하다고 해도 좋을 증언이 입수되었다. 하지만 목격자가 본 것은 남자의 뒷모습뿐이고 얼굴은 보지 못했다고 했다. 평균적인 키에 살찌지도 마르지도 않은 체형. 유나의 상태가 어땠는지는 기억나지 않는다는 것이 목격한 주부의 증언이었다.

파란색 작업복, 이라는 말에 모두가 똑같은 생각을 했다. 유나의 아빠인 모토하시 세이지가 운영하는 부품 공장의 종업원 작업복이 바로 그 색이었다. 목격자인 주부에게 작업복을 보이자 그녀는 매우 흡사하다고 증언했다.

그 공장에 근무하는 종업원은 약 30명이었다. 담당 수사관이 그들 모두를 일일이 찾아가 얘기를 들었다. 집 안을 보여달라고 하자 대부분이 승낙했다. 거절한 경우에도 나름대로 설득력 있는 이유가 있고 수상한 점은 없다는 것이 담당 수사관의 판단이었다.

그 종업원들 중 하나가 하스누마 간이치다. 나이는 서른이고 독신. 당시의 수사 기록에는 유나가 실종된 지 사흘째 되던 날 수사관이 하스누마를 찾아가 집 안을 확인한 것으로 되어 있다. 딱히 수상한 점은 없다는 것이 당시 수사관의 소견이었다.

끝내 유나는 발견되지 않았다. 그 후로도 명목뿐인 수사가 계속되었지만 성과는 없었다. 그리고 유나가 실종된 지 한 달 후 유나의 엄마는 집 근처 건물에서 투신자살했다. 유서에는 남편과 유나에게 사과하는 말이 적혀 있었다. 그녀는 딸이 더는 세상에 없다는 사실을 비관하는 한편, 늦은 시간에 딸을 내보낸 자신에게 책임이 있다고 스스로를 책망한 듯했다.

사태가 급변한 것은 그로부터 약 4년 후다. 오쿠타마의 산속에서 트레킹을 하던 남성으로부터 흙 속에 인골로 보이는 뼈가 묻혀 있다는 신고가 들어왔다. 현장으로 급파된 그 지역 경찰이 흙을 파헤쳐 몇 부분으로 해체된 뼈를 발견했고, 분석 결과 틀림없는 사람의 뼈로 판명되었다. 그것도 크기나 길이로 볼 때 어린아이의 뼈라는 것이었다.

두개골은 원형을 유지하고 있어서 과학 수사 연구소에서 그것을 토대로 열 종류의 몽타주를 작성했다. 전국 경찰에 몽타주를 배부하자 모토하시 유나로 추정된다는 정보가 들어왔다. DNA 감정 결과 유나가 맞는 것으로 확인되었다.

아다치 경찰서에 수사본부가 설치되었다. 본청에서는 다타라가 지휘하는 팀이 파견되었다. 당시 마미야의 직급은 주임이었다. 그리고 수사 1과에 배치된 지 얼마 안 된 구사나기는 젊고 유망한 형사로 기대를 모으고 있었다.

단서는 많지 않았지만, 발견된 유골에는 한 가지 특징이 있었다. 단순히 절단만 해서 묻은 것이 아니라 묻기 전에 태운 흔적이 있다는 것이었다.

경찰은 모토하시 유나가 마지막으로 목격된 장소를 중심으로 시체 소각이 가능한 장소를 찾아 나섰다. 설마 공터에서 모닥불을 피워 놓고 태우지는 않았을 테니, 소각로를 이용했을 가능성이 높았다. 인근의 소각로를 하나하나 조사하는 한

편, 부품 공장 직원들이 사는 곳 근처에 소각로가 있는지도 알아보았다.

그러는 과정에서 구사나기는 하스누마 간이치를 주목했다. 그 시점에 하스누마는 모토하시가 운영하는 회사를 그만둔 상태였지만, 회사에 이력서가 남아 있었다. 그 이력서에 따르면 하스누마는 전에 산업 폐기물 처리 회사에 다닌 경력이 있었다. 그런 곳에는 당연히 크고 작은 소각로가 있을 터였다.

그 회사로 찾아가 하스누마의 상사였던 인물을 만난 구사나기는 놀라운 얘기를 듣게 되었다. 4년쯤 전에 하스누마가 연락을 해서, 처분할 것이 있어서 그러는데 회사가 쉬는 날 소각로를 잠시 사용해도 되겠느냐고 물었다는 것이다. 뭘 태우려고 하느냐고 묻자 하스누마는 아는 사람의 부탁으로 죽은 애완동물을 몇 마리 태울 거라고 대답했다. 그러면서 애완동물 장의사 비슷한 일을 해서 푼돈을 벌고 있다는 듯한 말을 넌지시 비쳤다. 그 회사에서는 고양이나 개의 사체를 쓰레기와 함께 소각하는 일이 종종 있었다. 전 상사는 뒤처리만 제대로 한다면 사용해도 좋다고 대답했다고 한다.

정확한 시기를 알아본 결과 모토하시 유나의 실종 시기와 겹쳤다. 그렇게 해서 하스누마 간이치는 해당 사건의 유력한 용의자로 지목되었다.

서둘러 그의 경력을 조사해 봤지만 좀처럼 파악되지 않는 부분이 많았다. 파악된 사실은 그가 시즈오카현 출신이며 여러 직장을 전전했다는 것 정도였다.

일단 본인을 만나 보자는 마미야의 제안에 구사나기가 동행하게 되었다. 하스누마는 부품 공장은 그만두었지만 사는 곳은 그대로였다. 직접 집으로 찾아가 그를 만났다.

가느다란 눈에 표정이 없는 하스누마는 얘기할 때도 살이 없어 움푹 팬 뺨을 거의 움직이지 않았다.

마미야가 맨 먼저 질문한 것은 소각로에서 처분한 애완동물들의 소유주 이름이었다. 그걸 알아내면 하스누마의 말이 정말인지 거짓말인지 즉시 확인할 수 있을 터였다.

그러나 하스누마는 이름을 말해 줄 수 없다고 했다. 소유자와 그렇게 약속했다는 것이다.

애완동물의 종류와 숫자, 돈을 얼마나 받았느냐는 물음에도 하스누마는 대답하지 않았다.

"대답하지 않는 것도 죄가 됩니까?"

오히려 그렇게 되묻기까지 했다.

감정을 죽인 그 낮은 목소리가 구사나기의 귀에 남아 있다.

대답을 거부하자 의혹은 더욱 깊어졌다. 그가 중간 키에 보통 체격이라는 점도 목격 증언과 일치했다.

그러나 수사는 거기서부터 난항을 겪었다. 유나의 아빠인 모토하시 세이지를 비롯한 관계자들의 얘기를 빠짐없이 들어 봤지만, 직원과 경영자의 딸이라는 것 외에는 하스누마와 유나의 접점을 찾을 수 없었다. 하스누마와 회사 간에 어떤 다툼이 있었던 것도 아니었다.

그러던 중 구사나기는 한 장의 사진에 주목하게 되었다. 그 사진은 4년 전 하스누마의 집을 방문했던 수사관이 실내를 찍은 것이었다. 그것을 들여다보던 구사나기는 모종의 위화감을 느꼈다.

마미야와 함께 하스누마의 집을 방문했을 때 구사나기는 두 사람의 대화를 들으면서 주위를 넌지시 관찰했다. 사체를 숨길 만한 곳이 있는지 살펴보기로 사전에 마미야와 약속이 되어 있었다. 소각할 때까지 사체를 어딘가에 숨길 필요가 있었을 터였다.

하스누마의 집은 방이 두 개인 단출한 곳이었다. 사체를 숨긴다면 벽장이나 천장 위일까. 큰 의류 보관함 같은 것도 보이지 않았다.

그때 문득 냉장고가 눈에 들어왔다. 호텔 객실에 놓여 있을 법한 소형이었다. 아무리 어린아이 사체라도 저런 곳에 숨기기는 무리겠다고 생각했다.

그런데 4년 전 사진에는 조금 더 큰 냉장고가 있었다. 일반 가정에서 사용하는 냉장고만큼 크지는 않아도 성인 허리 정도의 높이는 되었다. 사체를 해체하면 어린아이 하나쯤은 들어갈 수 있지 않을까 싶었다.

지난 4년 사이에 냉장고가 바뀐 것이다. 왜일까. 구사나기는 추리해 보았다.

최종적으로는 사체를 소각로에서 태웠다 해도, 그때까지는 집에 보관하는 수밖에 없다. 부패를 늦추려면 냉장고에 보관하는 게 최선이다. 유골을 산속에 묻은 후에는 냉장고를 처분한다. 제아무리 살인범이라도 그것을 계속 사용하기는 꺼림칙했을 것이다.

만약 이 추리가 맞는다면 그 냉장고에 사체의 흔적이 남아 있을지 모른다.

구사나기는 마미야와 다타라에게 사진을 보이고 자신의 생각을 말했다. 두 상급자는 젊은 형사의 추리에 가능성이 있는 얘기라고 동의했다. 그러나 그 표정은 두 사람 모두 떨떠름했다. 냉장고를 찾아내는 것이 문제이기 때문이었다. 아니, 애초에 그 냉장고가 존재하기는 하는 것일까. 4년도 더 전의 일이다.

그래서 세 사람은 만일 하스누마가 범인이라면 냉장고를 어떻게 처리했을지 곰곰이 생각해 보았다. 경찰의 주목을 받지 않으려면 되도록 소리 소문 없이 처분해야 할 것이다. 즉, 정규 업자는 아닐 가능성이 컸다.

하스누마가 가깝게 지내는 사람은 몇 안 되었다. 조사 결과 함께 마작을 하는 동료의 이름이 대두되었다. 게다가 그 남자에게는 소형 트럭이 있었다.

그 남자는 4년 전에 냉장고 운반을 거들었다는 사실을 선뜻 인정했다. 옮겨 간 곳은 하스누마의 본가였다. 시즈오카에서 홀로 사는 어머니에게 그 냉장고를 가져다주기로 했다고 설명했다고 한다.

구사나기는 그 즉시 마미야와 함께 시즈오카로 갔다. 하스누마의 모친 이름은 요시에였다. 작은 키에 등이 몹시 굽어서 실제 연령보다 훨씬 늙어 보였다. 불쑥 찾아온 낯선 남자들이 형사라는 걸 알자 겁을 먹은 듯했다. 자신은 아무 잘못도 하지 않았다는 말을 주문처럼 몇 번이나 반복했다.

냉장고에 대해 묻고 싶을 뿐이라고 마미야가 설명하자 하스누마 요시에는 영문을 모르겠다는 듯한 표정을 지었다. 4년 전에 아들이 냉장고를 가져오지 않았느냐고 묻자 그제야 알아들은 듯,미간을 찡그리며 이렇게 말했다.

"그거, 쓰지도 않았어요. 제멋대로 그런 걸 갖다 놓으니 거치적거려서, 원."

지금 어디 있느냐고 묻자 안쪽 다다미방에 있다고 대답했다. 노파를 뒤따라간 구사나기는 그만 아연실색하고 말았다. 방이라기보다 창고라는 표현이 걸맞았다. 온갖 잡동사니가 겹겹이 쌓여 있었다.

거기에 냉장고가 있었다. 사진 속 냉장고가 틀림없었다.

즉시 압수 절차를 진행했다. 그제야 하스누마 요시에는 무슨 일인지 궁금해 했다. 물론 자세한 말은 할 수 없었다. 모종의 사건에 관련되었을 가능성이 있다고만 설명했다.

과학 수사 연구소로 옮겨진 냉장고를 철저히 조사한 결과, 미량의 혈흔과 살점 같은 것이 발견되었다. DNA 감정이 이어졌고, 전부 모토하시 유나의 것으로 판정되었다. 그 사실이 발표되었을 때 수사본부에는 환성이 일었다.

이걸로 사건이 해결되었다고 모두가 생각했다. 구사나기는 수사 1과에 배속되자마자 공을 세웠다며 자랑스러운 기분에 젖었다.

그런데 사태가 생각지 못한 방향으로 흘렀다.

하스누마 간이치가 범행을 일절 부인한 것이다.

냉장고에서 모토하시 유나의 시체 일부가 발견된 점에 관해서는 "모르는 일."이라고, 그리고 냉장고를 교체한 이유에 관해서는 "낡았기 때문."이라고 대답했다.

그럼에도 다타라를 비롯한 수사 책임자들은 체포를 감행했다. 일단 신병을 확보하고 철저히 취조하면 결국 자백할 것이라고 보았기 때문이다.

원칙적으로는 사체 유기나 사체 손괴로 체포해야 했지만

그건 불가능했다. 사체 유기나 사체 손괴의 시효인 3년이 지났기 때문이다. 살인죄로 체포하는 수밖에 없었다.

그러나 하스누마는 꿈쩍도 하지 않았다. 그는 취조가 시작되자 철저히 묵비권을 행사했다. 협박도 하고 구슬리기도 했지만 전혀 흔들림이 없었다.

"무슨 수를 써서라도 증거를 찾아와!"

수사 회의에서 다타라는 포효하듯 명령했다. 부하 직원들 역시 힘차게 대답했다.

구사나기를 비롯한 수사관들의 열띤 수사 끝에 하스누마의 범행을 뒷받침하는 사실 몇 가지가 새로 밝혀졌다. 예를 들어 소각로를 사용한 지 이틀 후 그는 렌터카를 빌렸는데, 그 주행 거리가 자택에서 유골이 발견된 장소까지의 왕복 거리와 거의 일치했다. 또한 하스누마의 집을 수색한 수사관들은 신문지에 싸인 낡은 부삽을 찾아냈다. 부삽에 남아 있던 흙을 분석해 보니 유골이 묻혀 있던 곳의 흙과 성분이 유사했다.

그 외에도 새로운 정보가 속속 들어왔다. 그러나 하나같이 정황 증거에 지나지 않을 뿐 하스누마의 범행을 결정적으로 뒷받침하는 것이라고 말하기는 어려웠다.

타협안을 내놓는 수사관도 있었다. 침묵을 지키는 하스누마에게 살인죄가 아니라 상해 치사, 또는 그보다 가벼운 과실치사를 인정하도록 설득해 보자는 것이었다. 사인이 확실치 않으니 얼토당토않은 얘기는 아니었다.

하지만 그 의견에 다타라는 격노했다. 범인을 상대로 거래를 하는 것은 말도 안 된다며 단칼에 거절했다. 애당초 묵비권을 행사하는 것은 중죄를 저질렀다는 의식이 있기 때문이니 어떻게든 살인죄로 기소해야 한다고 못을 박았다.

끝내 살인의 물증은 하나도 찾지 못한 채 사건을 검찰에 송치하게 되었다. 나머지는 검찰의 판단에 맡기는 수밖에 없었다.

그리고 검찰은 기소를 선택했다. 나름의 정황 증거가 갖춰져 있으니 재판이 진행되면 반드시 진상이 밝혀질 것이라고 판단한 듯했다.

그러나 재판은 검찰의 뜻대로 돌아가지 않았다.

첫 번째 공판에서 하스누마는 기소 사실을 부인했다. 그가 의미 있는 말을 한 것은 실질적으로 이때가 처음이자 마지막이었다. 그 후로 그는 철두철미하게 침묵으로 일관했다. 검사가 어떤 질문을 해도 할 말이 없다는 대답만 되풀이했다.

공판이 진행되는 동안 '아무래도 사태가 심상치 않다, 무죄로 판결이 날지도 모르겠다'라는 소문이 수사관들의 귀에까지 들려왔다.

설마 싶었다. 아무리 정황 증거에 불과하다지만 그토록 여러 증거가 있는데 범죄가 입증되지 않을까.

재판의 초점은 두 가지였다. 하나는 모토하시 유나의 사망이 살인에 의한 것인가. 다른 하나는 살해 동기나 살해 방법을 특정하지 못해도 다양한 정황 증거에 의한 살인 입증이 받아들여질 것인가.

사체를 소각하고 묻었으니 살인이 분명하지 않은가, 라고 생각할 수 있지만, 법이라는 것은 그렇게 간단한 것이 아니다. 살해하지 않았을 가능성이 아주 조금이라도 있으면 살인죄는 성립하지 않는다.

아침부터 추웠던 어느 날, 1심 판결이 나왔다. 체포 후 약 1,000일이 지난 시점이었다. 판결 내용을 구사나기는 담당 사건의 수사본부에서 들었다.

피고인은 무죄, 라는 것이었다.

4

화재 현장을 보고 나서 구사나기는 고개를 절레절레 저었다.

"여기에 집이 있었다는 게 믿기지 않는군."

동감이에요, 하고 옆에서 우쓰미 가오루가 맞장구쳤다.

그곳은 집이 타고 난 흔적이 아니라 한마디로 쓰레기 소각장이었다. 그것도 쓰레기가 전혀 분리되지 않은 상태였다. 엄청난 양의 불탄 목재와 금속 제품, 플라스틱 등이 한데 섞여 있었다. 시커먼 연기와 함께 유독 가스도 상당량 발생했을 터였다. 구사나기는 진화 작업을 했던 소방대원들에게 동정이 갔다.

합동 수사본부에 들어가기 전에 우쓰미 가오루와 함께 시즈오카 현경에 들렀다가 화재 현장을 보러 온 참이었다.

"저도 몇 번인가 이 근처를 지난 적이 있습니다만, 가까이 가지 않으면 집이라는 것조차 몰라볼 정도였습니다."

현장을 안내하기 위해 동행한 시즈오카 현경의 우에노라는 형사가 말했다. 삼십 대 전반으로 보이는 그는 체격이 건장하고 활력이 넘쳐 보였다.

"그렇게 심했습니까?"

구사나기의 물음에 젊은 형사는 고개를 끄덕였다.

"고장 난 가전제품이며 가구, 이불……, 아무튼 온갖 쓰레기가 집 안 가득 쌓여 있었습니다. 신문지 뭉치나 책 같은 것도 많았고요. 쓰레기 처리장에서 가져온 게 아닐까 싶었습니다."

"어쩌다 그렇게 되었을까요?"

우쓰미 가오루가 물었다.

글쎄요, 하며 우에노는 고개를 갸웃했다.

"근처에 사는 사람들 얘기로는 10년쯤 전부터 그랬답니다. 붙임성이 없어서, 찾아가서 냄새가 난다고 고충을 털어놓아도 들은 척도 안 하더래요. 구청에서도 몇 번이나 찾아가서,

처분하기 힘들면 도와드리겠다고까지 제안했지만, 이건 모두 자기네 재산이고 버릴 마음이 없으니 자신을 그냥 내버려 두라면서 쫓아냈다나요."

우에노의 얘기를 들으면서 구사나기는 19년 전에 만났던 하스누마 요시에의 얼굴을 떠올렸다. 그때도 참 이상한 사람이라고 생각했는데, 점점 더 괴짜로 변한 모양이다. 어쩌면 자식이 체포된 일과 관련이 있을지도 모른다.

"하스누마 요시에의 모습이 6년쯤 전부터 보이지 않았다면서요. 아무도 이상하게 여기지 않았답니까?"

구사나기가 물었다.

"소문이 돌기는 했던 것 같습니다. 요즘 통 안 보인다는 식으로요. 하지만 그 이상 화제가 되지는 않았나 봐요. 괜히 엮이기 싫어서 다들 피한 거겠죠."

"수도 요금이나 전기 요금 같은 공공요금은 어떻게 되었죠?"

"그게, 제대로 납부하고 있었습니다. 노파의 은행 계좌는 살아 있어서, 거기서 자동으로 인출되었다는군요. 사용하지 않으니 계속 기본요금 정도만 내고 있었는데, 그렇다고 해서 수도국이나 전력 회사에서 나와 보지는 않거든요."

그야 그렇겠지, 하고 구사나기는 생각했다.

"연금은요? 연금은 지급되고 있었습니까?"

"그런 것 같습니다. 그러니까 공공요금이 인출되어도 잔액이 바닥나지 않았던 거겠죠."

"다른 예금의 입출금 상황은요?"

"현재 확인 중입니다."

구사나기는 양손을 허리에 얹고 새삼 현장을 바라보았다.

"보고서에 따르면 사체 두 구가 따로따로 발견되었다던데요?"

"그렇습니다. 먼저 1층 다다미방에서 첫 번째 유골이 발견되었답니다. 불에 탄 이불 속에 누워 있었다는군요. 그래서 경찰과 소방대원이 다른 곳을 조사하다가, 원래 마루 밑이었을 것으로 추정되는 곳에서 두 번째 사체를 발견한 겁니다."

"그 두 번째가 나미키 사오리 씨였죠?"

"맞습니다."

우에노에게 들은 말만으로 판단한다면, 첫 번째 사체, 즉 하스누마 요시에는 6년 전에 자연사했다고 보는 것이 타당하다. 그리고 약 3년 후, 누군가가 나미키 사오리의 사체를 마루 밑에 숨겼다고 봐야 할 것이다.

"하스누마 요시에 씨의 인간관계에 관해서는 밝혀진 것이 있습니까?"

구사나기의 질문에 우에노는 떨떠름한 표정을 지었다.

"아뇨, 아직은 별로……. 먼 친척이 있긴 한데, 왕래는 없었던 것 같습니다. 남편과는 25년 전에 사별했고요. 가족은 아시다시피 아들인 하스누마 간이치뿐입니다. 그런데 정확하게는, 친아들이 아니라 죽은 남편의 전처가 낳은 자식입니다. 그러니까 요시에 씨는 하스누마 간이치에게 계모였던 거죠."

그 점은 구사나기도 이미 파악했다.

"이 집도 하스누마의 생가가 아니더군요."

"그렇습니다."

우에노는 조그만 수첩을 꺼냈다.

"하스누마 부부가 하마마쓰에서 이곳으로 이사한 건 35년 전입니다. 하스누마 간이치는 그때 집을 나갔습니다."

구사나기는 저도 모르게 혀를 끌끌 찼다.

"그랬군요."

시즈오카 현경은 이미 하스누마 간이치를 불러 참고인 조사를 했다. 그 조서에 따르면 그는 지난 몇 년간 계모와 만난 적도 연락한 적도 없으며, 그 '쓰레기 집'에 관해서는 전혀 아는 바가 없다, 자신과는 무관한 집이다, 라고 주장했다고 한다. 물론 유골에 관해서도 모르는 일이라고 진술했다. 철저히 함구했던 19년 전에 비하면 참고인 조사에 응한 것만으로도 다행이라고 할 수 있지만, 수사에 비협조적인 점은 변함이 없었던 것이다.

시즈오카역에서 우에노의 배웅을 받으며 도쿄행 신칸센을 탄 구사나기와 우쓰미 가오루는 자유석에 나란히 앉아 캔 커피를 마셨다.

"나미키 사오리 씨의 시신을 그 집에 숨긴 사람을 하스누마 간이치로 봐도 좋을까요?"

우쓰미 가오루가 물었다.

"아마 그럴 거야. 하스누마 요시에는 6년 전에 이미 죽었고, 그 시신은 이불 속에 있었어. 나미키 사오리의 사체를 숨긴 인물은 그런 사실을 알고 있었을 거야. 죽은 지 3년이 지나도록 아무도 몰랐을 정도니 사체를 숨기기에 안성맞춤이라고 생각했겠지. 그럼 그 인물은 왜 하스누마 요시에가 죽은 걸 알았을 때 신고하지 않았을까?"

구사나기의 물음에 우쓰미 가오루는 고개를 갸웃했다.

"죽지 않는 편이……, 그러니까 살아 있는 걸로 해 두는 편이 유리했겠죠."

"맞아. 그렇다면 무엇에 유리했을까?"

그러자 그녀는 미간을 살짝 찌푸리며 "연금……일까요?" 라고 되물었다.

구사나기가 고개를 끄덕였다. 이 후배는 역시 머리가 잘 돌아간다.

"내 생각도 그래. 살아 있는 걸로 해 두어 연금을 받아먹으려는 속셈이었을 거야. 그런 일을 꾸밀 수 있는 사람은 하나밖에 없어. 요시에의 계좌 번호와 비밀 번호를 알 만한 사람은 하스누마 간이치 외에는 생각하기 힘들지."

"이른바 연금 부정 수급이군요."

"그래. 그런데 사체 은폐 장소라는 생각지도 못한 형태로 그 집의 이용 가치가 생겼다, 그런 거 아닐까? 시즈오카 현경이 요시에의 은행 계좌를 조사하기 전에는 단정하기 힘들지만, 아마 틀림없을 거야."

우쓰미 가오루가 눈을 깜박거리면서 고개를 크게 끄덕였다.

"꽤 설득력이 있는 추리예요. 우선은 사체를 은폐한 사람이 하스누마 간이치라는 걸 증명해야겠네요."

"그렇지, 일단은."

물론 그 증명이 최종 목표는 아니다. 오히려 출발점이라고 할 수 있다. 19년 전의 전철을 밟아서는 안 된다. 하스누마 간이치가 나미키 사오리의 죽음에 어떻게 관여했는지 반드시 밝혀내야 한다.

구사나기는 캔 커피를 마시면서 차창 밖으로 눈길을 돌렸다. 그러나 그가 바라보고 있는 것은 차창 밖 풍경이 아니라면 과거였다.

그 강렬한 패배감은 조금도 엷어지지 않았다. 수사 1과에 배치된 지 얼마 안 된 젊은 형사에게는 청천벽력과 같은 사건이었다.

주문, 피고인은 무죄.

도저히 납득할 수 없었다. 판결문을 몇 번이나 다시 읽었다. 재판관은 모토하시 유나의 사망에 하스누마 간이치가 관여했을 가능성은 상당히 짙다, 라고 단언했다. 그러나 다수의 정황 증거 중 어느 것도 피고의 살의를 증명하지는 못한다고 판단했다. 성적 희롱을 목적으로 접근했는데 저항해서 살해했다는 가설도, 피고의 집에 성인 비디오테이프가 여럿 있었다는 것 외에 구체적인 근거가 없어 설득력이 부족하다며 각하했다.

판결 후 열린 모토하시 유나의 아빠 세이지의 기자 회견도 구사나기는 똑똑히 기억한다. 방송국 카메라 앞에 선 세이지는 애써 평정을 유지하고 있었지만, 분노로 목소리와 몸이 떨리는 것만은 어쩌지 못하는 듯했다.

"무죄 판결이 내릴 줄은 꿈에도 생각하지 못했습니다. 무슨 짓을 해도 묵비권만 행사하면 무죄가 됩니까? 도무지 이해할 수 없군요. 물론 앞으로도 계속 싸울 겁니다. 검찰과 경찰은 어떻게든 진상을 밝혀 주기 바랍니다."

그의 말대로 검찰은 항소했다. 그러나 열 달 후에 나온 항소심 판결은 유족을 절망에 빠뜨렸다.

재판장은 "피고가 모토하시 유나를 사망에 이르게 했을 거라는 의혹이 대단히 짙다."라고, 1심 판결문에서 한 걸음 더 나간 표현을 사용했지만, 검찰 측이 새로 제시한 증거에 대해서는 "피고가 살의를 갖고 사망에 이르게 했다고 볼만한 증거로서는 충분하다고 말하기는 어렵다."라며 항소를 기각하는 동시에 1심과 마찬가지로 피고의 무죄를 선고한 것이다.

이 판결에 대해 검찰이 어떻게 대응할지 주목을 모았지만, 최종적으로 검찰은 대법원에 상고하지 않기로 결정했다. 판결 이유를 상세히 분석해 보았지만 헌법과 판례에 준해 상고할 재료가 없다는 것이 이유였다. 회견을 한 차석 검사의 얼굴에 분한 기색이 역력했던 것을 구사나기는 지금도 또렷이 기억한다.

"19년 전에 저지른 최대의 실수는, 사체 유기의 증거를 들이대면서 압박하면 하스누마가 두 손 들 거라고 생각했다는 거야."

창밖으로 시선을 향한 채 구사나기가 말했다.

"하지만 당시의 수사 책임자들을 비난하기는 어려워. 냉장고에서 사체의 흔적이 나왔잖아. 피의자가 빠져나갈 수 없다고 보는 게 당연하다고."

"그렇겠죠."

"그런데 그런 돌파구가 있을 줄이야."

구사나기가 한숨을 내쉬었다.

"묵비권…… 말씀이죠?"

구사나기는 고개를 끄덕이며 남은 커피를 입에 털어 넣었다. 그리고 빈 캔을 오른손으로 꽉 쥐어 찌그러뜨리며 입술을 깨물었다.

"당시는 아직 묵비권의 개념이 잘 알려지지 않았을 때니 질문을 받으면 대답해야 한다는 의식이 피의자들에게 있었어. 그런데 하스누마는 침묵으로 일관하는 거야. 신상에 관해 대답하기는커녕 잡담에조차 응하지 않더군. 그리고 그런 태도를 재판 중에도 내내 유지했어. 이렇게 말하기는 좀 이상하지만, 그 정신력만은 놀랍더군."

"이번에도 같은 수법으로 나올까요?"

"그놈이 범인이라면……, 보나 마나지."

그때 우쓰미 가오루가 주머니에서 휴대 전화를 꺼냈다.

"잠깐 실례할게요."

일어서서 통로로 나가는 걸 보니 전화가 온 듯했다.

구사나기는 찌그러뜨린 커피 캔을 앞 좌석 등받이에 붙은 망에 집어넣고 나서 뒤 좌석에 사람이 있는지 확인한 다음 등받이를 뒤로 넘기고 살며시 눈을 감았다. 이제부터 큰 승부가 시작된다. 틈날 때마다 쉬어 두지 않으면 몸이 견디지 못할 것이다.

하지만 마음과 달리 사건에 관한 생각으로 머릿속이 가득해서 잠이 오지 않았다.

19년 전과 똑같은 문제가 하나 있다. 이번에도 사체 유기로 체포하기는 어렵다는 것이다. 나미키 사오리가 실종된 것은 정확히 3년 2개월 전이다. 사체 유기의 시효가 지나 버린 것이다.

살인죄로 체포하려면 어떤 조건을 갖추어야 할까. 발견된 유골의 두개골이 함몰되어 있다고 하니 살해 방법이 흉기에 의한 강타일까. 하스누마의 집을 수색해서 흉기가 발견된다면 더할 나위 없을 텐데.

계장님, 하고 우쓰미 가오루가 부르는 소리가 들렸다.

"주무세요?"

구사나기는 눈을 떴다.

"어디에서 온 연락이야?"

"기시타니 주임님이요. 기쿠노 경찰서 부서장이 앞으로의 수사 방침을 확인하고 싶다고 했나 봐요."

주임 기시타니는 정보 공유를 위해 이미 합동 수사본부에 가 있었다.

"알았어. 도쿄에 도착하면 그길로 곧장 수사본부로 가겠다고 전해."

"안 그래도 그렇게 말씀하실 것 같아서 그렇게 대답했어요."

우쓰미 가오루는 선뜻 그렇게 대답하고 구사나기 옆 자리에 앉았다.

"기쿠노시라……. 같은 도쿄 도내라고는 해도 거의, 아니,

전혀 인연이 없는 곳이야. 아무 이미지도 떠오르지 않아."

아는 것이라고는 도쿄 서쪽에 있는 동네라는 것뿐이었다. 차를 타고 지나친 적은 있지만, 걸어 본 적은 없다.

"아마, 그걸로 유명할 거예요. 퍼레이드요."

"퍼레이드?"

우쓰미 가오루가 재빨리 스마트폰으로 검색을 했다.

"있어요, 이거예요. 기쿠노 스트리트 퍼레이드라네요."

구사나기 쪽으로 돌린 스마트폰 화면에는 복숭아 동자 탈이나 도깨비 인형 탈 등을 쓴 사람들이 나타나 있었다.

"뭐야, 이게. 가장행렬인가?"

"그게……,"

우쓰미 가오루가 스마트폰을 몇 번 더 조작했다.

"원래는 기쿠노 상점가 가을 축제 퍼레이드라고 불렀나 봐요. 전국에서 코스튬 플레이를 하는 사람들이 모여 행진하는 축제였는데, 그것만으로는 재미가 없다는 의견이 많아서 콘테스트를 하게 되었다고 쓰여 있어요."

"일본 제일의 코스튬 플레이를 뽑는다는 얘긴가?"

"그런 행사는 전국적으로 많잖아요. 그래서 차별화하자는 뜻에서 팀 경기로 했대요."

"팀 경기라면?"

"여러 사람이 코스튬 차림으로 옛날이야기의 명장면을 재현하는 거예요. 가령 각각 우라시마 타로와 용왕의 딸로 가장한 두 사람이 마주 앉아 식사하는 자리에서 도미와 넙치 인형 옷을 입은 사람들이 춤을 춘다거나."

"그런 상태로 퍼레이드를 한단 말이야? 힘들 것 같은데."

"여러 가지로 연구가 필요하겠죠. 수레를 사용하는 팀도 있나 봐요. 대규모 장치를 사용할 경우의 규정이라든가 하는 것들이 세세하게 정해져 있어요."

"전국에서 모인단 말이지. 얼마나 모일까?"

"응모하는 사람이 너무 많아서 예선을 실시한대요. 스스로 찍은 동영상을 실행 위원회에 보내면 거기서 선발한다는군요. 작년에는 백 편 가까운 동영상이 들어왔는데, 그 수준이 상당히 높아서 뽑느라 고심했다고 쓰여 있어요."

"듣고 보니 규모가 제법 큰 모양이군."

"제가 아는 사람도 해마다 구경하러 가는데, 매년 규모가 커지는 게, 볼만한 가치가 있다고 하더라고요."

"언제 열리지?"

"10월에요."

"그렇군."

구사나기는 안도했다. 반년 이상 남았으니 문제없다. 그때쯤이면 수사도 일단락될 것이다.

"아, 맞다."

우쓰미 가오루가 스마트폰을 집어넣으며 소리를 질렀다.

"그분, 지금 기쿠노에 계시지 않을까요?"

"그분이라니?"

"유가와 교수님요. 데이토 대학 유가와 마나부 교수님 말이에요. 작년 말에 메일을 받았어요."

오랜만에 듣는 이름이다. 그는 구사나기의 대학 시절 친구였다. 물리학자인데 추리력이 뛰어나서 수사에 도움을 받은 적이 한두 번이 아니다. 그러나 만난 지 벌써 몇 년이나 되었다.

"그 친구, 미국에 갔잖아. 그 후로는 통 소식이 없었는데."

"작년에 귀국하셨대요. 그걸 알리는 내용이었어요. 계장님도 받으셨을 줄 알았는데."

"난 못 받았어. 뭐야, 그 친구. 예의 없는 녀석일세."

"제가 전할 게 뻔하니 굳이 보낼 필요 없다고 생각하셨겠죠. 합리주의자시잖아요."

"뻔뻔스러운 거지. 그래서, 그 녀석이 지금 기쿠노에서 뭘 하는데?"

"메일 내용을 보면 거기에 새로운 연구 시설이 생겨서 교수님도 연구 거점을 그쪽으로 옮길 것 같다고요. 어떤 연구인지는 얘기하지 않으셨고요."

말해 봐야 모를 거라고 생각했겠지. 구사나기는 손가락으로 안경을 밀어 올리는 유가와의 버릇을 떠올렸다.

"그 친구가 기쿠노에 있단 말이지……."

이번 사건이 일단락되면 연락해 봐야겠다고 구사나기는 생각했다. 고급 위스키로 만든 하이볼을 한잔하면서 미국에서 지낸 얘기를 듣는 것도 나쁘지 않다. 문제는 이 골치 아픈 사건을 무사히 마무리할 수 있느냐 하는 것이었다.

5

합동 수사본부가 기쿠노 경찰서에 설치된 다음 날, 구사나기는 우쓰미 가오루와 함께 '나미키야'를 찾았다. 3년 전에 있었던 나미키 사오리 양 실종 사건의 내용은 경찰에 기록이 남아 있어 어느 정도 파악했지만, 실질적인 수사 지휘관으로서 유족의 얘기를 직접 듣고 싶었다. 상대에게 불필요한 정보를 주지 않는 편이 좋겠다는 생각에 아직 다른 수사관들에게는 접촉을 허락하지 않았다.

퍼레이드가 벌어진다는 기쿠노 거리에 면한 '나미키야'는 입구가 격자문으로 되어 있는 서민적인 분위기의 음식점이었다. 6인용 테이블 네 개에 4인용 테이블이 두 개 놓여 있었다. 구사나기와 우쓰미 가오루는 한가운데 있는 6인용 테이블을 사이에 두고 나미키 가족과 마주 앉았다. 나미키 가족이란 부부와 둘째 딸 나쓰미다.

나미키 유타로는 넓은 이마와 초승달 모양 눈썹이 사람 좋은 인상을 풍기는 인물이었다. 마르기는 했지만 등을 꼿꼿하게 펴고 앉아 있어 당당해 보였다. 그리고 그의 아내 마치코는 커다란 눈의 미인이었다. 구사나기는 사진 속 나미키 사오리를 떠올렸다. 그녀는 엄마를 닮은 듯했다. 나쓰미도 생김새가 반듯하지만 동양적인 느낌으로, 언니나 엄마와는 조금 다른 인상이었다.

"뭐가 뭔지 하나도 모르겠습니다. 대체 어떻게 된 일입니까?"

나미키가 구사나기의 명함을 손에 쥔 채 말했다.

"시즈오카 현경에서 불쑥 전화를 해서는 우리 딸로 보이는 사체가 발견되었다면서 DNA 감정을 했으면 좋겠다고 하더라고요. 그러라고 했더니 며칠 있다가 DNA가 일치하니 시즈오카에 와서 시신을 인수해 달라는 겁니다. 물론 가기는 했습니다만, 생판 모르는 동네라서 한참 헤맸어요. 왜 사오리의 시신이 시즈오카에서 발견됐는지 내가 묻고 싶을 정도였습니다."

구사나기는 천천히 고개를 끄덕거렸다.

"어떤 심정이실지 잘 압니다. 말씀대로, 수수께끼가 상당히 많은 사건입니다. 왜 그런 장소에서 시신이 발견되었는지, 그 지점에서 수사를 전개할 생각입니다."

사오리는, 하고 마치코가 입을 열었다.

"역시 누군가에게 살해당한 거죠?"

목소리가 가늘게 떨렸다.

"그랬을 가능성도 있습니다."

구사나기는 신중하게 말을 골랐다.

"앞으로 수사를 통해 밝혀 나가려고 합니다."

마치코의 눈썹이 꿈틀, 움직였다.

"살해당한 게 아니면 뭐겠어요. 시즈오카까지 가서, 낯선 사람 집에서 병에 걸려 죽기라도 했다는 말씀인가요?"

마치코가 침이 튈 만큼 격한 어조로 말했다.

"여보. 진정해."

나미키가 그녀를 제지했다.

노려보듯이 남편을 바라보던 마치코가 잠시 후 입을 다물고 고개를 숙였다. 하지만 여전히 호흡이 거칠다는 걸 어깨의 들썩거림으로 알 수 있었다.

"부인 말씀이 지당합니다."

구사나기가 애써 평온하게 말했다.

"상황으로 미루어 모종의 사건에 휘말렸을 가능성이 아주 높습니다. 그래서 묻고 싶은데요, 따님이 실종되기 전에 뭔가 이상한 점은 없었습니까? 수상한 전화가 걸려 왔다거나, 수상한 사람을 봤다거나……."

잠시 아내와 마주 보던 나미키가 구사나기에게 눈길을 돌리고 고개를 가로저었다.

"실종됐을 당시에도 경찰이 똑같은 질문을 했지만 떠오르는 게 없었습니다. 나쁜 사람과 사귄 것 같지도 않고, 그저 지극히 평범한 일상을 보내고 있었는데……."

"사귀는 남자는 없었습니까?"

그러자 마치코가 뭔가 생각난 듯한 표정으로 옆에 있는 나쓰미를 보았다. 나쓰미는 잠깐 주저하다가 입을 열었다.

"언니가 비밀을 지키라고 했지만, 사실은 가게에 자주 오는 사람과 사귀고 있었어요."

다카가키라는 남자로, 회사원이며 사오리보다 다섯 살 많다고 나쓰미는 말했다. 가게에 오는 손님과 사귄다는 걸 알면 아빠가 싫어할 것 같아서 다른 사람들에게는 숨겼다는 것이다.

"우리도 사오리가 실종된 후에야 나쓰미에게 듣고 알았어요."

마치코가 말했다.

"그 사람, 지금도 여기 옵니까?"

"지난 1년간은 오지 않았어요. 사오리가 행방불명된 후로도 가끔 왔었는데."

마치코의 말로 미루어 가게에 오지 않게 된 이유는 모르는 듯했다.

"혹시 연락처를 아세요?"

마치코가 다시 딸 쪽을 보았다. 나쓰미는 회사 번호라면 안다고 대답했다. 전철로 네 정거장 떨어진 곳에 있는 인쇄 회사라고 했다.

"그 외에 사오리 씨가 각별히 친하게 지냈던 사람이 있습니까? 남녀 불문하고요."

"몇 명 있어요. 학교 때 같은 반이었던 아이라든가……."

마치코가 대답했다

"주소록이 있었던 것 같은데, 가져올까요?"

그녀가 일어서려는 듯한 동작을 취하며 말했다.

"아닙니다, 나중에 부탁드리겠습니다. 그보다, 여러분이 봐 주셨으면 하는 게 있는데요."

구사나기는 우쓰미 가오루에게 눈짓을 했다.

우쓰미 가오루가 가방에서 사진 한 장을 꺼내 테이블에 올려놓았다. 정확히 말하면 운전면허증의 얼굴 사진을 컬러 복사한 것이었다. 나미키 가족 셋이 동시에 테이블 쪽으로 몸을 기울였다.

맨 먼저 아니, 하고 소리를 지른 사람은 마치코였다. 그녀의 커다란 눈이 더욱 활짝 열렸다.

"아시겠어요?"

구사나기의 물음에 마치코가 사진을 손으로 집어 들고 찬찬히 들여다보며 고개를 끄덕였다.

"이 사람……, 기억하지?"

마치코가 나미키에게 사진을 내밀며 물었다.

나미키의 표정은 이미 일그러져 있었다. 사진을 바라보는 그의 눈빛이 심상치 않았다.

"기억하고말고. 그놈이잖아."

그가 내뱉듯이 말했다.

"누군데?"

나쓰미가 두 사람에게 물었다. 나쓰미는 모르는 사람인 듯했다.

"전에 가게에 자주 오던 사람이야. 늘 혼자서, 음침한 표정을 하고……. 왠지 인상이 안 좋다 싶었는데."

마치코가 사진을 구사나기 코앞에 들이댔다.

"이 남자입니까? 이놈이 우리 사오리를 죽였어요?"

"아니, 아직은 모릅니다. 사건과 관계가 있을 수도 있다고만 해 두겠습니다."

사진 속 인물은 하스누마 간이치였다. 구사나기는 팔을 뻗어 마치코에게서 사진을 돌려받았다. 그리고 다시 사진이 인쇄된 면을 나미키 부부 쪽으로 향하게 했다.

"이 사람에 대해서 감정이 그다지 좋지 않으신 것 같군요. 무슨 문제라도 있었습니까?"

"문제라고 해야 할지……."

마치코가 남편을 보며 말했다.

"저희가 출입을 금지했습니다."

나미키가 말했다.

"출입을 금지했다고요? 가게에 못 들어오게 했다는 말씀인가요?"

"그렇습니다."

나미키가 고개를 주억거렸다.

"하도 눈에 거슬려서 말이죠."

"뭐가요?"

"딸에게……, 사오리에게 술을 따르라고 하더라고요."

"술을요?"

네, 하며 나미키는 불쾌한 표정으로 턱을 당겼다.

"이렇게 가게가 조그맣다 보니 얼굴이 눈에 익은 단골이 많습니다. 그런 손님들에게는 사오리도 스스럼없이 맥주를 따라 주기도 했어요. 그런데 그 모습을 본 남자가……,"

나미키는 구사나기가 들고 있는 사진을 한 번 쏘아본 뒤 말을 이었다.

"자기한테도 술을 따르라는 겁니다. 그뿐 아니라 옆에 와서 앉으라고 했어요. 그래도 일단은 손님이니까 그때는 사오리도 참고 시키는 대로 했는데, 그 후로도 그런 일이 간간이 있었어요. 그래서 보다 못한 제가 말했습니다. 우리 가게는 밥집이니 그런 짓을 하려거든 두 번 다시 오지 말라고요. 아마 그날은 밥값을 받지 않았을 겁니다."

"그랬더니 남자가 뭐라고 하던가요?"

"아무 말 없이 나갔습니다."

"그 후로는요?"

그 후로는, 하고 나미키가 아내 쪽으로 고개를 돌렸다.

"안 왔지?"

마치코가 고개를 끄덕였다.

"안 왔을 거예요."

"그게 언제 일입니까?"

언제였더라, 하면서 나미키가 고개를 갸웃했다.

"처음 술을 따르라고 한 게 퍼레이드가 있던 날이었어요. 그리고 한 달 좀 지났을 때였으니까……, 3년이 좀 넘은 12월일 겁니다."

언니가, 하고 나쓰미가 중얼거렸다.

"행방불명되기 얼마 전이네."

"알겠습니다."

구사나기가 사진을 우쓰미 가오루에게 건넸다.

"누굽니까, 그 남자?"

나미키가 약간 격앙된 말투로 물었다.

"가게에 몇 번 오기는 했어도 어디 사는 누구인지는 모르거든요."

나미키의 질문에 구사나기가 씁쓸한 미소를 지었다.

"죄송하지만 아직 말씀드릴 단계는……."

"이름 정도는 가르쳐 주실 수 있잖아요."

마치코가 애원하는 듯한 눈빛으로 구사나기를 바라보며 말했다.

"부탁이에요."

"이해해 주세요. 수사가 이제 막 시작되었을 뿐입니다. 보고드릴 만한 내용이 생기면 곧바로 연락하겠습니다."

구사나기는 우쓰미 가오루에게 눈짓하고 나서 자리에서 일어섰다. 그리고 새삼 세 사람을 바라보았다.

"오늘, 협조해 주셔서 감사합니다. 전력을 다해서 사건의 진상을 밝힐 테니 앞으로도 잘 부탁드립니다."

구사나기가 고개를 깊이 숙이자 옆에 서 있던 우쓰미 가오루도 "잘 부탁드립니다."하고 고개를 숙였다.

비극의 소용돌이 속에 놓인 가족은 아무 대꾸도 하지 않았다.

6

색을 다시 조정한 후 눈을 감고 몇 초 기다린 다음 다시 눈을 뜨고 모니터를 바라보았다. 일단 눈을 리셋하지 않으면 색이 좋아졌는지 어떤지 자신도 잘 알 수 없기 때문이다.

다카가키 도모야는 모니터를 확인하면서 그런대로 괜찮다고 생각했다. 화면에 보이는 것은 고급 실버타운의 어느 방 사진이었다. 팸플릿에 실을 사진을 고르고 있는데, 분위기가 밝게 보이도록 해 달라는 게 고객의 주문이었다. 그러자면 사진을 있는 그대로 실어서는 안 된다. 어느 정도는 가공이 필요하다.

창문으로 빛이 들어오는 느낌을 내 볼까 생각하는 참에 옆에 놓여 있던 스마트폰의 착신음이 울렸다. 받아 보니 안내데스크 여직원이다.

"손님이 다카가키 씨를 만나고 싶다고 합니다. 우쓰미 씨라는데요."

"우쓰미 씨요?"

아는 사람 중에는 그런 이름이 없다.

"기쿠노 상점가 관계자랍니다."

"기쿠노?"

익숙한 지명이다. 도모야가 지금 살고 있는 곳이었다. 다만 어떤 이유로 최근에는 상점가에 가지 않았다.

"어떻게 할까요? 바쁘시면 그렇게 전하겠습니다."

"아닙니다. 지금 갈게요. 용건이 뭔지 궁금하군요."

도모야는 컴퓨터를 켜 놓은 채 의자에서 일어났다.

안내 데스크 앞에서 기다리고 있는 사람은 검은 바지 정장 차림의 여자였다. 긴 머리를 하나로 묶은 그녀는 서른, 혹은 그보다 조금 더 들어 보였다.

"다카가키 씨?"

여자가 다가와 물었다.

그렇다고 대답하자 그녀는 한 걸음 더 다가왔다. 그리고 안내 데스크 쪽을 힐끔 본 후 웃옷 안주머니에서 뭔가를 꺼내 들고 "이런 사람입니다."라고 목소리를 낮추어 말했다.

그게 뭔지 곧바로 알아보지는 못했다. 경찰 배지라는 걸 알아차린 건 몇 초가 지나서였다. 도모야는 눈을 껌벅거리며 상대의 얼굴을 바라보았다.

경찰은 그 시선을 피하지 않고 그를 똑바로 마주 보았다.

"어디 가서 조용히 얘기를 나눴으면 하는데요."

다른 사람이 둘의 대화를 듣지 않았으면 좋겠다는 의미인 듯했다.

"미팅 룸이 있습니다. 거기면 될까요? 좁기는 하지만."

"네, 좋습니다. 감사합니다."

그녀의 정중한 말투로 보아 자신에게 무슨 죄를 따지려는 의도는 없는 듯해서 도모야는 안도했다. 하기야 경찰이 개입할 만한 일을 한 기억은 전혀 없었다.

테이블과 의자가 전부인 살풍경한 조그만 방에서 도모야는 경찰과 마주했다. 그녀가 명함을 꺼내 새삼 자신을 소개했다. 경찰청 수사 1과에 소속된 우쓰미 가오루라는 순사부장이었다.

"바쁘실 텐데 죄송합니다. 본론으로 들어가겠습니다. 이 여자분, 아시죠?"

그녀가 꺼낸 사진을 보고 도모야는 숨을 삼켰다. 모를 리 있겠는가. 잊은 적도 없고, 잊으려야 잊을 수도 없는 얼굴이다.

"나미키 사오리……입니다."

손가락으로 브이 자를 그리며 웃고 있는 사오리의 얼굴을 바라보며 대답했다.

"다카가키 씨와는 어떤 관계였습니까?"

도모야는 마른침을 삼킨 다음 입을 열었다.

"사귀는 사이였습니다. 3년 전 얘기지만요. 저, 우쓰미 씨, 혹시 사오리가……."

뒤이을 말이 떠오르지 않았다.

경찰이 눈썹을 살짝 찡그리며 고개를 끄덕거렸다.

"시즈오카현의 어느 주택에서 화재가 발생했는데, 그 현장에서 시신이 발견되었어요."

"시즈오카라고요?"

뜻밖의 지명이었다.

"하지만 사망한 시기는 그보다 훨씬 전으로 보입니다. 아마도 실종 직후가 아닐까 싶습니다."

도모야는 몸속에서 뭔가가 빠져나가는 듯한 감각을 느꼈다. 역시 그랬다. 죽은 것이다.

어느 정도 체념하고 있었지만, 이렇게 사실을 확인하니 역시 충격이었다.

도모야는 잠시 숨을 고른 다음 다시 우쓰미 가오루를 바라보았다.

"그런데 왜 시즈오카죠?"

"그건 아직 몰라요. 지금 그 점을 포함해서 수사 중입니다. 다카가키 씨는 혹시 짚이는 바가 없나요? 생전에 사오리 씨에게 시즈오카에 관한 얘기를 들은 적이 있다거나……."

"한 번도 없습니다."

도모야가 딱 잘라 말했다.

"사오리는 시즈오카에 간 적조차 없을 겁니다."

"사오리 씨 부모님도 그렇게 말씀하시더군요."

우쓰미 가오루는 고개를 끄덕이고 나서 다시 도모야의 얼굴을 빤히 바라보았다.

"사오리 씨와는 어느 정도의 사이였나요? 대답할 수 있는 범위 내에서 말씀하시면 됩니다."

"어느 정도라고 하시면……, 뭐, 보통 사이 아니었을까요?"

도모야가 머리를 긁적이고 나서 말을 계속했다.

"정식으로……라는 말은 좀 이상하게 들릴지도 모르겠지만, 둘이서 데이트를 시작한 건 그녀가 고등학교를 졸업할 무렵이었습니다. 저도 입사 2년 차라 일에 익숙해져 있어 조금은 여유가 생겼을 때였죠. 그 전까지는 제가 '나미키야'에 갔을 때 얘기를 나누는 정도였습니다."

"데이트의 빈도는요?"

"1, 2주에 한 번 정도였을 겁니다. 둘 다 바빠서요."

"주로 어떤 곳에서 하셨죠? 불편하시다면 말씀하지 않으셔도 됩니다."

"도심으로 놀러 간 적이 많습니다. 그래 봐야 가서 어슬렁어슬렁 걸어 다녔을 뿐이지만요. 쇼핑도 하고요."

육체관계에 관해서도 물으려나, 하고 도모야는 생각했다. 아무리 경찰이라지만 프라이버시를 그렇게까지 침해할 권리가 있을까.

그러나 우쓰미 가오루는 그 이상 파고들지는 않았다. 대신 가장 핵심이라고 할 수 있는 질문을 던졌다.

"사오리 씨가 실종될 당시의 상황을 가능한 한 자세히 말씀해 주시겠습니까."

도모야는 기억을 더듬었다.

"제가 실종 사실을 알게 된 건 며칠이 지나서였습니다. 메시지를 보내도 확인하지 않고 전화도 받지 않아서 이상하다 싶어 회사에서 돌아오는 길에 '나미키야'에 들렀더니 임시 휴업이라는 팻말이 붙어 있는 겁니다. 무슨 일일까 하고 걱정하던 참에 나쓰미에게서 연락이 왔어요. 그래서 사정을 알게 되었습니다."

"경찰에서는 연락이 없었습니까?"

"없었어요. 저와 사오리의 관계를 아는 사람은 나쓰미뿐이었고, 다른 사람에게는 비밀로 하기로 나쓰미와 약속이 되어 있었던 것 같습니다. 제게 폐를 끼쳐서는 안 된다고 생각해서 경찰에도 알리지 않았다고, 나중에 나쓰미에게 들었습니다."

얘기하는 사이에 당시의 일이 도모야의 뇌리에 되살아났다.

도모야는 사오리의 실종 사실을 알게 된 후 몇 번이나 '나미키야'를 찾아갔다. 그러나 그 출입문은 늘 닫혀 있었다. 상황을 알고 싶어 전전긍긍했지만, 누구보다 가족이 괴로울 것이라며 스스로를 달랬다.

"그럼 단도직입적으로 묻겠습니다."

우쓰미 가오루가 도모야를 똑바로 바라보았다.

"나미키 사오리 씨는 무슨 이유로 실종되었고, 또 사망했다고 생각하십니까?"

더할 나위 없이 직설적인 질문이었다. 당황한 도모야는 고개를 가로저었다.

"모르겠습니다. 제가 그걸 어떻게 알겠어요. 어느 날 갑자기 행방불명되어 여기까지 왔는데요."

"저희 경찰은 나미키 사오리 씨가 모종의 사건에 휘말렸을 가능성이 높다고 봅니다. 그 점에 대해서는 어떻게 생각하세요, 동의하십니까?"

"물론입니다."

이번에는 고개를 끄덕였다.

"누군가에게 살해당했다고 봅니다."

"그 누군가, 말인데요. 혹시 짚이는 사람이라도 있나요?"

경찰이 살피는 듯한 시선을 도모야에게 향했다.

그 순간 상상 하나가 그의 머릿속을 스쳤다. 그 탓에 조금 늦긴 했지만 결국 도모야는 "없는데요."라고 대답했다.

"방금 잠시 대답을 주저하시던데요."

우쓰미 가오루가 날카롭게 파고들었다.

"떠오르는 인물이 있는 거 아닙니까?"

"아니, 그게……."

도모야가 우물쭈물하자, 우쓰미 가오루는 "다카가키 씨." 하고 웃는 얼굴로 부드럽게 그를 불렀다.

"듣는 사람이라고는 저밖에 없습니다. 메모하지도 않을 테니 하고 싶은 말씀이 있으면 주저하지 말고 하세요. 오해일지도 모른다, 무책임한 억측을 입 밖에 낼 수는 없다, 하는 복잡한 생각은 하지 마시고요. 진실과 거짓이 뒤섞인 정보 속에서 진실을 찾는 것이 저희의 일입니다. 아무쪼록 협조를 부탁드립니다."

그리고 그녀는 고개를 숙였다.

도모야는 마른 입술을 혀로 핥았다. 형사의 지적이 옳았다. 그녀는 그의 속마음을 꿰뚫어 본 것이다.

"이렇다 할 근거는 없습니다. 제 상상일 뿐이죠."

"상관없습니다."

우쓰미 가오루가 도모야를 살짝 올려 뜬 눈으로 봤다. 눈매가 기다란 그녀의 눈이 반짝 빛나는 듯했다.

도모야는 헛기침을 한 번 하고 나서 입을 열었다.

"사오리가 고등학교를 졸업하던 해 가을 무렵이었을 겁니다. '나미키야'에 이상한 손님이 드나든다는 말을 하더군요. 끈적한 눈빛으로 자기를 힐끔거리고, 맥주를 따르라고 한 적도 있다는 거예요. 늦은 시간에만 와서 저와 마주친 적은 없었습니다. 그래서 한번은 작정하고 늦게까지 남아 있었더니 그 남자가 나타났어요. 그녀가 말한 대로 술을 따르라고 하더군요. 심지어 옆에 앉으라는 소리까지 했어요. 그때는 사오리가 요령 있게 둘러대고 2층으로 올라갔는데, 그 후로도 그 남자는 가게에 자주 드나드는 듯했어요. 제가 걱정하자 사오리는 괜찮을 거라고 했죠. 그러던 중 가게에 온 그 남자를 사오리 아버지가 쫓아내서 그 후로는 오지 않게 되었어요. 그런데……."

도모야는 그다음 얘기까지 해도 좋을지 망설이는 듯했다.

"그런데, 뭐죠?"

우쓰미 가오루가 채근하듯이 물었다.

"사오리 말이 그 후로 동네에서 종종 그 남자와 마주친다는 겁니다. 문득 고개를 돌려 보면 바로 옆에 그 남자가 있곤 했답니다. 그런 일이 몇 번이나 있었대요. 그럴 때는 재빨리 도망쳤다고 합니다."

"스토킹을 당했다는 말인까요?"

"그건 잘 모르겠습니다. 사오리는 기분 탓인지도 모르겠다고 했지만요."

"그 사람에 관해서 더 아는 바는 없으세요? 이름이라든가, 또는 직업이라든가……."

도모야는 고개를 저었다.

"전혀 모릅니다. '나미키야'에 왔던 손님이라는 것 외에는 어디 사는 사람인지도 몰라요."

"이 얘기를 경찰에게 하시는 건 처음이죠?"

"네. 왜냐하면, 사오리가 실종되기 얼마 전의 일이라서 실종 직후에는 연관 지어 생각하지 못했습니다. 그런데 이리저리 기억을 더듬다 보니 혹시 그 남자와 관계가 있지 않을까 하는 생각이……."

우쓰미 가오루는 생각에 잠긴 듯 잠시 침묵하다가 옆에 놓아두었던 가방을 열었다.

"이 중에 그 남자가 있습니까?"

그러면서 그녀는 테이블 위에 사진 다섯 장을 늘어놓았다. 모두 남자의 얼굴 사진으로, 운전면허증 사진을 복사한 듯했다.

왼쪽에서 두 번째 사진으로 시선이 갔을 때 도모야는 화들짝 놀랐다. 움푹 꺼진 볼과 퀭한 눈이 기억에 있었다.

이 사람이에요, 하고 사진을 손가락으로 가리켰다.

"그렇군요."

경찰은 별다른 표정의 변화 없이 사진을 도로 가방에 넣었다.

"역시 그 남자인가요?"

도모야가 물었다.

"경찰이 사진을 들고 다닐 정도라면 이미 경찰이 그를 주목하고 있다는 뜻이겠군요. 증거는 찾았습니까?"

우쓰미 가오루가 입가에 희미한 미소를 머금었다.

"현재 여러 방면으로 수사 중입니다. 하지만 그 사람만 의심하고 있는 것은 아니에요."

"저……, 그럼 이름만이라도 가르쳐 주세요. 어디 사는 누구입니까?"

"죄송합니다. 그걸 가르쳐 드린다고 해도 수사에 플러스가 될 것 같지는 않습니다."

"마이너스가 되지도 않을 텐데요."

"다카가키 씨가 누군가에게 발설해서 그 정보가 나돌게 되면 수사에 방해될 우려가 충분히 있죠."

"아무에게도 얘기하지 않을게요. 약속드리겠습니다."

"그 말을 믿기보다는 말씀드리지 않는 편이 저희로서는 위험 부담이 적어서요. 이해해 주세요."

담담한 그녀의 말을 듣고 도모야는 입술을 깨물었다. 야속하지만 그녀의 말이 옳았다.

우쓰미 가오루가 손목시계를 내려다봤다.

"참고가 많이 되었습니다. 협조해 주셔서 감사합니다."

그녀는 고개를 숙인 뒤 자리에서 일어났다.

그녀를 현관까지 배웅하고 나서 도모야는 자기 자리로 돌아갔다. 그러나 좀처럼 일이 손에 잡히지 않았다. 문득 정신을 차려 보니 어느새 스마트폰으로 기사를 검색하고 있었다. 그러나 나미키 사오리라는 이름만으로는 검색이 되지 않았다. 인터넷 뉴스에서 실명은 거론되지 않는 듯했다.

스마트폰을 내려놓고 의자 등받이에 몸을 기댄 그는 물끄러미 책상을 응시했다. 입사 때 지급된 책상이다. 그 무렵의 기억이 되살아났다.

5년 전 4월, 도모야는 처음으로 '나미키야'에서 저녁을 먹었다. 같이 사는 어머니 리에는 간호사로, 그날은 야간 당직이어서 저녁을 도모야 혼자 해결해야 했다. '나미키야'는 역에서 집으로 가는 길에 있었는데, 분위기가 좋아 보여 언젠가 한번 들러 볼 생각이었다.

그날 도모야는 가게에서 일하는 사오리를 봤다. 조막만 한 얼굴에 눈이 커다란 그녀는 지금 당장 연예계에 발을 들여놓는다 해도 이상하지 않을 만큼 용모가 수려했다. 무엇보다 표정이 생기발랄해 마음이 끌렸다. 가게를 처음 찾은 도모야를 마치 단골인 양 친근하게 대해 주는 것도 기뻤다.

도모야가 진짜 단골이 되는 데는 시간이 그리 많이 걸리지 않았다. 자신도 모르는 새 일주일에 한 번은 '나미키야'를 찾고 있었다. 때로는 리에가 야간 당직이 아닌데도 밖에서 저녁을 먹고 들어오겠다고 말하고 퇴근길에 '나미키야'에 들르기도 했다. 물론 음식이 맛있기도 했지만, 그보다는 사오리를 만나는 게 더 큰 목적이었다.

하지만 서둘러 고백할 생각은 없었다. 사오리는 아직 고등학생이 아닌가.

게다가 사오리가 받아들여 줄지도 의문이었다. 수시로 드나드는 동안 사오리가 자기를 싫어하지 않는 것 같다는 느낌은 받았지만, 자신이 편한 대로 해석했을 가능성도 충분히 있었다.

사오리에게 애인이 없다는 것은 그녀의 부모가 하는 얘기를 듣고 알았다. 하지만 도모야처럼 사오리에게 눈독을 들이고 찾아오는 손님도 한둘이 아니었다. 젊은 남자 손님이 있으면 신경이 쓰였다. 하나같이 그녀를 노리고 있는 것처럼 느껴졌던 것이다. 누구에게나 살가운 그녀의 태도도 도모야를 불안하게 했다.

그러는 가운데 1년이 순식간에 지나갔다. 3월의 어느 밤, 도모야는 손님이 없는 시간을 틈타 사오리에게 졸업 축하 선물을 건넸다. 나비 모양의 금색 집게 머리핀이었다.

사오리는 눈을 반짝거리며 그 자리에서 핀을 머리에 꽂았다. 주위에 거울이 없어서 도모야가 뒤에서 스마트폰으로 사진을 찍어 보여 주었다.

"와, 예쁘다!"

스마트폰 화면을 본 사오리가 탄성을 올렸다. 그 표정이 연기로 여겨지지는 않았다.

"이거 꽂고 빨리 어디 가고 싶어. 어디를 가면 좋을까……."

그리고 핀을 만지작거리던 그녀가 도모야를 바라보았다.

"도모야 씨, 나 어딘가 데려가 줘."

도모야는 화들짝 놀랐다. 설마 이런 말을 듣게 될 줄은 꿈에도 몰랐다.

"그럼, 영화라도 보러 갈까?"

도모야가 허둥거리며 제안하자 사오리는 난감한 표정을 지으며 어두운 곳은 의미가 없다고 대답했다.

결국 첫 데이트는 도쿄 디즈니랜드에서 하게 되었다. 사오리는 거울을 발견할 때마다 핀을 꽂은 자신의 뒷모습을 비춰 보며 예쁘다는 감탄사를 연발했다.

이때를 시작으로 두 사람은 정기적으로 데이트하게 되었다. 도모야는 사귈수록 점점 더 사오리가 좋았다. 그녀는 다정하고, 타인을 배려할 줄 아는 성품이었다.

교제하고 있다는 사실을 주위에는 비밀에 부친 채 어머니 리에에게만 털어놓았다. 그러자 사오리를 한번 만나 보고 싶다고 해서 도모야는 그녀를 집으로 데려갔다. 리에는 한눈에 그녀가 마음에 든 눈치였다. "우리 도모야에게는 과분할 만큼 멋진 아가씨네."라고 말하기까지 했다.

하지만 사오리는 겨우 열아홉 살이었다. 미래를 얘기하기는 아직 이르다고 생각했다. 무엇보다 그녀에게는 가수가 되겠다는 꿈이 있었다. 그 꿈이 이루어지도록 자신도 돕고 싶었다.

그런데 모든 것이 한순간에 무너졌다. 사오리가 사라진 이후 3년간은 그야말로 지옥이었다. 날마다 몸부림치며 괴로워했다. 일말의 정보라도 얻고 싶어서 '나미키야'를 드나들기도 했지만, 마침내는 발길이 멀어지고 말았다. 더는 희망이 없다고 체념했기 때문이었다.

7

니쿠라 나오키의 집을 찾아온 사람은 기시타니라는 경시청 경부보와 기쿠노 경찰서의 젊은 형사였다. 기시타니는 마흔 남짓한 지적인 용모의 남자로 말투도 온화했다.

언젠가는 경찰이 자신을 찾아올 거라고 예상했던 터라 니쿠라로서는 그들의 방문이 의외는 아니었다. 사오리의 시신이 발견되었다는 사실도 '나미키야'의 나미키 유타로에게 들어 이미 알고 있었다. 수사 책임자 중 한 사람이 '나미키야'를 찾아왔다고 했다.

기시타니의 질문의 요지는 세 가지였다. 사오리가 실종될 당시의 상황, 그녀의 인간관계, 그리고 사오리가 휘말렸을 만한 사건에 관해 짚이는 바가 있는지.

니쿠라는 어떻게든 그들의 수사에 도움이 될 만한 정보를 제공하고 싶었다. 그러나 실제로는 기시타니의 질문에 미간을 찡그리며 고개를 갸웃하는 게 전부였다. 자신이 한심했지만 어쩔 수 없었다. 지금 이 자리에서 제공할 만한 실마리가 있다면 이미 3년 전에 경찰에 얘기했을 것이다.

수확이 거의 없었을 텐데도 기시타니는 협조해 주어 감사하다며 돌아갔다. 그들을 현관 앞까지 배웅하면서, 니쿠라는 허망함과 무력감을 느꼈다.

아내 루미와 함께 거실로 돌아갔다. 테이블 위에 경찰들이 입도 대지 않은 찻잔이 놓여 있었다.

"커피라도 끓일까?"

찻잔을 치우면서 루미가 물었다.

"아, 그래. 한잔 마실까."

소파에 앉은 니쿠라는 기시타니가 놓고 간 명함을 집어 들며 한숨을 내쉬었다.

경찰에 이렇다 할 정보를 제공하지 못한 것처럼, 니쿠라 부부 역시 그들로부터 별다른 정보를 얻지 못했다. 사오리의 시신이 발견되었다는 시즈오카의 집이 누구의 것인지조차 그들은 가르쳐 주지 않았다.

유일한 수확이라면, 이런 사람을 본 적이 있느냐며 남자의 얼굴 사진을 보여 준 것이다. 그러고 보니 나미키도 경찰이 자신에게 어떤 남자의 사진을 보여 주었다고 말했다. 아마 같은 사진일 것이다. 나미키에 따르면 사진 속 남자는 가게에 자주 왔던 손님으로, 사오리에게 종종 치근덕거리곤 했다고 한다. 그러나 니쿠라는 그 남자를 본 적이 없었다. 당연히, 누구인지도 모른다.

그 남자가 범인일까. 사오리는 그놈에게 살해당했을까.

사진 속 얼굴을 떠올렸다. 절대 인상이 좋다고는 말할 수 없었다. 성추행을 목적으로 접근했는데, 저항해서 죽였다, 그런 것일까. 만약 그렇다면 이 무슨 변괴란 말인가.

나미키 사오리는 니쿠라가 오랜만에 발견한 다이아몬드 원석이었다.

기쿠노 상점가에 천재 소녀가 있다는 소문은 일찍이 들었다. 소녀의 노래를 듣고 싶어 하는 사람들로 노래자랑 대회장이 발디딜 틈이 없다고 했다. 그러나 니쿠라는 별 관심을 보이지 않았다. 고작해야 노래자랑이다. 어린아이가 노래 좀 한다니까 어른들이 들썩거린다, 그 정도일 거라며 무시했다.

그러다가 한번은 아는 음악 관계자가 팸플릿 한 장을 보여 주며, 손해 볼 일 없으니까 가서 들어 보라고 권했다. 그 지역 고등학교 문화제를 소개하는 내용이었다. 그중 밴드부 공연이 있는데 보컬이 예의 천재 소녀라는 것이다.

마침 그날 시간이 비어 루미와 함께 가 보기로 했다. 하지만 기대는 전혀 없었다. 싸구려 록 음악이나 흉내 내겠지, 하는 마음이었다.

그런데 그의 예상이 크게 빗나갔다. 나미키 사오리가 부른 노래는 록이 아니라 재즈와 블루스였다. 그것도 스탠더드 넘버가 있는가 하면, 음악에 상당히 정통한 사람이 아니면 알 수 없는 곡도 있었다. 하나같이 난도가 높은 곡들이었다. 그런 곡들을 사오리는 훌륭하게 소화했다. 그 독특한 목소리에는 목관 악기를 연상케 하는 깊은 울림이 있었다. 뿐만 아니라 음악을 대하는 감성도 뛰어났다. 곡의 의미를 완전히 이해한 것처럼 보였다. 여고생의 노래라는 게 믿기지 않을 정도였다.

정신을 차려 보니 어느덧 공연이 끝나 있었다. 더 듣고 싶다는 생각이 들었다.

공연장을 나온 후 니쿠라는 루미와 공연에 대한 얘기를 나누었다. 둘 다 흥분을 가라앉히지 못하고 있었다. 사오리의 재능을 그냥 보아 넘길 수 없다는 데 두 사람의 의견이 일치했다.

그 즉시 사오리의 집을 찾아가 부모님을 만났다. 그들은 딸에게 재능이 있다는 건 알고 있었지만 가수가 될 정도라고는 생각해 본 적이 없는 듯, 당황한 기색이 역력했다. 그러나 니쿠라가 열과 성을 다해 설득하자 현실적인 문제로 받아들이는 눈치였다. 마침내는 본인의 의사를 물어보겠다고 말했다.

딸이 도전해 보고 싶다고 합니다. 며칠 후 나미키의 전화를 받은 부부는 뛸 듯이 기뻐했다.

이렇게 해서 니쿠라는 나미키 사오리라는 다이아몬드를 손에 넣었다. 그러나 아직은 원석에 불과했다. 찬란하게 빛을 내려면 좀 더 갈고닦아야 한다. 니쿠라는 인맥을 동원해 신뢰할 만한 보컬 트레이너를 사오리에게 붙이고, 방음실이 있는 자신의 집에서 레슨을 받도록 했다.

그는 어떻게 해서든 사오리의 재능을 꽃피워야 한다고 생각했다. 사오리는 일본의, 아니 어쩌면 전 세계의 재산이 될지도 모르는 아이다. 그러기 위해서라면 자신이 가진 걸 모두 쏟아부어도 좋았다.

니쿠라의 집안은 대대로 의사였다. 병원을 몇 군데나 운영했고, 현재는 두 형이 가업을 이어 가고 있다. 니쿠라 자신도 의대를 다녔었다. 그대로 의사의 길을 걷는가 했는데, 학창 시절 밴드 활동에 빠져 그만 인생행로가 바뀌었다. 원래부터 음악을 좋아하긴 했다. 다섯 살 때부터 피아노를 배웠고, 중학교에 올라갈 무렵에는 작곡에도 관심이 생겼다. 의사보다 음악가가 되고 싶다는 꿈이 애초부터 있었던 것이다.

대학을 중퇴할 때는 주위의 반대가 심했지만, 꾸준히 음악 활동을 계속하다 보니 점차 응원해 주는 사람이 늘었다. 그중에서도 두 형은 니쿠라의 든든한 응원군이었다. 병원은 자신들이 어떻게든 운영해 볼 테니 너는 하고 싶은 일을 하라고 했다. 금전적인 면에서 전혀 어려움이 없었던 것도 모두 형들 덕분이다.

하지만 자신에게 재능이 없다는 것을 비교적 빨리 알게 되었다. 마흔을 지날 무렵부터는 재능 있는 젊은이를 발굴해 육성하고 싶다는 생각을 했고, 음악 학원과 스튜디오를 운영하면서 그 기회를 엿보았다. 그 결과 몇 명의 신인을 발굴해 음악계로 내보내기도 했다. 그 가운데서도 사오리는 각별했다.

니쿠라 부부의 기대대로 사오리는 하루가 다르게 발전했다. 그리고 이만하면 세계 무대에서도 통하겠다는 자신감이 생겼을 무렵 뜻밖의 일이 일어났다. 자신들의 보석이 자취를 감춘 것이다.

꿈에도 생각지 못한 일이었다. 사고를 당했다거나 병이 들었다면 포기할 수도 있었다. 그런데 하루아침에 사라지다니, 어떻게 이런 일이 생긴단 말인가. 사오리가 실종된 것을 알았을 때는 왜 좀 더 딸의 행동을 주의 깊게 살피지 않았느냐고, 말이 안 되는 줄 알면서도 나미키 부부에게 화를 냈다.

사오리가 사라진 후로 니쿠라의 삶은 완전히 달라졌다. 삶의 보람을 잃고 그저 멍하니 시간만 보내는 날들이 계속되었다. 아마도 남들 눈에는 얼빠진 사람처럼 보였을 것이다.

커피 향에 퍼뜩 정신을 차렸다. 루미가 커피를 쟁반에 받쳐 들고 돌아와 있었다.

"블랙인데, 괜찮지?"

응, 하고 대답하며 니쿠라는 커피 잔으로 손을 뻗었다. 커피를 입안에 흘려 넣었지만 맛을 느낄 수 없었다. 감각이 둔해진 듯했다. 지금 그의 머릿속에는 사오리 생각밖에 없다.

여보, 하고 루미가 말을 꺼냈다.

"그 사진 속 남자가 범인일까?"

"글쎄……. 하지만 그럴 가능성이 높지 않겠어."

"범인이라면 사형이겠지?"

그러자 니쿠라가 고개를 갸웃했다.

"그건 모르지. 사람 하나 죽인 것만으로는 사형까지 받지 않는다고 들은 것 같아."

"그래?"

루미는 의외라는 듯이 눈을 반짝 떴다.

"아마 그럴 거야. 고작해야 징역 몇십 년 정도가 아닐까."

니쿠라는 커피 잔을 테이블에 내려놓고 허공을 물끄러미 응시했다.

"가능하다면 체포되기 전에 내 손으로 죽이고 싶어."

8

합동 수사본부가 설치된 지 일주일째. 구사나기에게 진척 상황을 전해 들은 마미야의 표정은 어둡기 그지없었다. 사건 해결로 이어질 만한 실마리가 거의 없으니 무리도 아니었다.

"지금으로서는 연금밖에 기댈 데가 없군."

자리에 앉은 마미야가 보고서를 바라보며 말했다.

"그도 그렇지만, 일단 하스누마가 본가에 출입했다는 사실을 증명할 필요가 있지 않을까요?"

구사나기가 선 채로 말했다.

"탐문 수사는 성과가 없나?"

"네, 현재로서는요."

마미야는 씁쓸한 표정을 지으며 고개를 끄덕였다.

합동 수사본부가 설치된 이래 다수의 수사관이 하스누마 요시에의 사망 시기로 추정되는 6년 전에서 현재까지 하스누마 간이치가 요시에의 집에 드나든 흔적을 추적했다. 단 한 번이라도 그가 요시에의 집을 찾아간 사실이 있다면 적어도 그녀의 사망 사실을 인지했을 테니 그 점을 추궁할 수 있겠다는 것이 구사나기와 마미야의 생각이었다.

실은 그간 시즈오카 현경이 중요한 사실을 알아냈다. 요시에의 연금이 입금되는 은행 계좌에서 누군가 간간이 현금 카드로 돈을 인출한 것이다. 얼마 전에는 도쿄의 한 ATM에서 잔액이 거의 전부 빠져나갔다. CCTV 영상을 확인한 결과, 하스누마로 보이는 남자가 찍혀 있었다. 아마도 요시에의 유해가 발견된 것을 알고 계좌가 동결되기 전에 모두 인출한 것으로 보인다.

구사나기의 예상대로였다. 즉, 만일 하스누마가 계모의 사망 사실을 알고 있었다는 증거를 찾으면 그를 사기죄로 체포하는 게 가능해지는 것이다.

그러나 수사관 여럿이 돌아가며 탐문 수사에 집중했지만, 지난 6년 동안에 하스누마가 요시에의 집을 찾아갔다는 증거는 포착되지 않았다. 시즈오카 현경에서도 계속해서 불에 탄 요시에의 집 주변에서 하스누마로 보이는 인물이 목격되었는지 조사하고 있지만, 아직은 유효한 정보를 얻지 못했다.

사체 유기죄로 체포하는 방안도 검토했지만, 그 집에 출입했다는 증거가 없으면 기소하지 못하는 것은 마찬가지였다. 거기에 시효 문제도 있었다. 사체 유기죄로 입건하려면 나미키 사오리가 실종 후에도 최소한 두 달은 살아 있었다는 것을 증명해야 한다.

"하스누마에게 별다른 움직임은 없고?"

마미야가 물었다.

"아니요, 그대롭니다."

요시에의 집 화재 현장에서 유해 두 구가 발견된 이래 하스누마에게는 감시가 붙었다. 유해의 신원이 판명될 때까지는 시즈오카 현경 수사관이, 합동 수사본부가 설치된 후에는 주로 경시청 수사관이 그 임무를 맡았다. 도주할 우려가 있기 때문이기도 하지만, 하스누마가 증거 인멸을 시도하지 않을까 하는 기대도 있었다.

그러나 보고에 따르면 하스누마는 식료품을 사러 가거나 파친코를 하러 외출할 때 외에는 에도가와구에 있는 아파트에서 머무는 듯했다. 한 달 전까지 일하던 고철 처리 업체가 도산한 후로는 수입도 없는 것으로 보였다.

마음에 걸리는 점은, 미행과 감시가 붙은 것을 하스누마가 눈치챈 듯하다는 몇몇 수사관의 보고가 있었다는 사실이다. 고참 형사 하나는 백화점 여성 내의 매장을 지나가던 중 하스누마가 갑자기 뒤를 돌아보는 바람에 숨을 장소가 없어 곤란했다고 털어놓기도 했다.

마미야는 깊이 한숨을 쉬며 팔짱을 끼었다.

"아직은 임의로 불러들일 단계가 아니라는 뜻이군."

"계모가 살던 집에 누구의 사체가 있었든 자신과는 관계없는 일이라고 완강히 버티겠죠."

그렇겠지, 하면서 마미야는 씁쓸한 표정을 지었다.

"알았어. 계속 수고해 줘."

구사나기가 자신의 자리로 돌아가 자료를 훑어보고 있는데 기시타니가 헉헉거리며 달려왔다.

"계장님, 하스누마가 3년 전에 자주 사용했던 차를 알았습니다. 근무처의 라이트 밴입니다."

그러면서 기시타니는 하얀 라이트 밴 사진이 프린트된 종이를 내밀었다.

"이것과 같은 차종입니다."

종이를 받아 든 구사나기가 사진을 들여다보며 고개를 끄덕였다.

만일 하스누마가 나미키 사오리의 사체를 운반하려 했다면 차량이 필요했을 것이다. 그리고 기록에 따르면 당시 하스누마에게는 차가 없었다. 다만 근무하던 산업 폐기물 처리 회사의 차량을 이용했을 가능성은 있다고 판단해 기시타니에게 조사를 지시했던 것이다.

"당시 이 차를 사용했던 사람은 하스누마뿐이고 다른 종업원이 탄 적은 없었다고 하더군요. 차량 이용 기록이 남아 있어서 확인도 했습니다."

좋아, 하면서 구사나기는 라이트 밴 사진을 노려보았다.

"그리고 상당히 흥미로운 사실이 한 가지……."

기시타니가 다시 말을 꺼냈다.

"뭐지?"

"나미키 사오리 씨의 모습이 마지막으로 확인된 편의점 CCTV 말인데요, 영상을 세밀히 조사한 결과……."

기시타니는 영상을 프린트한 종이 두 장을 책상에 내려놓았다. 한 장은 나미키 사오리가 스마트폰을 귀에 대고 걸어가는 장면이었고, 다른 한 장에는 흰색 라이트 밴의 모습이 찍혀 있었다.

"어, 이건……."

구사나기는 화면에 찍힌 시간을 봤다. 두 영상의 시간 차가

1분도 채 되지 않았다.

"나미키 사오리 씨가 편의점 앞을 지나가고 얼마 안 있어 이 라이트 밴이 지나갔습니다. 사오리 씨를 뒤쫓았다고 볼 수 있지 않을까요?"

"차량 번호는 파악했어?"

"물론입니다."

"N 시스템(차량 번호 자동 인식 시스템으로, 일본의 경우 교통 법규 위반은 물론 범죄 수사에도 활용된다—옮긴이)의 기록을 찾아봐. 시즈오카 현경에도 연락하고."

"알겠습니다."

기시타니가 힘 있는 목소리로 대답하고 나서 "그리고 또 하나." 하며 집게손가락을 세워 들었다.

"그 회사에 하스누마와 각별히 친하게 지냈던 인물이 있는데, 그 사람에게 다소 흥미로운 얘기를 들었습니다. 지난 3년간 하스누마에게서 아주 가끔 연락이 왔다고 합니다. 그것도 공중전화로요."

"공중전화?"

"하스누마의 용건은 늘 같았는데요, 회사의 상황을 물었답니다. 특히 경찰이 찾아오지 않았는지를 궁금해 하는 눈치였다는군요. 그런데 빈번히 연락이 온 것은 처음 몇 달뿐이고 그 후로 서서히 횟수가 줄어서 최근 1년 정도는 거의 소식이 없었답니다."

구사나기는 고개를 끄덕거렸다.

"사오리 씨 실종 사건으로 자신이 의심을 사고 있지 않은지 확인한 거겠지. 지금 사는 아파트로 이사한 후에도 하스누마는 한동안 전입신고를 하지 않았어. 만에 하나 경찰이 자신을 추적할 경우를 고려했겠지. 공중전화를 통해 연락한 것도 그 때문일 거야. 그러다가 별일 없는 듯하니까 안심하고 전입신고도 하고 운전면허도 갱신한 거야."

"제 생각도 그렇습니다."

기시타니가 동의했다.

하스누마의 혐의를 짙게 하는 근거를 또 하나 찾은 셈이었다. 물론 정황 증거일 뿐이지만.

그로부터 얼마 후, N 시스템의 추적 결과가 나왔다. 3년쯤 전, 기쿠노에서 출발한 그 라이트 밴이 가까운 인터체인지를 거쳐 고속도로로 시즈오카까지 갔던 사실이 밝혀졌다. 그리고 약 두 시간 후에는 반대 방향으로 달렸다. 날짜나 시간도 나미키 사오리가 실종된 때와 정확하게 일치했다.

구사나기는 하스누마의 자택에 대한 가택 수사와 임의 참고인 조사를 결정했다.

참고인 조사는 구사나기가 직접 맡기로 했다.

취조실에서 마주한 하스누마는 19년 전에 비해 상당히 야위어, 뺨이 홀쭉했다. 거기에 주름이 얼굴 전체를 뒤덮었고 눈은 퀭했다. 하지만 눈에 아무런 감정이 실려 있지 않은 점은 옛날 그대로였다.

구사나기가 먼저 자기소개를 했지만 하스누마는 아무런 반응을 보이지 않았다. 19년 전에 만났던 형사 따위는 까맣게 잊었을 것이다.

이름과 주소를 물었을 때는 똑바로 대답해서 일단은 안도했다. 때로는 이 시점부터 묵비권을 행사하는 경우도 있기 때문이다.

첫 카드를 내밀기로 했다. 프린트한 동영상 한 장면을 하스누마 앞에 놓았다. ATM에서 현금을 인출하는 모습이다.

"이 사람, 당신 맞죠?"

하스누마는 싸늘한 눈빛으로 사진에 잠깐 눈길을 주고 나서 "모르겠습니다."라고 냉담하게 대답했다.

"이날 하스누마 요시에 씨의 계좌에서 현금이 인출되었습니다. 만일 이 인물이 당신이 아니라면 현금 카드가 도난당했고 그 비밀 번호도 누출되었다는 얘기죠. 즉 절도 사건으로 보고 수사해야 합니다. 그 경우, 피해자의 관계자인 당신에게도 협조를 요청하게 될 텐데, 양해해 주시겠죠?"

그러자 하스누마가 눈을 살짝 올려 뜨고 구사나기를 바라보았다. 잠시 후 그는 숨을 길게 들이쉬더니 웃옷 주머니에서 지갑을 꺼내 카드 한 장을 뽑았다. 현금 카드였다. 그는 그 카드를 책상 위에 놓았다.

"봐도 될까요?"

구사나기가 묻자 하스누마는 대답 대신 천천히 눈을 깜박였다.

카드에는 하스누마 요시에 이름이 각인되어 있었다.

"왜 당신이 이 카드를 갖고 있죠?"

구사나기가 카드를 돌려주면서 물었다.

"그럴 만한 이유가 있어서요."

"무슨 이유입니까?"

하스누마는 어깨를 으쓱했다.

"개인적인 일이라서 말하고 싶지 않습니다."

"당신은 시즈오카 현경의 참고인 조사 때 요시에 씨와는 만난 지 몇 년이나 되었고 그간 연락도 취하지 않았다고 했습니다. 그렇다면 마지막으로 만난 게 언제입니까?"

"오래된 일이라서 잊어버렸습니다."

"대략적인 시기라도 괜찮습니다."

"애매한 얘기는 하고 싶지 않아요."

그리고 하스누마는 한쪽 입가를 일그러뜨렸다. 그 모습이 구사나기 눈에는 웃음을 간신히 참고 있는 것처럼 보였다.

드디어 본색을 드러내는군, 하고 구사나기는 마음을 다잡았다. 하스누마는 불필요한 말은 하지 않겠다고 결심한 듯했다.

구사나기는 다른 각도에서 공략해 보기로 했다.

"3년 전에는 어디서 살았습니까?"

하스누마는 고개를 갸웃거렸다.

"잘 모르겠습니다. 이리저리 전전하다 보니……."

"기쿠노시 미나미기쿠노에서 아파트를 임대한 기록이 남아 있습니다."

"그런가요."

하스누마는 눈썹 하나 까딱하지 않았다.

"왜 이사를 했죠?"

"그러게요, 왜 했을까요……. 기억이 안 납니다."

"근무하던 회사까지 그만두었습니다. 무슨 일이 있었던 것 아닙니까?"

글쎄요, 하고 하스누마는 무관심한 듯이 반응했다.

"모르겠어요. 직장도 여기저기 전전했거든요."

철저히 시치미를 떼자는 작전이다.

"당시에 저녁은 어떻게 해결했죠? 직접 해서 드셨습니까, 아니면 외식?"

"그게……, 지어 먹는 일도 있고 밖에서 먹는 일도 있었겠죠."

“‘나미키야’라는 음식점을 드나들지 않았습니까?”

그 말에 하스누마는 빙그레 웃었다.

“끼니를 해결하려고 여러 음식점에 갔죠. 이름까지 일일이 기억하고 있지는 않습니다.”

“그 음식점 딸이 나미키 사오리 씨입니다. 화재로 소실된 당신 어머니 집에서 유해가 발견되었죠. 그 일에 관해서는 혹시 아는 바가 있습니까?”

하스누마는 가볍게 눈을 감으며 기계적으로 고개를 저었다.

“말씀드릴 게 없습니다.”

구사나기가 그 가면 같은 얼굴을 노려보았다. 그러나 하스누마는 아무런 느낌이 없는지, 맥 빠진 표정으로 가만히 앉아 있을 뿐이었다. 이런 식으로 시간을 보내는 것이 조금도 고통스럽지 않은 것처럼 보였다.

“3년쯤 전에 회사 차량으로 자택과 하스누마 요시에 씨의 집을 왕복한 적이 있죠? N 시스템에 기록이 남아 있습니다.”

사실 그렇게까지 자세히 확인된 건 아니지만 구사나기는 짐짓 큰소리를 쳤다.

그럼에도 하스누마의 표정에는 변화가 없었다.

“기억나지 않습니다.”

그저 평탄한 어조로 그렇게 대답할 뿐이었다.

N 시스템만으로 그런 것까지 알 수는 없다며 코웃음 치는

것처럼 보이기도 했다.

오늘은 여기까지 해 두자고 구사나기는 생각했다.

"좋습니다. 바쁘신 중에 와 주셔서 감사합니다."

하스누마가 자리에서 천천히 일어났다. 그리고 기록 담당 젊은 형사가 열어 준 문을 향해 걸음을 옮겼다. 그런데 그는 도중에 걸음을 멈추고 구사나기를 돌아보았다.

"이번에는 어떻게 될까요, 구사나기 씨?"

그가 입술을 일그러뜨리며 말했다.

"마미야 씨, 였나? 그 사람도 꽤 높은 자리에 올랐을 텐데 ……."

끈끈하게 달라붙는 듯한 말투에 구사나기는 할 말을 잃었다.

알고 있었던 것이다. 조금 전까지 얼굴을 마주했던 취조관이 19년 전에 자신의 집에 찾아온 형사였다는 사실을.

히죽 웃으며 하스누마는 취조실을 나갔다.

그로부터 약 2주일 후, 마침내 중대한 진전이 있었다. 가택 수색으로 압수한 물품 중에서 산업 폐기물 처리 회사에 근무하던 당시의 유니폼이 나온 것이다. 세탁한 흔적은 있었지만, 혈흔으로 보이는 얼룩이 희미하게 남아 있었다.

그 즉시 과학 수사 연구소에 감정을 의뢰했다. 그 결과, 혈액형과 DNA가 나미키 사오리의 것과 일치했다.

구사나기는 하스누마 간이치를 체포할 것인지를 두고 마미야와 다타라와 논의를 했다. 상황은 19년 전과 흡사했다. 하스누마가 나미키 사오리의 사체를 유기했다는 것은 증명할 수 있지만, 살해했다는 점에 대해서는 어떨까. 물증이라고 할 만한 것이 있을까.

의논 끝에 세 사람은 체포해도 좋다고 판단했다. 이번 사체에는 두개골 함몰 흔적이 있다. 사인을 특정할 수 없었던 19년 전과는 다르다. 뼈가 함몰될 정도의 타격을 가했으니 살의가 없었다고 볼 수 없다.

하스누마 요시에의 집 화재 현장에서 나미키 사오리의 유해가 발견된 지 한 달 정도가 지나 있었다.

그러나.

체포 후 하스누마의 태도는 19년 전 그대로였다. 구류 기간 동안 전적으로 묵비권을 행사한 것이다. 그 태도는 검찰 조사에서도 마찬가지였다.

어느 정도는 예상한 일이라서 구사나기를 비롯한 수사관들은 별로 놀라지 않았다. 자백을 받지 못해도 기소는 가능하다고 보고 체포한 것이었다.

하지만 검찰의 판단은 달랐다. 구류 기간이 끝나기 직전 그들이 내린 결론은 처분 보류였다.

하스누마 간이치는 석방되었다.

9

기쿠노 역사는 4층짜리 아담한 건물이었다. 개찰구를 나와 쇼핑몰로 들어서자마자 커피숍이 있었다.

구사나기는 자동문을 지나면서 커피숍 안을 둘러봤다. 넓은 실내의 60퍼센트 정도가 손님으로 차 있었다.

오늘 만나기로 한 인물은 창가 자리에 앉아 잡지를 읽고 있었다. 테이블에 이미 커피 잔이 놓여 있었다.

구사나기는 그쪽으로 다가가서 오랜 친구를 내려다봤다.

"어, 왔어!"

고개를 든 유가와 마나부의 입가에 엷은 미소가 어렸다.

"이게 몇 년 만이야."

"4년 만이지. 귀국했으면 연락을 해야지."

구사나기는 의자를 끌어당겨 유가와 맞은편에 앉았다.

"우쓰미 씨에게 알렸는데……."

"우쓰미가 내게는 알려 주지 않았어."

"후배 형사가 태만한 걸 가지고 내게 투덜거리면 곤란하지."

구사나기가 풋, 웃음을 터뜨렸다.

"그 말발은 여전하군."

그때 종업원이 물잔을 들고 다가왔다. 구사나기는 커피를 주문했다. 그리고 새삼스럽게 친구의 얼굴을 바라봤다.

말랐다기보다 탄탄하다는 표현이 어울리는 몸집은 예전 그대로였다. 달라진 점이라면 머리가 살짝 희끗거리는 정도랄까.

"건강해 보이는군. 미국 생활은 어땠어?"

구사나기가 물었다.

유가와는 담담한 표정으로 고개를 끄덕이며 커피 잔을 들었다.

"나름의 자극은 있었어. 연구도 어느 정도 성과가 있었고. 그런대로 괜찮았다고 해 두지."

"우쓰미에게 들었는데, 정교수가 되었다면서?"

그러자 유가와는 안주머니에서 명함 지갑을 꺼내 명함 한 장을 구사나기 앞에 내려놓았다.

"연락처가 달라졌어."

구사나기가 명함을 집어 들고 들여다보니 역시 직함이 부교수에서 교수로 바뀌어 있었다.

"축하해."

구사나기의 말에 유가와는 시답잖은 소리 말라는 듯이 고개를 저었다.

"딱히 축하할 일도 아니야."

"왜 축하할 일이 아니야, 이제 위에서 이래라저래라 할 사람도 없잖아."

"부교수 시절에도 뭐라는 사람은 없었어. 다른 생각 안 하고 자유롭게 하고 싶은 연구를 했단 말이야. 그런데 정교수가 되면 그럴 수가 없어. 뭘 하든 이걸 생각해야 하거든."

그러면서 유가와는 엄지손가락과 집게손가락으로 동그라미를 만들어 보였다. 돈을 말하는 듯했다.

"지금 내 주된 업무는 스폰서 모집이야. 연구의 가치를 설명하고 자금을 끌어모으는 거지. 연구자라기보다 프로듀서에 가깝다니까."

"자네가 그런 일을? 이거, 상상이 안 가는걸."

"어느 세계에든 세대교체는 있어. 후진을 위해서 길을 닦아야 하는 때가 왔다, 이 말이지. 받아들이고 대응하는 수밖에."

무미건조하게 대꾸한 후 유가와는 구사나기를 바라보았다.

"자네에게도 변화가 있지 않아?"

"우쓰미에게 들었어?"

"듣지는 않았지만 상상할 수 있지."

구사나기도 자신의 명함을 내밀었다. 그걸 받아 든 유가와의 한쪽 눈썹이 꿈틀했다.

"경시청 수사 1과에 믿음직한 계장이 한 명 늘었다, 그렇게 봐도 될까?"

"글쎄, 그러면 다행이지만, 나를 쓸모없는 인간이라고 여기는 사람도 많을 거야."

그때 종업원이 커피를 들고 왔다. 구사나기는 크림을 넣고 스푼으로 저은 다음 한 모금 마셨다.

"어째 얼굴빛이 좋지 않은데?"

유가와가 관찰하는 듯한 시선으로 구사나기를 보았다. 영락없는 과학자의 눈이다.

"그러고 보니 자네 메일에 신경 쓰이는 내용이 있던걸. 마음 무거운 일이 있어서 조만간 기쿠노 상점가에 갈 예정인데 혹시 시간이 나면 만날 수 있을까, 그런 내용이었지?"

어제 구사나기는 유가와에게 메일을 보냈다. 메일 주소는 우쓰미 가오루에게 물어서 알았다.

"골치 아픈 일이 있어서 말이지."

구사나기가 어깨를 으쓱하며 말했다.

"답답하고, 분하고, 정말이지 한심하기 짝이 없어."

"수사가 난항을 겪고 있는 모양이군."

"난항이 아니라 좌초랄까."

"그거 흥미롭군."

유가와는 테이블 위에서 양손을 깍지 끼며 몸을 앞으로 기울였다.

"일반인에게 들려줘도 괜찮은 내용이면 내가 푸념을 들어줄 수 있는데."

"그래? 일반인 아무에게나 털어놓을 얘기는 아니지만, 자네는 좀 특별하니까……."

그렇게 운을 뗀 구사나기가 이내 얼굴을 찡그리며 오른손을 휘휘 내저었다.

"아니야, 역시 그만두는 편이 낫겠어. 모처럼 만났는데 짜증 나는 내 얘기보다는 자네의 미국 체류기를 듣는 편이 훨씬 즐겁지."

구사나기의 말에 유가와가 미간을 찡그렸다.

"내 미국 체류기가 무슨 재미가 있겠어."

"왜? 한번 얘기해 봐. 나는 기대되는걸."

"미국에서는 연구밖에 한 일이 없어. 혹시 모노폴의 탐색이 과연 대통일 이론의 증명으로 이어질까, 뭐, 그런 얘기를 듣고 싶은 거야?"

마치 주문을 읊는 것처럼 들리는 유가와의 말에 구사나기는 얼굴을 찡그렸다.

"연구만 하지는 않았을 거 아니야. 휴일에는 뭘 했어?"

"푹 쉬었지."

유가와가 대뜸 그렇게 대답했다.

"다음 날 곧바로 연구에 몰두할 수 있게 말이야. 미국에 체류하는 기간이 정해져 있어서 하루도 허투루 보낼 수 없었어."

구사나기는 할 말을 잃었다. 농담처럼 들리지만 유가와는 사실을 말하고 있을 것이다. 그가 휴일에 골프를 즐기거나 드라이브하러 나가는 모습은 상상할 수 없다.

"그러지 말고, 그 좌초했다는 수사에 관해서 한번 털어나 봐."

유가와가 재촉하듯이 손짓을 했다.

"자네, 미국에 갔다 오더니 많이 변했군. 전에는 경찰 수사 따위에는 관심이 없다고 하더니만."

"그야 자네가 수사 얘기를 꺼내면 늘 골치 아픈 일이 뒤따라왔으니까 그렇지. 뜬금없이 사람 머리가 불타올랐다고 하질 않나, 수상한 종교인이 염력으로 사람을 추락시켰다고 하질 않나. 그러고는 내게 그 장치가 뭔지 밝혀내라고 하니, 이거야, 원. 하지만 이번에는 아무래도 그럴 염려가 없어 보여서 말이지."

구사나기는 흥, 콧방귀를 뀌었다.

"그저 구경꾼 노릇이나 할 수 있다면 수사 얘기도 대환영이다, 이거야? 뭐, 어쨌든 좋아. 자네를 즐겁게 해 줄 수 있을지 어떨지는 모르겠지만 말이야."

그리고 구사나기는 주위를 슬쩍 둘러봤다. 다른 손님들은 꽤 떨어져 있고, 이쪽에 귀를 쫑긋 세우고 있는 사람도 없어 보였다.

구사나기는 우선 이번 사건의 개요를 설명했다. 3년쯤 전에 행방불명된 소녀의 유해가 최근에 발견되었고 범인으로 추정되는 남자를 체포했지만 기소 유예로 석방되었다는 내용이었다.

"그랬군. 경찰로서는 애가 타겠어. 하지만 증거 불충분으로 기소가 유예되는 일은 간혹 있잖아?"

"그야 그렇지."

구사나기가 말했다.

"그렇지만 이번 케이스에서 기소가 유예되리라고는 생각도 못했어. 아마 피의자가 평범한 인간이었다면 검찰도 세게 나왔을 거야. 그런데 그렇지가 않아서 말이지."

유가와가 턱을 쑥 치켜들며 손가락 끝으로 안경을 고쳐 썼다. 이야기에 흥미가 일 때 나오는 버릇이라는 걸 구사나기는 알고 있었다.

"평범하지 않다니, 어떻게?"

"이번 피의자는 침묵하는 사내야."

"침묵하는 사내?"

"얘기가 20년 전으로 거슬러 올라가는데……."

구사나기는 모토하시 유나 살해 사건에 관해서 간략히 설명한 후 당시 재판의 전말을 이야기했다.

"흠……. 정황 증거를 그토록 충실히 갖췄는데도 무죄라니, 부조리하다는 느낌도 들지만, 그런 게 재판이겠지. 자네가 그런 사건을 담당했다는 얘기는 처음 듣는군. 그래서, 그 일이 이번 사건과는 무슨 관계가 있다는 거야?"

"놀랍게도 이번 사건의 피의자가 바로 그 인간이야."

유가와의 관자놀이가 꿈틀 움직였다.

"그거 흥미롭군. 침묵하는 사내란 말이지."

"이번 사건은 여러 가지 점에서 유나 사건과 유사해. 사체 유기와 손괴의 시효가 지났다는 점, 살해했다는 물증이 없다는 점 등에서 말이야. 유일하게 다른 점이라면 두개골 함몰이라는 특징인데, 그것이 사인을 특정하고 더 나아가서는 살해 방법까지 설명해 줄 것이라고 우리는 생각했는데……."

"검찰은 그렇지 않았다?"

구사나기는 얼굴을 찡그리며 고개를 끄덕였다.

"그 정도로는 증거가 약하다고 판단했나 봐. 두개골이 함몰됐다고는 해도 흉기로 얻어맞았는지, 아니면 사고에 의해 그렇게 되었는지 특정할 수 없다는 거지. 특정은커녕 그것이 사인인지 아닌지조차 단정할 수 없다는 거야."

"듣고 보니 그렇기는 하군."

"하지만 조금 전에도 말했듯이 피의자가 다른 사람이었다면 검찰도 주저하지 않았을 거야. 그런데 상대가 침묵하는 하스누마잖아. 듣자 하니 검찰 조사에서도 그놈은 입도 뻥긋하지 않은 모양이야. 기소할 테면 해 봐라, 그런 식이었대."

"가령 기소된다 해도 묵비권을 행사하면 재판에서 이길 수 있다, 그런 확신이 있었다?"

"그렇지."

"그래도 재판이 끝날 때까지 구속 상태로 있어야 하잖아. 그건 싫지 않았나 보지?"

"그놈은 좀 달라. 그것도 돈벌이쯤으로밖에 여기지 않았을까 싶다니까."

"그건 또 무슨 소리야?"

유가와가 의아하다는 듯이 미간을 찌푸렸다.

"지난번 사건에서 무죄가 확정되자마자 그놈은 형사 보상금과 재판 비용을 청구했어. 그 금액이 무려 천만 엔도 넘었나 봐."

"허, 만만치 않은 놈이네."

유가와가 잠시 허공을 바라보다가 손가락으로 구사나기를 가리켰다.

"자네 얘기를 들어 보니, 그 인물은 지능이 결코 낮지 않을 것 같아."

"맞아. 어렸을 때부터 학교 성적이 좋았던 모양이야."

하스누마 간이치의 성장 과정에 관해서는 시즈오카 현경이 면밀히 조사한 바 있었다. 집안의 외동아들로 태어난 그는 열 살 때 부모가 이혼하고 아버지 밑에서 자랐다. 열세 살 때 아버지가 재혼해 요시에를 새엄마로 맞았다. 그런데 이 무렵부터 질이 안 좋은 아이들과 어울리게 되어 품행이 불량해지기 시작한 듯하다. 고등학교 졸업과 동시에 가출했다고 하지만 실상은 아버지에게 쫓겨난 것이라고 한다.

"아버지는 자기 얼굴에 먹칠하는 걸 더는 참을 수 없었던 거겠지. 실은 아버지가……."

구사나기가 잠시 뜸을 들이다가 말을 이었다.

"경찰이었어."

순간 유가와가 허리를 곧추세웠다.

"이거, 점점 흥미로워지는데."

"아버지에 대한 증오가 경찰 조직을 향한 적개심으로 발전하지 않았나, 그런 생각이 들어."

"그건 너무 정서적인 판단인걸. 나는 오히려 아버지를 보면서 반면교사로 삼았을 가능성이 크다고 봐."

"반면교사? 아버지의 어떤 면을?"

유가와는 고개를 가로저었다.

"반면교사로 삼은 건 아버지가 아니야. 아버지가 담당한 피의자들이지. 그 시절의 경찰은 자백 지상주의자들이었어. 물적 증거가 없어도 정황 증거만으로 체포하고 취조실에서 자백을 강요했지. 견디다 못한 피의자가 경찰이 작성한 진술서에 사인만 하면 게임 끝. 재판에서는 그 진술서가 결정타로 작용해서 거의 예외 없이 유죄 판결을 받고 말이야. 그런 얘기를 아버지가 집에서 의기양양하게 늘어놓았다면 그걸 들고 자란 자식이 무슨 생각을 했겠어?"

유가와가 하고 싶은 말이 뭔지 구사나기는 알 것 같았다.

"나쁜 짓을 해서 체포될 경우, 자백하면 끝장이다?"

"바꾸어 말하자면, 자백만 안 하면 이길 수 있다, 그렇게 학습하지 않았겠어?"

구사나기는 턱을 괴고 한숨을 쉬었다.

"그런 식으로는 생각해 본 적이 없는데……."

"만일 내 상상이 맞는다면, 하스누마라는 괴물을 만든 것은 다름 아닌 일본의 경찰 조직인 셈이야."

구사나기가 태연한 표정으로 말하는 유가와를 노려보았다.

"듣기가 좀 거북한걸."

"상상이라고 했잖아. 마음 쓸 거 없어."

그러고서 유가와는 손목시계를 들여다보더니 남은 커피를 입에 털어 넣었다.

"슬슬 일하러 가야 할 시간이야. 얘기, 재미있었어. 나머지 얘기는 다음에 만나서 듣기로 하지."

"기쿠노에는 매일 오나?"

구사나기가 물었다.

"일주일에 두세 번 정도?"

"집에서 다니는 거야?"

"기본적으로는 그렇지만, 묵을 곳도 있긴 해. 시설 내에 숙박 설비가 있거든. 이쪽이 도심에서 좀 멀잖아."

유가와가 계산서로 손을 뻗었지만 구사나기가 한발 빨랐다.

"오늘은 내가 낼게. 연구실에서 여러 번 커피를 대접받았잖아."

"그깟 인스턴트커피……. 머그컵도 볼품없었는걸. 그 정도는 얼마든지 대접하지."

그럼 이만, 하며 일어서려던 유가와가 뭔가 떠오른 듯, 그 자리에 도로 앉았다.

"중요한 얘기를 못 들었군. 마음 무거운 일이라는 게 뭐야? 그것 때문에 날 불러낸 거잖아."

아아, 하면서 구사나기가 고개를 끄덕였다. 표정이 떨떠름해지는 걸 스스로도 느낄 수 있었다.

"이길로 피해자의 유족을 만나러 갈 거야. 피의자가 왜 석방되었는지 설명해야 하거든. 평소 같으면 이런 일까지 하지는 않는데, 이번엔 좀 특별해."

"유족이라. 기쿠노 상점가에 있는 음식점이라고 했지. 이름이 뭐야?"

잠시 망설이던 구사나기가 '나미키야'라고 이름을 가르쳐 주었다. 유가와를 상대로 프라이버시 침해라느니 어쩌느니 해 봐야 쓸데없는 소리라고 여겨졌다.

"거기서 음식을 먹어 본 적이 있어?"

유가와의 물음에 구사나기는 없다고 대답했다.

"하지만, 서민적이고 분위기가 좋은 가게야."

"기억해 두지."

그리고 유가와는 자리에서 일어나 "그럼, 또." 하고 출구로 향했다.

구사나기는 커피 잔을 집어 들었다. 차가워진 커피가 아직 조금 남아 있었지만 그는 종업원을 불러 커피를 새로 주문했다. 그리고 수첩을 꺼내 들고 유족에게 설명할 내용을 하나하나 점검했다. 분노를 애써 억누르는 나미키 부부의 표정이 눈에 선했다. 정황 증거가 그토록 많은데 하스누마를 기소하지 못하다니 대체 어찌 된 일이냐며 집요하게 설명을 요구할 것이 뻔했다.

구사나기는 그들을 이해시킬 자신이 없었다. 자신조차 납득이 가지 않으니 당연한 일이다. 그래서 어떤 말이 오가든 마지막에는 이렇게 말하기로 했다.

너무 낙담하지 마십시오, 저희는 아직 포기하지 않았습니다.

10

포렴을 내다 걸려고 격자문을 열고 밖으로 나가 보니 아침부터 추절추절 내리던 비가 그쳐 있었다. 게다가 피부에 끈끈하게 휘감기는 것 같던 습기도 사라지고 바삭바삭 상쾌한 바람이 불어 기분까지 좋아졌다. 먼 하늘은 살짝 붉게 물들어 있다.

마침내 가을이 오나 보다고 나미키 나쓰미는 생각했다. 10월이 코앞인데 후덥지근한 날이 계속되는 탓에 가을 옷차림을 할 수 없어 진절머리가 나려던 참이었다. 이름에 여름 하(夏) 자가 들어 있어 오해받는 일이 많은데, 나쓰미는 여름을 별로 좋아하지 않는다.

가게로 들어와 테이블 위를 정리하고 있는데 드르륵, 문 열리는 소리가 났다.

"이크, 이거, 내가 첫 손님인가?"

바위처럼 울룩불룩한 얼굴을 들이민 사람은 나쓰미도 잘 아는 인물이었다. 와이셔츠에 넥타이, 그 위에는 작업복을 걸쳤다.

"도지마 아저씨!"

나쓰미가 눈을 깜박였다.

"이런 시간에 어쩐 일이세요?"

"그게, 이런저런 일이 있어서 말이지."

도지마 슈사쿠가 입구 가까이 있는 4인용 테이블석의 의자를 끌어당겼다.

나쓰미는 안으로 뛰어 들어가 주방에 대고 "아빠!" 하고 불렀다.

"도지마 아저씨 오셨어요."

"슈사쿠가?"

재료를 다듬고 있던 나미키 유타로가 손길을 멈췄다.

"왜 왔대?"

"무슨 일이 있으신가 봐요."

"아니, 아니. 별일 아니야."

도지마가 뒤에서 손을 내저었다.

"신경 쓰지 않아도 돼. 그보다 나쓰미, 맥주 한 병 부탁해."

네, 하고 대답한 뒤 나쓰미는 냉장고에서 맥주를 꺼냈다. '나미키야'에는 생맥주 디스펜서 같은 세련된 기구는 존재하지 않는다.

나미키가 주방에서 도지마에게 말을 건넸다.

"무슨 일이야, 대체?"

"아무 일도 아니라니까."

도지마가 손을 저었다.

"기계에 문제가 생겨서 일을 못 하게 됐지 뭐야. 그래서 오늘은 일찍 마무리하기로 했어."

"문제가 생기다니?"

"식품 냉동기가 고장 났어."

"냉동기가? 또? 몇 달 전에도 냉동기 사고로 종업원이 다칠 뻔했다고 하지 않았어?"

"아니, 그거 말고 다른 냉동기야. 제조사에 문의했더니 내일이나 돼야 고치러 올 수 있다잖아. 하필이면 이렇게 바쁜 시기에 고장 날 게 뭐람."

유타로의 말에 따르면 도지마는 초등학교 시절부터 둘도 없는 친구였다고 한다. 담배에 술에 도박까지, 나쁜 짓은 대부분 함께 배웠다는 것이다. 고등학교 시절에는 수업을 빼먹고 파친코에 드나들다가 걸려서 둘이 함께 삭발을 당하기도 했단다.

도지마도 유타로처럼 가업을 물려받았다. 업종은 식품 가공업으로, 나쓰미는 그가 동네 어귀에 있는 공장에 자전거를 타고 오가는 모습을 통학 중에 종종 봐 왔다.

일이 끝나고 돌아가는 길에 '나미키야'에 들러 조촐한 안주와 함께 맥주 한 병을 마시는 것이 도지마의 오랜 습관이다. 평소에는 8시쯤 얼굴을 비친다.

나쓰미는 병맥주와 잔을 안주와 함께 도지마의 테이블로 가져갔다.

"가끔은 좀 쉬셔도 돼요. 과로는 좋지 않다고요."

도지마의 잔에 맥주를 따르며 나쓰미가 말했다.

도지마는 잔을 들며 환하게 웃었다.

"그렇게 말해 주는 사람은 나쓰미 짱뿐이야. 우리 집사람은 뭐라는 줄 알아? 일이 바쁘면 굳이 집에 들어오지 않아도 된대."

나쓰미가 하하하, 웃었다.

"농담 아니라니까. 실화야. 남편을 뭐로 보는지, 내 참."

그러고서 젓가락으로 우엉조림을 입에 넣던 도지마의 시선이 한곳에 꽂혔다.

"오, 포스터가 나왔군!"

나쓰미는 뒤에 있는 벽을 돌아보았다.

"아아, 어제 마야 씨가 가져왔어요."

얼마 후면 열릴 가을 축제의 포스터가 벽에 붙어 있었다. 보통 전해에 촬영한 사진을 이듬해 광고용으로 사용하는데, 올해 포스터에는 옛날이야기나 동화 속의 등장인물로 분장한 사람들이 밝은 얼굴로 행진하는 사진이 들어 있다. '기쿠노 스트리트 퍼레이드'라는 명칭이 완전히 정착되어 이제는 먼 곳에서까지 구경꾼이 몰려든다.

마야 씨란 시내에서도 유수의 대형 서점인 '미야자와 서점'의 후계자 미야자와 마야를 말한다. 삼십 대 전반의 여성으로, 리더십이 있어서 주민 자치회의 이사일 뿐 아니라 퍼레이드의 실행 위원장이기도 하다.

"벌써 1년이 지났나……. 세월 참 빠르군."

도지마가 회한 어린 표정으로 말했다.

"기대되지 않으세요? 올해에도 여러 가지 새로운 퍼포먼스를 기획하나 봐요. 마야 씨가 그러는데 예년보다 준비가 힘들 것 같대요."

"나쓰미 짱도 거들러 갈 거야?"

"시간이 나면 와 달라고 하더라고요. 작년에 처음 갔는데, 거드는 것만으로도 재미있었어요. 아이들 얼굴에 페인팅도 하고요."

"거들기만 할 거야? 퍼레이드에는 안 나가고?"

퍼레이드에는 전국에서 응모한 코스튬 플레이어들이 나서는데, 기쿠노 상점가에서도 한 팀이 참가하기로 되어 있다. 작년에는 '가구야 공주'를 선보였다. 대나무에서 갓난아기를 발견하는 장면, 성장한 가구야 공주에게 여러 남성이 프러포즈하는 장면, 그리고 달에서 온 사자의 가마를 타고 공주가 사라지는 장면 등을 멋지게 표현했다. 결과는 3위였다. 주최 측 대표로서 최소한 5위 안에는 들 거라고 큰소리쳤던 관계자들은 가슴을 쓸어내렸을 것이다.

"저는 그런 데 안 나가요."

나쓰미가 대답했다.

"왜? 나가면 좋을 텐데. 젊은 사람들이 많이 나가야지. 특히 나쓰미 짱처럼 귀여운 소녀가 나가면 얼마나 보기 좋겠어?

그러니까 그게…… 몇 년 전이더라. 그땐 정말 굉장했지. 엄청나게 큰 조개껍데기가 등장하는가 싶더니만, 그게 도중에 열리면서 안에서 인어 공주가 나타났잖아. 사람들이 어찌나 흥분하던지…….”

거기까지 말하고서 도지마의 표정이 입을 반쯤 벌린 채 점점 굳어졌다. 반면 눈동자는 초점을 잃고 허공을 헤맸다. 얘기하는 도중 옛 기억이 돌아왔고, 자신이 해서는 안 될 말을 했다는 사실을 깨달은 것이다.

나쓰미는 마음속으로 휴, 안도의 한숨을 내쉬었다. 안 그래도 어떻게 도지마의 말을 중지시켜야 할지 몰라 안절부절못하던 참이었다. 그녀는 아무 말도 못 들은 체하며 뜬금없이 냉장고를 정리하기 시작했다. 힐끔 곁눈질해 보니 도지마는 열없는 표정으로 맥주를 마시고 있었다.

잠시 후 가게 한쪽에 있는 계단에서 발소리가 나더니 마치코가 내려왔다.

“어머나, 도지마 씨 오셨어요! 일찍 오셨네요.”

“조퇴했어요. 가끔은 게으름도 부려야죠.”

네, 그럼 편히 드세요, 하며 마치코는 주방으로 향했다. 그 뒷모습을 보면서 나쓰미는 엄마가 어쩌면 계단 위에서 도지마의 얘기를 들었는지도 모르겠다고 생각했다. 그래서 곧바로 내려오지 않고 잠시 기다린 것은 아닐까.

도지마가 말한 그해의 퍼레이드는 나쓰미도 기억이 생생했다. 약 4년 전이다. 조개껍데기 속에서 나타난 인어 공주를 보고 나쓰미도 놀랐다.

자신의 언니라는 사실이 믿기지 않을 만큼 사오리는 아름다웠다.

저녁 6시가 되어 갈 무렵, 문이 드르륵 열리더니 손님이 들어왔다. 나쓰미는 주방 쪽을 향해 서 있었지만 누가 들어왔는지 예상할 수 있었다. 최근 들어 언제나 같은 요일, 같은 시간에 나타난다.

뒤돌아보니 예상했던 인물이, 아직 아무도 앉지 않은 6인용 테이블의 한쪽 끝에 앉는 참이었다.

나쓰미는 물수건을 챙기며 "어서 오세요."라고 인사했다.

무테 안경을 쓴 남자 손님이 미소를 지으며 "안녕하세요."라고 응답했다. 나이는 마흔이 좀 넘었을까. 몸집이 다부져서 실제보다 젊어 보이는지도 모른다.

"맥주부터 드실 거죠?"

"그러죠. 그리고 늘 먹는 걸로요."

"모둠 조림 말씀이죠?"

나쓰미가 주방으로 들어가서 주문을 전했다. 도지마가 들어왔을 때와 마찬가지로 병맥주와 잔, 그리고 기본 반찬이 담긴 조그만 접시를 쟁반에 얹어 손님 자리로 들고 갔다.

남자 손님은 윗도리를 벗고 잡지를 읽고 있었다. 펼쳐진 페이지에는 아름다운 입체 모양의 사진이 몇 장 실려 있었다. 맥주와 잔을 테이블에 내려놓던 나쓰미는 저도 모르게 "아름답네요."라고 감탄스럽다는 듯이 말했다.

"그렇죠?"

남자 손님은 만족스러운 듯한 표정을 지으며 잡지를 나쓰미에게 내보였다.

"이거, 뭐 같아요?"

"종이를 복잡하게 이리저리 접은 것처럼 보이는데……."

"정답이에요, 종이접기! 커다란 종이 한 장을 효율적으로, 최대한 조그맣게 접는 작업이죠. 여기서 중요한 점은 펼치는 순서도 단순해야 한다는 거예요. 왜 그래야 하느냐. 종이접기라고 말했지만 실은 소재가 종이가 아니라 태양 전지 같은 우주 패널이거든요. 조그맣게 접힌 상태로 로켓에 실어 우주 공간으로 나른 후 그곳에서 커다랗게 펼쳐 이용하려는 거예요. 이 기술은 실제로 일본의 종이접기에서 그 힌트를 얻었다고 하는군요. 이 분야에 종사하는 사람들은 일본인이 아니라도 '오리가미'라는 말이 통한답니다."

막힘없이 술술 얘기하던 남자 손님이 감상을 구하듯이 나쓰미의 얼굴을 올려다봤다.

쟁반을 가슴에 안은 채 나쓰미는 상냥한 미소를 머금었다.

"교수님이 지금 학교에서 그런 걸 연구하시나 봐요?"

남자 손님은 미간을 찡그리며 안경 코를 손가락으로 밀어 올렸다.

"아쉽게도 내가 하는 일은 그렇게 우아하지 않아요. 아름답지도 않고요."

그는 한숨을 내뱉고는 잡지를 덮어 옆에 놓인 가방에 밀어 넣었다.

"흔히들 제게 묻죠. 당신이 하는 연구는 대체 무엇에 도움이 되나요. 생활이 편리해지도록 하나요. 스마트폰과 비교하면 어느 쪽이 더 대단한가요."

그가 맥주병을 집어 들고 자신의 잔에 맥주를 따랐다.

"안타깝지만 그 어느 질문에도 제대로 대답할 수가 없어요. 과학에도 여러 분야가 있는데, 내가 하는 연구는 보통 사람이 일생 관여하지 않아도 아무 문제가 안 생기는 분야죠."

남자 손님은 잔을 들어 맥주를 마신 후 다른 한 손으로 입가에 묻은 거품을 닦았다.

"그래도 듣고 싶다면 현재 내가 하는 연구에 관해 설명해 줄 수 있는데……."

"아뇨, 사양할게요."

"그러는 편이 피차 좋을 거예요. 아, 나도 질문이 하나 있는데, 이건 아무나 구경할 수 있는 건가요?"

그가 벽에 붙어 있는 포스터를 가리키며 물었다.

"퍼레이드 말인가요? 그럼요, 누구나 구경할 수 있죠. 다만 사람이 엄청나게 모여드니까 뒤쪽에서는 보기 힘들지도 몰라요."

"관객석은 따로 없나요?"

"관계자석이나 내빈석은 있어요. 연줄이 있는 사람은 그런 자리를 구하기도 하나 봐요."

"연줄이라, 그런 건 없는데……."

"그럼 일찍 가서 자리를 확보해야죠. 그럴 생각이시면 말씀하세요. 제가 안내할 테니까요."

"알았어요. 생각해 봅시다."

손님이 고개를 끄덕거렸다.

"좋은 정보, 고마워요."

"뭘요. 그럼 천천히 드세요."

그러고서 나쓰미는 물러났다.

남자 손님은 유가와라는 사람으로, 데이토 대학 물리학 교수다. 나쓰미는 다른 손님이 그에게 물어본 덕분에 그 사실을 알게 되었다.

그가 처음으로 찾아온 것은 올 황금연휴가 끝난 다음이었다. 가게가 한창 붐비는 7시 언저리라서 빈자리는 당연히 없었다. 합석도 괜찮냐고 묻자 상관없다고 대답했다. 6인용 테이블을 둘이 차지한 단골이 있어 합석을 부탁하자 흔쾌히 허락해 주었다.

'나미키야'의 단골 중에는 워낙 익숙하다 보니 넉살을 피우는 사람이 많다. 그때의 두 사람이 바로 그랬다. 한동안은 자기들끼리 얘기를 나누더니 점점 합석한 낯선 손님에게 신경이 쏠리는 듯했다. 뭔가를 기화로, 이 근처에 사느냐, 무슨 일을 하느냐, 하고 묻기 시작했다.

나쓰미는 마음이 조마조마했다. 처음 온 손님이 기분을 상해 두 번 다시 안 오게 될까 봐 불안했다.

그런데 남자 손님은 적어도 겉보기에는 불쾌해 하는 것 같지 않았다. 자신은 데이토 대학에서 물리를 가르치고 있으며, 이 근처에 연구 시설이 있어서 일주일에 몇 번씩 온다고 친절하게 설명했다. 더 나아가 단골인 두 사람에게 이 가게에서 추천할 만한 음식이 있느냐고 묻기까지 했다.

아, 있다마다, 하며 단골 2인조는 마치 물 만난 물고기처럼 일장 연설을 늘어놓았다. 술안주로는 맛국물을 사용한 달걀말이가 좋다느니, 꼬치구이는 소금과 양념을 둘 다 주문하라느니, 이 가게에 와서 모둠 조림을 먹지 않는 것은 바보짓이라느니 하고 침까지 튀겨 가며 설명했다. 그런데도 남자 손님은 싫은 기색 없이 메모까지 하며 맞장구를 치더니 그들이 추천한 요리를 몇 가지 주문했다. 음식을 먹으면서는 만족스럽다는 듯이 고개를 끄덕이기도 했다. 그 모습을 보고 단골 2인조도 기쁜 듯한 표정을 지었다.

그 과정에서 그들이 서로 자기소개를 하는 소리가 나쓰미의 귀에도 들어온 것이다.

그날 이후 유가와는 종종 '나미키야'에 나타났다. 늘 혼자라서 합석하는 경우가 많았고, 그때마다 단골들이 말을 걸기도 했지만 나쓰미가 보기에는 유가와가 그것까지 즐기는 것 같았다.

그렇게 해서 몇 개월이 지났고, 이제는 유가와도 단골로 꼽히게 되었다. 유가와와 안면을 튼 손님들은 그를 교수님, 하고 부른다. 최근 들어서는 나쓰미도 그 호칭을 쓰게 되었다.

언제부터인가 유가와는 저녁 6시 조금 전에 가게를 찾게 되었다. 6시가 넘으면 가게가 갑자기 붐비기 시작한다는 걸 알아챈 듯했다. 어차피 합석하게 된다 해도 자신이 좋아하는 자리를 미리 차지하자는 심산이라고 나쓰미는 짐작했다.

그 짐작은 오늘 저녁에도 맞아떨어졌다. 6시가 지나자마자 마치 약속이라도 한 듯이 손님이 잇달아 들어왔다. 단골까지는 아니어도 몇 번인가 왔던 손님이 대부분이다.

그리고 30분가량 지났을 때였다.

드르륵, 미닫이문 열리는 소리에 어서 오세요, 라고 반사적으로 응대하며 입구 쪽으로 시선을 돌렸다.

남자 하나가 서 있었다. 그 모습을 본 순간 나쓰미는 등골이 오싹해졌다. 남자는 몹시 음산한 분위기를 풍겼다. 검은 바람막이 차림에 머리에는 후드를 덮어쓰고 있었다. 나이는 쉰쯤 되었을까. 햇볕에 많이 그은 탓에 주름이 깊어 보인다. 퀭한 눈은 한없이 어둡고, 뺨은 움푹 패었다.

어디선가 본 적 있는 얼굴이라고 생각한 순간 기억이 되살아났다. 나쓰미는 온몸이 굳어지는 느낌이었다. 어떻게 대응해야 좋을지 막막했다.

저 남자는, 저 남자는…….

그 사진 속 남자였다. 구사나기라는 수사 책임자가 보여 준 사진. 몇 년 전 사오리에게 치근덕거리다가 아빠 유타로에게 가게 출입을 금지당한 남자였다. 사오리가 행방불명된 것은 그로부터 얼마 지나지 않아서였다. 구사나기가 그 사진을 보여 준 것은 사오리의 죽음과 관련이 있을 가능성이 커서일 것이다. 실제로 그 얼마 후 경찰은 살인 용의자로 남자를 체포했다. 그때 비로소 나쓰미의 가족은 하스누마 간이치라는 남자의 이름을 알게 되었다.

저 남자가 왜 여기에?

하스누마는 무표정한 얼굴로 나쓰미를 바라보다가 천천히 가게 안을 둘러봤다. 그리고 바로 옆에 있는 테이블을 가리켰다.

"여기 앉아도 되나?"

그것은 6인용 테이블로, 끝자리에 유가와가 앉아 있었다.

잡지를 한 손에 들고 생선회를 먹던 유가와가 "그러시죠." 하고 고개를 끄덕였다. 그는 새로 들어온 손님에게 별 관심이 없어 보였다. 평소처럼 그저 합석하게 되었을 뿐이라고 생각하는 듯했다.

하스누마가 의자를 끌어당겨 앉았다. 후드는 벗지 않았다. 그가 나쓰미를 향해 "맥주!" 하고 내팽개치듯이 말했다.

나쓰미는 네, 하고 대답했다. 머릿속이 새하얘져서 아무 생각도 할 수 없었다. 늘 하던 대로 냉장고를 열고 병맥주를 꺼냈다. 그리고 기본 반찬을 챙기려고 주방 쪽으로 돌아선 순간 움찔하고 말았다. 유타로가 험악한 표정을 짓고 있었기 때문이다. 그 뒤에는 마치코도 있었다. 두 사람은 홀 안의 누군가를 노려보고 있었다.

나쓰미는 조그만 소리로 아빠, 하고 불렀다.

"어떻게 하지?"

유타로가 말없이 주방에서 나왔다. 그는 앞치마를 벗은 후 하스누마 쪽으로 걸어갔다.

"여긴 뭐 하러 왔지?"

그가 선 채로 하스누마를 내려다보며 물었다. 애써 감정을 억누르는 것이 느껴졌다.

하스누마는 어깨를 으쓱했다.

"여기, 밥 먹는 데 아닌가?"

그러고는 고개를 갸우뚱하며 나쓰미를 바라봤다.

"맥주 달라고 했을 텐데?"

"당신이 마실 맥주는 없어!"

유타로가 소리쳤다.

"당신이 먹을 음식도 없어. 나가!"

하스누마가 턱을 들고 유타로를 노려보았다.

"이봐, 당신!"

여태 잠자코 있던 도지마가 좀 떨어진 자리에서 손가락으로 하스누마를 가리켰다.

"어쩐지 나쓰미 짱이 좀 이상하다 했더니, 네놈 때문이었구먼. 여기가 어디라고 나타난 거야."

"슈사쿠, 자네는 가만히 있어."

그리고 유타로는 다시 하스누마에게로 시선을 돌렸다.

"목적이 뭔지는 모르겠지만, 여기는 당신이 올 곳이 아니야."

허, 하면서 하스누마가 손가락으로 콧등을 문질렀다.

"이유가 뭐지?"

"알 필요 없어. 다른 손님에게 폐가 되니 어서 나가!"

그리고 유타로는 돌아서서 주방으로 향했다.

"뭔가 착각하고 있는 것 같은데, 나미키 씨."

하스누마의 말에 유타로가 걸음을 멈췄다.

"착각이라고?"

어어, 하며 하스누마가 입을 반쯤 벌린 채 고개를 끄덕였다.

"당신들 무슨 생각을 하는지는 모르겠지만, 나는 피해자야. 당신들 때문에 범인 취급을 받고 일자리도 신용도 잃었는데 대체 어쩔 셈이야?"

"범인 취급? 나는 당신이 범인이라고 봐."

흥, 하고 하스누마가 코웃음을 쳤다.

"그럼 내가 어떻게 여기 있지? 교도소에 안 있고 말이야."

"그러는 것도 얼마 안 남았어."

유타로가 말했다.

"경찰은 포기하지 않아. 조만간 다시 체포하러 갈 테니 기다리라고."

"과연 그럴까?"

하스누마가 입술을 비틀며 웃었다.

"그보다, 대답을 아직 못 들었는데. 내가 입은 그 많은 피해를 당신 어떻게 수습할지……."

"수습이라니, 무슨 소리지?"

"배상금 말이야. 나를 경찰에 찌른 사람이 당신이지? 하지도 않은 일을 고해바쳐서 나를 체포하게 만들었어. 아닌가?"

"나는 사실을 있는 그대로 말했을 뿐이야."

"시치미 떼지 마. 경찰을 뭐라고 쏘삭거렸는지 다 알고 있어. 취조실에서 낱낱이 들었다고. 그러니 내게는 여기 올 만한 충분한 이유가 있지. 배상금을 협의해야 하잖아."

유타로가 한 걸음 앞으로 나섰다. 하스누마에게 덤벼드는 게 아닐까 싶어 나쓰미는 숨을 죽였다.

"그런 이유라면 영업이 끝난 다음에 와."

유타로는 감정을 억누르고 낮은 목소리로 말했다.

"언제 오느냐는 내 자유야. 하지만 뭐……."

하스누마가 자리에서 일어섰다.

"오늘은 이쯤 하고 돌아가지. 당신도 이런저런 마음의 준비가 필요할 테니까 말이야. 다만, 잊어서는 안 돼. 나는 기소되지 않았다고. 검찰은 처분 보류니 뭐니 하고 애매하게 말했지만, 요는 죄가 없다는 거야. 당신한테 이러니저러니 말을 들을 이유도 없다고. 이 가게에서 쫓겨날 이유도 없고. 다시 말하겠는데, 나는 피해자야. 당신들 때문에 없는 죄를 덮어쓸 뻔했던 불쌍한 피해자라고."

뻔뻔하게 그런 말을 내뱉은 후 하스누마는 가게 안을 빙 둘러봤다. 손님들이 너 나 할 것 없이 당혹감과 놀라움과 불쾌함이 뒤섞인 표정으로 바라보고 있었다. 그런 풍경이 만족스러운 듯 입가를 일그러뜨리며 웃고 나서 하스누마는 미닫이문을 거칠게 열고 밖으로 나갔다.

"마치코!"

유타로가 외쳤다.

"소금 좀 가져와. 봉지째!"

주방에서 마치코가 나왔다. 손에 소금이 든 비닐봉지가 들려 있었다. 이리 줘, 하고 유타로가 그것을 낚아채 출입문으로 향했다. 그리고 미닫이문을 열더니 소금을 한 움큼 쥐고 훌훌 뿌리기 시작했다.

11

후카가와 경찰서에 설치된 강도 살인 사건 수사본부에서 구사나기는 그 보고를 들었다. 전화를 건 사람은 나미키 사오리 변사 사건의 수사를 계속하고 있는 기쿠노 경찰서의 무토라는 경부보였다.

"이미 다른 사건의 수사본부로 배속되어서 바쁘실 줄은 충분히 압니다만, 그래도 일단 보고드리는 게 좋겠다 싶어서요."

무토의 목소리가 침울했다. 범인을 체포했는데 처분 보류로 석방되었다는 것이다. 맥이 풀리는 것도 당연했다.

무토의 말에 따르면, 어제 하스누마 간이치가 에도가와구의 아파트에서 이사를 나왔다고 한다. 이유는 간단했다. 임대

계약 기간이 만료된 것이다.

"계약이 만료되어 간다는 건 파악하고 있었습니다. 그래서 아파트 주인에게 계약을 갱신할 의사가 있는지 물어봤죠. 주인도 이번 사건에 관해서 알고 있었거든요. 석방되었다고는 해도 살인죄로 체포되었던 사람을 그대로 두기는 께름칙하니 적당한 이유를 둘러대고 갱신을 거부했으면 한다고 대답하더군요. 그래서 아파트를 떠난 후의 소재지를 파악하기 위해 하스누마에게 미행을 붙여 둔 거예요."

하스누마가 향한 곳은 놀랍게도 기쿠노시였다고 한다. 그뿐이 아니다. 기쿠노역을 나선 후 나미키 사오리의 부모가 운영하는 '나미키야'에 들어갔다는 것이다.

"하스누마가 '나미키야'에? 아니 대체 거긴 뭘 하러 간 겁니까?"

"하스누마가 금세 나오기는 했다는데, 그 후에 수사관이 들어가서 물어보니 자신을 범인 취급한 것에 앙심을 품고 나미키 씨에게 수습을 요구했답니다. 배상금이라는 말을 사용했다나 봐요."

"배상금……."

어이가 없었다. 터무니없는 억지다. 그러나 하스누마라는 인간은 그런 짓을 하고도 남았다. 모토하시 유나 살인 사건 때는 형사 보상금을 받아내지 않았는가. 이번에는 기소되지 않았으므로 체포에 협력한 사람들에게서 돈을 뜯어내기로 마음먹었는지도 모른다.

"그래서, 하스누마의 최종 행선지를 알아냈습니까?"

"네. 전에 근무했던 산업 폐기물 처리 회사 소유의 창고였습니다."

"창고요?"

"정확하게는 창고 관리 사무소입니다. 창고는 현재 거의 사용하지 않으며, 4년쯤 전부터 그 사무소를 주거지 삼아 생활하는 종업원이 있었습니다. 하스누마가 가장 친하게 지냈던 인물이고, 수사관도 몇 번인가 얘기를 들으러 간 적이 있습니다. 하스누마는 회사를 그만둔 후에도 그 인물에게는 간간이 연락했다고 합니다."

"그러고 보니 그런 사람이 있었어요."

구사나기는 기억을 더듬었다. 하스누마가 공중전화에서 전화를 걸어서, 경찰이 자신을 찾아오지 않았는지 확인했던 상대다.

무토는 그가 마스무라라는, 일흔 살 전후의 남자라고 알려주었다.

"오늘 수사관이 산업 폐기물 처리 회사를 찾아가 마스무라 본인에게 확인한 바로는 얼마 전에 하스누마에게서 전화가 왔다고 합니다. 다음 거처가 정해질 때까지 그곳에 있게 해 달라고 했다는군요."

"마스무라 씨가 승낙했답니까?"

"네, 딱히 거절할 이유가 없어서 승낙했답니다."

"그렇군요. 두 사람이 꽤나 가까운 사이인 모양입니다."

"혹시나 해서 어젯밤에 미행을 붙였는데, 오랜만에 다시 회포라도 푸는 건지 밤늦도록 술을 마시며 떠들었다고 합니다."

구사나기는 한숨을 내쉬었다. 하스누마 같은 악한과 죽이 맞는 인간이 있다니, 세상은 요지경이다.

"그 마스무라라는 인물에 관해 조사해 봤는데요, 전과가 있었습니다."

무토가 목소리를 조금 낮추었다.

"40년도 넘은 일입니다만, 상해 치사입니다."

네에, 하고 구사나기는 애매하게 반응했다. 유유상종이라더니.

"그래서, 앞으로는 어떤 방향으로 수사하실 건가요?"

구사나기의 질문에 괴로운 듯 신음하는 소리가 되돌아왔다.

"목격 정보를 수집하는 것밖에 다른 도리가 없겠죠. 할 수 있는 일은 다 한 느낌입니다."

"하스누마를 계속 감시하실 겁니까?"

"사는 곳은 정기적으로 확인할 테지만, 감시할 필요는 없다고 판단됩니다. 증거 인멸이나 도주의 우려가 없을 듯해서요."

"그렇겠죠."

구사나기는 그 판단이 타당하다고 생각했다. 이제 와서 하스누마가 나미키 사오리 살해와 연결될 만한 실마리를 드러내리라고 보기는 어려웠다. 이런 사건을 다룰 때는 대개 다른 사건을 빌미로 체포해서 구속한 후 해당 사건에 관한 진술이 나올 때까지 계속 취조하는 방법을 쓰는데, 장기간의 감금을 마다하지 않으며 줄곧 묵비권을 행사하는 하스누마의 경우에는 효과가 전혀 없었다.

보고드릴 내용은 여기까지입니다, 하고 무토는 전화를 끊었다. 구사나기는 쓴 것이라도 삼킨 듯한 기분으로 스마트폰을 내려놓았다.

무력감이 밀려와 자리에서 일어설 기력조차 없었다.

하스누마가 석방된 직후 구사나기는 담당 검찰관에게 어떤 증거를 갖추어야 기소에 이를 수 있는지 물었다.

피해자가 사고사도 자연사도 아니고 살해당했다는 증거, 하스누마 외에는 달리 살해범을 생각하기 힘들다는 증거, 적어도 이 두 가지가 갖추어지지 않으면 기소하기 어려우며, 설사 기소한다 해도 하스누마가 묵비권을 행사할 경우 전례로 보아 무죄로 판결 날 가능성이 높다는 게 검찰관의 견해였다.

"문제는, 하스누마가 사체를 시즈오카로 운반했다는 사실을 법정에서 주장하기가 어렵다는 점입니다. 근거가 목격 증언이 아니라 N 시스템의 기록이라서 말이지요."

검찰관의 지적에 구사나기는 대꾸할 말이 없었다. N 시스템에 의한 수사 기록은 증거로 제출하지 않는다는 것이 현시점에서 경찰의 약속이다. 그것을 증거로 제출하려면 N 시스템의 구조나 감시 장소 등의 상세한 내용을 법정에서 밝히지 않으면 안 된다. 그런 사태는 반드시 피해야 한다는 것이 시스템 구상 당시부터 경찰청의 방침이다.

검찰의 요구가 까다롭긴 하지만, 어떻게든 조건에 부합하는 증거를 찾아내 보자고 구사나기는 스스로 다짐했다. 유족에게 아직 포기하지 않았다고 했던 말이 허언이 아님을 증명하고 싶었다.

하지만 상상할 수 있는 모든 방법을 동원해 봐도 검찰이 요구하는 증거는 찾을 수 없었다. 법의학자도 몇 명 찾아가 보았지만 유골의 상태로 사인을 특정하기란 불가능하다는 대답이 돌아왔다. 그 벽을 허물지 않고는 한 걸음도 앞으로 나아갈 수 없다.

게다가 도쿄에서는 하루가 멀다 하고 흉악한 사건이 발생하고 있다. 언제까지고 과거의 사건에 매달릴 수만은 없는 것이 현실이다. 실제로 구사나기 팀은 얼마 전 후카가와에서 발생한 강도 살인 사건을 담당하고 있다.

다행히 그쪽은 수사가 순조로웠다. 피해자의 지인이었던

남자를 임의 동행해 조사하자 범행을 순순히 자백한 것이다. 흉기를 버렸다는 장소에서 피해자의 혈흔이 묻은 칼이 발견되는 등, 송검 준비가 착착 진행되고 있다. 이 사건에 대해서는 검찰도 아마 만족할 것이다. 자신만만하게 기소할 것이 분명하니 구사나기로서도 한 건 했다는 기분이었다.

그럼에도 머리 한구석에는 늘 하스누마 간이치가 자리 잡고 있었다. 구사나기가 관여할 기회는 이미 사라진 것이나 다름없었지만, 이대로 끝내고 싶지 않은 마음은 조금도 옅어지지 않았다.

12

그 창고는 주택가에서 한참 떨어진 곳에 있었다. 근처에는 강이 흘렀다.

창고 옆에 조그만 건물이 하나 서 있었다. 사무소인 듯한데, 문이 한 짝밖에 붙어 있지 않았다.

승용차 조수석에 앉은 니쿠라 나오키는 망원경에 눈을 대고 초점을 맞췄다. 건물 창문을 들여다보았지만, 바로 안쪽에 뭔가가 놓여 있는 데다 어두워서 실내의 모습은 전혀 볼 수 없었다.

"뭐가 좀 보입니까?"

운전석에서 도지마 슈사쿠가 물었다.

"아니, 전혀."

니쿠라가 망원경을 눈에서 뗐다.

"정말 저기가 맞아?"

"안에 있을 겁니다."

도지마가 단언했다.

"어제 제가 이 두 눈으로 똑똑히 봤다고요, 저기서 그 남자가 나오는 걸 말입니다."

도지마가 차를 출발시켰다. 니쿠라는 그 건물의 창문을 뚫어져라 바라보았지만 역시 안에 사람이 있는지는 확인할 수 없었다.

두 사람은 근처 패밀리 레스토랑에 차를 세우고 안으로 들어갔다. 맨 안쪽, 주위에 손님이 없는 테이블을 골라 앉았다.

"온갖 방법을 동원해서 겨우 찾은 곳입니다. 창고 옆에 있는 관리 사무소 말이에요, 사무소로 사용되는 게 아니라 일흔 살 정도 되는 남자가 혼자 살고 있습니다."

그렇게 말하고서 도지마는 커피를 마셨다.

"그러니까 거기에 그 남자가 있다?"

네, 하고 도지마는 나지막이 대답했다.

"하스누마가 얼마 전부터 거기에 눌러 사는 모양입니다."

니쿠라는 고개를 절레절레 저었다.

"믿기지 않는군."

"어이가 없죠?"

"행방을 감췄다면 이해가 가는데, 오히려 사건을 저지른 동네로 되돌아오다니……. 뻔뻔하다고 해야 할지, 대담하다고 해야 할지. 대체 무슨 속셈이야."

니쿠라는 오른손으로 주먹을 쥐고 테이블을 쾅 두드렸다.

오늘 점심 무렵 도지마가 니쿠라에게 전화를 걸어 긴히 의논할 일이 있으니 만나자고 했다. 무슨 일인데 그러냐고 니쿠라가 묻자 도지마는 하스누마에 관한 일이라고 대답했다. 하스누마가 기쿠노로 돌아왔다는 것이다. 니쿠라는 경악했다. 착각한 것이 아닌지 의심하는 그에게 도지마는 그놈이 있는 곳까지 안내하겠다고 말했다.

니쿠라가 도지마를 알게 된 것은 사오리 때문이었다. 사오리가 라이브 하우스에서 미니 콘서트를 열었을 때 나미키 유타로가 그를 소개한 것이다. 그 이후 '나미키야'에서 마주치면 서로 인사를 나누는 사이가 되었다.

"전화로도 말씀드렸지만 지난주에 하스누마 그놈이 '나미키야'에 나타났단 말입니다."

도지마의 말에 니쿠라는 한숨을 크게 내쉬었다.

"놀랍다는 말로는 부족해. 그 자리에 없었기에 망정이지,

화가 치밀어서 무슨 짓을 했을지 모른다고. 대체 무슨 속셈으로……."

"앙갚음을 하겠다는 거죠."

도지마가 속이 부글부글 끓는다는 듯이 말했다.

"'나미키야'를 비롯한 이 동네 사람들의 증언 때문에 체포되었다며 앙심을 품은 겁니다. 그러니 그놈으로서는 자신이 석방되었다는 사실을 우리한테 보란 듯이 알려서 앙갚음을 하고 싶은 거죠."

"앙갚음이라니…… 그야말로 적반하장이로군."

"경찰이 너무 허술해요. 증거 불충분인지 뭔지는 잘 모르겠지만, 그런 놈을 그냥 풀어 주다니, 그게 있을 수 있는 일입니까? 무슨 수를 써서라도 체포해서 교도소로 보내야 하는 거 아니냐고요."

"나도 그렇게 생각하지만, 현실적으로는 그럴 수 없는 거겠지."

도지마가 떨떠름한 표정으로 고개를 끄덕였다.

"경찰에는 기대해 봤자 소용없을 것 같아요. 뾰족한 방법이 없는 모양입니다. 그렇다고 이대로 가만히 있을 수는 없잖아요. 유타로 씨 가족, 그러니까 '나미키야' 사람들의 심정을 생각하면 견딜 수가 없어요. 안 그렇습니까?"

"그야 물론이지."

니쿠라가 힘주어 말했다.

“그 가족의 원통함을 어떻게 말로 다 표현하겠나. 나도 이렇게 치가 떨리는데. 할 수만 있다면 내 손으로라도 그놈을 해치우고 싶은 심정이야.”

“암요, 그렇고말고요.”

그제야 기대한 말을 들었다는 듯이 도지마는 고개를 크게 끄덕였다.

“사오리의 재능을 알아보고 공들여 어엿한 가수로 키우려고 하셨으니 분한 마음이 이만저만이 아니겠죠. 그러니까 더욱이…….”

거기까지 말하고 도지마는 주위를 살핀 다음 더욱 목소리를 낮췄다.

“그러니까 더욱이 니쿠라 씨에게도 이번 계획을 알려 드리는 겁니다.”

“계획이라니?”

니쿠라는 자신도 모르게 경계하는 듯한 태도를 취했다. 예상치 못한 단어였다.

“무슨 계획 말이지?”

도지마가 또다시 주위를 한 바퀴 둘러본 후 니쿠라 쪽으로 몸을 기울였다.

“경찰에는 더 기대할 것이 없어요. 법정이 놈을 벌하려 하지 않잖아요. 그러니 우리가 직접 나서는 수밖에 없지 않겠냐, 이 말입니다."

뜻밖의 얘기에 니쿠라는 흠칫했다.

"직접 나서다니……, 뭘 어떻게?"

"그놈에게 벌을 주자는 겁니다. 하스누마 간이치에게요."

도지마의 눈빛이 진지했다. 빈말이 아닌 것이 분명했다.

니쿠라는 말문이 막혔다. 물잔을 집어 들고 꿀꺽꿀꺽 물을 마셨다.

"벌……이라면 어떤 벌을?"

"그놈이 저지른 죄에 합당한 벌이죠. 실은 제가 생각해 낸 계획이 아닙니다. 제안자가 누구인지, 말하지 않아도 짐작하시겠죠?"

"나미키 씨……인가?"

도지마가 고개를 끄덕였다.

"죽마고우라는 말이 있잖아요, 저와 유타로가 바로 그런 사이입니다. 놀 때도 같이, 나쁜 짓도 같이, 들켜서 혼날 때도 같이요."

그 얘기를 하면서 잠시 누그러졌던 도지마의 표정이 이내 다시 험상궂어졌다.

"그렇게 둘도 없는 친구가 일생일대의 부탁이라며 말하는데 흘려들을 수는 없지 않겠습니까? 게다가 사오리 짱이 살해된 사건과 관계된 일이니 더욱이요."

니쿠라는 또 물을 벌컥벌컥 들이켰다. 잔에 커피가 남아 있었지만 마른 목을 축이기에는 부족했다.

"설마, 그, 나미키 씨가……."

신중하게 말을 고르려 했지만 적절한 표현이 떠오르지 않았다.

"복수랄까, 앙갚음이랄까……, 아니면 딸의 원한을 풀겠다든가, 그런 건가?"

"아버지로서는 당연한 심리죠."

도지마의 목소리는 작았지만, 가슴속에서부터 울리는 그 말에는 힘이 실려 있었다.

"저도 자식이 둘 있지만, 만약 제 자식이 그런 일을 당했다면 틀림없이 똑같은 생각을 했을 겁니다."

"그러니까, 그……."

뭐라 대꾸해야 할지 망설여졌다. 상식적으로 생각하면 부정적인 의견을 내야 했지만 그건 솔직한 마음이 아니었다. 니쿠라는 한 걸음 내디뎌 보기로 했다.

"그 심정은 알 것 같네."

"그렇고말고요. 방금도 내 손으로 해치우고 싶다고 말씀하셨잖아요."

"아니야, 그건……."

니쿠라는 도지마를 제지하기라도 하듯 손을 내저었다.

"할 수만 있다면 그러겠다는 뜻이지. 하지만 요즘 세상에 가능한 일이 아니잖아, 원수를 갚는다는 게."

"그래서 포기하시겠다?"

도지마가 마치 니쿠라의 속마음을 들여다보겠다는 듯한 눈빛으로 말했다.

"그 인간쓰레기가 태평하게 살아가는 꼴을 그저 보고만 있겠다고요?"

니쿠라가 또 오른손 주먹으로 테이블을 쾅 내리쳤다.

"그야 당연히 나도 분하지. 포기하고 싶지 않아. 하지만 현실적이지 않다는 거야. 무슨 방법을 생각하고 있는지는 모르겠지만, 하스누마의 신상에 무슨 일이 생기면 반드시 경찰이 움직일 거라고. 죽어 마땅한 인간이라고 해서 수사까지 안 할 수는 없는 노릇 아니야. 그렇게 되면 맨 먼저 나미키 씨 가족이 의심받을 테고. 그래도 상관없다는……."

말하는 동안 니쿠라는 그 대답을 스스로 찾아낸 듯, 소스라치게 놀라며 눈을 부릅떴다.

"아……, 혹시 딸의 원한을 갚을 수만 있다면 경찰에 체포되어도 상관없다, 그게 나미키 씨 생각인가? 설사 누군가에게 도움을 받더라도 그 사실은 결코 발설하지 않겠다, 죄를 몽땅 혼자 짊어지겠다, 그렇게 각오한 거야?"

그러자 도지마가 얼굴을 찡그리며 집게손가락을 입에 갖다 댔다.

“목소리가 너무 큽니다.”

“아, 이런.”

니쿠라가 손바닥으로 입을 막았다. 자신도 모르게 목소리가 높아진 듯했다.

니쿠라 씨, 하며 도지마가 등을 곧게 펴며 차분하게 말했다.

“맞습니다. 제대로 보셨어요. 나미키 유타로는 거기까지 생각하고 있습니다. 그 친구가 말했어요. 교도소에 가는 것쯤 두렵지 않다고요.”

“마음이야 그렇겠지만…….”

“끝까지 들어 보세요. 아까도 말했잖습니까, 유타로와 저는 둘도 없는 친구라고요. 그렇게 소중한 친구가 교도소에 들어가는 꼴을 제가 가만두고 볼 것 같습니까?”

니쿠라는 당황스러웠다. 지금까지의 이야기 흐름과는 완전히 반대되는 말처럼 느껴졌기 때문이다.

“그럼 어쩌겠다는 건지…….”

“유타로가 경찰에 체포되는 일 따위는 없을 겁니다. 유타로뿐 아니라 그 누구도 그런 일은 당하지 않아요. 그걸 전제로 그놈에게 철퇴를 내릴 겁니다. 우리가 생각하는 계획은 그래요. 그러니까 니쿠라 씨도 부디 힘을 보태 주십사 부탁하는 거죠. 설사 그 모든 일이 들통난다 해도 니쿠라 씨에게 죄를 묻는 일은 없을 겁니다."

"그렇게 좋은 방법이 다 있나?"

"모두가 힘을 모으면 됩니다."

도지마가 결의에 찬 눈빛으로 니쿠라를 보았다.

13

그 메시지를 읽는 순간 다카가키 도모야는 눈앞이 핑 도는 느낌이었다. 혹시 농담이 아닐까 하는 의혹마저 일었다. 그러나 그걸 보낸 사람을 생각하면 그럴 리 없었다.

메시지를 보낸 사람은 나미키 나쓰미였다. 반년쯤 전, 간만에 '나미키야'에 들렀다가 그녀와 연락처를 교환했다.

'나미키야'에 간 것은 우쓰미라는 형사로부터 사오리의 유해가 발견되었다는 말을 들었기 때문이다. 약 1년 만에 나미키 부부를 만나 인사도 나누었다. 조의를 표할 때는 그만 눈물이 주르륵 흘렀다. 부부도 울었다.

그날 이후 도모야는 다시 '나미키야'에 드나들게 되었다. 그때마다 경찰의 수사에 얼마나 진전이 있는지 물었지만, 나미키 부부도 자세히는 모르는 눈치였다. 형사들이 종종 찾아오긴 하지만 수사 진척 상황은 전혀 가르쳐 주지 않는다는 것이었다. 작정하고 물어봐도 형사들은 "범인 체포에 총력을 기울이고 있습니다."라는 형식적인 대답만 한다고 했다. 그런 점은 여형사 우쓰미 가오루와 다르지 않았다.

그런데 하스누마 간이치를 체포하자 수사 책임자에게서 곧바로 연락이 왔다. 나쓰미에게 그런 내용의 메시지를 받았을 때 도모야는 저도 모르게 한 손으로 스마트폰을 꽉 움켜쥐며 다른 한 손으로는 주먹을 휘둘렀다. 이제야 진상이 밝혀지고 사오리의 억울함을 풀 수 있겠다고 생각했다.

그날 밤 서둘러 '나미키야'로 갔다. 가게는 단골들로 북적거렸다. 사오리를 지도했던 니쿠라의 모습도 보였다. 하나같이 범인 체포를 기뻐했다. 나미키 부부도 나쓰미도 울고 있었다. 그들과 함께 도모야도 새삼스럽게 눈물을 흘렸다. 뺨이 다 젖도록 눈물을 흘리며 도모야는 아직도 자신이 사오리를 잊지 않았다는 걸 깨달았다.

하지만 그 후로 사태는 전혀 예기치 못한 방향으로 전개되었다.

범인이 체포되었는데도, 사건의 진상이 밝혀졌다는 이야기는 전혀 들리지 않았다. 대체 어떻게 된 일일까 의아해 하던 중 나쓰미에게서 온 메시지에 도모야는 아연실색했다. 어처구니없게도 하스누마가 석방되었다는 내용이었다.

곧바로 나쓰미에게 전화를 걸었다. 나쓰미는, "나도 뭐가 뭔지 잘 모르겠는데……"라면서 구사나기라는 수사 책임자가 '나미키야'에 와서 자초지종을 말했다고 했다. 검찰이 현 상태로는 증거가 불충분하다고 판단했다는 것이다.

유족으로서는 도저히 납득하지 못할 일이어서 나미키는 구사나기에게 범인 체포를 포기하는 것이냐고 따져 물었다고 한다. 그러자 구사나기는 절대 포기하지 않았다면서 검찰과 협력해 충분한 증거를 확보한 뒤 반드시 기소하겠다고 약속했다는 것이다.

그러나 그로부터 몇 달이 지났지만 그 약속은 아직까지 지켜지지 않았다. 도모야가 법률에 해박한 지인에게 들은 얘기로는 일사부재리의 원칙이라는 것이 있어서 동일 사건으로 두 번 체포하는 것은 기본적으로 인정되지 않으며, 다시 체포하려면 그럴 만한 증거가 새로 발견되어야 한다고 한다.

경찰은 대체 뭘 하고 있는 것인가. 지금 하스누마는 어디서 뭘 하고 있을까. 하나같이 오리무중인 가운데 분노의 불길을 채 태우지도 못하고 도모야는 답답한 심정으로 시간만 보내고 있었다.

끝내는 나쓰미의 메시지마저 끊기고 말았다. 그래서 오랜만에 도모야 쪽에서 먼저 메시지를 보낸 참이었다. 별다른 기대 없이, 그 후로 어떻게 되었느냐, '나미키야' 식구들은 건강히 지내시느냐, 하는 정도의 내용이었다.

그러자 얼마 후에 나쓰미에게서 답장이 왔다. 그 내용은 경악할 만한 것이었다. 열흘쯤 전에 하스누마가 나타났다는 것이다. 충격이 얼마나 컸던지 며칠이나 가게를 닫았었고, 사흘 전에 겨우 다시 열었다고 적혀 있었다.

메시지를 읽은 순간부터 일이 손에 잡히지 않았다. 그 하스누마 놈이 왜 '나미키야'에 나타났을까. 대체 무슨 속셈일까.

시곗바늘이 퇴근 시각을 가리키자 도모야는 서둘러 하던 일을 정리하고 회사를 나섰다. 그리고 역으로 향하던 도중 어머니 리에에게 전화해서 오늘 저녁은 밖에서 먹을 거라고 말했다. '나미키야'에 가느냐는 리에의 물음에 도모야는 그렇다고 대답했다.

"무슨 일이 있는 거니?"

리에가 걱정스러운 목소리로 물었다.

"응, 조금."

"사오리 일이야?"

"응."

"혹시 그 범인이 다시 체포됐대?"

"그게 아니라, 나타났대."

"나타나다니, 그게 무슨 말이야?"

"나도 잘 모르겠어. 자세한 건 집에 가서 얘기할게."

전화를 끊고 걸음을 재촉했다.

사오리의 유해가 발견된 후로 사건에 관해 리에와 얘기를 나누곤 했다. 하스누마가 체포되었을 때는 리에 역시 기뻐했다. 그리고 그놈이 석방되었다는 사실을 알았을 때는 도모야와 함께 분개하기도 했다.

그런데 최근 들어 리에가 조금 달라진 모습을 보였다. 이제 그만 사건에 관해 잊는 게 어떠냐는 뜻을 비친 것이다. 범인이 체포되어 사형이 선고된다 한들 사오리가 살아 돌아오는 것은 아니잖느냐면서.

죽은 연인을 잊지 못하고 마냥 그 그림자를 좇는 아들이 걱정되었을 것이다. 괴로운 일은 그만 잊고 다른 여자를 만났으면 하는 마음일 것이다.

도모야 역시 그래야 한다는 걸 모르는 바 아니었다. 하지만 사오리가 왜 살해되어야 했는지 밝혀지지 않는 한 단 한 걸음도 내디딜 수 없었다. 그만큼 사오리를 향한 자신의 마음이 가볍지 않았다는 고집 같은 것도 있었다.

'나미키야'에 도착한 것은 채 6시가 되기 전이었다. 그래서 가게가 한산할 것이라고 예상했는데 문을 열어 보고는 깜짝 놀랐다. 테이블이 빠짐없이 손님으로 차 있었다.

도모야가 멀뚱히 서 있자, "어머, 죄송해요." 하면서 나쓰미가 안에서 달려 나왔다.

"이분들은 곧 가실 거예요."

미안합니다, 하고 가운데 자리에 앉아 있던 여성이 도모야에게 말했다. '나미키야'에서 몇 번 마주친 적이 있는 사람이었다. 이 지역에서 가장 큰 서점의 2세로 이름이 미야자와 마야라고 했던 것으로 도모야는 기억했다. 키가 크고, 마치 운동선수처럼 몸집이 탄탄해서 듬직한 누님 같은 분위기를 풍겼다.

미야자와 마야 앞에 노트가 펼쳐져 있었다. 그리고 가게 안을 둘러보니 열 명 남짓한 남녀가 모두 그녀를 향해 앉아 있었다. 아아, 그렇구나, 하고 도모야는 깨달았다. 퍼레이드 행사에 관한 회의를 하고 있는 듯했다. 퍼레이드에 나서는 기쿠노 팀의 리더가 미야자와 마야라는 얘기를 들었던 기억이 떠올랐다.

4인용 테이블을 차지하고 있던 두 사람이 "여기 앉아요." 하면서 자리를 옮겼다. 덕분에 도모야는 자리에 앉을 수 있었다.

"그럼 정리하겠습니다."

미야자와 마야가 노트를 손에 들고 일어섰다.

"A팀은 의상과 소도구 준비를 마무리해 주시고, B팀은 음악 편집과 음향 장치를 확인해 주세요. C팀은 최종 리허설 계획 수립과 풍선 점검을 부탁드려요. 이상입니다. 다른 질문 있으신가요?"

"팀 기쿠노가 올해는 뭘 보여 줄 거냐고 묻는 사람들이 많은데요, 역시 당일까지 비밀로 해야 할까요?"

머리띠를 동여맨 젊은이가 질문했다. 팀 기쿠노란 그들 그룹의 명칭이다.

당연히, 하고 미야자와 마야가 대답했다.

"해마다 말씀드리지만, 서프라이즈가 없으면 엔터테인먼트가 아니에요. 여러분도 그 점을 잊으시면 안 됩니다. 또, 다른 질문은요?"

발언하는 사람이 없자 그럼, 하며 미야자와 마야가 노트를 덮었다.

"오늘은 이쯤에서 해산합시다. 행사까지 며칠 안 남았어요. 최선을 다해 봅시다."

네, 하고 모두가 힘차게 대답한 뒤 자리에서 일어서기 시작했다.

나쓰미가 도모야의 테이블로 물수건을 가져왔다.

"기다리시게 해서 죄송해요."

"죄송하긴. 그런데 그거, 정말이야? 하스누마가 여기 왔다는 거 말이야."

순간 나쓰미의 안색이 흐려졌다. 그녀가 고개를 빠르게 끄덕였다.

"정말 어이가 없어."

옆에서 사람들을 배웅하던 미야자와 마야가 끼어들었다.

"그 얘기를 들었을 때는 내 귀를 의심했다니까. 처분 보류인지 뭔지는 몰라도, 그놈이 범인이라는 건 다 아는 사실이잖아. 그런데 여기에 나타나다니, 대체 무슨 속셈일까?"

"우리한테 배상금을 내놓으라더라고요. 그걸 받을 때까지 계속 오겠다는 식으로 말했어요."

나쓰미의 말에 도모야는 적이 당혹스러웠다.

"배상금이라니, 무슨 배상금?"

"자기가 범인 취급을 받은 게 우리 탓이라나요. 그러니까 보상하래요."

"무슨 소리를 하는 거야, 그 자식."

미야자와 마야가 내뱉듯이 말했다.

"머리가 돈 거 아니야? 경찰은 대체 뭘 하는 거야, 그런 놈을 순순히 풀어 주고 말이지."

"그 사람이 돌아가고 얼마 안 있어 형사가 찾아왔어요. 줄곧 감시하고 있었나 보더라고요. 하스누마가 여기 와서 뭘 했느냐고 묻던걸요."

"그놈이 아직 이 동네에 있는 모양이에요."

머리띠를 동여맨 젊은이가 말했다.

"정말이야?"

미야자와 마야가 눈을 번쩍 떴다.

"SNS에 글을 올린 사람이 있었어요. 제가 아는 사람이 발견하고 알려 줬는데, 글을 올린 사람은 그놈이 전에 일하던 회사의 동료인가 봐요. 놈이 그 회사에 다니는 누군가의 집에 얹혀 지내나 본데, 경찰이 그걸 확인하러 왔었다나요."

미야자와 마야가 혀를 끌끌 찼다.

"언제까지 여기 있을 작정일까? 정말 배상금을 뜯어낼 수 있다고 생각하나?"

글쎄요, 하며 머리띠 청년이 고개를 갸웃거렸다. 자신이 어떻게 알겠냐는 투다.

저, 하고 도모야가 일어서며 머리띠 청년을 바라보았다.

"그놈이 얹혀 산다는 집이 어디에 있는지 혹시 SNS 글에 나와 있었나요?"

청년이 당황스러운 표정으로 고개를 가로저었다.

"아니, 거기까지는……."

그때 나쓰미, 하고 부르는 소리가 들렸다. 주방에 있던 나미키 유타로가 어느새 나와 있었다.

"뭐 하고 있어, 도모야 씨한테 음료 주문은 받았어?"

"아니, 지금 여쭤보려고……."

"슬슬 바빠질 시간이야. 멍때리면 안 되지. 도모야 씨, 미안해요."

나미키가 고개를 숙였다.

아닙니다, 하고 도모야는 자리에 앉으며 나쓰미를 올려보았다.

"맥주 한 병 부탁할까."

네, 하고 나쓰미가 물러갔다.

"나미키 씨."

미야자와 마야가 나미키를 불렀다.

"저희에게 부탁할 일이 있으면 언제든지 말씀해 주세요. 하스누마를 이 가게에 얼씬하지 못하도록 해 달라고 하시면 우리가 힘을 합해서 어떻게든 해 볼게요."

나미키는 어렴풋이 미소를 지으며 "고맙습니다."라고 중얼거리듯이 대답했다.

"그럼 이만 가 보겠습니다."

미야자와 마야가 동료들과 함께 가게를 나갔다.

나쓰미가 맥주병과 잔, 간단한 안주를 쟁반에 담아 들고 돌아왔다. 그러자 나미키가 "잠깐 실례해도 될까요." 하며 도모야 맞은편에 앉아 잔에 맥주를 따라 줬다.

"하스누마가 여기 왔다는 얘기를 나쓰미에게 들었어요?"

"네, 오늘 낮에……."

나미키는 쯧, 혀를 차며 딸을 쳐다봤다.

"일하는 사람한테 그런 쓸데없는 얘기를……."

"아니……."

나쓰미가 입술을 비죽 내밀며 고개를 숙였다.

도모야 씨, 하고 나미키가 그를 똑바로 바라봤다.

"우리 사오리를 아직도 잊지 않고 있으니 고맙기는 합니다만, 도모야 씨도 앞날을 생각해야 하지 않겠어요? 이제 그만 생각을 바꾸면 어떨까요."

도모야가 잔을 입으로 가져가다 말고 테이블에 내려놓았다.

"그 말씀은, 저, 그 사건과 사오리를 잊으라는 뜻인가요?"

"말끔히 잊기야 힘들겠지요. 하지만 이렇게까지 연연하는 건 도모야 씨 인생에 좋을 게 없어요. 그 사건에 얽매이는 건 우리 가족으로 충분합니다. 다른 사람에게까지 폐를 끼치고 싶지는 않아요."

"폐라니, 당치 않은 말씀입니다."

도모야가 단호하게 말했다.

"아까 미야자와 씨도 그런 말씀을 하셨지만, 어떻게든 힘을 보태고 싶습니다. 그 남자가 석방되었다는 것도 전혀 납득할 수 없고요."

"고맙지만, 나로서는 그 마음만으로 충분해요. 분명히 말해두는데, 도모야 씨가 앞으로 그 사건에 관해 무관심하게 굴어도 전혀 개의치 않을 겁니다. 박정하다고 생각하지도 않을 거예요."

"무관심하게 굴다니…… 그게 무슨 말씀입니까?"

"더 생각할 것도 없이, 말 그대롭니다."

그럼 천천히 들고 가요, 하고 나미키는 자리에서 일어나 주방으로 돌아갔다.

그 뒷모습을 도모야는 당혹스러운 심정으로 바라보았다. 왜 나미키가 그런 말을 하는지 전혀 이해할 수 없었다.

그때 드르륵, 미닫이문 열리는 소리가 나더니 손님이 들어왔다. 유심히 보니 이곳에서 몇 번 얼굴을 마주친 적이 있는 남자였다. 이름이 유가와라고 한 것 같은데 모두들 교수님이라고 불렀다. 최근 들어 꽤 자주 오는 듯했다.

상대도 도모야의 얼굴을 기억하는지 목례를 했다. 도모야도 꾸벅 고개를 숙였다.

나쓰미가 물수건을 들고 그에게 갔다.

"오셨어요. 늘 드시는 걸로 드릴까요?"

"그래요. 그리고 맥주도."

알겠습니다, 하고 나쓰미가 돌아섰다.

도모야는 혼자 저녁을 먹으면서 조금 전에 나미키가 한 말의 진의를 곰곰이 생각해 봤다. 분명히 뭔가 깊은 의미가 있을 것 같았다.

옆 자리에서는 유가와가 나쓰미와 대화를 나누고 있었다. 퍼레이드 안내를 부탁하는 듯했다. 나쓰미가 적어도 한 시간 전에는 장소를 확보해야 한다는 대답을 했다.

도모야는 7시가 조금 지날 무렵 '나미키야'에서 나왔다. 석연치 않은 생각이 가슴에 남아 있어 발걸음이 무거웠다.

집을 향해 걸음을 옮기기 시작한 직후였다.

다카가키 군, 하는 소리가 옆쪽에서 들렸다. 귀에 익은 목소리였다. 도모야는 걸음을 멈추고 주위를 살폈다.

"여기야."

다시 목소리가 들렸다.

옆에 주차되어 있는 승용차 운전석에서 나는 소리였다. 차에 타고 있는 사람은 도모야가 익히 아는 인물이었다. '나미키야'의 단골손님인 도지마다.

다가가서 "안녕하세요." 하고 인사했다.

"시간 좀 있나? 긴히 할 얘기가 있는데."

"……무슨 일인데요?"

"그야 물론……."

도지마가 입술을 핥고 나서 '나미키야' 쪽을 힐금 쳐다본 후 다시 도모야를 올려다봤다.

"하스누마 일이지. 혹시 다카가키 군에게 아직도 사오리를 생각하는 마음이 남아 있다면 말이야……."

도모야는 심호흡을 했다.

"말씀해 주시죠."

"그럼 조수석에 타게."

"네."

운전석 반대쪽으로 돌아가는 도모야의 심장이 빠르게 고동쳤다.

도모야가 귀가한 것은 밤 10시가 다 되었을 때였다. 거실 소파에 앉아 텔레비전을 보던 리에는 그가 들어오자 곧바로 리모컨을 집어 들고 텔레비전 전원을 껐다.

"늦었구나."

"응. 이런저런 얘기를 나누다 보니까."

"무슨 얘기를 그렇게?"

"그냥, 여러 가지. 단골들도 있고 해서."

"그 범인은 어쩌고 있대? 기쿠노에는 왜 왔다던?"

"모르겠어. 다들 노발대발하더라고."

그리고 자기 방으로 가려는 도모야를 리에가 불러 세웠다.

"아무리 그래도 사오리는 이제 돌아오지 않아."

"그래서 뭐?"

"'나미키야'에 가는 건 이제 그만두면 안 되겠니? 괴로운 일만 자꾸 떠오르잖아."

도모야는 대답 없이 거실을 나갔다. 자기 방에 들어가 양복을 벗고 넥타이를 푼 뒤 그대로 침대에 쓰러졌다.

도지마와 나눴던 대화를 곱씹어 봤다. 도지마가 꺼낸 얘기는 놀랄 만한 내용이었다. 리에가 알게 되면 눈을 부릅뜨고 반대할 터였다. 절대 안 된다며 애원하다시피 할 게 틀림없었다.

아까 가게에서 나미키가 왜 그런 말을 했는지도 납득이 갔다. 도지마가 도모야에게 협조를 요청할 것을 알고 굳이 받아들이지 않아도 된다, 거절해도 괜찮다고 넌지시 알린 것이다. 설령 그렇게 해도 박정하다고 여기지 않겠다고.

그러나 도모야는 도지마의 요청에 망설임 없이 대답했다. 꼭 협조하고 싶다고.

여기서 도망친다면 아마 평생을 두고 후회할 것이라고 생각했기 때문이다.

14

기쿠노 상점가 사람들에게는 아주 특별한 일요일. 나쓰미는 가게 안에서 거리를 내다보았다. 일찍부터 많은 사람이 오가고 있었다. 이제 겨우 10시가 넘었으니 퍼레이드가 시작되기까지는 한 시간 가까이 남았는데, 최대한 좋은 장소를 확보하려고 관람객들이 움직이고 있는 것이다.

"날씨가 좋아서 다행이네."

뒤에서 마치코의 목소리가 들렸다.

나쓰미는 뒤를 돌아보며 "응." 하고 고개를 끄덕였다.

"비라도 오면 준비한 사람들이 너무 안됐지."

맞아, 하고 맞장구를 치며 마치코는 주방으로 들어갔다. 벌써 음식 준비를 시작한 유타로를 도우려는 것이다. 평일에는 저녁에만 영업하지만 토요일과 일요일에는 점심 장사도 한다.

미닫이문 바깥에 사람 그림자가 비치는가 했는데 드르륵 문을 열고 들어온 사람은 예상했던 인물이었다.

"철도 회사가 너무 융통성이 없군."

어두운 녹색 재킷을 걸친 유가와가 못마땅하다는 투로 말했다.

"오늘 같은 날은 전철 운행 편수를 늘려야지."

"몹시 혼잡했나 봐요?"

유가와는 진저리가 난다는 듯한 얼굴로 고개를 끄덕였다.

"콩나물시루가 따로 없었어. 앉기는커녕 똑바로 서 있기도 힘들더라고. 치한으로 오해받지 않도록 양손을 올리고 있었지 뭐야."

하하하, 하고 나쓰미는 웃었다.

"고생하셨네요."

"그건 그렇고, 내가 상상했던 것 이상으로 성대하던걸. 벌써들 사진 찍기 좋은 장소를 찾아 나섰더라고."

"그럴 거예요. 우리도 빨리 나가는 게 좋겠어요."

나쓰미가 벌떡 일어나 옆에 있는 의자에 걸쳐 놓았던 패딩을 걸쳤다.

"엄마, 나, 다녀올게."

주방 카운터 너머에서 마치코가 얼굴을 내밀었다.

"잘 갔다 와. 유가와 교수님, 마음껏 즐기고 오세요!"

"고맙습니다. 밤에 다시 오겠습니다."

유가와는 웃으며 주방을 향해 인사했다.

벽에 접이식 나무 의자가 두 개 기대어져 있었다. 나쓰미는 그중 한 개를 집어 유가와에게 내밀었다.

"자, 이거 드세요."

"오호, 굿 아이디어야."

유가와가 의자를 받아 들면서 고개를 끄덕거렸다.

"앉아서 볼 수 있다니, 고맙군."

"죄송하지만, 그렇게는 안 될걸요."

나쓰미의 말에 유가와는 의아하다는 듯이 눈살을 찡그렸다.

"무슨 뜻이지?"

"두고 보면 알아요. 자, 빨리 가요."

나쓰미도 남은 의자 한 개를 들었다.

가게를 나서던 유가와는 하마터면 카메라를 든 남자와 부딪칠 뻔했다. 이 근처 보도는 폭이 넓지만, 이미 구경꾼들로 가득해 걸을 수 있는 범위가 줄어들어 있었다.

"아이고, 이거 인산인해구먼."

걸음을 옮기면서 유가와가 투덜거렸다.

"상황을 보아하니 구경하기 좋은 장소는 벌써 다른 사람들이 다 차지했을 것 같은데."

"도로변은 그럴 거예요. 해를 거듭할수록 퍼레이드가 성황이거든요. 행사가 미처 끝나기도 전에 사진이 SNS에 올라올 정도예요. 촬영하기 좋은 장소를 확보하려고 전날 와서 밤을 새우는 사람도 있다더라고요."

"그래? 세상에는 참 별난 사람도 다 있군."

"그럴 만한 가치가 있다고요. 교수님도 보시면 알아요."

"뭐, 기대는 하고 있어."

두 사람은 인파를 가르듯이 하며 앞으로 나아갔다. 이윽고 큰 사거리에 도착했다. 교차로를 가로지르는 도로도 오늘은 차량 통행이 금지되어 있다.

나쓰미는 코너에 있는 빌딩으로 다가가 그 벽에 기대듯이 의자를 펼쳤다.

"교수님도 이 옆에 의자를 놓으세요."

"이렇게?"

유가와가 의자를 펼쳐 놓는 것을 보고 나쓰미는 오케이, 하며 자신의 의자에 앉았다.

"이런 데서도 보일까?"

유가와도 의자에 앉으며 의문스럽다는 듯이 물었다.

"이 앞으로 사람들이 몰려들지 않겠어? 퍼레이드가 시작되면 구경꾼이 더 늘어날 테니까 말이야. 사람들이 쪼그려 앉지 않는 이상 안 보일 것 같아."

"맨 앞줄에 있는 사람들에게야 자세를 낮춰 달라고 할 수 있겠지만 뒤쪽에 있는 사람들에게는 그럴 수 없죠. 그 사람들도 발돋움을 해야 보일까 말까일 테니까요."

"그럼 못 보는 거 아니야?"

"그럴 리가요. 걱정 말고 제게 맡기세요."

시간이 흐를수록 관객이 점점 늘어났다. 코스프레를 하는 사람도 많다. 공식 사이트에 '코스프레 대환영'이라고 적혀 있기 때문인 듯하다. 개중에는 본격적인 의상을 입고 한껏 뽐내며 사진을 찍는 사람도 있다.

"이런 상황에서 묻기는 좀 뭐하지만, 그 후로 그 남자가 또 나타났나?"

유가와가 물었다.

"그 남자라니, 누구요?"

"언제였나, '나미키야'에 불쑥 나타났던 사람 말이야. 자네 언니를 살해한 혐의가 있다던 그 남자."

"아아……."

"나미키 씨에게 쫓겨나면서 언젠가 또 오겠다고 했던 것 같은데, 또 왔나?"

"아니요. 그 후로는 안 나타났어요."

"그래? 그렇다면 다행이군. 나쁜 기억을 떠올리게 해서 미안해."

아니에요, 하고 고개를 저으면서도 나쓰미는 뺨이 굳어지는 것을 느꼈다.

하스누마를 생각하면 마음이 무거워지는 것이 사실이다. 그 남자가 가까운 곳에 있다는 걸 알았을 때, 그가 앙갚음을 하러 나타나면 어쩌나 하는 공포가 증오심보다 앞섰다. 마치코도 같은 생각이었는지 나쓰미에게 되도록 혼자 돌아다니지 말라고 신신당부했다. 하스누마가 누군가를 노린다면 그 대상이 나쓰미일 것이라고 생각했던 것이다.

하스누마가 어떻게 석방되었는지, 어떻게 교도소에 들어가지 않았는지 자세한 건 나쓰미도 전혀 모른다. 그 남자에 대한 증오심이나 분노가 조금이라도 희석된 건 아니었다. 그러나 억울하고 분한 나날이 계속되면서 지쳐 가는 것도 확실했다. 그를 벌할 수 없는 것이 움직일 수 없는 현실이라면 그것을 받아들이고, 과거가 아닌 미래로 시선을 돌리고 사는 편이 합리적, 이라기보다 편하지 않을까 하는 생각이 든다.

벌할 수 없다면 차라리 어딘가로 멀리 사라져 줬으면 좋겠다, 하스누마라는 남자의 존재를 잊을 수 있으면 좋겠다, 하는 것이 거짓 없는 속내였다.

탕! 신호탄 소리에 정신이 들었다. 퍼레이드가 시작되었나 보다. 정신을 차려 보니 주위가 인파로 가득해 오도 가도 못 하는 상황이었다.

"교수님, 일어나세요."

나쓰미가 유가와의 어깨를 살짝 두드리며 일어나더니 의자 위에 올라섰다.

"이런 방법이 있었군."

유가와도 곧바로 그녀를 따라 의자에 올라섰다.

"의자를 받침대로 사용한단 말이지. 그래, 이렇게 하니까 잘 보이는군."

사람들 머리 위 멀찍이로 시선을 향했다. 형형색색의 의상으로 치장한 무리가 음악에 맞춰 천천히 이쪽으로 다가온다. 나쓰미는 청바지 주머니에서 반으로 접힌 종이를 꺼냈다. 오늘 퍼레이드의 프로그램으로, 각 팀의 출전 순서가 적혀 있다.

"효고현 고베시에서 온 팀이네요."

나쓰미가 말했다.

"저 팀이 작년에 2위였어요. 그때는 '아라비안나이트'로 꾸몄는데 올해는 '미녀와 야수'래요."

그 팀이 코앞까지 다가왔다. 식기나 가구로 변신한 시종들이 행진한다. 의상의 수준이 어찌나 높은지 촌티라고는 조금도 느껴지지 않았다. 이어서 두 주인공이 등장했다. 야수의 의상이 멋들어졌다. 미녀는 의상도 호화롭지만 상당히 미인이다.

이때까지는 단순히 관객을 향해 손을 흔들며 걸었을 뿐이지만, 교차로 중앙에 이르러서는 야수와 미녀가 춤을 추기 시작했다. 그리고 그 주위에서 식기와 가구들로 변장한 시종들이 악기를 연주한다. 애니메이션의 그 유명한 장면이다. 구경꾼들 사이에서 환성이 일었다.

"멋지다."

나쓰미 옆에서 유가와가 중얼거렸다.

"생각했던 것 이상으로 재미있군."

"그렇죠?"

"다만 한 가지, 걱정되는 게 있어."

"뭔데요?"

"저작권 말인데, 내 눈에는 저 '미녀와 야수'가 디즈니 애니메이션과 흡사하거든. 허락을 받았을까?"

"여기서 그런 말씀을 하시는 건 좀……."

그러자 유가와가 영문을 모르겠다는 듯한 표정을 지었다.

"무슨 뜻이지?"

"예민한 문제잖아요, 그거. 저 팀이 작년에는 '아라비안나이트'를 연기했는데, 솔직히, 디즈니의 '알라딘' 그대로였거든요. 음악까지도요. 아마 허락 같은 건 안 받았을 거예요."

"그래도 되는 거야?"

글쎄요, 하고 나쓰미는 고개를 갸웃했다.

"심심찮게 토론이 벌어지곤 해요. 엄밀히 따지면 안 된다는 게 정설이죠. 하지만 퍼레이드로 돈을 버는 것도 아니고, 핼러윈 같은 때는 허락하는 경우도 많으니까 각 팀의 판단에 맡기자는 게 주최 측인 기쿠노시의 입장인 것 같아요."

"기쿠노시 자체는 어떻게 대응하고 있지? 그 대표팀이 퍼레이드에 나설 때 말이야."

"팀 기쿠노는 저작권이 없는 작품만 다뤄요. 옛날이야기라든가 동화 같은 거요. 아니면 작가가 사망한 지 몇십 년이 지나서 저작권이 소멸된 작품이라거나. 작년 작품은 '가구야 공주'였어요."

"그럼 올해는?"

나쓰미는 프로그램을 들여다봤다.

"'보물섬'이라는데요."

"로버트 루이스 스티븐슨이란 말이지……, 그거 흥미로운걸. 언제 등장하지?"

"팀 기쿠노는 늘 맨 마지막에 나와요. 프로그램에는 오후 2시쯤 시작한다고 되어 있네요."

"2시? 그때까지 이렇게 서 있어야 하는 거야?"

"힘드시면 앉아서 쉬시면 되잖아요. 그게 의자의 원래 역할이니까요."

"하긴……."

그 후로 몇 팀이 눈앞으로 지나갔다. 유명 애니메이션 캐릭터물이 많았다. 유가와가 지적했듯이 저작권에 저촉될 듯한데, 나쓰미는 작가가 웃으면서 허락해 줄 것이라 믿고 싶었다. 그럴 만큼 팀마다 연출의 완성도가 높고 그 열의도 상당했다.

잠시 넋 놓고 구경하는 사이에 스마트폰에 몇 통의 전화가 와 있었다. 마치코에게서 온 것이다. 시간을 보고 아차 싶었다. 정오가 지나 있었다.

"죄송해요, 교수님. 저, 가게에 잠깐 다녀오겠습니다."

나쓰미가 소리치듯이 말했다. 하필이면 그때 어느 팀인가의 음향 차량이 앞으로 지나갔기 때문이다.

"2시 전에 다시 올게요."

유가와가 고개를 끄덕이는 걸 보며 나쓰미는 의자에서 내려왔다.

'나미키야'로 돌아가 보니 벌써 세 테이블이나 손님이 와 있었다. 응대하던 마치코가 노려보자 나쓰미는 혀를 쏙 내밀며 어깨를 으쓱했다.

문밖에서는 애니메이션 테마 음악과 동요, 클래식 등 갖가지 신나는 음악 소리가 계속 들려왔다. 수많은 사람이 오늘 하루를 위해 열과 성을 다해 준비해 왔다고 생각하니 이 지역 주민으로서 자랑스러웠다.

손님이 끊임없이 들고 났다. 얘기를 듣자 하니 손님들은 각기 보러 온 팀이 따로 있고 그 팀의 순서가 끝나서 식사를 하러 온 듯했다. 낮부터 맥주를 마시는 손님도 적지 않았다.

점심 주문 마감 시간은 1시 반이다. 그 시간이 지나면 유가와가 있는 곳으로 돌아갈 생각이었는데, 그 직전에 새로운 손님이 들어왔다. 약간 통통한 중년 여자로, 혼자 온 듯했다.

"죄송합니다, 아직 주문할 수 있나요?"

"네, 그런데 추가 주문은 할 수 없어요."

"괜찮습니다. 빨리 정할게요."

여자는 자리에 앉자마자 굴튀김 등 몇 가지 음식을 주문했다. 메뉴도 보지 않고 술술 말하는 걸 보면 몇 번 온 적 있는 손님인 듯했다. 그러나 나쓰미에게는 낯선 얼굴이었다.

주방에 있는 마치코에게 주문을 전달한 나쓰미는 "그럼 저는 교수님께 가 볼게요." 하고 가게를 나섰다.

퍼레이드가 절정에 들어서 있었다. 유명한 로봇 애니메이션의 캐릭터들이 활보하는 모습을 곁눈질하면서 나쓰미는 유가와가 있는 곳으로 향했다.

유가와는 의자에 올라서서 스마트폰으로 사진을 찍고 있

었다. 그 표정이 어찌나 진지한지 우습기까지 했다.

"열심히 즐기고 계시네요."

그의 옆에 놓인 의자에 올라서며 나쓰미가 말했다.

"즐기고 있다기보다 공부하는 중이야."

유가와가 안경을 손가락으로 밀어 올리며 말했다.

"작품의 명장면을 재현했다고 하지만, 어느 부분을 명장면으로 꼽느냐는 사람마다 다르잖아. 아까 똑같은 애니메이션을 소재로 삼은 두 팀이 연속해서 지나갔는데 전혀 다른 장면을 재현했더라고. 정말 흥미로워."

나쓰미가 어이없다는 듯이 물리학자를 바라보았다.

"그게 바로 즐기는 거라고요."

그 후로도 몇 팀이 나쓰미와 유가와 앞을 통과했다. 초창기에는 참가한 팀의 수도 적은 데다 치장도 하나같이 유치했는데, 해를 더할수록 화려하고 세련된 팀이 늘어 갔다.

"드디어 마지막! 팀 기쿠노가 등장할 차례예요."

프로그램을 확인하며 나쓰미가 말했다.

멀리서 음악이 들려왔다. 박수 소리와 환성이 한층 커졌다.

이윽고 뭔가 거대한 것이 다가왔다. 눈을 가늘게 뜨고 응시하던 나쓰미가 눈을 화들짝 떴다. 그것은 옛 목조선을 본뜬 거대한 수레였다. 위에는 해적이 몇 명 타고 있다.

"와, 굉장해. 저런 것까지 만들었네."

퍼레이드의 의상뿐 아니라 대도구나 소도구도 당일까지 일부 관계자가 아니면 구경할 수 없도록 하는 것이 팀 기쿠노의 방침이다. 실행 위원장인 미야자와 마야의 뿌듯해 하는 표정이 눈에 선했다.

배에 이어 보물을 숨긴 장소를 표시하는 커다란 지도가 등장했다. 그 뒤를 보물 상자도 몇 개 따라온다. 뚜껑이 열려 있는 보물 상자에는 금은보화가 넘칠 듯이 담겨 있었다. 해적으로 분한 사람들이 연신 들고 나면서 춤을 추며 보물 상자를 밀었다.

교차로 한가운데서 배가 멈추는가 싶더니 배 위와 그 주위에서 해적들이 서로 싸우기 시작했다. 명장면을 재현하는 것이다. 호흡이 척척 맞는 걸 보면 연습을 무척 많이 한 듯했다. 그리고 마침내 보물 상자를 차지하기 위한 본격적인 싸움이 시작됐다. 움직임이 굉장히 격렬하고, 보물 상자끼리 부딪치는 소리가 박력 있었다.

한바탕 전투가 끝나자 그들은 다시 행진하기 시작했다. 숨을 헉헉거리는 이도 있다. 무거운 의상을 입고 격렬한 액션을 펼쳤으니 운동량이 상당할 것이다.

해적들이 사라지고 나자 이번에는 거대한 파란색 벌룬이 음악과 함께 등장했다. 음악은 이 행사의 테마곡으로, 작곡자가 다름 아닌 니쿠라 나오키다.

"뭐지, 저건?"

유가와가 물었다.

"개구리 괴물인가?"

나쓰미가 풋, 웃음을 터뜨렸다. 벌룬을 가리키는 말이라는 걸 알았다.

"개구리처럼 보이지만 사실은 가공의 생물이에요. 눈처럼 생긴 곳이 귀고, 콧구멍 같은 데가 눈이에요. 이 퍼레이드를 위해 만든 친근한 캐릭터 같은 것이죠. 이름은 기쿠농, 4년 전부터 퍼레이드 맨 마지막 장면에 등장하고 있어요."

"흠, 기쿠농이라……. 저렇게 부풀리는 것만도 보통 일이 아니겠군."

유가와의 말투가 상당히 냉담했다.

벌룬은 지름이 10미터는 되어 보였다. 헬륨이 들어 있으므로 날아가지 않도록 몇 군데 로프를 매달아 주위 사람들이 붙잡고 있다.

"아아, 올해 행사도 다 끝났어."

벌룬이 멀어지는 모습을 바라보던 나쓰미가 의자에서 내려왔다. 스마트폰으로 시간을 확인하니 오후 3시가 조금 지나 있었다.

"결과는 두 시간쯤 후에 발표될 거예요. 올해는 어느 팀이 우승하려나……. 교수님, 전부 보셨죠? 어느 팀이 제일 좋았어요?"

유가와가 스마트폰을 조작했다. 촬영한 영상을 확인하려는 듯하다.

"멋지지 않은 팀이 없었지만, 나 개인적으로는 '알프스의 소녀 하이디'가 제일 좋았어."

"알프스의 소녀요? 그런 팀이 있었나요?"

"거대한 그네가 등장했어. 그런 걸 타려면 이만저만 용기가 필요하지 않을 텐데, 대단하더군."

나쓰미는 미간을 찌푸리며 고개를 갸웃거렸다. 어떤 장면일지 이미지가 전혀 떠오르지 않았다.

조금 더 자세한 설명을 해 달라고 말하려는 참에 나쓰미의 스마트폰이 울렸다. '나미키야' 번호였다.

"네."

"나쓰미? 지금 어디 있니?"

마치코가 물었다.

"어디 있긴. 네거리에서 교수님이랑 같이 퍼레이드 구경하고 있었지. 방금 끝났어."

"그럼 얼른 좀 올래? 귀찮은 일이 생겨서 말이지."

"왜, 무슨 일이 있었어?"

불길한 예감이 뇌리를 스쳤다. 하스누마의 얼굴이 떠올랐다. 그 남자가 또 나타난 것일까.

"손님이 속이 좀 불편하다는구나."

마치코의 대답은 전혀 예상치 못한 것이었다.

"손님이?"

"마지막으로 들어온 여자 손님 있잖아. 약간 통통한……."

아아, 하고 나쓰미는 손님의 얼굴을 떠올렸다.

"굴튀김을 주문했던 여자 말이지?"

"그래. 그 사람이 다 먹고 나서 화장실에 가더니 나올 생각을 안 하지 뭐니. 그런데 한참 있다 나와서는 배가 아프다는 거야."

"어머, 굴 때문인가?"

"충분히 익혔으니까 그럴 일은 절대 없겠지만, 아무튼 병원에 가 보는 게 좋겠다 싶어서 아빠가 차에 태워 갔어."

"그런 일이 있었구나. 놀랐겠네."

"그러니까 빨리 좀 와 줘. 엄마도 병원에 가서 상태를 보고 싶은데, 저녁 준비 때문에 불에 올려놓은 냄비가 있어서 말이지."

"알았어."

전화를 끊은 후 유가와에게 사정을 얘기했다. 무테 안경을 쓴 유가와가 눈을 껌벅였다.

"그것참, 골치 아프겠군. 빨리 가 보는 게 좋겠어. 의자는 두 개 다 나중에 내가 들고 갈 테니까."

“정말요? 고맙습니다. 그럼 이따 뵈어요.”

나쓰미가 서둘러 그 자리를 떠났다.

가게에 돌아가 보니 마치코가 외출 준비를 마치고 기다리고 있었다. 나쓰미가 상황을 묻자 “영문을 모르겠구나. 아무튼 병원에 다녀올게. 불에 올려놓은 냄비는 그대로 둬도 될 거야. 대신 미안하지만 설거지 좀 해 줘.”라고 말하고 허둥지둥 가게를 나섰다.

주방에는 그릇과 조리 도구 등 설거짓거리가 산더미처럼 쌓여 있었다. 나쓰미는 한숨을 내쉬고 나서 벽에 걸려 있는 앞치마를 집었다.

유타로와 마치코가 돌아온 것은 그로부터 약 두 시간 후였다. 둘 다 표정이 떨떠름해서 뭔가 좋지 않은 일이라도 있나 싶어 물으니 “결국 별일은 아니었던 것 같아.”라고 마치코가 대답했다.

“아빠가 병원에 데리고 갈 때만 해도 끙끙거리면서 아파했는데, 점점 나아졌다고 하는구나. 내가 갔더니 때마침 진료실에서 나왔는데, 멀쩡하더라고. 단순히 컨디션이 안 좋았던 모양이야. 걱정 끼쳐 미안하다고 사과하더라.”

“그랬구나. 다행이네. 식중독이면 어쩌나 했어.”

“누가 아니라니. 대체 뭐였을까…….”

마치코는 연신 고개를 가웃했다.

"가끔 오던 손님이야? 나는 기억에 없는데……."

아니, 하면서 마치코가 고개를 저었다.

"아마 처음 왔을걸. 아빠도 모르겠대."

"이름이 뭐래?"

"야마다라고 했나……."

유타로가 중얼거렸다.

"뭐, 별일 아니라니 다행이지."

그러고서 그는 주방으로 들어갔다. 긴장했던 탓인지 얼이 좀 빠진 것처럼 보였다.

그때 나쓰미의 스마트폰에 문자가 들어왔다. 유가와였다. 손님 일이 어떻게 되었는지 묻는 내용이었다. 그도 걱정했던 모양이다.

별일 아니라고 답 문자를 보냈다.

오후 5시 반이 되자 다시 가게 문을 열었다. 나쓰미가 '준비 중' 팻말을 '영업 중'으로 뒤집어 걸고 있는데 등 뒤에서 "내가 좀 일찍 왔나?" 하는 소리가 들렸다.

유가와가 의자 두 개를 들고 서 있었다.

"아니에요. 의자, 감사합니다."

어서 들어가세요, 하고 문을 열어 유가와를 가게 안으로 들여보냈다.

"아무 일 아니라니 다행이군."

유가와가 자리에 앉고 나서 말했다.

"그러게 말이에요. 보건소에서 단속하러 나오는 거 아닌가 조마조마했어요."

"식중독은 음식점의 사활이 걸린 문제니까 그러는 것도 무리가 아니지."

그러고서 유가와는 집게손가락을 쳐들었다.

"우선 맥주 한 병 주고……."

"모둠 조림이죠? 알겠습니다."

나쓰미는 물수건을 내려놓고 주방으로 들어갔다.

6시가 지나자 도지마와 니쿠라 부부, 다카가키 도모야 등 단골이 잇달아 나타났다. 모두가 퍼레이드 얘기로 떠들썩했다. 우승은 '하이디' 팀이 차지했다고 한다. 나쓰미와 눈이 마주쳤을 때 유가와는 만족스러운 듯이 맥주를 마시고 있었다.

잠시 후 미야자와 마야도 젊은이 둘과 함께 나타났다. 뒤풀이 전에 가볍게 요기나 할까 하고 들렀다고 한다. 팀 기쿠노는 4위에 머물렀다며 아쉬운 기색을 나타냈다.

"그래도 굉장히 멋있었어요."

그들이 앉은 테이블에 요리를 가져다 놓으면서 나쓰미가 말했다.

"배가 진짜 같더라고요. 해적들도 분위기가 그럴듯했고요."

"그래, 잘 만들었더라고. 대단했어."

나쓰미의 얘기를 들었는지, 좀 떨어진 자리에 앉은 도지마도 거들었다. 다른 손님들 역시 고개를 끄덕였다.

"다들 고맙습니다. 그렇게 말씀해 주시니 몸 둘 바를 모르겠어요. 자, 일단 건배!"

미야자와 마야의 선창에 잔 세 개가 테이블 위에서 맞부딪쳤다.

그러고 있는데 팀 기쿠노의 멤버인 젊은이 하나가 나타났다. 왠지 모르게 표정이 어두워 보였다. 그가 미야자와 마야의 테이블에 앉았다.

"왜 이렇게 늦었어? 여태 뭘 한 거야?"

미야자와가 그에게 맥주를 따라 주면서 물었다.

"아니, 그게, 볼일이 있어서 옆 동네에 갔다가 오는 길에 보니까 경찰차가 여러 대 서 있더라고요. 그래서 가까이 가서 봤더니……,"

젊은이가 맥주잔을 든 채 대답했다.

"그, 왜, 개천 주변에 창고가 죽 늘어서 있는 데 있잖아요, 거기서……."

그리고 젊은이가 갑자기 목소리를 낮추는 바람에 나쓰미의 귀에는 무슨 소리인지 잘 들리지 않았다.

"그게 정말이야?"

"틀림없을 거예요. 경찰들이 나누는 얘기를 우연히 들었거든요.”

미야자와 마야가 무슨 이유인지 나쓰미를 빤히 올려다봤다. 그리고 잠시 망설이는 듯하더니 입을 열었다.

“하스누마가 죽었대.”

15

귀를 의심했다. 설마 싶었지만, 마미야가 이런 농담을 할 리 없었다.

“하스누마가 확실해요?”

구사나기가 스마트폰을 꽉 움켜쥐며 물었다.

“기쿠노 서에서 확인했으니까 틀림없을 거야. 다만, 아직 살인 사건이라고 단정할 수는 없다는군. 그러니까 수사본부가 설치될지 어떨지도 아직 몰라.”

“장소는요?”

“하스누마가 예전에 일했던 회사의 동료 집이라는군.”

아아, 하고 구사나기는 고개를 끄덕였다.

“기쿠노 서의 무토 경부보에게서 얘기를 들었습니다. 에도가와구의 아파트에서 쫓겨나 예전 동료의 거처에 빌붙어 산다고요.”

"시신이 발견된 곳도 그 동료 집이래."

"알겠습니다. 지금 곧 출발하겠습니다."

구사나기는 자기 집 식탁에서 일어섰다. 테이블 위 접시에는 먹다 만 파스타가 절반 넘게 남아 있었다.

"살인으로 판명될 경우, 제가 담당하게 해 주십시오. 그래도 되겠죠, 관리관님?"

"그럴 생각으로 자네에게 연락한 거야. 다만……."

전화기 너머에서 마미야가 길게 숨을 내쉬는 소리가 들렸다.

"신중하게 임하도록 해."

"알고 있습니다."

전화를 끊고 파스타 접시를 집어 든 구사나기는 부엌으로 가서 음식물 쓰레기통에 남은 파스타를 버렸다.

집에서 나오자 곧바로 택시를 잡아타고 기쿠노로 향했다. 차 안에서 그는 기시타니와 우쓰미 가오루에게 연락했다. 자신도 현장으로 가도 되겠느냐고 묻는 우쓰미 가오루에게 좋을 대로 하라고 대답했다.

기쿠노 경찰서의 무토에게도 연락을 취했다.

"하스누마 사건, 들으셨습니까?"

무토는 대뜸 그렇게 물었다.

"들었습니다. 어찌나 놀랐는지……."

"저도 그랬습니다. 상상도 못했던 일이라서요."

"지금 그쪽으로 가는 중인데, 현장을 볼 수 있을까요?"

"감식만 끝나면 가능할 겁니다. 저도 현장 근처에 있습니다. 자세한 위치 정보를 보낼 테니 그쪽으로 직접 오시죠."

"알겠습니다."

전화를 끊고 잠시 후 문자가 도착했다. 지도를 확인해 보니 주택지는 아닌 듯했다. 전에 무토에게 창고의 관리 사무소라고 들었던 기억이 떠올랐다.

기쿠노시에 들어서자 구사나기는 운전사에게 목적지를 자세히 설명했다. 이윽고 앞쪽에 순찰차의 경광등이 보였다. 여러 대가 와 있는 듯했다.

"여기서 내려 주세요."

택시에서 내린 그는 주위를 둘러보면서 현장으로 다가갔다. 창고와 소규모 공장이 줄지어 있을 뿐, 주택이나 가게는 찾을 수 없었다. 기쿠노 서의 수사관들이 총출동해서 탐문 수사를 벌이고 있겠지만 유력한 목격 정보를 얻기는 어렵지 않을까 하고 구사나기는 추측했다.

현장으로 보이는 창고 주변에 테이프가 둘러쳐져 있고 경찰이 몇 명 서 있었다. 구사나기는 그중 한 명에게 배지를 내밀었다.

"구사나기라고 합니다. 무토 경부보를 뵐 수 있을까요?"

"잠시 기다리십시오."

젊은 경찰이 무전기로 어딘가에 연락을 취하더니 "여기서 기다리시랍니다."라고 말했다.

창고 옆에 조그만 건물이 있었다. 하스누마의 옛 동료가 살고 있다는 관리 사무소일 것이다. 감식반원들이 그곳을 끊임없이 드나들고 있었다.

잠시 후 건물 안에서 양복 차림의 무토가 나왔다. 피부가 가무잡잡한 데다 얼굴 윤곽이 뚜렷한 것이 남방계로 보이는데, 본인 말에 따르면 북쪽에서 태어났다고 한다.

간단히 인사를 나눈 후 본론으로 들어갔다.

"시신은 운반해 갔고, 감식도 한차례 마쳤습니다. 현장을 직접 보시겠습니까?"

"보고 싶습니다."

"그럼 안내해 드리죠. 막상 보시면 맥이 빠질 수도 있습니다만."

"그건 왜죠?"

"뭐, 보시면 압니다."

무토를 따라 구사나기는 관리 사무소 건물로 갔다. 열려 있는 문으로 빛이 새어 나왔다.

입구에서 들여다보니 바닥에는 나무로 된 깔판이 깔려 있었다. 문 바로 안쪽에 신발을 벗는 공간이 있어서 그곳에 구두를 벗어 놓고 장갑을 끼며 무토를 따라 걸음을 옮겼다.

관리 사무소의 넓이는 세 평 정도였다. 싱글베드가 구석에 놓여 있고, 조그만 싱크대 옆에는 소형 냉장고와 선반이 나란히 있다. 선반에는 그릇이 엎혀 있었다.

그 외에는 조그만 책상과 텔레비전이 있을 뿐 서랍장 하나 없었다. 벽에 못이 몇 개 박혀 있고 그곳에 철사로 된 옷걸이가 걸려 있다. 그 밑에 종이 상자가 있어서 안을 들여다보니 옷가지가 마구 헝클어진 채 들어 있었다.

사무실 안쪽에 미닫이문이 하나 열려 있었다. 그걸 본 구사나기가 "옆에 방이 하나 더 있습니까?"라고 물었다.

"아, 방이라고 하기는 뭐하지만, 그쪽에서 하스누마의 시신이 발견되었습니다."

무토가 대답했다. 그를 따라 구사나기도 미닫이문으로 다가갔다.

문가에 서서 안을 들여다보니 넓이가 두 평 남짓한 공간이 있었다. 천장이 낮아서 손을 위로 뻗으면 닿을 정도였다. 창문도 수납공간도 없고, 바닥에 깔린 판자는 너저분했다.

"원래는 관리 사무소의 창고였다고 합니다."

무토가 말했다.

어쩐지, 하고 구사나기는 생각했다.

"아무것도 남아 있지 않군요. 감식반에서 전부 가져간 겁니까?"

"그렇기는 한데, 애초에 별다른 게 없었습니다."

그리고 무토는 스마트폰을 터치한 뒤 구사나기 쪽으로 화면을 돌려놓았다.

"시신이 발견되었을 당시의 상태입니다."

바닥에 쓰러져 있는 하스누마의 모습이었다. 그는 회색 트레이너를 입은 채 벌렁 드러누워 있었다. 바닥에 인조 가죽 시트가 깔려 있고 그 위에 매트리스와 이불이 펼쳐져 있었다. 옆에 벗어 놓은 옷가지와 가방이 보였다.

"사인이 밝혀지지 않았다면서요?"

"그렇습니다. 집주인이 오후 5시 반경에 돌아와 보니 이미 이런 상태로 숨을 쉬지 않았다고 합니다. 그래서 바로 구급차를 불렀지만, 사망이 확인되어 구급대원이 경찰에 통보했답니다. 눈에 띄는 외상은 없고, 목이 졸린 흔적도 발견되지 않았습니다. 물론 누군가와 싸운 흔적도 없었고요. 사후 30분에서 두 시간 정도 된 것으로 보입니다."

현재 시각이 5시 반이니, 사망 시각은 오후 3시 반에서 5시 사이라는 뜻이다.

"집주인이 하스누마의 옛 직장 동료죠? 이름이 뭐였더라……."

구사나기가 수첩을 꺼내려고 했다.

"마스무라입니다."

"네, 마스무라 씨에게는 얘기를 들었습니까?"

"현재 서에서 참고인 조사를 벌이고 있습니다. 조사가 끝나면 오늘 밤은 역 앞에 있는 비지니스호텔에서 묵도록 조치했습니다. 직접 얘기를 듣고 싶으시면 시간을 조정해 보겠습니다."

"네, 부탁드립니다."

"알겠습니다."

무토는 다시 스마트폰을 꺼내 어딘가로 전화를 걸었다.

구사나기는 원래 창고였다는 건물의 실내를 새삼스레 둘러보았다. 이 좁은 곳에 누워 하스누마는 무슨 생각을 했을까. 이 마을로 돌아오자마자 '나미키야'에 찾아왔다고 하는데, 유족을 새삼스레 자극하려고 한 이유가 무엇일까.

관리 사무소 출입문은 미닫이이고 레일은 실내 쪽에 있다. 손잡이는 따로 없고 오목한 금속 판이 문에 붙어 있다. 그리고 자물통을 걸도록 되어 있는 고리가 달려 있다. 원래는 창고였다고 하니 도난 방지를 위한 장치일 것이다.

무토가 통화를 마쳤다.

"참고인 조사가 끝난 모양입니다. 마스무라 씨를 비지니스호텔로 보내기 전에 이쪽으로 모셔 오라고 했습니다."

"잘됐군요. 감사합니다."

"제가 동석해도 되겠습니까?"

"그야 물론이죠."

구사나기가 대답하는데 입구 쪽에서 소리가 들렸다. 돌아보니 우쓰미 가오루가 문틈으로 얼굴을 빼꼼 들이밀고 있었다.

"들어가도 될까요?"

무토가 어서 들어오세요, 라고 대답하고 나서 구사나기를 돌아봤다.

"우쓰미 형사까지 달려온 걸 보니 역시 본청에서도 살인 의혹이 짙다고 판단했군요."

"기쿠노 서의 입장은 어떻습니까?"

"물론 그럴 가능성이 가장 높다고 봅니다. 살해당한대도 이상하지 않을 사정이 하스누마에게 있으니까요. 수사관이 이미 그쪽으로 갔을 겁니다."

그리고 무토가 한 호흡 쉰 다음 다시 입을 열었다.

"'나미키야'에 말입니다."

구사나기는 잠자코 고개만 끄덕였다. 나미키 사오리 변사 사건 수사에 관여했던 사람이라면 누구나 같은 생각을 할 터였다.

"저도 그쪽으로 가도 될까요?"

우쓰미 가오루의 물음에 구사나기는 "아니." 하고 대답했다.

"아직 기쿠노 서에서 본청에 협조 요청을 하지는 않았어. 그러니 나설 때가 아니야."

여형사는 불만스러운지 눈살을 찌푸리는 듯하더니 "네."하고 수긍했다.

"사체에 눈에 띌 만한 이상은 없다고 하셨는데, 그 밖의 상황은 어떻습니까. 감식반이 특별히 다른 말은 하지 않던가요?"

구사나기가 무토에게 물었다.

"별다른 특이점은 없는 모양입니다. 지문이 지워진 흔적도 없고요."

"그렇군요."

구사나기가 한숨을 내쉬었다. 현시점에서는 사건성이 있다고 단언할 수 없었다. 해부 결과가 나오기를 기다리는 수밖에 없을 듯했다. 외상은 없다고 하니 타살이라면 독극물이 사용되었을 가능성이 높았다.

아까 무토가 보여 준 화면에서는 하스누마 옆에 음료수 용기가 없었다. 독극물을 마시게 했다고 해도 그 용기는 범인이 가져갔을 것이다.

구사나기는 나미키 유타로의 얼굴을 떠올렸다. 그가 누구보다 유력한 용의자라고 할 수 있었다. 동기는 차고 넘친다.

그러나.

구사나기는 협소한 실내를 바라보았다. 이 좁은 공간에서 나미키와 하스누마가 대치한 장면은 상상하기 어려웠다. 나미키가 들이닥쳤다면 하스누마는 필시 경계했을 것이다. 독이 든 음료수를 순순히 마셨다고 생각하기는 어렵다.

무토가 스마트폰을 집어 들더니 귀에 댔다.

"안에 있어. 들어오시라고 해."

그리고 전화를 끊은 뒤 구사나기를 바라보았다.

"이곳 거주자가 도착했답니다."

잠시 후 밖에서 말소리가 들려왔다. 구사나기는 입구 쪽으로 눈길을 돌렸다.

제복을 입은 경찰을 따라 점퍼 차림의 남자가 들어왔다. 체구가 자그마했다. 남자는 구사나기 일행을 보고 꾸벅, 고개를 숙였다.

16

기쿠노 서 형사들은 자정 무렵에야 돌아갔다. '나미키야' 폐점 시간에 나타난 그들은 마지막 손님이 나가기를 기다렸다가 가족 세 명, 그러니까 유타로, 마치코, 나쓰미를 따로따로 조사했다.

나쓰미는 밖에 세워진 경찰차 안에서 조사를 받았다. 그 내용은 주로 오늘 하루의 행적에 관한 것이었다. 몇 시부터 몇 시까지 어디에서 뭘 했느냐, 누구와 함께 있었느냐, 전화를 걸거나 받았다면 누구와 몇 시쯤이었으며 용건은 무엇이었느냐를 자세히 물었다.

숨길 이유가 전혀 없었던 나쓰미는 있는 그대로 대답했다. 그러나 유쾌하지는 않았다. 형사가 알아내려는 것이 자신의 알리바이라는 사실을 알기 때문이었다.

형사가 떠난 후 다시 가게로 들어가 유타로와 마치코와 얘기를 나눴다. 형사가 두 사람에게도 집요하게 알리바이를 확인했다고 한다.

"하스누마가 어떤 식으로 죽었는지 물어봤어?"

유타로가 나쓰미와 마치코에게 물었다.

마치코는 말없이 고개를 저었다.

"나도 못 들었어."

나쓰미가 말했다.

"줄곧 질문만 받았지, 이쪽에서 뭘 물어볼 분위기가 아니더라고. 아빠는 물어봤어?"

"물어보긴 했는데 안 가르쳐 주더라. 아니, 형사들도 모르는 눈치였어. 알리바이를 물어보는 걸 보면 살해됐을 가능성이 높다고 보는 것 같긴 하다만……."

유타로는 답답하다는 듯이 고개를 비틀었다.

"살해당했다면 우리를 의심하는 것도 당연해."

마치코가 말했다.

“하지만 우리가 거짓말을 하고 있지 않다는 것도 알 거야.”

마치코의 말을 듣고 유타로와 나쓰미가 서로 얼굴을 마주 봤다.

“그야 그렇겠지.”

그러면서 유타로는 귀 뒤쪽을 긁적거렸다.

그때 전화벨 소리가 들렸다. 유타로가 주방 카운터로 다가가 그곳에 놓아둔 스마트폰을 집어 들었다.

슈사쿠로군, 하면서 전화를 받았다.

“그래, 나야. ……응, 조금 전에 돌아갔어. 마치코와 나쓰미에게도 형사가 제각각 질문을 하더라고. ……그야, 입을 맞춘 게 아닌지 확인하려는 거겠지. ……아아, 그거 말인데…….”

유타로가 통화를 계속하며 주방으로 들어갔다.

“나쓰미, 불 끈다.”

마치코가 벽에 붙은 스위치를 내렸다.

응, 하고 대답한 후 나쓰미는 신발을 벗고 계단을 올라갔다.

자기 방에 들어가자 스마트폰을 확인했다. 도모야에게서 문자 메시지가 와 있었다. 상황이 궁금했을 것이다.

전화로 얘기하는 편이 빠를 것 같아 스마트폰을 들었다. 설마 벌써 잠자리에 들지는 않았겠지.

이내 전화가 연결되고 응, 하는 도모야의 목소리가 들렸다.

“나쓰미?”

"네. 지금 통화할 수 있어요?"

"어, 괜찮아. 그래서, 그 후로 어떻게 됐어?"

하스누마가 죽었다는 미야자와 마야의 말에 '나미키야'는 금세 소란스러워졌다. 그 자리에 있던 손님들은 하나같이 단골이어서 모두 하스누마에 관해 알고 있었기 때문이다. 왜 죽었을까, 살해당했나, 하고 너도나도 한마디씩 했다.

그러나 차츰 그런 말도 잦아들고, 끝내는 모두가 입을 다물었다. 하스누마가 죽었다는 사실 외에는 정보가 없으니 이런저런 억측을 해 봐야 무의미하다는 걸 깨달았기 때문이다.

그러자 유타로가 주방에서 나와 "조만간 뭐라도 알게 될 테니 잠자코 추이를 지켜봅시다."라고 말했다. 그 말에 반론을 제기할 사람은 없었다. 다들 입을 다물고 고개를 끄덕였다.

뒤풀이에 가야 한다며 미야자와 마야 일행이 자리에서 일어선 것을 계기로 다른 손님들도 계산을 하고 가게를 떴다. 도모야는 가게를 나서기 전에 "무슨 소식이 있으면 연락해 줘."라고 나쓰미에게 귀엣말을 했다.

"형사가 와서 이것저것 물었어요."

나쓰미가 도모야에게 말했다.

"역시 너희 가족이 맨 먼저 의심을 받는구나."

"그야 어쩔 수 없죠. 실제로 원한이 있기도 하니까요."

나쓰미가 속내를 말했다.

"하지만 우리 셋이 모두 오늘 일과를 빠짐없이 얘기했으니까 더는 의심하지 않겠죠."

"알리바이가 있다는 거야?"

도모야가 의외라는 듯이 물었다.

"적어도 우리 부모님에게는요. 줄곧 가게에 있었고, 주간 영업이 끝난 후에는 병원에 갔으니까."

"병원에는 왜?"

"그게……, 손님에게 문제가 좀 생겨서요."

나쓰미는 대략의 사정을 간추려서 얘기했다.

"저런, 그런 일이 있었군."

"생각해 보면 오히려 다행인 것 같아요. 평소 같으면 낮 시간 영업이 끝나면 밤까지 부모님 둘만 있었을 테니까요. 굳이 말하자면 가게를 지키고 있던 나만 알리바이가 없는 셈이에요."

"나쓰미 씨가 의심받지는 않을 거야."

"아무튼 보고할 내용은 그 정도예요. 앞으로 어떻게 될지는 나도 잘 모르겠어요."

"그렇겠지. 아저씨도 말했지만, 당분간 지켜보는 수밖에 없을 거야."

"무슨 일이 있으면 또 연락할게요. 걱정해 줘서 고마워요."

"걱정하는 거야 당연하지. 그런데 말이야……."

도모야가 말끝을 흐렸다.

"왜요?"

"아니, 그렇다면 대체 누가 죽였나 싶어서."

도모야의 의문에 나쓰미는 뭐라 대꾸하기가 힘들었다. 어쩐지 위화감이 느껴졌기 때문이다.

"살해당했는지 여부도 아직 모른다던데요."

아, 하는 소리가 도모야의 입에서 흘러나왔다.

"그, 그렇지……. 하지만 사람이 그렇게 갑자기 죽을 수 있을까?"

"글쎄요."

나쓰미는 달리 대꾸할 말이 없었다.

"하긴, 생각해 봐야 무슨 소용이 있겠어. 그럼, 잘 자."

"네, 잘 자요."

전화를 끊고 스마트폰을 충전기에 연결했다. 잠옷으로 갈아입으려고 셔츠 단추에 손을 대는데 불현듯 떠오르는 생각이 있었다.

그렇다면, 이라고 도모야는 말했다. 그렇다면 대체 누가 죽였나 싶어서, 라고.

나쓰미 가족 중 누군가가 하스누마를 죽였을 거라고 생각했다는 말일까.

뭐, 그렇게 여길 만도 하지.

나쓰미는 한숨을 길게 내쉬었다.

17

잠에서 깬 구사나기는 소변을 본 김에 옆에 있는 세면대에서 이를 닦았다. 거울에 비친 자신의 얼굴을 바라보면서 역시 늙었네, 하고 생각했다. 피부의 탄력이 느껴지지 않는 것은 희멀건 조명 탓만은 아닐 것이다.

잠을 떨쳐 내려고 샤워를 한 후 젖은 머리를 수건으로 닦으면서 욕실을 나왔다.

기쿠노역에서 도보로 몇 분 거리에 있는 비즈니스호텔의 싱글룸은 소독약 냄새가 약간 풍기는 좁다란 방이었다. 침대와 조그만 의자 외에는 앉을 자리조차 없고, 벽장문만 열어도 구부정한 자세를 취해야 했다. 애거사 크리스티의 소설로 유명한 오리엔트 특급 열차의 개인실도 이보다는 낫지 않을까 싶었다. 그런데도 토요일에는 만실이었다고 한다. 어제의 퍼레이드를 구경하러 온 관광객들 때문이었다니, 마을 이벤트의 인기가 괜한 소리는 아닌 듯했다.

기쿠노 경찰서장의 판단에 따라서는 당장이라도 본청에 지원 요청을 할 수도 있었다. 그렇지는 않다 해도 내일 아침에 중요한 정보가 기쿠노 서에 들어올지도 모를 노릇이었다. 그런 이유로 어젯밤 이곳에 묵기로 한 것이다. 우쓰미 가오루도 남겠다고 했지만 설득해서 돌려보냈다. 수사본부가 설치되면 귀가할 수 없는 날이 많아진다.

이 호텔에는 마스무라 에이지도 묵고 있다. 하스누마에게 거처를 제공했던 남자다. 사건의 진상이 밝혀질 때까지 한동안 이곳에서 생활하게 될 것이다. 비록 좁기는 해도 경찰 돈으로 호텔에 묵을 수 있으니 운이 좋았다며 회심의 미소를 짓고 있을지도 모른다. 얘기를 나눠 본 바로는 하스누마의 죽음을 딱히 슬퍼하는 눈치는 아니었다. 그 정도 사이밖에 안 되었다는 뜻일까.

구사나기는 안주머니에서 수첩을 꺼내 들고 침대에 걸터앉아 어젯밤 마스무라에게 들은 얘기를 정리했다.

마스무라가 하스누마를 만난 것은 약 4년 전이라고 했다. 현재 근무하고 있는 산업 폐기물 처리 회사에 취직한 것이 그 계기로, 어쩌다 보니 친해졌다고 한다.

"그쪽에서 먼저 접근했어요. 어디서 제게 전과가 있다는 말을 듣고 와서는 무슨 일 때문이었느냐고 꼬치꼬치 캐묻더라고요."

그런데 마스무라가 그곳에 근무한 지 1년이 지날 무렵 하스누마가 갑자기 사라졌다. 그리고 얼마 후 그에게서 연락이 왔다. 그때부터 그는 공중전화를 걸어 경찰이 회사로 찾아오지 않았느냐고 묻곤 했다.

"무슨 잘못이라도 저질렀느냐고 물어도 어물쩍 넘어가고 확실한 대답을 안 하더라고요. 그러다가 연락이 끊겼어요."

구사나기로서는 처음 듣는 얘기가 아니었다. 기시타니에게 보고를 받았었고, 하스누마의 체포를 감행하기로 한 이유 중 하나였다.

오랜만에 하스누마에게서 연락이 온 것은 지금으로부터 약 2주 전이었다. 집을 비워 줘야 하는 상황인데 다음 거처를 찾을 때까지 같이 있게 해 달라고 했다.

"집세의 절반을 내겠다는 거예요. 나쁜 제안은 아니라고 생각했죠. 좁아도 괜찮겠느냐고 물었더니 잠만 잘 수 있으면 된다고 하더라고요. 그렇다면 좋다고 승낙했습니다. 남자 둘이 지내면 궁상맞기는 하겠지만 술친구가 있는 것도 나쁘지는 않고 해서……."

하스누마가 마스무라에게 얹혀 살기 시작한 날 밤의 일에 관해서는 무토에게 들은 바 있었다. 동태를 주시하던 수사관에 따르면 둘은 밤늦게까지 술판을 벌였다고 한다. 꽤나 마음이 맞았던 모양이다.

그 이후 하스누마가 어떻게 살아왔는지를 물었다.

글쎄요, 하며 마스무라는 고개를 갸웃했다.

"밤에는 같이 술을 마셨지만, 낮에 뭘 했는지는 전혀 모릅니다. 방에서 뒹굴거리거나 나가서 파친코를 하지 않았을까요."

일자리를 찾는 눈치는 없었느냐고 물었지만 마스무라는 글쎄요, 하고 무심하게 대답했을 뿐이다. 찾아온 사람은 없었느냐는 질문에도 잘 모르겠다고만 대답했다.

그리고 구사나기는 마침내 본론으로 들어갔다. 사건 당일 마스무라의 행적에 대해 물은 것이다.

"경찰서에서 몇 번이나 설명했는데……."

마스무라는 지겹다는 듯이 얘기를 시작했다.

"오전 중에는 집에 있었고, 점심때가 지나 밥을 먹으러 밖에 나갔습니다. 그런데 왜 그 행사 있잖아요, 퍼레이드라고 하나? 하여간 어딜 가도 사람이 북적거려서 하는 수 없이 걸어서 옆 동네로 갔습니다. 얼마 전에 거기 있는 인터넷 카페라는 곳에 가입했거든요. 9백 엔을 내면 세 시간 동안 만화도 마음대로 볼 수 있고 샤워도 할 수 있어서 말이죠. 편의점에서 도시락을 사 들고 가서 만화도 보고 텔레비전도 보면서 시간을 보내다 5시쯤 나왔습니다."

집으로 돌아온 것은 5시 반쯤으로, 안쪽 미닫이문이 열려 있어서 들여다보니까 하스누마가 반듯이 누워 자고 있었다. 참 잘도 잔다 싶었는데 영 움직이는 기척이 없어서 입가에 손을 대 보니 숨을 쉬지 않았다. 그래서 깜짝 놀라 경찰에 신고

했다.

집을 나설 때 하스누마는 드러누워서 텔레비전을 보고 있었다고 한다. 마스무라가 밥을 먹으러 가자고 했지만 하스누마는 배가 고프지 않다며 거절했다.

문은 잠그지 않고 나갔던 것 같다고 마스무라는 얘기했다.

구사나기는 수첩을 덮었다. 마스무라가 거짓말을 하는 것 같지는 않다는 인상을 받았다. 인터넷 카페에 갔다는 말도 아마 사실일 것이다. 그런 업소에는 반드시 방범 카메라가 설치되어 있다. 거짓말을 해 봐야 이내 들통이 난다.

책상에 놓여 있던 스마트폰을 집어 들었다. 무토에게 오늘 일정을 묻는 문자를 보내려던 구사나기는 새로운 문자가 와 있는 것을 알았다. 그것도 의외의 인물, 유가와에게서였다.

문자 내용을 보고 더욱 놀랐다.

'하스누마 사망 건에 관해 얘기를 듣고 싶어. 시간 날 때 연락해 줘.'

메시지를 보낸 시각은 오전 7시 조금 지나서. 한 시간도 더 전이다.

전화를 걸자 유가와가 금방 받았다.

"문자를 본 모양이군."

유가와는 대뜸 그렇게 말했다.

"하스누마가 죽은 걸 어떻게 알았어?"

구사나기도 단도직입적으로 물었다.

"어젯밤에 '나미키야'에 있었으니까. 현장에서 경찰의 얘기를 우연히 들은 사람이 놀라서 뛰어왔더라고."

"자네는 왜 '나미키야'에 있었는데?"

"밥 먹으러 갔지, 왜 갔겠어? '나미키야'를 가르쳐 준 사람도 자네잖아."

"자주 가나?"

"자주라는 게 어느 정도 빈도를 말하는지는 모르겠지만, 일주일에 두 번은 가지."

그렇다면 어엿한 단골이다.

"하스누마의 죽음이 왜 궁금하지?"

"단골 식당 주인 가족이 살인 용의자가 될지도 모르는데 무관심하기가 더 어렵지 않을까?"

"흠, 자네가 그런 인정미 넘치는 말을 하다니. 미국에 가서 사람이 둥글둥글해진 모양이군."

"쓸데없는 소리 말고, 자네가 아는 대로 얘기해 줘."

"안타깝지만 제공할 정보가 없어."

"일반인에게는 말할 수 없다는 뜻인가?"

"이제 와서 자네를 일반인이라고 부를 수야 없지. 그런 게 아니라, 나도 아직 아는 게 없어. 사인조차 불명확하니 살인인지 아닌지 판단하기도 어려워."

"그렇군. 일단은 그 정도로 충분해. 아침 일찍부터 미안하네."

유가와가 전화를 끊으려는 눈치여서 잠깐, 하고 그를 붙들었다.

"어젯밤에 '나미키야'에 있었다니 나도 묻고 싶은 게 있어. 오늘 만날 수 있을까?"

"오전이라면 시간은 비지만, 시내까지 나갈 여유는 없어."

"시내라니, 자네 지금 어디 있는데?"

"기쿠노에 있는 연구소 숙소야."

"뭐야, 진작 얘기를 했어야지."

구사나기는 침대 위에 책상다리를 하고 앉았다.

"아침은 먹었어?"

"지금 먹으려고 해."

좋아, 하고 구사나기가 말했다.

"내가 살 테니까 지금 만나지."

약 30분 후, 구사나기는 역 건물에 있는 커피숍에서 유가와와 마주했다. 지난번 오랜만에 만날 때도 왔었던 곳이다.

메뉴를 보니 모닝 세트가 있어서 그걸로 주문했다. 커피에 샌드위치와 샐러드가 나온다.

"여기서 이런 일로 자네를 다시 만나게 될 줄은 몰랐어."

메뉴를 덮으며 구사나기가 말했다.

"여기로 정한 사람은 자네야."

"찾기 쉬울 것 같아서……. 하지만 그런 얘기가 아니라, 수사 건으로 자네를 만나게 될 줄 몰랐다는 뜻이야."

"이거, 수사야?"

유가와가 쌍심지를 올렸다.

아니, 하고 구사나기는 말끝을 흐렸다.

"아직 수사라고 할 수는 없어. 사건인지 아닌지도 불확실하니까."

구사나기는 하스누마가 전 직장 동료의 집에 얹혀 살았던 일과 현장 상황에 관해 간략히 설명했다.

"사인이 불분명하다고 했지?"

"외상도 목 졸린 흔적도 없었다는군."

"지병은 없었나? 심장병이라든지."

"그런 얘기는 듣지 못했어. 심장에 털이 아니라 바늘이라도 돋았을 만한 놈이었어."

"내 질문에서 한참 벗어나기는 했지만, 아무튼 병사했을 가능성은 낮다는 말이군. 약물이 사용되었을 가능성은 없어?"

"그건 아직 몰라. 나는 그랬을 가능성이 제일 높다고……."

그때 종업원이 다가오는 것을 보고 구사나기는 말을 멈추고 헛기침을 했다. 그리고 두 사람 앞에 모닝 세트가 놓이는 광경을 묵묵히 바라보았다.

"문제는 어떻게 약을 먹였나 하는 거로군."

종업원이 물러간 후 유가와가 그렇게 말하면서 커피 잔으로 손을 뻗었다.

"그것도 독극물을 말이야."

"바로 그 점이야. 하스누마가 바보는 아니잖아. 수상한 음료를 넙죽 입에 넣지는 않았을 거란 말이지."

구사나기가 샌드위치를 집어 들었다.

"그 수상한 음료라는 걸 하스누마의 입장에서 보면 '자신에게 살의를 품었을 법한 인물이 준비한 음료'라고 해석해도 될까?"

구사나기는 샌드위치를 한 입 베어 물고 고개를 끄덕인 후 우물우물 씹어 삼켰다.

"본론을 꺼내지. 내가 묻고 싶었던 게 바로 자네가 지금 말한 내용이야. 어젯밤에 '나미키야'에 있었다고 했지? 하스누마에게 살의를 품었을 법한 사람들의 반응이 어땠는지 알고 싶어. 놈이 죽었다는 소식을 들었을 때 말이야."

유가와는 샌드위치를 손으로 잘라 입에 넣으며 시선을 공중으로 향했다. 어젯밤의 광경을 떠올리고 있는 듯했다.

"한마디로 말하면, 모두가 놀라더군."

"모두라니?"

"가게에 있던 사람들 전부. 어젯밤에는 단골밖에 없었는데, 하나같이 하스누마를 알고 있더라고."

"내 애기를 제대로 안 들었군. 하스누마에게 살의를 품었을 법한 사람이라고 했잖아, 단골손님이 아니라."

"그건 말이 안 되지."

유가와가 손동작을 멈추고 구사나기를 바라보았다.

"누가 살의를 품었고 품지 않았는지 어떻게 구분하지? 불가능한 일이야. 구분할 수 있는 거라곤 기껏해야 살의를 품었을 가능성이 있느냐 없느냐, 하는 정도겠지. 그리고 그럴 가능성이 있는 사람은 하스누마를 아는 사람 모두가 아닐까?"

구사나기는 얼굴을 찡그리며 콧잔등을 긁적였다. 아닌 게 아니라 유가와의 말대로였다.

"애매하게 물어본 내 잘못이군. 내가 알고 싶은 건 나미키 가족의 반응이야. 특히 나미키 유타로 씨의 반응. 어땠어?"

흠, 하며 유가와가 팔짱을 끼었다.

"하스누마가 죽었다는 사실을 알게 되자 단골들이 흥분해서 떠들기 시작했어. 그때 나미키 씨 부부는 주방에 있어서 어땠는지는 잘 몰라. 잠시 후 소동이 좀 가라앉자 나미키 씨가 나타나서 일단 사태를 지켜보자고 사람들에게 말하더군. 태도는 침착하고 부자연스러운 점이 없었어. 그 부인은 내내 주방에 있어서 어떻게 반응했는지 모르겠고. 나쓰미는…… 그래, 망연자실한 표정이었어. 내가 해 줄 수 있는 애기는 이 정도야."

"그렇군……. 그래서, 자네 생각은?"

질문의 의도가 파악이 안 되는지 유가와가 미간을 살짝 찡그렸다.

"그 세 사람이 하스누마의 죽음과 관련이 있다고 생각하느냔 말이야."

"살해했다고 생각하느냐는 의미라면, 아니라고 해 두지. 불가능한 일이야. 기쿠노 서에서도 이미 확인했겠지만, 알리바이가 있거든."

유가와에 따르면 나쓰미는 어제 낮에 유가와와 함께 퍼레이드를 구경했다고 한다. 그런데 '나미키야'의 여자 손님이 복통을 호소해서 나미키가 병원에 데려갔고, 마치코도 상황을 보러 가겠다고 해서 나쓰미는 가게로 돌아갔다는 것이다.

"나미키 씨 부부의 알리바이는 완벽하다고 봐야겠지. 나쓰미도 혼자 있는 시간이 있었을지 모르지만 그건 돌발 상황에 대응한 행동일 뿐이었어. 범행은 불가능해."

구사나기는 나지막이 신음했다.

"그렇다면 그들은 결백하다고 봐야겠군."

하지만, 하고 유가와가 쥐고 있던 포크를 내려놓았다.

"살해했다고 생각하느냐는 질문이 아니라 자네의 원래 질문, 즉 그 세 사람이 하스누마의 죽음과 관련이 있다고 생각하느냐는 질문에 대해서는 모른다고만 대답해 두지. 1년에

한 번 있는 퍼레이드가 진행되는 와중에 처분 보류 중인 살인 용의자가 의문사했다, 그리고 피해자의 유족에게는 마침 철벽의 알리바이가 있다……, 이걸 단순한 우연으로 치부할 만큼 내가 모자란 사람은 아니니까."

"나미키 씨 일가족의 알리바이에 뭔가 함정이 있다?"

글쎄, 하면서 유가와가 고개를 갸우뚱했다.

"지금으로서는 뭐라 말하기 어려워. 그러니 모르겠다고 한 거지."

유가와가 다시 포크를 집어 들고 샐러드를 먹기 시작했다.

물리학자의 의미심장한 말이 과연 무슨 뜻일지 생각하며 구사나기가 남은 샌드위치를 먹으려고 했을 때였다. 그의 안주머니에서 스마트폰이 진동했다. 발신자 표시를 보니 무토였다.

구사나기는 자리에서 일어나 가게 한구석으로 걸어가면서 전화를 받았다.

"네, 구사나기입니다."

"무토입니다. 통화, 가능합니까?"

"네. 무슨 일이죠?"

"해부 결과가 일부 나왔습니다. 사인은 아직 특정할 수 없지만, 일혈점이 확인되었답니다."

"일혈점이라면…… 질식사의 가능성이 높다는 말인가요?"

"그렇습니다. 다만 교살이나 액살로 보기에는 일혈점이 많지 않고, 목을 졸린 흔적도 없습니다. 목뼈나 관절에도 이상은 없다고 합니다."

"흠, 거참, 이상하군요."

무슨 원인으로든 호흡이 곤란해지면 횡격막의 움직임에 심장이 영향을 받아 혈액 순환이 정체된다. 그 결과 정맥 속 혈액이 갈 곳을 잃고 모세 혈관을 뚫고 나오게 된다. 그것이 일혈이며, 반점으로 보이는 상태를 일혈점이라고 부른다.

"그리고 또 한 가지, 혈액에서 수면제 성분이 검출되었습니다."

구사나기는 스마트폰을 움켜쥐었다.

"그게 정말입니까?"

"확실하답니다. 하지만 하스누마의 소지품에는 수면제가 없었습니다."

후, 하고 숨을 내쉬면서 마음을 가라앉혔다.

"단순히 수면제입니까? 독극물일 가능성은요?"

"그럴 가능성은 없을 거라고 합니다."

"그렇군요. 그럼 기쿠노 서의 대응은요?"

"현재 서장님과 형사과장 등이 협의 중입니다만, 아마도 본청에 협조를 요청할 것 같습니다."

"알겠습니다. 연락해 주셔서 감사합니다. 나중에 서에서 뵙겠습니다."

전화를 끊고 자리로 돌아오니 유가와는 이미 식사를 마치고 커피를 마시고 있었다.

구사나기도 샌드위치와 샐러드를 부지런히 입에 넣어 가며 무토에게 들은 내용을 간략히 설명했다. 천하의 유가와도 일혈점이라는 말은 몰랐던 듯했다.

"정리하자면 이런 건가, 수면제를 먹여 잠을 재운 후 모종의 방법으로 질식사시켰다?"

유가와가 확인하듯 물었다.

"그랬을 거야. 문제는 바로 그 모종의 방법인데, 아무리 수면제를 먹었다고 해도 호흡이 힘들어지면 눈을 떴을 텐데 말이야. 코와 입을 막았다면 몸부림쳤을 테고."

"손발이 묶여 있었다면? 끈 같은 걸로 묶인 게 아니라 접착테이프를 옷 위로 둘둘 감았다면 흔적이 안 남지 않겠어?"

"필사적으로 몸부림치면 피부와 옷이 스쳐 흔적이 남게 되어 있어. 부검의의 눈은 속일 수 없다고."

"듣고 보니 그렇군."

구사나기의 반박에 유가와가 웬일로 순순히 꼬리를 내렸다.

"그렇다면 자네 말대로 방법이 문제겠군. 어떻게 질식시켰는지 알게 되면 꼭 가르쳐 줘."

그러자 구사나기가 포크로 유가와를 가리켰다.

"그런 건 자네가 전문 아니야? 불가능한 범죄의 수수께끼를 푼다, 지금이야말로 갈릴레오 선생이 나설 차례야."

보나 마나 못마땅한 얼굴로 딱 자를 줄 알았는데, 의외로 유가와는 온순한 표정을 지으며 고개를 끄덕였다.

"그런가? 시간 날 때 생각해 보지."

구사나기가 놀라서 바라보자 유가와는 "왜 그래?" 하고 되물었다.

"아, 아니야. 그럼 부탁해."

"한데, 그러려면 현장을 볼 필요가 있어. 안내해 줄 수 있겠나?"

"알았어. 기쿠노 서에서 정식으로 협조 요청이 들어와 우리가 담당하게 되면 곧바로 안내할게."

"그럼 연락을 기다리겠네."

유가와가 손목시계를 내려다봤다.

"이제 그만 가 봐야 해. 먼저 실례."

그리고 유가와는 테이블 위에 있던 계산서를 집어 들었다.

"잠깐, 내가 산다고 했잖아."

"내가 제공한 정보보다 자네에게 얻은 정보가 훨씬 많아. 그리고 지난번에도 자네가 냈잖아. 빚지고는 못 사는 성격이라서."

그럼, 하고 유가와는 계산서를 쥔 손을 들어 보이며 계산대

쪽으로 걸어갔다. 그 뒷모습을 바라보며 구사나기는 아까 그가 한 말을 떠올렸다.

"1년에 한 번 있는 퍼레이드가 진행되는 와중에 처분 보류 중인 살인 용의자가 의문사했다, 그리고 피해자의 유족에게는 마침 철벽의 알리바이가 있다……, 이걸 단순한 우연으로 치부할 만큼 내가 모자란 사람은 아니니까."

그러나 구사나기로서는 한 가지 우연이 더 있었다. 그것은 그 사건에 유가와가 얽혀 있다는 것이었다.

18

퍼뜩 정신을 차려 보니 초점 잃은 눈으로 그저 멍하니 모니터를 바라보고 있을 뿐이었다. 내일까지 마무리해야 하는 일에 진전이 조금도 없었다. 시계를 보니 오후 4시가 되어 가고 있었다.

도모야는 자판기에서 커피를 뽑아 오자고 생각하며 자리에서 일어섰다. 그러나 두세 걸음 옮겼을 때 테이블 위에 놓여 있던 스마트폰이 울렸다.

돌아와 전화기를 집어 들고 발신자 표시를 봤다. 모르는 번호였다. 일단 받기로 했다.

"여보세요."

"다카가키 도모야 씨 전화인가요?"

여자 목소리가 들렸다. 들은 적이 있는 목소리 같았다.

"그런데요."

"바쁘실 텐데 죄송합니다. 저는 경시청 수사 1과의 우쓰미라고 합니다. 전에 한 번 뵌 적이 있는데요."

아, 하는 소리가 입에서 나왔을 뿐, 그다음은 어떻게 반응해야 할지 알 수 없었다. 그러자 상대가 말을 이었다.

"여쭤보고 싶은 게 있는데, 시간을 좀 내주실 수 있을까요?"

"그건 괜찮은데, 언제 말입니까?"

"빠르면 빠를수록 좋습니다. 가능하시면 지금이라도요. 실은 지금, 계시는 빌딩 바로 밑에 있어요."

"네?"

도모야는 스마트폰을 귀에 댄 채 창문에서 도로를 내려다봤다. 회사는 5층에 있다. 우쓰미 형사의 모습은 보이지 않았다.

"뵐 수 있을까요?"

"아아……, 네, 알겠습니다. 그럼 기다리고 있겠습니다."

"감사합니다. 곧 가겠습니다."

"네, 그럼……."

전화를 끊고 당혹스러움을 억누르면서 기억을 더듬었다. 그 형사를 만난 것은 반년쯤 전이었다. 그때 명함을 건넸으니 전화번호를 알고 있었을 것이다. 그러나 그 후로는 찾아온 적이 없었다. 그런데 왜 이제 와서…….

그렇다. 하스누마가 죽었기 때문일 것이다. 도모야가 관련되지 않았을지 의심하고 있는 것이다.

마음을 단단히 먹어야겠다며 도모야는 심호흡을 한 번 했다.

안내 데스크 앞에서 기다리고 있자니 엘리베이터 문이 열리고 우쓰미가 나타났다. 지난번처럼 긴 머리를 뒤로 묶고 있다. 그리고 짙은 감색의 바지 정장. 성큼성큼 다가오는 모습이 씩씩하고 유능하겠다 싶은 분위기를 풍긴다.

우쓰미는 도모야 앞까지 와서 고개를 숙였다.

"느닷없이 찾아와서 죄송합니다."

"아닙니다. 저……, 지난번 그 방으로 가도 될까요?"

"물론입니다."

좁은 미팅룸에서 마주 앉은 여형사는 두 손을 무릎 위에 놓고 등을 꼿꼿이 세웠다.

"그때는 수사에 협조해 주셔서 정말 감사했습니다."

"큰 도움도 못 드렸는걸요."

"아닙니다. 참고가 많이 되었습니다. 덕분에 범인을 체포할 수 있었습니다."

그렇게 말하고 나서 우쓰미는 도모야를 똑바로 바라보며 "다만," 하고 덧붙였다.

"다카가키 씨도 아시겠지만, 기소에 이르지는 못했습니다. 검찰의 처분 보류 판단으로 피의자가 석방되었죠. 알고 계시죠?"

우쓰미의 강한 시선에서 도모야의 반응 하나라도 놓치지 않겠다는 의지가 느껴졌다.

"네, 들었습니다."

"누구에게서요?"

"사오리의…… 나미키 사오리 씨의 가족에게요. 정확히 말하자면 여동생인 나쓰미 씨에게 들었습니다."

도모야는 왜 이제 와서 그런 걸 묻는지 의아해 하며 대답했다.

"그 얘기를 듣고 무슨 생각을 하셨어요?"

"무슨 생각…… 그야 이상하다고 생각했죠. 증거가 많았잖아요. 그런데 석방되었다니, 이상할 수밖에요."

"그러실 만하죠. 그래서, 어떻게 해야겠다고 생각하셨어요?"

"네에?"

우쓰미의 질문에 도모야는 당황했다.

"어떻게 해야겠다니…… 무슨 말씀입니까?"

"실례지만, 처분 보류가 어떤 건지 아세요?"

"아, 아니요. 솔직히, 잘 모릅니다. 벌하지 않는다는 뜻 아닙니까?"

"확정된 게 아니에요. 보류 상태죠. 그러니까 불기소될 가능성도 충분히 있었습니다. 그럴 경우 벌하지 않고요. 그래도 괜찮다고 생각하셨나요?"

"그건 아닙니다."

도모야가 세차게 고개를 저었다.

"괜찮을 리가 있겠습니까? 용납할 수 없는 일입니다. 그래서 경찰과 검찰이 어떻게든 분발해 주기를 바랐습니다. 진상을 명확히 밝혀 주기를요."

열띤 어조로 말했다고 생각했는데 우쓰미의 반응은 어쩐지 시큰둥했다. 도모야를 바라보는 시선은 도리어 싸늘해지기까지 했다.

만약, 하고 그녀가 다시 운을 뗐다.

"피의자를 벌하지 않기로 판결이 났다면, 즉 불기소로 결정되었다면 어떻게 하셨을까요?"

"불기소……로요?"

도모야는 자신의 시선이 갈 곳을 잃고 헤매는 것을 느꼈다.

"그런 경우는 생각하지 않으려고 했습니다. 그렇게 되지 않기만을 기도했죠."

마음속으로, 라고 덧붙였지만 형사는 고개조차 끄덕이지 않았다. 대답이 불만스러운 듯이 보여서 도모야는 불안해졌다.

"솔직하게 질문하겠습니다. 불기소로 결론 날 경우, 검찰 심사회에 이의를 제기할 생각이셨나요?"

"검찰…… 뭐라고요?"

"검찰 심사회요. 형사 고소된 인물이 불기소 처분될 경우 그 판단이 옳은지 그른지를 심의하는 기구입니다. 다만 심의 요청은 고소인이나 고발인, 피해자 유족에 한해 할 수 있죠. 다카가키 씨는 나미키 사오리 씨의 가족과 친분이 두터웠으니 그걸 제안하거나 같이 의논할 수도 있지 않았을까 싶어서 여쭤본 겁니다. 말씀하시는 걸 보니 그건 아니었던 모양이네요."

우쓰미가 거침없이 늘어놓은 내용에 도모야는 혼란스러웠다.

"네, 생각해 본 적 없습니다. 죄송합니다, 제가 법률에는 영 어두워서……."

"아까 불기소로 결정되지 않기만을 기도했다고 말씀하셨죠? 다시 말해서 불기소 처분이 내려지면 더는 손쓸 방법이 없다, 법으로는 해결할 수 없다고 생각하셨단 말인가요?"

"뭐, 그렇죠……. 네, 그렇게 생각했어요, 막연하게나마."

우쓰미가 천천히 고개를 끄덕이고 나서 수첩에 뭔가를 메모했다. 뭘 쓰는지 궁금했지만, 보여 달라고 해 봐야 거절당할 게 뻔했다.

"저, 그 검찰 심……."

"검찰 심사회요?"

우쓰미가 고개를 들었다.

"네, 그 검찰 심사……회에 심사를 요청하면 어떻게 됩니까?"

"방금도 말씀드렸다시피, 불기소라는 판단이 타당한가를 심의합니다. 그 결과 부당하다는 결론이 나오면 검찰은 사건을 재고해요. 그래도 역시 불기소라는 결론에 이르면 상황에 따라서는 또다시 검찰 심사회가 열릴 가능성도 있습니다. 목표까지는 머나먼 길입니다."

"그럼 그렇게 해서 역전되는 일도 있습니까? 기소하는 쪽으로 결론이 나오는 경우도 있느냐는 말씀입니다."

"사실 매우 드뭅니다. 하지만 전혀 없는 것은 아닙니다. 살인 사건에서 피의자가 불기소 처분을 받을 경우 검찰 심사회에 이의를 제기하는 것은 유가족으로서는 최후의 저항이 되는 셈입니다."

"그렇군요."

나미키 집안 사람들은 이런 사실을 알고 있었을까. 나쓰미에게 그런 얘기를 들은 적은 한 번도 없었다.

"질문을 바꾸겠습니다."

우쓰미가 건조한 목소리로 말했다.

"나미키 사오리 씨 살해 용의로 체포된 피의자 말인데요, 그의 근황에 관해 알고 계시는 게 있으면 모두 말씀해 주셨으면 합니다. 되도록 자세하게요."

"하스누마에 관해서 말입니까?"

"네, 그렇습니다."

여자 형사가 입가에 희미하게 미소를 머금으며 고개를 끄덕였다.

그러고 보니 이제까지 그녀는 하스누마라는 이름을 한 번도 입에 담지 않았다. 스스로 그 이름을 먼저 언급하지는 않기로 했을 것이다.

"제가 아는 것이라고는 나쓰미 씨에게 들은 얘기나 '나미키야'에서 주워들은 것 정도인데요."

"그래도 괜찮습니다. 부탁드려요."

우쓰미가 다시 수첩과 펜을 손에 들었다.

도모야는 하스누마가 '나미키야'에 나타난 일과, 기쿠노에 있는 창고 사무소에 기거하는 듯하다는 사실, 그리고 어제 죽었다고 들었다는 얘기를 그 정보원이 누군가와 함께 밝혔다.

우쓰미가 메모를 하다 말고 도모야를 빤히 쳐다보았다.

"하스누마 용의자가 기쿠노에 오기 전에 어디 살았었는지는 아세요?"

"아니요, 모릅니다."

"알아보려고 생각했던 적은요?"

"없습니다. 제가 무슨 수로 그런 걸 알아보겠어요."

"벌받아 마땅한 인간이 석방되었다는 걸 아셨을 때, 어떻게 살아가고 있는지 보고 싶지 않으셨어요?"

도모야는 눈을 깜박이며 고개를 저었다.

"그런 건 생각해 본 적도 없습니다."

우쓰미가 고개를 살짝 숙였다. 입가에는 희미한 미소가 어려 있지만 시선은 여전히 날카로웠다.

"하스누마가 죽었다는 말을 듣고 어떤 생각이 드셨나요?"

"그야, 당연히 놀랐죠."

도모야는 눈을 크게 떴다.

"도대체 무슨 일인가 싶었습니다."

"사고사라고 생각하셨나요, 아니면 병사?"

신중하게 대답해야 해, 하고 도모야는 마음속으로 되뇌었다. 천천히 숨을 들이쉬었다.

"병이 있다는 말은 듣지 못해서, 병사라는 생각은 떠오르지 않았습니다. 그렇다고 해서 사고라는 생각을 한 것도 아니에요. 그저 막연하게…… 무슨 문제라도, 그래요, 무슨 문제에 휘말린 게 아닐까 싶었습니다. 아무래도 그런 인간이다 보니 그럴 수도 있지 않을까……."

"그런 인간이라니……?"

"그러니까, 그, 사람을 죽여 놓고도 태연한 인간 말입니다."

"죽였다고 인정된 건 아닌데요."

"저는 그놈이 사오리를 죽인 범인이라고 믿습니다."

약간 불끈해서 노려보았지만, 그녀는 천연스러운 표정이

었다.

"문제에 휘말렸다는 말은 누군가에게 살해당했을 거라는 의미인가요?"

"그렇게까지 구체적으로 생각했던 건 아닙니다. 다툼 끝에라든지, 뭐가 잘못됐다든지……."

"살해당했을 가능성은, 있다고 보세요?"

형사의 눈이 번쩍 빛난 것처럼 보였다.

그건, 하면서 말을 꺼내려다 입술을 핥았다. 실언해서는 안 된다.

"솔직히, 잘 모르겠습니다. 하지만 살해당했다고 해서 이상할 것도 없죠. 그를 원망하는 사람이 많을 테니까요. 이를테면……."

있는 힘을 다해 생각을 쥐어짠 후 말을 이었다.

"나미키 씨 가족 중 누군가가 죽였다고 하면 놀라기는 하겠지만 역시, 하고 생각할지도 모르죠."

우쓰미는 여러 번 고개를 끄덕인 후 볼펜으로 도모야를 가리키며 "다카가키 씨였다면요? 만약 다카가키 씨가 죽였다면, 주위 사람들은 어떻게 느꼈을까요?" 하고 물었다.

"제가……요?"

의표를 찌르는 질문에 도모야는 당황했다. 피가 거꾸로 솟구치는 느낌이었다.

"나미키 사오리 씨와 다카가키 씨가 사귀는 사이였다는 건 이제 주지의 사실입니다. 나미키 씨가 범인이라고 해도 아무도 의아해 하지 않는 것과 마찬가지로 다카가키 씨가 범인이라고 해도 놀랄 사람은 별로 없지 않을까 싶어서 드리는 말씀이에요."

질문의 의도가 뭘까. 어떻게 대응하는 것이 적절할까.

"그건, 그러니까, 저로서는 말씀드리기 어렵군요. 그래요, 어쩌면 놀라지 않는 사람도 있을지 모르죠. 하지만 저를 잘 아는 사람이라면 그렇지 않을 겁니다. 제가 겁이 좀 많아서, 복수를 한다거나 그런 일은……."

"생각한 적도 없다는 말씀인가요?"

관자놀이에서 땀이 흐르는 것을 느꼈다. 도모야는 주머니에서 손수건을 꺼내서 닦았다.

"상상한 적은 있습니다."

솔직히 대답하기로 했다.

"하지만 공상에 불과합니다. 그런 짓을 했다가는 어떻게 되는지 모르지 않습니다."

우쓰미는 알아들었다는 표정을 지으며 "감사합니다."라고 말했다.

"마지막 질문입니다. 어제 하루의 일과를 최대한 상세히 말씀해 주실 수 있을까요? 굳이 밝히고 싶지 않은 일은 덮어

두셔도 좋지만, 계셨던 장소만은 확실하게 가르쳐 주셨으면 합니다."

알리바이 확인이다. 틀림없이 물어볼 것이라고 예상하고 있었다.

도모야는 기억을 더듬으면서 말했다. 오전에는 집에서 어머니 리에와 지내다가 정오가 되기 전에 퍼레이드를 구경하러 외출했다. 직장 후배 두 명과 만나기로 되어 있었는데, 그 중 한 명은 올해 입사한 여사원이다. 둘 다 기쿠노 스트리트 퍼레이드를 본 적이 없다고 해서 안내해 주기로 했던 것이다.

"어디쯤에서 구경하셨어요?"

우쓰미가 물었다.

"퍼레이드가 끝나는 지점 근처요. 제일 큰 퍼포먼스를 맨 마지막에 선보이는 팀이 많거든요."

"퍼레이드를 끝까지 보셨나요?"

"네. 끝난 시간이 3시 조금 지나서였을 겁니다. 그리고 일단 해산했다가……."

"해산요?"

"후배들이 각자 구경하고 싶은 가게가 있는 눈치여서 잠시 따로 움직이기로 했어요. 4시에 역 앞 맥줏집에서 다시 만나기로 하고 헤어졌습니다."

이 얘기는 별로 하고 싶지 않았지만, 후배들에게 확인하면 어차피 드러날 일이었다. 그렇다면 솔직히 얘기하는 게 낫겠다고 생각했다.

"그때 다카가키 씨는 어디로 가셨어요?"

형사의 표정도 말투도 달라지지 않았지만, 드디어 사냥감을 포착했다는 생각이 든 것만은 분명했다.

"퍼레이드 도착 지점에 가서 팀 기쿠노 사람들과 인사를 나눴어요. 미야자와 씨라든가……."

"미야자와 씨요?"

"팀 리더예요. 상점가에 있는 책방 '미야자와 서점'의 사장입니다. 연락처가……."

"괜찮습니다. 그리고 또 누가 있죠?"

"'나미키야' 등에서 자주 보는 사람들이죠. 이름은 잘 모르지만요."

"그 후에는?"

"약속 시간이 가까워져서 역 앞 맥줏집으로 갔습니다. 거기서 후배들과 합류해 맥주를 몇 잔 했죠. 헤어진 건 6시쯤이었을 겁니다."

그 후 혼자서 '나미키야'에 갔고, 나중에 들어온 손님에게 하스누마가 죽었다는 말을 들었다고 솔직하게 얘기했다.

얘기를 듣고 난 우쓰미는 함께 퍼레이드를 구경한 후배들의 이름과 연락처를 물었다. 딱히 거절할 이유가 없어서 가르쳐 주었다.

"감사합니다. 크게 도움이 되었어요. 앞으로 또 찾아뵐 일이 있을지도 모르겠는데, 그때도 잘 부탁드립니다."

우쓰미가 수첩을 덮고 공손하게 머리를 숙였다.

"오늘도 역시 아무것도 가르쳐 주시지 않는군요."

도모야의 말에 그녀가 "네?" 하며 눈을 크게 떴다.

"사건에 관해서 말입니다. 전에도 오늘처럼 묻기만 하셨죠. 하스누마가 살해당한 건지 어떻게 된 건지조차 가르쳐 주시지 않고요."

"그 점에 관해서는 지난번에 이유를 설명드렸을 텐데요."

"그건 알지만……."

양해해 주세요, 하고 우쓰미가 자리에서 일어섰다. 그러나 그녀는 곧장 출입구 쪽으로 돌아서지 않고 다만, 하며 도모야를 바라보았다.

"말씀드릴 게 별로 없는 것도 사실입니다."

도모야가 눈을 껌벅이며 "왜죠?" 하고 물었다.

"하스누마 용의자의 죽음이 타살인지 아닌지, 아직 결론 나지 않았어요. 사인조차 특정하지 못한 터라서요."

그리고 우쓰미는 고개를 살짝 숙인 후 "협조해 주셔서 고맙습니다." 하고 돌아서 문을 열었다.

19

"검찰 심사회 말입니까? 네, 물론입니다."

니쿠라는 고개를 끄덕거렸다.

"물론 그 생각도 하고 있었습니다."

"알고 계셨군요. 보통 사람은 평생 인연이 없는 말인데."

형사치고는 온후하게 생긴 기시타니 경부보가 유리 찻잔을 손에 든 채 눈을 활짝 떴다.

"저도 얼마 전까지는 몰랐습니다. 그 남자가 석방되었다고 듣기 전까지는요. 처분 보류라니, 그게 대체 뭔가 하고 조사를 좀 해 봤지요."

"이해가 되시던가요?"

"일단은요. 제 나름대로지만요."

니쿠라가 어깨를 으쓱했다.

"솔직히 말해서, 이도 저도 아닌 규칙이라는 생각이 들더군요. 아니 규칙이라고 할 수도 없죠. 법적 효력이 있는 것도 아니잖습니까."

"맞습니다. 검찰로 송치된 자에 대해 검찰은 일정 기간 내에 기소냐 불기소냐를 결정해야 하는데, 그 결정을 연기하는 것뿐이니까요."

“그런 결론에 대해 항의 같은 건 할 수 없나 하고 조사하면서 검찰 심사회를 알게 되었습니다. 그런데 현시점에서는 처분 보류에 대해 심의를 신청할 수 없다는 것도 알았죠. 피의자가 불기소 처분을 받았을 경우에만 신청이 가능하니까요. 게다가 신청할 수 있는 자격도 고발인이나 고소인, 피해자 유족에 한정되어 있고요.”

기시타니는 옅은 미소를 머금은 채 허브티를 한 모금 맛있다는 듯이 마신 후 찻잔을 테이블에 내려놓았다.

“하하, 공부를 많이 하셨군요.”

“그러니, 일단 기다리는 수밖에 없겠다고 생각했습니다. 그렇지?”

니쿠라가 쟁반을 품에 안은 채 식탁 의자에 앉아 있는 루미에게 동의를 구했다.

그녀는 묵묵히 고개를 끄덕였다.

“여러분은 어떻게 예상하셨습니까. 언젠가는 기소될 것이라고 믿으셨나요?”

기시타니의 입술에는 미소가 남아 있었지만, 그 눈빛은 진지했다.

“그야, 뭐…….”

니쿠라는 머뭇거리지 않을 수 없었다.

믿었다면 거짓말이다. 이대로 아무 일 없이 그 남자가 벌받지 않고 살아가는 게 아닐까 하는 상상에 몸부림치는 나날을 보냈다.

"혹시 불기소로 결정 나면 검찰 심사회에 심의를 요청하실 생각을……?"

"그렇죠. 아마 나미키 씨에게 그러라고 제안했을 겁니다. 그분들도 도저히 납득할 수 없을 테니까요."

"그러니까 그 얘기를 아직 하지 않았다는 말씀입니까?"

"네. 최근 들어서는 나미키 씨 가족을 만나도 사오리 얘기는 삼갔습니다. 피차 괴로운 화제니까요."

"용의자 하스누마가 기쿠노로 돌아온 후에도 말입니까?"

기시타니가 흰자위를 크게 드러내며 다소 끈끈한 말투로 니쿠라에게 물었다.

"그게 말이죠……."

신중하게 대답해야 해, 하고 니쿠라는 재삼 마음을 다잡았다.

"저는 그 일 자체를 몰랐습니다."

"그 일이라니요?"

"하스누마가 기쿠노로 돌아온 일 말입니다. 그리고 '나미키야'에 찾아갔다는 것도요. 어젯밤 하스누마가 죽었다는 걸 안 후 다른 손님들에게 듣고서야 그 사실을 처음 알았어요. 한동안 '나미키야'에 가질 않았거든요."

그가 이렇게 대답한 데는 이유가 있었다. 실제로 니쿠라는 도지마에게 듣기 전까지는 하스누마가 기쿠노로 돌아왔다는 사실을 알지 못했다. 그리고 그 후로도 누구에게서도 그 얘기는 들은 적이 없다. 그러므로 어젯밤 하스누마의 죽음으로 '나미키야'가 소란스러워지기 전에 알았다고 하면 모순이 생긴다.

"아아, 그랬군요."

기시타니는 의외라는 듯이 반응한 후 수첩에 뭔가를 적기 시작했다. 사람 좋아 보이는 인상이지만, 보기에 따라서는 교활함도 엿보인다. 니쿠라의 말을 믿는지 어떤지 전혀 알 수 없었다.

볼펜을 움직이던 손을 멈추고 기시타니가 고개를 들었다.

"지금 기분이 어떠신지 솔직하게 말씀해 주시겠습니까? 용의자 하스누마가 죽었다는 걸 알고 어떤 생각이 들었습니까?"

"지금 기분……이라……."

니쿠라는 고개를 숙인 채 머리를 굴렸다. 이 순간, 어떻게 대답하는 것이 타당할까. 생각 끝에 그는 "그건," 하며 고개를 들었다.

"어떻게 죽었느냐에 따라 다릅니다."

"그게 무슨 뜻이죠?"

"살해당했다면, 꼴좋다는 생각이 들겠죠. 범인에게 감사한 마음일 겁니다. 우리의 원한을 풀어 줬으니까요. 하지만 사고나 병 따위의 보통 사람들과 같은 방법으로 죽었다면 조금은……, 아니죠, 상당히 분할 겁니다. 그런 경우에는 천벌이 내렸다고 생각하는 수밖에 없겠죠."

기시타니는 흠흠, 하고 납득이 간다는 듯이 고개를 끄덕였다.

"부인은 어떻게 생각하세요?"

"저도…… 네, 그래요. 뭐가 뭔지 아직 잘 모르겠어요. 여우에게 홀린 기분이랄까……."

그녀는 말꼬리를 흐렸다.

형사님, 하며 니쿠라가 기시타니를 바라보았다.

"사실대로 말씀해 주세요. 하스누마가 살해당했나요? 살해당했으니까 이렇게 경시청 형사님이 수사하는 거 아닙니까?"

니쿠라의 질문을 진지한 얼굴로 듣던 기시타니가 흰 이를 드러내고 히죽 웃었다.

"아직 조사 중입니다. 자, 이번에는 질문을 좀 바꾸겠습니다."

그리고 형사는 메모할 태세를 취했다.

"어제는 어디 계셨습니까?"

올 것이 왔다, 하고 니쿠라는 내심 긴장했다. 알리바이 확인이다.

"둘이서 퍼레이드를 구경하러 갔습니다. 1년에 한 번밖에 없는 큰 행사잖습니까."

"되도록 자세히 말씀해 주셨으면 좋겠습니다. 몇 시부터 몇 시까지 어디서 누구와 뭘 했는지, 구체적으로 말씀해 주시면 큰 도움이 되겠습니다."

"시간은 대략적으로 말씀드려도 괜찮겠죠?"

"기억하는 한 자세히 알려 주세요."

기시타니가 살가운 미소를 지어 보였다.

"의례적인 질문입니다. 죄송합니다."

"오전에는 집에 있었습니다. 집을 나선 시간은……."

니쿠라가 루미를 돌아보았다.

"12시가 좀 지나서였나?"

"확실하지는 않지만, 우리가 퍼레이드 현장에 도착하자마자 '알프스의 소녀' 팀이 등장했던 것 같아."

"맞아, 그랬지."

"어디쯤에서 구경하셨습니까?"

"출발 지점에서 약간 떨어진 곳이었어요. 우체국 앞에 보도보다 한 단 높은 곳이 있는데, 거기서 비교적 잘 보이거든요."

"내내 거기서 보셨습니까?"

"아뇨, 조금씩 이동했어요. 그런데 좀처럼 좋은 장소가 없어서 결국 처음 자리로 돌아왔죠."

"도중에 아는 분을 만나지는 않았습니까?"

"만났습니다, 여러 명."

"누구누구였죠? 괜찮으시다면 말씀해 주세요."

기시타니가 볼펜을 쥔 손을 수첩 가까이 가져갔다.

"정확한 시간과 장소는 기억이 안 납니다만……."

"괜찮습니다. 저희가 확인하겠습니다."

그러니 거짓말을 해 봐야 금세 들통난다는 말로 들렸다.

니쿠라는 몇몇 이름을 거론했다. 모두 실제로 만난 사람들이다. 좁은 동네인 데다 니쿠라는 발이 넓다. 상대방이 알은체를 하는 경우도 많았다.

마지막으로 미야자와 마야의 이름을 꺼냈다.

"팀 기쿠노의 리더입니다. 퍼포먼스에 저도 좀 관여한 터라, 출발 전에 잠깐 얘기도 나눌 겸 인사하러 갔지요."

"관여했다는 건 무슨 뜻이죠?"

"팀 기쿠노가 행진할 때 사용한 곡을 제가 감수했습니다. 저작권 문제가 발생하지 않도록요. 그 팀 뒤로 마스코트 캐릭터가 등장했는데, 그때 나온 곡은 제가 만들었고요."

"그래요? 야, 대단하십니다."

기시타니가 감탄스럽다는 듯이 말했지만 그 말투에는 작위적인 느낌이 배어 있었다.

"퍼레이드가 끝난 후에는 어디로 가셨습니까?"

"노래자랑 대회가 열리는 기쿠노 공원으로 이동했습니다.

작년부터 우리 부부가 심사 위원을 맡고 있거든요. 대회가 끝난 건 6시쯤이고, 그 후 '나미키야'로 갔습니다. 하스누마가 죽었다는 소식을 듣고 놀라서 그대로 식사를 마무리하고 8시쯤 가게를 나왔습니다."

이상입니다, 하고 니쿠라는 말을 끝맺었다.

기시타니는 자신이 한 메모를 다시 읽는지 펼쳐진 수첩을 들여다보며 뭔가를 중얼거렸다. 그리고 잠시 후 수첩을 탁 덮었다.

"잘 알겠습니다. 바쁘실 텐데 감사합니다."

그러고서 일어나 필기구 등을 가방에 집어넣었다.

니쿠라가 형사를 현관까지 배웅하고 거실로 돌아왔을 때 루미는 아까와 똑같은 자세로 물끄러미 테이블을 내려다보고 있었다. 얼굴이 창백했다.

"괜찮았어?"

"어?" 하며 그녀가 니쿠라를 올려다보았다.

"형사의 질문에 대답한 거 말이야. 그렇게 하면 되는 거였나? 실수한 건 없었는지……."

루미는 불안한 표정으로 고개를 옆으로 기울였다.

"괜찮았던 것 같긴 한데……."

"그래, 그럴 거야."

그리고 소파로 다가가던 니쿠라가 루미의 손을 보고 걸음을 멈췄다.

그녀의 손이 가늘게 떨리고 있었다.

니쿠라는 그녀에게 다가가 어깨에 손을 얹었다.

"걱정 마. 두려워할 것 없어."

루미가 고개를 들었다. 눈이 발갛게 충혈되어 있었다.

"하스누마는 사오리를 죽인 인간이야."

니쿠라가 말했다.

"벌을 받아도 싼 놈이라고. 만에 하나 우리가 한 일이 세상에 알려진다 해도, 그 누구도 우리를 비난하지 않을 거야."

20

가끔은 얼굴을 비쳐야지, 하고 학과 친구에게 한 소리 들었다. 다들 모여 한잔하기로 했다고 한다. 기분 전환 삼아 나가 볼까 하다가 "아무래도 안 되겠어." 하고 미안한 듯이 거절했다. 나쓰미가 가게를 비울 때면 마치코가 손님 응대에 나선다. 그게 얼마나 힘든 일인지 나쓰미는 익히 안다. 한편으로 하스누마의 일이 궁금하기도 했다. 그 후로 뭔가 진전이 있었을까.

집에 돌아오니 5시가 넘었다. 유타로와 마치코는 이미 주방에 들어가 있었다. 계단을 뛰듯이 올라가 옷을 갈아입었다. 학교 갈 때 입었던 매끈한 차림으로는 서빙을 하기 어렵다.

옷을 갈아입고 가게 청소를 마친 후 5시 반이 되기를 기다렸다가 입구에 포렴을 내걸었다.

잠시 의자에 앉아 스마트폰을 들여다보는데 격자문이 열렸다. 오늘의 첫 손님은 어제 만났던 인물이다. 나쓰미는 손님을 맞이하려고 자리에서 일어섰다.

안녕, 하면서 유가와가 가게 안으로 들어섰다.

"안녕하세요. 어제는 수고가 많으셨어요."

그러고서 나쓰미는 안으로 들어가 물수건을 쟁반에 받쳐서 돌아왔다.

"음료는 뭘로 하시겠어요?"

"맥주로 하지. 그리고 늘 먹는 거!"

"네."

주방에 주문 내용을 전달하고 냉장고에서 맥주를 꺼내 잔과 기본 안주와 함께 테이블로 날랐다. 오늘의 기본 안주는 반건조 가다랑어 조림이다.

"고마워요."

유가와가 잔에 맥주를 따랐다.

"낮에 형사가 찾아왔었어. 어제 뭘 했느냐고 묻더군."

"교수님한테요? 왜요?"

"몇 시부터 몇 시까지 자네와 함께 있었고 몇 시에 헤어졌는지 물었어. 형사는 질문의 목적을 말하지 않았지만, 알고 싶었던 건 내 행적이 아니라 자네의 진술이 사실이었는지 여부겠지."

"아…… 그렇군요."

어제 낮에 나쓰미는 주로 유가와와 함께 있었다. 형사가 알리바이를 확인했을 때도 그렇게 대답했다. 그래서 형사가 그 사실을 유가와에게 확인하러 갔을 것이다. 말하자면 뒤를 캐러 간 것이다.

"숨길 이유가 없어서 있는 그대로 대답했어. 시간을 꼬치꼬치 묻던데, 대략적으로 기억할 뿐이라고 못 박아 두고 말해줬지. 기억이 흐릿해서 나쓰미의 진술과 다소 모순이 있을지 모르겠는데, 그 점은 이해해 줬으면 해."

"교수님에게까지 폐를 끼쳤네요. 죄송해요."

"자네가 사과할 일이 아니야. 자네랑 가족들이야말로 힘들겠어. 객관적으로 볼 때 경찰이 의심하는 것도 무리가 아니니까 말이야."

"그렇긴 하지만, 별일 없을 거예요. 엄마도 아빠도 완벽한 알리바이가 있으니까요."

"탈이 난 손님을 병원에 데려가셨다고 했지?"

"네, 맞아요."

"그 손님의 신원을 아실까? 나도 그 사람에게 얘기를 좀 들어 보고 싶어서 말이지."

"글쎄요, 아시려나 모르겠네요."

그때 주방에서 유타로가 나쓰미를 불렀다. 유가와가 주문한 음식이 나온 듯했다.

주방으로 들어간 김에 나쓰미는 그때 탈이 났던 여자 손님의 신원을 유타로에게 물었다.

"아니, 몰라. 야마다라는 성만 들었어."

조리하던 손을 멈추고 유타로가 대답했다.

음식이 담긴 그릇을 들고 나온 나쓰미는 그 말을 유가와에게 전했다.

"어제는 일요일이었으니까 응급 환자가 그리 많지 않았을 거야. 야마다라는 성만 알아도 경찰은 병원에 문의해서 신원을 알아낼지도 몰라. 다만, 그렇게까지 하지는 않을 수도 있지. 나쓰미의 부모님이 병원에 있었다는 건 간호사들에게만 물어봐도 알 수 있을 테니까."

"그렇겠죠."

차분한 유가와의 말에 나쓰미는 안도감을 느꼈다.

그 후 한동안은 손님이 없었다. 매일같이 드나들던 단골조차 얼굴을 비치지 않았다. 역시 하스누마의 죽음이 영향을 끼친 걸지도 모른다. 이 동네 사람 대다수가 사건에 나미키 집안 사람이 연루되었을 거라고 여길 터였다. 어제저녁에 도모야와 나눈 대화가 나쓰미의 머릿속에 되살아났다. 그 역시 그랬다.

그런 생각을 하고 있는데 바로 그 도모야가 나타났다.

"어서 오세요."

나쓰미가 인사했다.

도모야는 가게 안을 두리번거렸다. 어디 앉을지 망설이는 눈치다.

"여기 앉으면 어떻겠어요?"

유가와가 자신의 맞은편 자리를 가리키며 말했다.

"합석이 싫지 않다면 말이지."

"그래도 될까요?"

"물론이에요. 괜찮으니까 권했지."

"그럼 모처럼 이렇게 되었으니."

도모야가 유가와가 권한 자리에 앉았다.

나쓰미에게는 신선한 광경이었다. 둘 다 단골손님이어서 얘기를 주고받는 모습은 본 적이 있지만 이렇게 마주 앉은 모습은 처음이었다.

"혹시 형사가 찾아오지 않았어요?"

도모야의 잔에 맥주를 따르면서 유가와가 물었다.

"어떻게 그걸……?"

"그 정도는 짐작하고도 남지요. 나미키 씨 가족도 그렇지만,

경찰이 보기에는 그쪽도 미묘한 입장이니까."

유가와가 맥주병을 내려놓고 자신의 잔을 들었다.

"용의자 중 하나라고 해도 이상할 게 없고."

"사오리의 시신이 발견된 직후에 찾아왔던 여자 형사가 낮에 직장으로 들이닥쳤습니다."

도모야가 말했다.

"알리바이를 묻더군요."

"아하, 여자 형사가? 그래서 도모야 군의 알리바이는 확인될 것 같아요?"

"그럴 겁니다. 퍼레이드가 열리는 동안이나 그 이후나 계속 후배들과 같이 있었으니까요."

"그렇다면 안심이군요."

유가와가 고개를 끄덕였다.

"그 외에는 뭘 묻던가요?"

"검찰 심사회라는 걸 아느냐고요."

"검찰 심사회……, 그랬군요."

뭔가 궁리를 하는지, 유가와의 안경 속 눈이 이리저리 움직였다.

"검찰 심사회라는 게 뭐예요?"

나쓰미가 두 사람에게 물었다. 유가와가 고개를 들었다.

"검찰로 송치된 피의자가 불기소 처분을 받은 후 그 결정에 불복해 이의가 제기되었을 경우 검찰의 판단이 옳았는지를 심의하는 제도지. 심사 위원은 스무 살 이상의 국민 중에서 제비뽑기로 선발되고."

"교수님이 정확히 알고 계시네요."

도모야가 말했다.

"아는 사람이 제비뽑기에 당첨된 적이 있거든."

유가와는 별일 아니라는 듯이 말했다.

"저는 몰랐습니다. 솔직히 말해서 처분 보류와 불기소의 차이도 오늘에야 겨우 알았어요. 한데, 그런 걸 왜 물었을까요?"

"검찰 심사회의 존재에 대해서 아는 자라면 지금 단계에서 하스누마를 살해하겠다고 마음먹지 않았을 거라고 경찰이 보고 있는 것 아니겠어요? 불기소되었어도 이의를 제기할 기회가 남아 있으니 복수라는 최후의 수단을 쓰지는 않을 것이다, 그런 거겠지."

"그렇군요. 그럼 그걸 몰랐던 저는 여전히 의심의 대상일 수도 있겠네요."

도모야는 한숨을 쉬고 나서 잔을 집어 들었다.

"아, 그리고 한 가지 더 물었어요. 기쿠노에 오기 전에 하스누마가 어디서 살았는지 알아보려고 한 적이 있느냐고요. 없다고 대답했습니다. 실제로 그런 일은 생각해 본 적도 없고요."

"만약 도모야 군이 이번 사건의 범인이라면 하스누마가 석방된 직후부터 복수를 하기 위해 사는 곳을 알아내려고 했을 것이라고 생각하는 거겠지요."

"아아, 그런 거로군요. 하지만 만일 제가 범인이라면, 솔직하게 대답할 리 있을까요? 대체 뭐 하러 그런 질문을 했는지……."

도모야가 입술을 비죽거렸다.

"도모야 군이 거짓말을 한다 해도 그걸 간파할 자신이 있었겠죠, 그 여자 형사는."

마치 그 형사를 알기라도 한다는 듯한 말투였다.

"그럴지도 모르겠네요. 상당히 미인이지만 눈초리가 매섭더라고요."

얼굴을 찡그린 후 도모야는 맥주를 마셨다.

그 후 이따금 손님이 들어오긴 했지만 역시 단골은 없었다.

식사를 마친 도모야가 유가와보다 먼저 가게를 떠났다. 밥값은 유가와가 내겠다고 했다. 그가 이렇게 오래 가게에 앉아 있는 건 드문 일이었다.

그 직후 니쿠라와 도지마가 가게에 나타났다. 각자 가게로 오는 도중에 우연히 마주쳤다고 한다. 그들은 도모야와 교대하듯이 유가와와 합석했다.

세 사람의 대화에 하스누마라는 이름이 등장하지는 않았지만, 그놈, 이라든가 천벌, 같은 단어가 나쓰미의 귀에 들려

왔다. 경찰이라는 말도 나왔다.

니쿠라가 검찰 심사회를 언급했다. 유가와가 다카가키 도모야 군에게서도 같은 얘기를 들었다고 말했다. 도지마에게는 형사가 찾아오지 않았는지, 그는 내내 두 사람의 얘기를 듣기만 했다.

나쓰미는 주방을 슬쩍 엿보았다. 세 사람의 대화가 유타로와 마치코 귀에는 닿지 않을 터였다. 묵묵히 요리를 하고 있는 그들은 굳이 세 남자의 대화를 들으려 하지 않는 것처럼 보였다.

21

뭔가 소리가 들려 눈을 떴다. 형광등이 비치는 하얀 벽이 시야에 들어왔지만, 여기가 어딘지 알 수가 없었다. 눈을 깜박거리며 주위를 둘러보고서야 기쿠노 경찰서 회의실이라는 걸 깨달았다.

"죄송해요, 제가 깨웠나 보네요."

옆쪽에서 목소리가 들려 돌아보니 우쓰미 가오루가 문 옆에 서 있었다.

구사나기는 자신의 몸에 덮인 담요를 손으로 잡아 올렸다.

"이거, 자네가?"

네, 하고 우쓰미 가오루가 대답했다.

"지휘관이 감기라도 걸리면 낭패잖아요."

구사나기는 피식 웃고 나서 담요를 옆에 있는 의자로 옮겼다.

"내가 깜박 졸았나 봐."

손목시계를 보니 11시가 조금 지나 있었다.

"이런 시간까지 뭘 하고 있었어?"

"다카가키 도모야 씨의 알리바이를 확인하고 있어요. 함께 퍼레이드를 구경했다는 후배 둘을 만나고 왔습니다."

"그래서, 뭐래?"

우쓰미 가오루가 구사나기 곁으로 다가왔다.

"다카가키 씨의 진술과 대체로 일치했어요. 시간을 대부분 함께 보낸 것 같아요."

"최초 보고에서는 각자 움직인 시간이 있다고 했잖아."

"네, 이동 시간을 빼면 40분 정도입니다."

"40분이라……."

팔짱을 끼던 구사나기 눈에 우쓰미 가오루가 들고 있는 하얀 편의점 봉투가 들어왔다.

"그건 뭐야?"

"캔 맥주랑 안줏거리요. 계장님이 잠시라도 쉬셨으면 해서요."

"그런 게 있으면 진작 내놨어야지."

그리고 구사나기는 책상 위를 손가락으로 가리켰다.

우쓰미 가오루가 편의점 봉투에서 캔 맥주와 스낵 과자를 꺼내는 걸 곁눈질하면서 구사나기는 쓰다 만 보고서를 들여다봤다. 이런저런 내용이 열거되어 있지만, 마미야를 비롯한 윗사람들에게 자신 있게 보고할 만한 내용은 아니었다.

오늘 점심시간이 지나서 기쿠노 경찰서로부터 본청으로 정식 수사 협조 요청이 들어왔다. 그리고 당초 예정대로 구사나기 팀이 기쿠노 서로 파견되었다. 그러나 수사본부 설치는 당분간 보류하자는 것이 수사 1과장들의 판단이었다.

"아직 살인이라고 결론이 나지는 않았잖아. 적어도 사인이 특정될 때까지는 상황을 지켜보자는 게 상부의 판단이야. 하지만 살인으로 판명된 후에야 정보를 모으기 시작한다면 선수를 빼앗길 우려가 있으니까 일단 수사본부가 설치되었다고 가정하고 움직이게."

이것이 마미야의 지시였다.

그 즉시 부하들을 소집해 기쿠노 서와의 수사 회의에 들어갔다. 살인 사건으로 특정된 것은 아니지만, 그렇게 될 것을 전제로 하여 수사 방침이 세워졌다.

구사나기가 우선 파악하고 싶었던 것은 나미키 집안 사람들, 특히 나미키 유타로의 알리바이였다. 기쿠노 서 수사관이 어제저녁 내내 그것에 관해 조사했고, 결과는 오늘 아침 유가와에게 들은 대로였다. '나미키야'가 점심 영업을 종료하기 직전에 손님이 복통을 호소해서 나미키 유타로가 차로 병원에 데려갔다. 그 후 아내인 마치코도 병원으로 달려갔고, 둘은 거기서 여자 손님의 진료가 끝나기를 기다렸다. 다행히 손님에게는 특별한 이상이 없었고, 회복도 금방 되어 나미키 부부는 오후 4시 반경 병원을 나왔다. 가게로 돌아간 두 사람은 얼마 남지 않은 저녁 영업을 위해 주방에서 서둘러 준비를 한 후 5시 반에는 예정대로 가게 문을 열었다. 그리고 잠시 후 유가와라는 단골이 가게로 찾아왔다.

오늘 오전에 기쿠노 서 수사관이 병원에 가서 확인한바, 나미키 부부의 진술은 사실과 일치했다. 응급 환자 접수를 담당했던 직원이 대합실에 걱정스러운 표정으로 앉아 있던 나미키 부부의 모습을 기억하고 있었다.

치익, 소리를 내며 캔을 딴 가오루가 "자, 드세요." 하며 맥주 캔을 구사나기 앞에 놓았다.

"어, 고마워."

구사나기는 캔을 얼굴 앞에서 살짝 들어 올린 후 한 모금 마셨다. 쌉싸래한 액체가 혀를 타고 흘러내리는 감촉에 하루의 피로가 스르르 풀리는 듯한 쾌감이 느껴졌다. 후, 하고 숨을 크게 내쉬었다.

"제가 받은 인상으로는, 다카가키 도모야 씨는 결백하다고 봐요."

우쓰미 가오루가 쌀과자 봉지를 뜯으면서 말했다.

"사람을 겉보기로는 알 수 없어."

구사나기는 봉지로 손을 뻗어 과자와 땅콩을 집은 뒤 한번에 입에 털어 넣었다.

"자네도 형사니까 모르지 않을 텐데……."

"물론 그렇죠."

우쓰미 가오루도 캔을 손에 들었다.

"하지만 몹시 당황하는 눈치였거든요."

"당황하다니?"

"제가 이렇게 물어봤어요. 당신이 하스누마를 죽인 범인이라는 말을 듣더라도 놀라는 사람은 별로 없을 것이다, 그 점에 관해 어떻게 생각하느냐, 라고요."

"그랬더니 뭐래?"

"그럴 수도 있겠지만, 자신을 잘 아는 사람은 그렇지 않을 것이라고 생각한다, 자신은 겁이 좀 많은 사람이다, 그렇게 대답하더군요."

"평범한 대답이잖아. 그게 어쨌다는 거지?"

"대답하기 전에 몹시 당황하는 눈치였어요. 주위에서 자신을 그렇게 보고 있을 줄은 꿈에도 몰랐다는 듯이요. 만약 그 사람이 범인이라면 그렇게까지 심하게 당황하지는 않았을 것 같아요."

"흐음……."

구사나기가 맥주를 한 모금 마셨다.

우쓰미 가오루의 말에도 일리가 있었다. 범인이라면 형사가 어떤 질문을 해도 당황하는 모습을 보이지 않도록 여러 가지 경우를 상정해서 마음의 준비를 하는 것이 일반적이다.

"다카가키 도모야가 후배들과 따로 떨어져 행동한 시간이 40분 정도라고 했지? 그동안 뭘 했대?"

우쓰미 가오루가 가방에서 수첩을 꺼내 펼쳤다.

"퍼레이드 골인 지점으로 가서 팀 기쿠노 멤버들과 인사를 나눴대요."

"확인해 봤어?"

"팀 리더인 미야자와라는 여성을 만나서 얘기를 들었어요. '미야자와 서점'이라는 책방을 경영하는 사람이에요. 퍼레이드가 끝난 직후에 다카가키 씨가 인사를 하러 왔다고 하더군요."

다만, 하더니 우쓰미 가오루가 잠시 뜸을 들이다가 말을 이었다.

"인사라고는 해도 그저 말 몇 마디를 나눈 것에 불과하더라고요. 수고하셨습니다, 정말 멋지던걸요, 그 정도였다는 거예요. 아마 30초도 안 걸렸을 거예요."

"정확한 시각은?"

"미야자와 씨가 그런 걸 어떻게 기억하느냐고 하더라고요. 퍼레이드가 끝난 직후였고 팀 리더로서 마무리할 일이 많았을 테니 기억을 못 하는 것도 무리가 아니죠."

"요는 이렇군. 퍼레이드가 끝난 직후인 3시 조금 넘어서 다카가키 도모야가 도착 지점 부근에 있었던 것은 사실이다. 다만 그 후 맥줏집에서 후배들과 합류하기까지 약 40분간은 알리바이가 없다."

"맞습니다."

"도착 지점에서 하스누마가 거주하는 관리 사무소까지의 거리는?"

"2킬로미터 남짓 됩니다."

이미 조사해 두었는지 우쓰미 가오루가 즉시 대답했다.

왕복 약 5킬로미터. 구사나기는 머릿속으로 계산했다. 차를 이용해 평균 시속 30킬로미터로 이동했다면 10분 정도 걸린다. 타고 내리는 데도 시간이 걸릴 테니 남는 시간은 20분 정도. 그 짧은 시간에 과연 뭘 할 수 있을까. 게다가 실제로는 시속 30킬로미터로 달리기도 쉽지 않은 상황이었다.

"수면제를 먹인 후 질식사를 시키기는 무리겠군……."

구사나기가 한숨 섞인 투로 말했다.

"다카가키 도모야로서는 범행이 불가능해."

"저도 그렇게 생각해요. 그리고 이미 보고한 대로, 하스누마가 전에 살던 곳을 알아보려고 생각하지 않았느냐는 질문에도 생각해 본 적이 없다고 대답했어요. 거짓말을 하는 것처럼 보이지 않았습니다."

"나미키 집안 사람들도 결백하고, 다카가키 도모야도 결백하다……."

"니쿠라 부부는 주임님이 직접 만나셨죠?"

우쓰미 가오루가 물었다. 주임이란 기시타니를 가리키는 것이다.

"느낌이 어땠다고 하시던가요?"

"냄새가 난다고는 했는데."

"어떤 식으로요?"

"니쿠라 나오키는 하스누마가 기쿠노로 돌아왔다는 사실 자체를 몰랐다고 했다나 봐. 어젯밤 '나미키야'에서 다른 단골에게 듣고 처음 알았다나. 요즘 '나미키야'에 발길이 뜸했다고 했다는데, 아무리 그래도 누구 하나 알려 주지 않았다는 게 과연 사실일지 의문이라고 기시타니는 말했어."

"예리한 지적이네요."

"하지만 아무리 애제자가 살해당했다고 해도 니쿠라 나오키가 그런 식으로 복수할 사람으로는 보이지 않았다는 것 또한 기시타니의 의견이야. 사람은 겉만 봐서는 알 수 없다는 걸 그 친구가 모르지 않을 텐데 말이야."

"검찰 심사회에 대해서는 뭐라고 했대요?"

"알고 있었던 모양이야. 하스누마가 불기소될 경우 나미키 집안 사람들과 의논해서 법적 대응책을 모색했을 거라고 대답했대."

"이성적이네요."

"저 말만 들어서는."

하스누마 간이치의 죽음이 타살이라고 가정할 경우, 맨 먼저 생각할 수 있는 것은 복수다. 그 동기가 있는 사람도 나미키 집안 사람들을 비롯해 여럿이다.

그러나 누가 범인이든 일단은 법에 기대려고 하지 않았을까. 하스누마는 석방되었지만 피의자라는 사실에는 변함이 없었다. 향후 기소될 가능성도 전혀 없지는 않았다. 복수는 불기소가 결정된 다음이어도 늦지 않다. 거기에 검찰 심사회라는 것도 있다.

구사나기는 우쓰미 가오루와 기시타니에게 관계자들을 조사할 때 그들이 검찰 심사회에 관해 알고 있는지 확인하라고 지시했다. 만약 검찰 심사회의 존재를 안다면 이 시점에 복수를 감행할 이유가 없기 때문이다.

"니쿠라 부부의 알리바이는 확인하셨어요?"

"그게 좀 애매해."

구사나기가 보고서에 시선을 맞추며 말했다.

"퍼레이드를 구경하고 있었다고 하고 아는 사람도 몇 명 만난 듯한데, 누군가와 내내 같이 있지는 않았어. 퍼레이드가 끝난 후에는 공원에서 노래자랑 대회의 심사 위원을 했다는데 그 사이에 약간의 시간적 공백이 있고."

우쓰미 가오루는 캔을 내려놓고 턱을 괴었다.

"하스누마를 살해하는 데 시간이 얼마나 필요했을지 알 수 없으니 뭐라고도 말할 수 없네요."

"바로 그 점이야."

구사나기가 얼굴을 찡그리며 머리를 긁었다.

"군데군데 일혈점이 있다고 했으니 질식사했을 가능성이 높아. 하지만 교살이나 액살의 흔적이 없고, 만약 교살이나 액살이라면 일혈점이 좀 더 확실하게 나타났을 거라고 하더군."

"목을 조르지 않고 질식하게 하려면…… 코와 입을 막았을까요?"

"그랬다면 피해자가 왜 저항하지 않았겠어? 수면제가 검출되기는 했지만 그 양이 많지 않았어."

"그렇군요."

우쓰미 가오루가 생각에 잠겼다. 그 얼굴을 바라보던 구사나기는 저도 모르게 피식 웃고 말았다.

"왜 그러세요?"

우쓰미 가오루가 의아하다는 듯이 반문했다.

"오늘 아침에 유가와를 만났어. 그 친구도 관계자 중 한 명으로 판명되었거든."

구사나기는 유가와 마나부와 주고받은 대화를 우쓰미 가오루에게 전했다.

"유가와 교수님이 '나미키야'에요? 정말이에요?"

"만일 이번 사건이 타살이라면 범인이 어떤 방법으로 하스누마를 살해했을지 한번 추리해 보라고 했지. 밑져야 본전이다, 하고 던진 말인데 그 친구가 의외로 관심을 나타내더라고. 현장을 보고 싶다고 해서 조만간 보여 줄 생각이야. 그 친구라면 뭔가 찾아낼지도 모르지."

"그건 기대할 만하네요. 하지만……."

우쓰미 가오루가 고개를 갸웃했다.

"의외인걸요."

"뭐가?"

"나미키야에 가 본 적은 없지만, '나미키야'는 단골들로 유지되는 인정 넘치는 가게로 알고 있어요. 그런 곳에 유가와 교수님이 드나든다는 게 어쩐지 상상이 안 가서요. 인정에 얽매이는 걸 질색하는 분이잖아요."

"하긴 그렇군."

구사나기는 그녀가 무슨 말을 하고 싶은지 충분히 알 것 같았다.

"미국에 갔다 오더니 좀 변한 모양이야. 한번 만나 보면 자네도 알 거야."

"그래야겠네요."

우쓰미 가오루는 미소를 지으며 맥주 캔을 입으로 가져갔다.

22

마스무라 에이지가 거주하는 사무소 앞에는 젊은 경찰이 따분해 보이는 모습으로 서 있었다. 하품을 애써 참는 듯한 그의 얼굴에는 굳이 이렇게 보초를 서지 않아도 이런 곳에 침입할 사람이 누가 있겠느냐고 쓰여 있었다.

구사나기 일행이 다가가자 그 얼굴이 일순 변했다. 표정에 긴장감이 돌고 눈에 힘을 주는 것처럼 보였다. 구사나기 일행을 수상하게 여기지 않는 것은 방문한다는 사실을 미리 알렸기 때문일 것이다.

구사나기가 배지를 꺼내 보였다.

"본청에서 나온 구사나기입니다."

젊은 경찰이 경례를 했다.

"연락, 받았습니다. 기다리고 있었습니다."

그는 빙그르 몸을 돌려 빠릿빠릿한 동작으로 사무소 문의 잠금장치를 해제했다.

"들어가십시오."

구사나기는 주머니에서 장갑을 두 켤레 꺼내 한 켤레를 뒤에 서 있던 유가와에게 내밀었다. 유가와는 말없이 장갑을 받아서 끼었다.

기쿠노 경찰서의 수사에 투입된 지 사흘째다. 하스누마의 사인은 아직도 밝혀지지 않았다. 이에 구사나기는 마미야와 기쿠노 서의 허락을 받아 유가와와 함께 현장을 찾기로 했다. 유가와에게 연락하자 당장이라도 보고 싶다고 해서 오전 중임에도 득달같이 달려온 것이다.

구사나기는 장갑을 낀 손으로 손잡이를 돌려 문을 열었다. 감식반이 여러 번 드나들었을 테지만 내부 상황은 지난번과 변함이 없었다.

구두를 벗고 나무 깔판이 깔린 실내로 들어섰다.

유가와가 "간소한 주거지로군." 하며 뒤따라 들어왔다.

구사나기는 안으로 좀 더 들어가서 원래는 창고였던 작은 방 앞에서 걸음을 멈췄다. 미닫이문이 열려 있었다.

"이 방인가?"

유가와가 구사나기 옆에 와서 서며 물었다.

“정말 좁군. 폐소 공포증이 있는 사람은 견디기 힘들겠어.”

“다 생각하기에 달렸어.”

구사나기가 말했다.

“세상에는 캡슐 호텔에서도 쾌적하게 지내는 사람이 있어. 하스누마는 여기에 인조 가죽 시트와 매트리스만 깔고 자도 문제가 없었던 모양이야.”

“자네 말에 따르면 하스누마는 심장에서 바늘이 돋아나도 이상하지 않을 인물이었다니 그럴 만도 하지.”

“바로 그거야.”

“안에 들어가 봐도 될까?”

“그러지.”

유가와는 방 안으로 들어가 가운데쯤에 선 후 천천히 사방을 둘러보았다. 그러다 그 시선이 한 점에 꽂혔다. 그가 바라보고 있는 것은 미닫이문이었다.

“왜 그래?”

유가와는 문을 열고, 자물쇠를 걸도록 되어 있는 고리를 만지작거렸다.

“문을 밖에서 잠그게 되어 있군.”

“원래는 창고였으니까. 도난을 방지하기 위해서는 자물쇠를 걸어야 했을 테지.”

“그 자물쇠는? 감식반에서 가져갔나?”

"확인해 봐야겠지만, 그런 물건이 있었다는 말은 듣지 못했어."

유가와가 이번에는 문을 여닫을 때 쓰는 오목한 금속판을 안팎으로 번갈아 들여다봤다.

"밖에 있는 경찰에게 뭘 좀 사다 달라고 부탁해도 될까?"

"뭘 말이야?"

"편의점에 가서 드라이버 세트를 사 왔으면 해."

"드라이버? 뭐 하게?"

"확인하고 싶은 게 있어. 안 된다면 내가 가서 사 올게."

유가와의 시선은 여전히 문손잡이를 향해 있었다. 그 옆얼굴은 과학자의 모습 그 자체였다.

"알았어. 말해 볼게."

밖으로 나선 구사나기는 경찰에게 유가와의 부탁을 전했다. 경찰은 다소 의아하다는 듯한 표정을 지으면서도 흔쾌히 승낙했다.

실내로 돌아와 보니 유가와는 침대에 걸터앉아서 눈을 감고 있었다. 생각에 깊이 잠긴 듯했다.

"금방 사 오겠대."

"그거 고맙군."

유가와가 눈을 감은 채 대답했다.

"저항한 흔적은 없었다고 했던가?"

"뭐라고?"

"하스누마 말이야. 저항한 흔적이 없었다고 했지?"

"응. 이부자리 위에 누워 있었어. 차림새도 흐트러져 있지 않았고."

유가와가 눈을 뜨고 일어나 문을 닫았다. 그리고 문틀을 따라 시선을 죽 이동시켰다.

"뭘 보는 거야?"

"기밀성. 문이 완전히 닫힌 상태에서 공기가 얼마나 들고 나는지 조사하는 거야."

유가와가 문을 다시 열었다.

"꼭 닫아도 문과 문틀 사이에 틈이 많아. 기밀성이 높다고 보기는 힘들지. 테이프 같은 걸로 틈새를 메운다면 몰라도."

"만약 기밀성이 높았다면 어떻게 되는 건데?"

"완전히 밀폐된다면 하스누마가 자는 사이에 문을 닫고 잠그면 그만이지. 산소가 공급되지 않으니 이산화탄소 농도가 높아져서 결국은 질식사할 거야."

"그렇군. 아니, 하지만……."

구사나기가 고개를 갸웃했다.

"숨 쉬기 힘들어져서 눈을 뜨지 않을까?"

"그래, 눈을 뜨겠지."

유가와가 짐짓 시치미를 떼는 표정으로 말했다.

"좁은 방이기는 하지만, 산소가 급속도로 부족해지지는 않을 거야. 그리고 몸을 움직일 수 있으니 문을 열려고 하겠지. 자물쇠가 걸려 있으면 몸으로 부딪치기라도 할 테고."

"그러니까 질식사하기는 불가능하잖아. 상황과 맞지 않는다고."

그러자 유가와가 집게손가락을 들어 얼굴 앞에서 좌우로 흔들었다.

"자네는 여전히 성급하군. 매사에 순서라는 게 있는 법이야. 나는 일단 제일 간단한 방법을 제시해 봤을 뿐이라고. 거기서부터 아이디어를 조금씩 덧붙여서 발상을 넓혀 가야지. 단순히 폐쇄된 것만으로는 산소 결핍에 이르지 않아. 그렇다면 어떻게 해야 산소 결핍 상태가 되는지 생각해 봐야지."

"어떻게 하면 되는데?"

유가와는 미간을 찡그렸다.

"스스로 생각해 보려는 마음은 조금도 없어?"

"왜 내가 생각해야 하지? 자네를 데려온 이유가 뭔데?"

그 말을 듣고 유가와가 어이없다는 듯이 고개를 절레절레 저었다.

"수면제를 먹이는 방법에 관해서는 아이디어가 떠올랐나?"

"그것도 포기야."

구사나기가 양손을 살짝 옆으로 벌렸다.

“언제, 어디서, 어떻게 먹였는지 전혀 감이 안 잡혀.”

그러자 유가와가 방 한쪽 구석을 가리켰다. 그곳에는 소형 냉장고가 있었다.

“저 안에 있는 건 조사했어?”

“물론이지. 감식반에서 전부 수거해다가 조사했어. 딱히 의심스러운 점은 없다던데.”

냉장고에 들어 있던 것은 마신 흔적이 있는 우롱차와 생수병뿐이었다. 어느 쪽에서도 수면제는 검출되지 않았다.

“다만 마음에 걸리는 점은 있어.”

구사나기가 말했다.

“부검의 말로는 하스누마가 맥주를 마셨을 가능성이 높대. 실제로 혈중 알코올 농도도 약간 높았고. 하스누마가 술을 상당히 좋아했다고 하니 누군가 맥주를 권했다면 딱히 목이 마르지 않아도 마셨을지 몰라. 상대가 누구냐에 달리긴 했겠지만.”

“이 집 주인이라면? 그 사람이라면 하스누마에게 수면제를 먹이기 어렵지 않았을 것 같은데.”

“그렇기는 한데, 동기가 없어.”

구사나기가 주저 없이 대답했다. 그럴 가능성에 관해서는 이미 생각한 바 있다.

“마스무라와 나미키 사오리 씨 사이에는 아무런 연결 고리가 없어. 애당초 마스무라와 하스누마가 만난 게 사오리 씨가 죽기 1년 전이야. 과거 경력도 조사해 봤지만 전혀 연관성이 없었어."

"범인이 마스무라를 매수했다……라고 보기는 어려우려나?"

"그럴 가능성은 크지 않아. 마스무라가 언젠가 발설할지도 모르는 일이잖아. 발설하지는 않는다 해도 돈을 계속 요구할 수도 있고."

그렇겠지, 하고 중얼거린 후 유가와는 다시 작은 방 쪽으로 시선을 돌렸다.

잠시 후 "실례합니다." 하며 젊은 경찰이 들어왔다.

"사 왔습니다. 이런 거면 될까요?"

드라이버 몇 종류가 투명한 플라스틱 케이스에 들어 있었다.

"충분합니다. 고맙습니다." 하며 유가와가 드라이버를 받아 들었다. 그리고 문가에 쪼그리고 앉아 드라이버로 오목한 금속 문손잡이의 나사를 풀기 시작했다. 과학자답게 익숙한 손놀림이다.

"뭘 하는 거야?"

"보면 알아."

2, 3분 만에 유가와는 문 안팎에 붙은 쇠붙이를 떼어 냈다. 그러자 문에 난 네모난 구멍이 드러났다.

"흠, 역시……."

쇠붙이가 붙어 있던 구멍을 들여다보던 유가와가 만족스럽다는 듯이 미소를 지었다.

"이봐, 뭐야. 나도 좀 가르쳐 줘."

"이렇게 일목요연한 걸 뭘 가르쳐 줘?"

유가와가 옆으로 물러나자 구사나기는 허리를 굽혀 네모난 구멍을 들여다봤다. 작은 방의 벽이 보였다.

"아니, 방 안이 보이잖아."

"그래. 문에 금속 손잡이를 붙일 때 보통은 이렇게 구멍을 뚫지 않는데 이 문은 별로 두껍지 않아서 구멍이 뚫린 모양이야."

"그건 알겠는데, 대체 뭐가 어떻게 되었다는 거야?"

"'유다의 창'이라는 추리 소설을 알아?"

"아니, 몰라."

그렇겠지, 하는 표정으로 유가와는 고개를 끄덕였다.

"이 문에 비밀의 작은 창이 있었다는 내용이야."

그러면서 유가와는 문을 닫았다.

"이처럼 문을 닫아 둬도 이 구멍을 이용하면 방 안에 있는 사람에게 뭔가 영향을 줄 수 있어."

"이렇게 작은 구멍을 어떻게 이용한다는 거야?"

"아까 내가 말했잖아. 급속히 산소 결핍 상태를 만들려면 어떻게 해야 하느냐고. 이 구멍을 이용한다면 몇 가지 방법이 있어.”

“예를 들면?”

“이 구멍으로 산소를 빨아낸다.”

“뭐라고?”

“산소만 빨아내기는 어려우니까 공기를, 이라고 하는 게 맞겠지. 청소기 같은 흡인 장치를 사용해서 공기를 빨아내는 거야. 완전한 진공 상태를 만들기는 어렵겠지만, 공기가 희박한 상태는 만들 수 있을 거야.”

“유가와, 자네……,”

구사나기는 무테 안경을 쓴 유가와의 눈을 노려보았다.

“진심으로 하는 말이야?”

“이런 데서 농담이나 할 만큼 한가하진 않아.”

“그런 방법으로 사람을 죽일 수 있을 거라고 생각해?”

“무리겠지. 그 정도로 질식사한다면 높은 산에 오르는 등산가들은 모두 죽게?”

구사나기는 털썩 주저앉고 싶을 만큼 어이가 없었지만 애써 내색하지 않았다. 이 정도 일로 짜증을 내면 이 친구를 상대할 수 없다.

“그다음 방법은 뭐야?”

“방 내부의 산소를 줄여야 하니까 방을 더 좁히는 거야. 물리학적으로 말하자면 실내 용적을 줄이는 거지.”

"이 구멍을 사용해서 말이야? 어떻게?"

"문틈을 밀폐한 다음 이 구멍으로 어떤 물체를 투입하는 거야. 그러면 물체의 체적만큼 실내 용적이 줄어들면서 공기가 밖으로 밀려 나오겠지. 그걸 반복하면 언젠가는 산소 결핍 상태가 될 만큼 용적이 줄어들 거야."

구사나기는 진지하게 말하는 유가와의 얼굴을 물끄러미 바라보다가 네모난 구멍을 가리켰다.

"이 구멍으로 대체 뭘 투입할 수 있겠어? 기껏해야 유리구슬 정도일 텐데, 아무리 좁은 방이라도 가득 채우려면 유리구슬이 몇만 개…… 아니, 몇십만 개는 필요할 거야."

"변형되지 않는 것이라면 그렇겠지. 하지만 가령 풍선을 사용한다면 어떨까?"

"풍선을? 어떻게 사용한단 말이야?"

"바람을 불어넣지 않은 풍선을 주둥이만 이쪽에 남긴 채 구멍으로 밀어 넣은 다음 공기를 주입하는 거야. 풍선이 충분히 부풀면 주둥이를 묶은 다음 저쪽으로 떨어뜨려. 그럼 풍선의 체적만큼 실내 용적이 줄어들겠지. 큰 풍선을 사용한다면 효율이 꽤 좋을 거야."

실내에 하나둘 풍선이 늘어나는 광경을 구사나기는 상상해 봤다. 두 평이 채 안 되는 방이 가득 차려면 풍선이 몇 개나 필요할까.

"기발한 방법이기는 하지만…… 현실성이 없어."

"마음에 들지 않아? 알록달록한 풍선에 묻혀 죽는다, 초현실적이고 유머도 있고, 상당히 재미있는 트릭이 아닐까?"

"초현실적이라는 건 인정하지. 하지만 순식간에 질식하는 건 아니잖아. 산소 결핍으로 숨 쉬기가 힘들어서 눈을 뜨는 건 마찬가지라고. 대량의 풍선과 함께 갇혔다는 걸 알게 되면 풍선을 터뜨릴 거야."

"그럴지도 모르지. 그런데 그 풍선에 든 것이 공기가 아니라면?"

"뭐라고? 그건 또 무슨 말이야?"

유가와가 후후, 하고 의미심장하게 웃었다.

"아니, 공기가 아니라면 풍선 자체가 불필요하겠지."

23

우쓰미 가오루가 살짝 치켜 올라간 눈을 번쩍 떴다.

"그럼 헬륨인가요?"

"그래. 문을 꼭 잠근 다음 그 네모난 구멍으로 헬륨 가스를 주입하는 거야. 헬륨은 공기보다 가벼우니까 방 안의 위쪽에 머물겠지. 그리고 공기는 문틈 등을 통해 방 밖으로 밀려 나오게 돼. 하스누마가 누워 있다 해도 결국 방 전체의 산소 농도는 낮아지게 되고, 설사 그가 도중에 알아채고 일어난다 한들 위쪽이 산소가 더 희박하니 열심히 숨을 쉴수록 공기가 아니라 헬륨을 흡입하게 돼서 순식간에 의식을 잃게 되지. 그 상태가 지속되면 산소 결핍에 이를 게 분명하다, 이게 유가와의 추리야."

구사나기는 커피가 담겨 있던 종이컵을 만지작거리면서 다시 한 번 부하들을 둘러봤다.

기쿠노 경찰서 회의실이다. 구사나기는 우쓰미 가오루와 기시타니, 무토를 상대로 유가와에게 들은 가설을 설명하고 있었다.

"역시 갈릴레오 선생이군요."

기시타니가 감탄스럽다는 듯이 말했다.

"생각도 못 한 추리예요."

"감식반에 얘기해 봤더니 충분히 가능성이 있다고 하더군요. 순식간에 의식을 잃었다면 실내에 다툰 흔적이나 피해자가 몸부림친 흔적이 없는 것도 설명이 된다면서요. 부검의와도 의견을 나눠 봤는데 헬륨에 의한 산소 결핍증이라고 봐도 아무 모순이 없다, 오히려 교살 등에 의한 질식사보다 일혈점이 적은 점이 납득이 간다, 그런 대답이 돌아왔습니다."

"그렇다면 헬륨을 어떻게 입수했느냐가 문제로군요."

무토가 말했다.

"거기에 관해서도 유가와가 흥미로운 정보를 하나 제공해 주었어. 무토 경부보는 잘 알 수도 있겠는데……."

구사나기는 스마트폰을 터치해 세 사람에게 내보였다.

"이게 뭐죠?"

액정 화면을 들여다보며 우쓰미 가오루가 눈살을 찌푸렸다.

"개구리……인가요?"

기시타니가 고개를 갸웃했다.

무토는 웃음을 터뜨렸다.

"하하, 다들 그렇게 말하는군요. 저도 처음 봤을 때는 그런 줄 알았습니다."

"퍼레이드의 마스코트 캐릭터인데, 기쿠농이라고 부른다는군."

구사나기가 우쓰미 가오루와 기시타니에게 설명했다.

"퍼레이드 맨 마지막에 등장하는 게 관례라는데, 보다시피 거대한 벌룬이야. 지름이 10미터 정도라니까 부풀리려면 상당량의 헬륨이 필요하겠지. 봄베 사이즈에 따라 다르겠지만, 유가와는 고압 봄베 한두 통으로는 모자랄 거라고 말했어."

"그중 한 통을 범행에 사용했을지도 모른다는 말인가요?"

기시타니가 물었다.

"조사해 볼 가치는 있겠지."

"알겠습니다. 당장 확인시키겠습니다."

기시타니가 일어나 문을 열고 회의실에서 나갔다.

"그렇다면 말입니다, 다른 쪽도 조사해 봐야 하지 않겠습니까?"

무토가 물었다.

"다른 쪽이라니?"

"퍼레이드에 거대한 벌룬은 기쿠농만 나왔지만 작은 벌룬을 소도구로 사용하는 팀은 예년에도 더러 있었거든요. 저는 못 봤지만, 올해도 그러지 않았을까 싶습니다. 그리고 행사장 곳곳에서 아이들에게 무료로 풍선을 나눠 주기도 하죠. 그런 곳에서도 헬륨 봄베가 사용되었을 겁니다."

"그런가……."

퍼레이드는 일종의 축제다. 축제에는 풍선이 빠지지 않는다.

다만, 하고 무토가 조심스럽게 말을 이었다.

"설사 범행에 헬륨이 사용되었다고 해도 봄베를 훔쳤을 가능성은 별로 없지 않을까 싶습니다."

"왜지?"

"헬륨이라는 게 의외로 구입하기 쉬워요. 저희 아이가 어렸을 때 생일 파티를 종종 했는데, 그럴 때면 아내가 벌룬이나 풍선에 넣을 헬륨을 인터넷에서 사곤 했거든요."

"저도 그런 걸 친구 집에서 본 적이 있어요."

우쓰미 가오루도 동조했다.

"방에 풍선이 둥둥 떠다녀서 물어봤더니 아이 생일 파티 때 썼던 거라면서 헬륨 봄베를 사서 풍선을 부풀렸다고 하더라고요."

아하, 하며 구사나기는 우쓰미 가오루의 얼굴을 새삼 바라보았다. 아닌 게 아니라 나이로 볼 때 친구들 태반이 엄마가 되었겠다고 생각했지만 사건과는 무관한 일이라서 입 밖에 내지는 않았다. 그리고 무엇보다, 섣불리 그런 말을 했다가는 성희롱이 되고 만다.

"그런 봄베는 일회용이라서 반환할 필요도 없습니다. 5천 엔 정도면 살 수 있어요."

무토가 말했다.

"5천 엔이라……. 그리 비싸지는 않군."

"계획적인 범행이었다면 범인이 미리 사 놓지 않았을까요?"

"그랬을지도 모르지. 만일 미리 사 놓은 거라면 어디서 샀는지를 밝히기가 쉽지 않겠어."

그러고서 구사나기는 잠시 생각에 잠기는 듯했지만 이내 다른 생각이 떠올랐다.

"아니, 잠깐. 봄베를 반환할 필요가 없었다면 범행 후에 범인은 그 봄베를 어떻게 처리했을까?"

"그게 상당히 크고 무거워서 즉시 도주해야 하는 범인으로서는 방해물이었을 겁니다."

구사나기가 그런 말을 한 의도를 알아챘는지 무토가 벌떡 일어섰다.

"비번인 수사관들과 함께 현장 주변을 수색해 보겠습니다."

그러고서 그는 튀듯이 회의실을 나갔다.

가볍게 묵례한 후 그를 따라나서던 우쓰미 가오루가 문 앞에서 멈춰 서더니 뭔가 할 말이 있는 듯한 표정으로 구사나기를 바라보았다.

"왜?" 하고 구사나기가 물었다.

"왜 그렇게 복잡한 방법을 썼을까요?"

의아하다는 듯한 표정으로 우쓰미 가오루가 물었다.

"수면제를 먹여 재운 후 방을 밀폐하고 헬륨 가스를 주입해 질식사하도록 한다……, 너무 복잡하지 않나요?"

"아니, 웬일이야?"

구사나기가 의외라는 듯이 반문했다.

"자네가 유가와의 추리에 의문을 품다니, 별일이군."

"그런 게 아니라, 범인의 목적이 뭘지 이해가 안 되어서요."

"사인을 특정하지 못하게 하려고 그런 것 아니겠어? 사체 부검의의 소견서에는 원인 불명의 심부전일 가능성을 부정할 수 없다, 그렇게 쓰여 있었어. 우리도 아직 타살의 증거를 포착하지 못했고. 수사본부조차 설치하지 못한 상황이야."

"피살자가 보통의 인간이라면 그 생각에 저도 동의했을 거예요. 하지만 하스누마예요. 사체로 발견된 사람이 하스누마 간이치라고요."

"하고 싶은 말이 뭐야?"

"범인이 어지간한 낙천주의자가 아닌 이상, 하스누마가 죽으면 설령 사인이 특정되지 않더라도 경찰이 타살을 전제로 수사할 거라고 각오했을 거예요. 그렇다면 좀 더 간단한 방법으로 살해해도 결과는 똑같지 않았을까요?"

구사나기는 반박할 말이 떠오르지 않았다. 그녀의 지적은 타당하고 논리적이었다.

"그렇게 복잡한 살해 방법을 선택한 데는 뭔가 특별한 의미가 있을 것이다, 그런 말인가?"

"그렇지 않을까 싶어요."

알았어, 하고 구사나기가 말했다.

"그 점을 잊지 않도록 하지."

우쓰미 가오루는 대답 없이 고개를 숙인 후 회의실을 나갔다.

그로부터 약 두 시간 후, 떨떠름한 표정으로 회의실에 돌아온 기시타니가 보고한 내용은 구사나기를 실망시키기에 충분했다.

거대한 벌룬에 사용했던 봄베는 단 한 개도 분실되지 않았다는 것이었다.

"그 기쿠농이라는 벌룬을 팽창시키려면 7천 리터들이 봄베가 네 개 필요하답니다. 그리고 그 봄베들도 거의 다 사용해서 나중에는 텅 비게 된다네요. 이번 퍼레이드에서도 그건 마찬가지였고, 봄베는 다음 날 업자에게 반환했다고 합니다."

"누군가 무단으로 봄베를 가져갔다가 원래의 자리에 돌려놓았을 가능성은?"

기시타니가 고개를 가로저었다.

"벌룬 담당자가 내내 그 옆에 있었다는군요."

"그렇군……."

구사나기는 무토의 가설이 타당할지도 모르겠다고 생각했다. 훔치기보다는 사는 편이 확실하고, 무엇보다 안전하다.

"헬륨 업자를 만나 봐. 최근에 구입한 사람 중에 가명을 사용한 사람이 있는지도 조사해 보고."

알겠습니다, 하고 기시타니가 회의실에서 나가려는데 그보다 먼저 문이 열리고 무토가 뛰어 들어왔다. 얼굴이 약간 상기되어 있었다.

"찾았습니다!"

"뭘?"

"봄베요. 헬륨 봄베가 발견되었습니다."

24

카운터 안에서 묵묵히 잔을 닦고 있는 백발의 지배인 등 뒤로 갖가지 술병이 진열되어 있다. 위스키와 브랜디뿐 아니라 보드카와 테킬라도 있었다. 오늘 밤 기쿠노 서로 돌아가지 않아도 된다면 저 독주들을 마음껏 즐기고 싶었다.

이제 곧 11시다. 조금 전까지 카운터석에 나란히 앉아 있던 커플마저 나가고 지금은 다른 손님이 없다.

벽에 붙은 고전 영화 포스터를 바라보면서 기네스 맥주를 반잔쯤 마셨을 때 삐걱, 소리를 내며 문이 열리더니 양복 차림의 유가와가 들어섰다.

구사나기는 손을 살짝 들어 올렸다.

유가와가 흥미롭다는 듯이 가게 안을 둘러보면서 구사나기가 앉은 조그만 테이블을 향해 다가왔다.

"이 동네에 이렇게 세련된 가게가 있는 줄은 몰랐군."

그가 구사나기 맞은편에 앉았다.

"기쿠노 서 사람들에게 늦게까지 차분하게 마실 만한 집이 있느냐고 물어봤더니 여기를 가르쳐 주더군. 술 종류도 다양한 것 같아."

안면을 트고 지배인이 구사나기의 기호를 알게 되면 오리지널 칵테일을 내줄지도 모른다는 게 이 가게를 가르쳐 준 무토의 설명이었다.

유가와는 선반에 늘어서 있는 술병들을 둘러본 뒤 "아드벡에 소다수를 섞어 주세요."라고 주문했다.

백발의 지배인이 살갑게 웃으며 알겠습니다, 라고 대답했다.

"이런 시간까지 연구실에 있다니, 상당히 바쁜 모양이야."

"바쁜 건 아닌데, 조수들에게 지시한 실험에 자꾸 문제가 생기는 바람에 오늘 중으로 확인해야 하는 데이터가 하나도 안 나왔어. 어쩔 수 없이 컴퓨터로 체스 게임을 하면서 기다렸지. 초기형 프로그램인데, 3전 전패야. 초보가 AI를 이기기는 쉽지 않더라고."

"고생했겠네."

"자네야말로 이런 시간까지 이 동네에 있다니 어쩐 일이야? 혹시 계속 여기서 자는 거야?"

"응. 한동안 그럴 것 같아."

유가와는 이해할 수 없다는 듯이 눈을 깜박였다.

"아까 자네가 보낸 메시지에는 수사와 관련해서 사례하고 싶으니 오늘 밤 기쿠노에 있다면 연락을 달라고 했는데, 혹시 내 조언이 참고가 된 거야?"

"크게 도움이 됐어."

그리고 구사나기는 유가와의 가슴을 손가락으로 가리켰다.

"과연 갈릴레오 선생이야. 혜안이 여전히 뛰어나더군. 절반은 자네가 추리한 그대로였으니까."

"절반이라고?"

유가와가 의아하다는 듯이 미간을 찡그렸다.

"뭐가 달랐지?"

"헬륨을 사용한 건 사실이었어. 봄베가 발견되었거든. 다만 거대한 벌룬을 부풀릴 때 사용하는 대형 고압 봄베는 아니었어."

구사나기는 스마트폰을 품에서 꺼내 사진 한 장을 연 뒤 테이블에 놓았다.

"사건 현장인 건물 뒤에 강이 흐르고 있는데, 강가에서 20미터 정도 떨어진 수풀에 버려져 있는 것을 기쿠노 서의 수사관이 발견했어."

사진에 찍힌 물건은 높이 약 40센티미터, 지름 약 30센티미터의 봄베였다. 크기를 비교할 수 있도록 옆에 맥주 캔이 놓여 있다.

"사용하고 난 것이라서 헬륨 가스는 남아 있지 않았고. 지문이 몇 개 묻어 있어서 감정을 하고 있어."

"이거란 말이야?"

유가와가 사진을 보며 고개를 갸웃했다.

"몇 개야?"

"뭐가?"

"숫자를 묻는 거야. 이런 봄베가 몇 개나 발견되었지?"

"한 개지 몇 개야."

"한 개라고? 그럴 수는 없어."

유가와가 단호하게 말했을 때 지배인이 소리 없이 다가와 테이블 위에 컵 받침을 놓은 후 잔을 올려놓았다. 잔에 담긴 액체에서 거품이 뽀글거렸다.

한 모금을 마시고 난 유가와가 "맛있어요." 하고 미소를 지으며 지배인을 올려다봤다.

"최상의 비율이군요."

그러자 지배인이 만족스럽다는 듯이 웃고는 카운터 안쪽으로 돌아갔다.

유가와가 잔을 내려놓고 테이블 위의 스마트폰을 가리켰다.

"저 봄베의 용량이 얼마나 되지?"

구사나기는 주머니에서 수첩을 꺼냈다.

"중량 약 3킬로그램. 따지 않은 새것일 경우 헬륨이 400리터 들어 있대."

흥, 하고 유가와가 콧방귀를 뀌었다.

"말도 안 돼. 그럴 리 없어."

"어째서?"

"살해 현장인 그 조그만 방의 용적을 계산해 보면 알아. 가로 2.5미터, 세로 2미터, 높이가 2미터라면 용적은 만 리터야.

400리터 정도 헬륨을 주입했다고 해서 산소 결핍으로 죽지는 않는다고. 산소 결핍을 일으키려면 공업용 고압 봄베가 필요해. 하지만 그런 걸 익명으로 구하기는 어려우니까 거대한 벌룬에 사용하는 봄베를 빌리지 않았을까 했던 거야."

조바심이 나는지 유가와의 말투가 빨라졌다.

"듣고 보니 그렇군. 그러나 중요한 얘기는 이제부터야."

구사나기는 테이블 위에 놓여 있던 스마트폰을 집어 품에 도로 넣었다.

"봄베가 발견되긴 했는데, 사실 그 자체로 발견된 건 아니야. 45리터들이 쓰레기봉투에 담겨 있었어."

"쓰레기봉투?"

그게 어쨌다는 거냐는 표정이다.

"그 쓰레기봉투 속을 조사한 결과 다른 것이 함께 발견되었거든."

지배인이 귀 기울이고 있지는 않을 터였지만 구사나기는 목소리를 낮췄다.

"머리카락이야. 단 두 가닥이었지만 감정하는 데는 충분했어."

"머리카락?"

"하스누마의 것으로 봐도 거의 틀림없다는 결과가 나왔어."

유가와는 심각한 표정으로 입속에서 뭐라고 중얼거린 후

천천히 고개를 끄덕거렸다.

"역시……."

"이제야 수수께끼가 풀린 모양이군."

"잠든 하스누마의 머리에 쓰레기봉투를 씌운 후 목 부분을 졸라맨다. 그리고 그 틈새로 헬륨 가스를 주입한다……."

"정답!"

구사나기가 테이블을 탁, 쳤다.

"10초 정도 지나 의식을 잃은 다음 곧장 사망에 이르렀을 거라는군. 부검의도 동의했어."

유가와는 잔을 집어 들어 위스키소다를 한 모금 마셨다. 그 눈이 허공을 응시하고 있었다.

"왜 그래?"

구사나기가 물었다.

"뭔가 불만이 있는 듯한 표정인데. 과학적으로 납득할 수 없는 부분이라도 있어?"

아니, 하며 유가와가 고개를 천천히 저었다.

"과학적으로는 문제가 없어. 다만 범인의 의도를 모르겠군. 왜 그런 방법을 사용했는지 말이야."

"그건 자네가 추리한 방법도 마찬가지 아닌가? 우쓰미도 왜 그렇게 복잡한 방법을 사용했는지 목적을 모르겠다고 하던데."

"내가 말한 방법에는 중요한 의미가 있어. 하스누마에게 원한을 품은 자의 복수라는 가정하의 얘기지만."

"어떤 중요한 의미?"

"사형을 집행한다, 그런 의미야. 범인이 국가를 대신해서 하스누마를 처형하려 한 게 아닐까 싶었던 거지. 다만 그 방법에는 여러 가지가 있어. 일본의 경우는 교수형이야. 미국은 전기의자를 사용한 역사가 있지만 지금은 주로 약물을 주사하는 방법을 쓰고 있고. 예외적으로 얼마 전까지 가스실을 이용한 주(州)도 있지만. 밀폐된 작은 방에 가두고 청산 가스로 사망에 이르게 하는 방법이지."

"밀폐된 방에 가둔다……."

구사나기의 머리에 조그만 방에서 죽은 하스누마의 모습이 떠올랐다.

"범인은 가스실을 이용해 사형을 집행하고 싶었다, 그런 말인가?"

"어디까지나 상상이지만. 그리고 그 방법은 범인에게도 이점이 있어."

"어떤 이점?"

"하스누마의 몸에 손가락 하나 댈 필요가 없다는 거지. 문에 자물쇠가 걸려 있으니 설령 하스누마가 도중에 눈을 뜬다 해도 실내에 가둔 상태에서 범행을 계속할 수 있거든. 그에 반해 머리에 쓰레기봉투를 씌우고 헬륨 가스를 주입하는 방법은 하스누마가 눈을 뜨면 저항할 우려가 있어. 만일 그럴 우려가 없을 만큼 깊은 잠에 빠졌다면 헬륨 따위는 사용할 필요도 없고. 손발을 묶고 목을 조르거나 칼로 찌르면 그만이니까. 안 그래?"

"으음……."

거침없이 내뱉는 유가와의 말은 여전히 논리적이고 설득력이 있었다.

"정직하게 말하자면 범인이 뭘 노렸는지 도무지 모르겠어."

하는 수 없이 구사나기는 그렇게 털어놓았다.

"그렇게 특수한 범행 방법을 사용해야 하는 사정이 있었는지는 모르겠지만, 지금 우리가 그걸 생각해 낼 필요는 없다고 봐. 범인을 체포해서 본인 입으로 들으면 그만이잖아. 안 그래?"

유가와는 선선히 고개를 끄덕였다.

"물론 그게 가장 확실하고 합리적이겠지."

"중요한 건 하스누마의 죽음이 타살로 봐도 무방하다고 판명된 점이야. 아까 당분간 여기서 지내게 될 거라고 말했는데, 실은 기쿠노 서에 정식으로 수사본부를 설치하기로 했어. 내일부터는 더 바빠지겠지. 느긋하게 얘기를 나눌 기회가 별로 없을 것 같아서 이렇게 밤중에 불러낸 거야."

그렇겠지, 하며 유가와가 빙긋이 웃고는 술잔을 집어 들었다.

"수사 1과 경부 나리 아니신가."

유가와의 말에 구사나기가 얼굴을 찡그렸다.

"무슨 말이 그래?"

"아무튼 무사히 해결되기를 빌겠네."

유가와가 잔을 내밀었다.

건배에 응하려고 잔을 들던 구사나기는 마시던 기네스 맥주 잔이 바닥을 드러낸 것을 보고 지배인을 불러 한 잔 더 청했다.

25

강가의 수풀에서 발견된 헬륨 봄베에 묻어 있던 지문이 누구 것인지 판명된 것은 유가와와 건배를 나눈 다음 날 아침이었다. 경찰의 데이터베이스에서 일치하는 자를 찾은 것이다.

북(北)기쿠노에서 자동차 수리 공장을 운영하는 모리모토라는 인물로, 운전 속도 위반으로 검거된 전력이 있었다.

구사나기는 수사관들을 동원해 모리모토의 주변을 조사하도록 했다. 그러나 하스누마와의 연결 고리는 발견하지 못했고, 나미키 사오리나 그 집안 사람들과도 아무런 접점이 없었다.

대신 흥미로운 점이 하나 있었는데, 북기쿠노 자치회의 임원인 모리모토가 퍼레이드 당일 노래자랑 대회의 운영진으로 활약했다는 것이었다. 게다가 노래자랑 현장에서는 아이들에게 무료로 풍선을 나누어 주었다고 한다.

구사나기는 모리모토를 기쿠노 서로 불러 자세한 얘기를 들어 보기로 했다. 물론 모리모토 본인은 사건과 무관할 것이라는 게 구사나기의 생각이었다. 헬륨 가스를 사용하는 등의 주도면밀한 살해 방법을 택한 사람이 경솔하게 가스봄베를 맨손으로 만지지는 않았을 것이기 때문이었다.

그렇다고는 해도 '흉기'에서 지문이 채취되었으니 단순한 참고인으로 취급할 수는 없어 형사를 여러 명 모리모토의 거처로 보냈다. 모리모토가 실제로 범인이라면 임의 동행을 요구하는 순간 도주할 가능성도 배제할 수 없기 때문이었다.

그러나 역시 그런 생각은 기우였다. 모리모토는 당혹감을 감추지 못했으나 얌전히 따라왔다고 한다.

취조는 기시타니에게 맡겼다. 취재가 진행되는 동안 구사나기는 수사본부가 설치된 대회의실에서 무토, 우쓰미 가오루 등과 함께 첫 번째 수사 회의를 준비했다.

"아무래도 현장 주변의 CCTV에는 기대할 수 없을 것 같습니다."

무토가 눈썹을 여덟팔자로 늘어뜨리며 말했다.

"근처에 유료 주차장이 있지만, 그곳 CCTV에도 수상한 차량은 찍히지 않았고요."

구사나기는 으음, 하고 신음 같은 소리를 내며 우쓰미 가오루를 보았다.

"복수조의 움직임은? CCTV로 확인됐어?"

"일부는요."

우쓰미 가오루가 자신의 앞에 놓인 노트북의 키보드를 두드린 후 화면을 구사나기 쪽으로 돌려놓았다.

그것은 길을 오가는 수많은 사람이 찍힌 영상이었다. 노상에 설치된 CCTV로 촬영한 것인 듯했다.

"퍼레이드의 도착 지점 부근에 있는 CCTV에 찍힌 영상입니다. 여기 있는 감색 재킷을 입은 남자가 다카가키 도모야 씨로 보입니다."

우쓰미 가오루가 화면의 한 지점을 가리켰다.

구사나기는 다카가키 도모야의 얼굴을 사진으로밖에 보지 못한 데다 화면의 해상도도 그리 높지 않았지만 다카가키 본인이 틀림없다고 확신했다. 그는 시선을 앞쪽이 아니라 차도로 향하고 있었다. 걸으면서 퍼레이드를 구경했기 때문일 것이다.

구석에 표시된 숫자를 보니 촬영된 시각은 오후 2시 조금 넘어서였다.

"함께 걸어가는 젊은 남녀는 다카가키 씨의 회사 후배인 것 같습니다. 영상을 보면 얘기를 나누고 있는 듯한데, 더 보시겠어요?"

"아니, 됐어. 좀 더 늦은 시각에 찍힌 영상은 없나?"

"기쿠노 서 수사관들이 찾고는 있는데, 아직은 이렇다 할 수확이 없습니다."

"그렇군."

대답하고 나서 구사나기는 다시 한 번 화면을 응시했다.

다카가키 도모야는 가방이나 짐 같은 걸 들고 있지 않았다. 동행인 둘도 여자 쪽만 조그만 숄더백을 메고 있을 뿐 큰 짐은 없었다.

어제 우쓰미 가오루가 보고한 바에 따르면 다카가키 도모야는 오후 3시 이후부터 4시까지의 알리바이가 없었다. 하지만 그 짧은 시간에 대체 뭘 할 수 있을까.

"그 밖의 복수조는?"

복수조란 나미키 사오리를 하스누마가 살해했다고 확신하고 그 복수를 감행했을 가능성이 있는 인물들을 이르는 총칭으로, 구사나기가 명명한 것이다. 구체적으로는 나미키 사오리의 가족, 나미키 사오리의 애인이었던 다카가키 도모야, 사오리를 세계적인 가수로 키우려고 온 힘을 다했던 니쿠라 나오키 등이 거기에 해당한다.

우쓰미 가오루가 다시 노트북 키보드를 두드렸다. 모니터에 다른 화면이 비쳤다. 조금 전과는 다른 장소로, 오른쪽으로 우체국인 듯한 건물 입구가 보였다.

"니쿠라 부부예요."

우쓰미 가오루가 가리킨 곳에는 갈색 블루종을 걸친 초로의 남성과, 연보라색 카디건 차림의 여성이 차도 쪽을 향해 나란히 서 있었다. 역시 둘 다 빈손이다. 구사나기는 그들의 발치를 자세히 들여다봤지만 짐은 보이지 않았다. 촬영된 시각은 오후 2시 25분.

"시간적으로 볼 때 팀 기쿠노가 한창 퍼레이드를 벌일 때였을 겁니다."

우쓰미 가오루가 말했다.

"그래서인지 니쿠라 부부는 잠시 후 이동을 시작합니다. 팀 기쿠노를 따라 걷는 거겠죠. 팀 기쿠노가 맨 마지막 순서라서 그들과 함께 이동한 구경꾼이 많습니다."

"이 도로변에는 이것 말고도 CCTV가 여러 대 설치되어 있을 텐데요."

무토가 옆에서 말했다.

"더 찾아보면 그 이후의 니쿠라 부부의 모습도 발견할 수 있을지 모릅니다. 수사관들에게 한번 찾아보라고 하겠습니다."

"그래, 부탁하겠네."

구사나기가 살짝 미소 지으며 고개를 끄덕였다. 그러나 화면으로 시선을 돌린 순간 그의 표정은 다시 굳어졌다.

그는 다카가키 도모야나 니쿠라 부부가 큰 짐을 들고 있지 않은 점이 마음에 걸렸다. 그들 중 누군가가 하스누마를 살해했다면 헬륨이 든 가스봄베가 반드시 필요했을 것이다. 높이 약 40센티미터, 지름 약 30센티미터의 가스봄베를 운반하려면 상당히 큰 가방이나 주머니가 필요하다.

물론 어딘가에 숨겨 두었다가 범행 직전에 가져갔을 수도 있다. 만일 그랬다면 어디에 숨겨 두었을까.

구사나기가 무토 경부보를 불렀다.

"CCTV 영상을 확인할 때, 큰 짐을 들고 있는 인물이 있는지 확인하라고 해 주세요. 헬륨 봄베가 들어갈 만한 크기 말입니다."

구사나기의 의도를 이해했는지 무토가 눈을 번쩍 뜨며 "알겠습니다!" 하더니 방 밖으로 성큼성큼 걸어 나갔다.

그러고 나서 구사나기와 우쓰미 가오루가 수사 회의용 자료를 정리하고 있는데 모리모토를 취조하고 돌아온 기시타니가 들어왔다.

"좀 더 확인할 필요는 있겠지만, 모리모토 씨는 결백한 것 같습니다. 그리고 감식반 말로는 가스봄베에 묻어 있던 다른 지문도 모두 모리모토 씨의 것으로 봐도 무방할 거라고 합니다. 그보다, 중요한 사실을 알아냈는데요."

기시타니의 눈에 성과를 거뒀다는 만족감이 어려 있었다.

“그 가스봄베는 아무래도 도난당한 물건인 것 같습니다.”

“어째서?”

“그날 모리모토 씨는 노래자랑 대회가 열리는 공원에서 오후 3시 30분부터 아이들에게 풍선을 나누어 줬다고 합니다. 준비한 풍선은 약 100개, 헬륨 봄베는 세 통이었고요. 가스봄베 하나로 대략 40개의 풍선을 부풀릴 수 있는데, 가스통을 다소 여유 있게 준비했답니다. 수풀에서 발견된 예의 봄베 사진을 보여 줬더니 자신이 준비한 봄베가 틀림없다고 했습니다.”

기시타니가 메모를 들여다보며 보고했다.

자치회 임원인 모리모토는 잡다하게 할 일이 많아서 자주 자리를 떴다고 한다. 따로 풍선 담당이 없어서 새 풍선은 모리모토가 갖고 있었지만, 봄베는 그 자리에 방치되어 있었다.

처음 자리를 뜬 시간은 오후 4시 반경. 약 15분 후에 돌아와 다시 풍선을 나눠 주려는데 뭔가 이상했다. 방금 가스봄베를 교체했는데 가스가 나오지 않는 것이었다. 자세히 보니 앞서 사용하던 가스봄베였다. 의아해 하며 새 가스봄베를 사용해 풍선을 계속 나눠 주었다. 나눠 준 풍선이 모두 합해서 60개였기 때문에 헬륨 가스가 딱히 부족하지는 않았다.

"자리를 뜬 사이에 두 번째 가스통을 도둑맞았다는 건 모리모토 씨도 눈치챘답니다. 하지만 헬륨 가스가 부족한 것도 아니고, 자신의 실수를 굳이 남에게 알릴 필요도 없다는 생각에 아무에게도 말하지 않았다는군요."

기시타니가 수첩에서 고개를 들었다.

"들어 본 바로는 충분히 설득력이 있습니다. 거짓말은 아닐 겁니다."

구사나기는 머릿속에서 방금 들은 내용을 정리했다.

"가스봄베가 도난당한 시각은 오후 4시 반에서 4시 45분 사이라는 말이군. 노래자랑 대회가 열린 공원에서 살해 현장까지의 거리는 얼마나 되지?"

"약 3킬로미터입니다."

구사나기의 질문을 예상하고 있었는지 기시타니가 즉시 대답했다.

"하스누마의 사체가 발견된 시간이 오후 5시 반이니까 차를 이용하지 않고는 이동하기 힘들 겁니다."

"그렇군……."

이렇게 해서 다카가키 도모야는 혐의에서 완전히 벗어났다. 오후 4시 시점에 그는 후배들과 맥줏집에 있었다.

그리고.

니쿠라 부부 역시 결백하다는 얘기였다. 부부는 오후 5시에 시작된 노래자랑 대회의 심사 위원이었다. 차량을 이용한다 해도 범행은 불가능하다.

"목격자를 찾는 게 우선이야. 가스봄베를 훔치는 장면이 목격되었다면 더할 나위가 없겠지만, 그게 아니더라도 수상한 물건을 옮기는 사람을 봤다는 증언 정도는 얻을 수 있지 않을까. 노래자랑 대회장에서 큰 짐을 들고 있었다면 눈에 띄었을 테니까. 그리고 공원과 그 주변에 있는 CCTV도 확인하도록 해. 유료 주차장 같은 곳에는 반드시 CCTV가 설치되어 있을 테니까 그런 곳을 우선적으로 조사하고. 수상한 인물이 발견되면 신원을 철저히 조사해 봐."

"알겠습니다."

기시타니가 수첩을 꺼냈다.

"우쓰미."

구사나기가 옆에 있던 형사를 불렀다.

"혹시 다른 아이디어 있어?"

"그날 퍼레이드 때 주요 도로는 교통이 통제되었어요."

우쓰미 가오루가 차분하게 말했다.

"사람의 통행도 많았으니 공원에서 사건 현장까지 차량으로 이동했다면 경로가 한정적이지 않았을까요? N 시스템에 잡혔을 가능성이 있어요."

"그래. 그럼 기쿠노 서에 협조를 요청해서, 당일 오후 4시

반부터 30분간 현장 주변 N 시스템에 잡힌 차량을 모두 추적해 봐."

구사나기의 목소리가 활기를 띠었다.

하지만 네, 하고 대답하는 우쓰미 가오루의 표정은 어딘지 모르게 떨떠름했다. 뭔가 다른 생각을 하고 있는 듯했다.

"왜, 마음에 걸리는 거라도 있나?"

"네, 그게…… 아무래도 이상해요. 범인이 왜 이렇게 복잡한 방법을 썼는지 말이죠."

"또 그 소리야?"

구사나기가 얼굴을 찡그렸다.

"그걸 생각해서 뭐 해. 범인에게 자백시키면 그만인걸. 그 까다로운 유가와도 그 점에는 동의했어."

"유가와 교수님이요?"

"그래. 어젯밤에 만났어."

구사나기는 그 세련된 바에서 유가와와 나눴던 대화를 우쓰미 가오루에게 들려주었다.

"물증이 발견된 이상, 남은 일은 무작정 움직이는 것뿐. 인해 전술로 갈 거야. 헬륨 봄베를 공원에서 살해 현장까지 운반한 사람을 무슨 수를 써서라도 찾아내도록 해."

부하들에게 단단히 이른 뒤 구사나기는 시계를 봤다. 정식으로 수사본부가 차려졌으니 조만간 마미야가 들이닥칠 것이다. 눈곱만큼이라도 성과가 없으면 체면이 서지 않는다.

26

회색 건물을 올려다보며 우쓰미 가오루는 심호흡을 한 번 했다. 왜 이토록 긴장되는지는 그녀 자신도 알 수 없었다. 험악하게 생긴 용의자를 취조할 때도 이런 적은 없었다.

건물 입구로 다가가 벽에 붙어 있는 명패를 보았다. 데이토 대학 금속 재료 연구소. 고딕체의 냉담함이 방문자를 밀어내는 듯한 느낌마저 들었다.

안으로 들어서자 오른쪽에 경비실 창구가 있었다. 백발의 경비가 앉아 있다.

방문자 절차를 밟고 출입증을 받아 목에 걸었다. 경비에게 어느 쪽으로 가야 하느냐고 묻자 "3층 복도 끝."이라는 무뚝뚝한 대답이 돌아왔다.

엘리베이터를 타고 3층으로 올라가서 긴 복도를 걸었다. 도중에 작업복 차림의 사람들이 스쳐 지나갔다. 하얀 가운이 아니라서 왠지 신선했다.

줄줄이 늘어선 문에는 '자기 물리학 연구 부문'이라는 표시가 있고, 그 밑에 각각 '제1 연구실', '제2 연구실' 등의 글자가 덧붙어 있었다. 우쓰미 가오루는 걸음을 멈추고 문자 메시지를 확인했다. 그녀가 가는 곳은 '자기 물리학 연구 부문 주간실'이다.

경비에게 들은 대로 그 방은 복도 끝에 있었다. 가오루는 이번에도 심호흡을 하고 문을 노크했다.

들어와요, 하는 소리가 가오루의 귓속으로 정겹게 파고들었다.

실례합니다, 하고 문을 열었다. 바로 앞에 응접세트가 놓여 있고, 그 안쪽에서 책상을 향해 있던 인물이 빙그르 의자를 돌렸다.

"어서 와요."

가오루는 잠시 호흡을 고른 뒤 "안녕하세요, 교수님." 하며 고개를 숙였다.

유가와 마나부가 천천히 일어섰다.

"자네에게서 연락이 올 줄은 몰랐어. 수사본부가 세워졌으니 바쁠 테니까 말이야."

"맞는 말씀이에요. 그래서, 메일에도 썼지만, 오늘 이렇게 찾아뵌 이유는 인사나 드리겠다는 뜻은 아니에요."

"인사는 필요 없어요. 곧장 용건으로 들어가지."

유가와가 소파에 앉으면서 맞은편 자리를 손으로 가리켰다.

감사합니다, 하고 가오루도 소파에 앉았다.

"하스누마 간이치를 살해한 방법에 관해서 계장님께 들으셨죠?"

"자네가 계장님이라고 부르는 사람이 나도 아는 사람인가?"

유가와가 안경 속에서 눈을 찡긋했다.

"그야 들었지. 헬륨 가스와 비닐봉지를 사용했다면서?"

"어떻게 생각하세요?"

"어떻게……라니? 과학적인가 아닌가를 묻는다면, 충분히 과학적이라 할 수 있지."

"하지만 유가와 교수님 추리와는 미묘하게 달랐어요."

"이상한 일도 아니지. 과학의 세계에서는 무수한 가설이 생성되고, 그 대부분이 부정되거든."

"의문은 없으세요?"

"의문이라니, 무슨 의문?"

"범인이 정말 그런 방법을 사용했을까, 하는 의문 말이에요."

유가와가 턱을 움찔했다. 그가 과학자의 눈으로 관찰하듯 가오루의 얼굴을 바라봤다.

"왜 그러시죠?"

"구사나기에게 들었어. 자네는 내가 추리한 방법에 대해서도 이의를 제기했다던데. 왜 그렇게 복잡한 방법을 사용했는지 목적을 모르겠다고 말이야."

"맞아요. 하지만 계장님 얘기를 듣고는 납득했어요. 교수님이 추리한 방법은 범인에게 이점이 있더군요. 현장인 작은 방을 가스실로 삼지 않았을까 하는 추리도 과연 교수님답다고 생각했어요."

"그렇게 칭찬해 주니 영광이긴 한데, 아무리 훌륭한 추리도 빗나가서야 의미가 없지."

"빗나갔다고요……. 정말 그럴까요? 저는 교수님 추리가 정답일 것 같은데요."

유가와가 가슴이 들썩거릴 정도로 깊이 호흡한 후 가오루를 빤히 바라보았다.

"근거는?"

"우선 수면제의 질과 양이에요. 혈액에서 검출된 성분으로 추정할 때 하스누마가 복용한 수면제는 그렇게 강한 것이 아니었고 양도 많지 않았다고 합니다. 잠이 들었다 해도 혼수상태와는 거리가 멀었고, 건드리면 잠이 깰 가능성이 컸다는 거예요. 범행 도중에 눈을 뜰 가능성을 염두에 뒀다는 점에서 교수님이 추리한 방법이 더 확실하죠. 그런데 범인은 오히려 문을 걸어 잠근 후 큰 소리를 낸다든지 해서 일부러 하스누마를 깨우지 않았을까 하는 생각마저 들어요."

"일부러 잠을 깨웠다고?"

유가와가 미간을 찡그렸다.

"왜지?"

"하스누마에게 공포심을 심어 주기 위해서죠."

"공포심?"

유가와는 눈을 휘둥그레 뜨며 등을 곧추세웠다.

"참신하군."

"물론 하스누마를 살해한 동기가 복수라는 가정하에 드리는 말씀이에요. 내 가족이 살해당했다고 가정하고, 어떤 식으로 복수하고 싶을지 생각해 봤습니다. 저라면 머리에 비닐봉지를 덮어씌우고 헬륨으로 질식사시키는 짓 따위는 절대 하지 않을 거예요. 하지만 그 이유가 복잡하다거나 성가시다거나, 그런 건 아니에요. 뭐라고 생각하세요?"

"모르겠는걸."

유가와는 고개를 내저었다.

"실은 최근에 헬륨을 사용해 자살하는 방법이 인터넷을 통해 퍼졌어요. 왠지 아세요?"

유가와는 잠시 생각에 잠겼다가 "편하게 죽을 수 있어서…… 인가?" 하고 중얼거렸다.

"맞아요."

가오루가 고개를 힘차게 끄덕였다.

"빠르면 단숨에 의식을 잃고 그대로 숨이 끊겨요. 거의 고통 없이 죽는다는 점 때문에 주목받은 거죠. 원한 맺힌 상대를 죽이는데 굳이 그런 방법을 사용할까요? 저라면 훨씬 고통과 공포를 주는 방법을 택할 것 같아요."

"일리가……."

그렇게 말하고 유가와는 긴 다리를 꼬았다.

"있는 정도가 아니라 지극히 합리적이고 설득력이 있어."

"그래서 교수님의 추리가 정답이 아닐까 하고 생각한 거예요. 일부러 하스누마를 깨워 놓고 나서 헬륨을 실내에 주입하는 거죠. 조금씩 산소 농도가 낮아지면서 하스누마는 두통을 느끼거나 구역질이 나겠죠. 게다가 감금되어 있으니 강한 공포를 느끼지 않았을까요?"

"잔혹한 살인범에 걸맞은 방법으로 사형을 집행한다는 건가. 발상은 독특하지만 맹점이 하나 있어. 헬륨 가스가 대량으로 필요하다는 거지."

"역시 그 점이 문제군요."

가오루는 입술을 깨물었다.

"축제용 벌룬에 사용된 가스봄베에는 문제가 없었고, 범인 스스로 고압 가스봄베를 구입했다면 흔적이 남았을 텐데……."

그러자 유가와가 즐겁다는 듯이 빙글거렸다.

"왜 그러세요?"

"아니, 오랜만이라 반가워서 말이지. 눈앞에서 젊고 아름다운 형사가 골머리를 앓고 있잖아."

"이젠 별로 젊지도 않아요."

"아름답다는 말은 부정하지 않는군."

가오루가 오래전부터 알고 지낸 물리학자를 노려보았다.

"그렇게 조롱하실 거면 그만 가겠어요."

"수풀에서 찾았다는 가스봄베에서 새롭게 발견된 건 없어?"

가오루의 말을 무시하듯이 유가와가 물었다.

"퍼레이드 당일 기쿠노 공원에서 사용되었다는 사실, 그리고 몇 시쯤 도난당했는지는 밝혀졌어요. 사용한 인물은 알리바이가 있고요."

"그렇다면 큰 수확이라고 할 만한데, 자네 생각은 다른 모양이군."

가오루가 한숨을 내쉬었다.

"봄베가 도난당하는 장면을 목격한 사람은 없는지, 봄베가 들었을 만한 짐을 수상한 사람이 들고 갔다는 정보는 없는지, 근처 CCTV에 그런 영상은 없는지 어제부터 줄곧 찾아다니고 있어요. 오늘도 아침부터……. 하지만 성과는 없었어요."

"저런, 고생이 많군. 하지만 그날은 오전부터 구경꾼들이 몰려들어 길을 메웠으니 그야말로 모래사장에서 바늘 찾기야."

"만약 그 가스봄베가 범행에 사용되었다면, 시간적으로 생각해 볼 때 범인은 차를 이용했을 것이 틀림없어요. 그리고 공원에서 현장으로 가려면 반드시 지나야 하는 간선 도로가 있고요. 마침 교차로에 N 시스템 모니터가 설치되어 있어서 해당 시간대에 통과한 차량의 소유주를 모두 조사하고 있는데……."

"사건에 관여했을 만한 인물을 찾을 수 없다?"

"네. 교수님은 방금 큰 수확이라고 말씀하셨지만 저는 그 반대라고 생각해요. 그 가스봄베가 발견된 탓에 오히려 수사가 혼선을 빚고 있는 느낌이에요."

유가와가 팔짱을 끼며 소파에 등을 기댔다.

"중대 발언이군."

"그냥 듣고 흘려 주세요."

가오루가 목소리를 낮췄다.

"헬륨 봄베가 어디서 발견되었는지는 들으셨어요?"

"구사나기가 어딘가의 수풀이라고 한 것 같은데."

"현장에서 약 20미터 떨어진 수풀 속이에요. 무언가를 찾을 때 경찰이 적어도 그 정도 범위는 수색해요. 그러니까 이건 마치 '찾아 주세요' 하는 꼴이잖아요. 게다가 하스누마의 머리카락까지 남아 있고 말이죠. 가스봄베에는 지문이 남아 있어서 훔친 장소와 시간도 알아내기 쉬웠어요. 모든 게 너무 잘 맞아떨어지지 않나요? 그리고 증거에 기초해서 범인의 행동을 추측하면 의심스러운 인물들의 알리바이가 줄줄이 성립되는 거예요. '나미키야'의 단골들이라든지……."

"아닌 게 아니라 그냥 듣고 흘려야겠군. '나미키야'에는 앞으로도 자주 갈 테니 말이야."

"죄송해요. 계장님 말씀으로는 유가와 교수님도 이제는 단골이 되셨다던데."

"모둠 조림이 일품이야."

그 말을 하면서 잠시 부드러웠던 유가와의 표정이 다시 굳어졌다.

"발견된 헬륨 봄베는 범인이 수사를 교란하려는 의도로 마련한 페이크다, 그렇게 말하고 싶은 거지?"

"그렇지 않을까요. 실제로는 다른 가스봄베를 사용했고, 그건 당연히 다른 장소에서 처분하지 않았나 싶어요."

다만, 하고 가오루가 고개를 갸웃했다.

"살해 방법에 대해서는 여전히 의문이 남지만요. 범인이 왜 그렇게 헬륨에 집착했는지……. 왜 꼭 그럴 필요가 있었는지……."

"왜 헬륨에 집착했느냐……."

그렇게 말하던 유가와가 숨을 삼키는 기색이 느껴졌다. 그는 심각한 눈빛으로 허공을 잠시 응시하다가 후, 하고 숨을 길게 내뱉었다.

"왜 그러세요?"

가오루가 물었다.

"현장 상황이, 바닥에 인조 가죽 시트가 깔려 있고 그 위에 매트리스와 이불이 펼쳐져 있었다고 했지? 하스누마는 그 위에 쓰러져 있었고 말이지."

"네, 맞아요. 그게 왜요?"

그러나 유가와는 말없이 깊은 생각에 잠기는 듯했다. 그야말로 과학자의 표정이었다.

교수님, 하고 가오루가 말을 건넸다. 물리학자는 "잠깐만." 하고 손바닥을 내밀어 가오루를 제지했다.

그 상태가 1분 정도 지속된 후 유가와가 얼굴을 들었다.

"부탁할 게 있는데, 조사를 좀 해 줬으면 해. 감식반에 확인하면 알 수 있을 거야."

"무슨 내용이죠?"

가오루가 재빨리 수첩을 꺼냈다.

"여러 가지니까 나중에 정리해서 알려 줄게. 그보다 먼저 묻고 싶은 게 있어. 구사나기는 이번 사건이 나미키 사오리 양의 변사와 관련이 있다고 단정하는 것처럼 보이는데, 다른 가능성은 검토하고 있지 않은가?"

"다른 가능성이라면……."

"하스누마에게 원한을 품은 사람이 달리 더 있을 가능성 말이야. 구사나기 본인도 하스누마에게 특별한 감정을 품고 있잖아."

유가와가 무슨 말을 하는지 가오루도 충분히 알 수 있었다.

"23년 전 사건, 그러니까……."

가오루는 수첩을 펼치고 피해자의 이름을 확인했다.

"모토하시 유나 양 사건의 유족을 말씀하시는 거죠?"

"가능성은 있지 않겠어?"

"그건 그렇지만, 가능성이 낮아 보여요."

"왜지?"

"그야 간단하죠. 시간이 너무 많이 흘렀잖아요. 물론 그 사건도 잔인하기는 했어요. 불합리한 판결이 내려져서 유족이 얼마나 억울하고 분했을지 상상하고도 남죠. 그런 만큼 만일 복수할 생각이었다면 일찌감치 실행에 옮겼을 거예요. 왜 이제 와서 복수할 생각이 들었겠어요."

"그건 본인에게 물어보지 않고는 알 수 없지. 뭔가 사정이 있을 수도 있지 않을까? 아무튼 그 가능성을 배제하는 데는 찬성할 수 없어. 오늘 여기 왔다는 걸 구사나기에게 보고할 건가?"

물론이죠, 하고 가오루는 대답했다.

"숨길 이유가 없어요."

"그렇다면 그 친구에게 전해 줘. 내키지 않더라도 23년 전 사건의 유족과 관계자 현황을 조사해야 한다고 말이야. 거기서 이번 사건과 연결되는 열쇠를 찾을 수 있을지도 몰라. 아니, 반드시 찾게 될 거야."

유가와의 자신감에 찬 말투에 가오루는 위화감을 느꼈다.

"무슨 확신이라도 있으신가요? 그렇게 단언하시는 이유를 알고 싶어요."

"그 이유는……."

유가와가 집게손가락을 세웠다.

"만일 내가 새로 세운 가설이 옳다면 지금으로서는 퍼즐을 완성할 조각이 하나 모자라기 때문이야. 그리고 그 조각은 과거에 있어."

27

커다란 웃음소리가 머리 위에서 들리기에 나쓰미는 스마트폰에서 텔레비전으로 시선을 옮겼다. 화면에 비친 장면은 더러운 강물에서 코미디언이 헤엄치는 모습이었다. 이런저런 미션에 연예인들이 도전하는 프로그램으로, 시청률이 꽤 높은 듯하다. 오늘 밤 처음으로 보게 되었는데, 솔직히 너무 유치해서 이내 SNS를 시작하고 말았다.

시계를 보니 저녁 8시가 되어 가고 있다. 손님이 없어도 늘 텔레비전을 켜 두는 것이 '나미키야'의 오랜 습관이다. 손님이 들어왔을 때, 분위기가 썰렁하다고 느끼지 않도록 배려하는 것이다. 평소 이 시간에는 NHK에 채널이 맞춰져 있었지만 지금 그러지 않는 것은 뉴스를 보고 싶지 않기 때문이다. 우리 가족과 관계가 없어도 지금은 사건 사고 얘기를 별로 듣고 싶지 않다.

하스누마가 죽은 후로 손님의 발길이 뚝 끊겼다. 7시를 전후로 몇 명이 있을 뿐, 그 외 시간에는 파리를 날린다. 살인 사건의 용의자가 운영하는 가게라는 딱지가 붙어 다들 멀리하고 싶은 것일까. 그렇다고 가게 앞에다 '우리에게는 알리바이가 있습니다.'라고 써 붙일 수도 없는 노릇이다.

미닫이문 너머로 사람 그림자가 어른거렸다. 문이 열리기 전에 나쓰미는 의자에서 벌떡 일어났다.

가게 안으로 들어선 사람은 유가와다. 어서 오세요, 하고 나쓰미는 애써 밝게 인사했다.

유가와가 가게 안을 한 바퀴 둘러본 후 4인용 테이블에 앉았다.

"맥주와 모둠 조림을 부탁해요. 그리고 고등어 된장조림 정식도."

나쓰미가 내민 물수건으로 손을 닦으며 유가와가 말했다.

"알겠습니다."

나쓰미는 주방으로 가서 유타로에게 주문을 전한 후 기본 안주와 맥주, 맥주잔을 쟁반에 얹어 유가와가 앉은 자리로 가져갔다. 오늘 저녁 기본 안주는 매콤한 곤약조림이다.

"어쩐 일이세요, 이런 시간에?"

"몇 년 만에 찾아온 손님과 얘기를 나누느라고 그만 시간이 가는 줄도 몰랐어."

"그렇군요. 교수님을 찾아온 손님이라면, 역시 물리학자인가요?"

"아니, 오히려 우리와는 정반대 인종이라고나 할까."

그리고 유가와는 안경을 벗어 안주머니에서 꺼낸 천 조각으로 렌즈를 닦기 시작했다.

"형사였어."

"네에? 그 형사가 교수님을 또 찾아갔어요?"

나쓰미의 퍼레이드 당일 알리바이를 확인하기 위해 형사가 유가와를 찾아갔다는 얘기는 며칠 전에 들었다.

"몇 년 만에 찾아왔다고 했잖아. 다른 형사야, 전부터 알고 지내던."

"아아……."

물리학자와 형사. 어디에 연결 고리가 있을까 하고 나쓰미는 생각해 보았다.

"그런데 오늘 저녁에 도지마 사장은 다녀갔나?"

안경을 도로 쓰고 나서 유가와가 물었다.

"도지마 아저씨요? 아니요, 오늘은 아직이에요. 좀 이따가 오실지도 모르죠. 도지마 아저씨께 무슨 볼일이라도 있으세요?"

"아니, 그저 말 상대가 있었으면 해서. 이런 시간에 오는 단골이래 봐야 그 사람 정도니까."

"그렇죠."

도지마는 하스누마가 죽은 후에도 변함없이 날마다 나타나서 나쓰미에게 새로운 소식이 없느냐고 물었다. 말은 하지 않아도, 그 나름으로 걱정하고 있는 것이다. 고마운 일이라고 나쓰미는 생각한다.

바로 그 도지마가 "안녕들 하신가." 하며 나타난 것은 유가와가 식사를 거의 마쳐 갈 때였다.

"아이고, 교수님! 같이 앉아도 되겠습니까?"

그렇게 말하면서 도지마는 이미 맞은편 의자를 벌써 끌어당기고 있었다.

물론입니다, 하며 유가와가 웃는 얼굴로 고개를 끄덕였다.

"교수님께서 도지마 아저씨를 기다렸어요. 말 상대가 있었으면 좋겠다시면서요."

나쓰미의 말에 도지마가 빙그레 웃는다.

"하하, 이거 영광인걸요. 이런 늙은이라도 괜찮다면 언제든 상대해 드리죠. 변변한 화젯거리는 없지만 말이에요. 도박도 안 하고 이렇다 할 취미도 없으니……."

"일이 취미 아닌가요?"

"좋게 말하면 그렇지요."

도지마가 올백으로 빗어 넘긴 머리를 뒤로 쓸어 넘기며 말했다.

나쓰미가 가져온 맥주를 도지마는 자신의 잔에 따라 유가와와 건배했다.

"그럼 일 얘기나 해 볼까요?"

유가와가 말했다.

"사장님네 회사에서는 가공 식품을 다루죠? 간판 상품은 뭔가요?"

"그런 얘기를 하자고요?"

도지마가 맥주를 맛나게 들이켠 후 말을 이었다.

"요즘은 아무래도 레토르트 식품이 효자 상품이죠. 상온에서 보존할 수 있으니 인터넷 판매가 대세인 요즘 시대에는 안성맞춤이죠. 맛도 나쁘지는 않아요. '나미키야'의 요리에 비할 바는 아니지만 그저 그런 식당보다는 훨씬 낫습죠."

"아하, 그렇군요. 냉동식품도 취급하십니까?"

"물론입니다."

도지마가 고개를 끄덕였다.

"레토르트와 어깨를 나란히 하는 주력 상품이에요. 볶음밥과 만두가 잘 나갑니다."

"냉동기는 어떤 타입을 사용하시죠?"

"내, 냉동기요? 타입이라면……."

"스크류 압축 방식이라든가 레시프로 압축 방식이라든가, 여러 가지가 있잖습니까. 운영하시는 공장에서는 어떤 타입을 사용하시나 해서요."

도지마는 흠, 하며 등을 뒤로 젖혔다.

"역시 학자는 관심사가 일반인과는 다르군요. 그런 게 궁금하세요?"

"죄송합니다. 이상한 사람이라는 소리를 자주 듣습니다."

"재미있군요. 그런데, 질문이 뭐였죠?"

"냉동기 타입요."

"아, 그렇지. 우리가 주로 사용하는 냉동기는 스크류 압축 방식입니다."

"주로 사용하신다니, 다른 타입의 냉동기도 있다는 말씀입니까?"

"그야, 용도에 따라서……."

"식품의 세포막은 급속히 냉동해야 파괴가 적죠? 그런 경우 특수한 냉동기를 사용하지 않습니까?"

"호오, 잘 아시는군요."

도지마의 목소리 톤이 살짝 가라앉은 것처럼 들렸다.

그때 드르륵, 미닫이문 여는 소리가 들렸다. 나쓰미가 입구 쪽을 돌아보니 중년 여성이 들어오는 참이었다. 가끔 얼굴을 비치는 손님인데 단골이라고 할 정도는 아니다. 그녀가 손가락 네 개를 펼쳐 보이며 "네 명인데 자리 있어요?" 하고 물었다.

"네, 어서 오세요."

나쓰미가 6인용 테이블을 가리키며 말했다.

중년 여성을 따라 비슷한 연배로 보이는 여자 손님 셋이 들어왔다. 그녀들이 자리에 앉기를 기다렸다가 나쓰미는 물수건을 내고 주문을 받았다. 그들이 나누는 얘기로 짐작건대 친한 친구끼리 연극을 보고 돌아오는 길인 듯했다. 아직 흥분이 채 가라앉지 않았는지 하나같이 목소리가 크고 수다스러웠다.

나쓰미는 주방과 그녀들의 자리를 오가다 보니 유가와와 도지마가 그 뒤로 무슨 얘기를 나누는지 알 수 없었다. 언뜻 보기에 대화가 무르익는 것 같지는 않았다. 도지마의 표정이 점점 심각해지는 것처럼 느껴지기도 했다.

이윽고 유가와가 손을 들어 나쓰미를 불렀다. 계산서를 달라는 것이다.

계산을 치르고 난 물리학자는 도지마에게 "귀중한 말씀, 감사합니다." 하고는 '나미키야'를 나섰다.

도지마도 "나쓰미, 나도 계산 좀." 하고 부탁해 나쓰미는 계산서를 들고 도지마의 자리로 갔다.

"유가와 교수가 몇 시쯤 가게에 왔어?"

지갑에서 천 엔짜리 지폐를 몇 장 꺼내면서 도지마가 나직하게 물었다.

"8시쯤이었을걸요."

"그 사람, 평소에는 조금 더 이른 시간에 오지 않았나?"

"네, 그런데 오늘은 오랜만에 만난 손님과 얘기를 나누느라고 늦었다고 하셨어요."

나쓰미도 덩달아 목소리를 낮추어 말했다.

"그 손님이라는 사람, 형사라던데요."

"형사?"

도지마의 눈썹이 꿈틀, 움직였다.

"학자가 형사랑 할 얘기가 뭐가 있을까?"

"거기까지는 저도 못 들었어요."

도지마는 입을 다물고 뭔가 생각하는 표정을 지었다.

나쓰미가 거스름돈을 챙겨 돌아오자 도지마는 얼마인지 확인도 하지 않고 지갑에 넣은 뒤 말없이 가게 안쪽으로 가서 카운터 너머로 주방에 있는 유타로에게 말을 건넸다.

잠시 후 카운터에서 돌아 나온 그는 "잘 먹었어. 잘 자."라고 나쓰미에게 인사한 뒤 가게를 나갔다.

나쓰미가 주방을 들여다보니 유타로는 튀김을 만드는 중이었다.

"아빠, 도지마 아저씨랑 무슨 얘기 했어?"

"무슨 얘기는, 그냥 세상 돌아가는 얘기지."

유타로가 일손을 멈추지 않고 대답했다.

마치코와 눈이 마주치자 그녀는 고개를 갸웃했다. 마치코 역시 남편과 도지마가 무슨 얘기를 했는지 못 들은 듯했다.

"이봐, 왜 그리 멍하니 있어."

유타로가 마치코에게 말했다.

"빨리빨리 해야지, 음식이 다 식잖아."

"어머, 내 정신 좀 봐."

그녀는 달걀말이를 접시에 담는 참이었다.

"자, 다 됐다. 나쓰미, 가져가라."

유타로가 퉁명스러운 목소리로 그렇게 말하며 전갱이튀김을 담은 접시를 카운터 위에 올려놓았다.

28

방에서 편한 옷으로 갈아입고 나가 보니 식탁에 저녁이 차려져 있었다. 큰 접시에는 돼지고기 생강구이가, 작은 접시에는 시금치나물이 담겨 있다. 그리고 낫토와 된장국. 가정 요리의 견본 같은 메뉴다.

도모야는 의자에 앉아 스마트폰을 식탁에 올려놓고 "잘 먹겠습니다." 하며 두 손을 모았다.

"그래, 수고했다."

리에가 아들 앞에 하얀 쌀밥을 담은 공기를 내려놓았다.

"그런데, 웬일로 이렇게 늦었니?"

"퇴근 시간 다 됐는데 과장이 갑자기 변덕을 부리잖아. 미안하지만 다카가키, 내일 아침까지 디자인을 마무리해 줘, 하고 말이야. 클라이언트에게 잘 보이고 싶어서 그러는 거겠지만, 내 입장도 좀 생각해 줘야 하는 거 아니야?"

한숨을 쉬며 그는 젓가락 쥔 손을 돼지고기 생강구이로 뻗었다. 벽시계가 10시를 향해 가고 있다. 두 시간 넘게 야근을 하는 경우는 좀처럼 없었다.

"아이고, 힘들었겠네."

잠시 후 먼저 식사를 마친 리에는 싱크대 앞에서 설거지를 시작했다. 엄마의 그런 뒷모습을 바라보기는 오랜만이라는 생각이 들었다. 지난달에 쉰을 넘긴 리에는 요즘 들어 흰머리가 부쩍 늘었다. 바빠서 미용실에 갈 틈이 없기 때문일지도 모른다.

그녀는 요리를 잘한다. 오늘 저녁 돼지고기 생강구이는 조금 짜긴 하지만, 접시 한쪽에 듬뿍 담겨 있는 채 썬 양배추를 곁들여 먹으니 간이 딱 맞았다. 밥도둑이다.

마지막 밥 한 톨까지 입에 넣었을 때 식탁 위에 둔 스마트폰이 울렸다. 착신 표시를 본 도모야는 그만 흠칫했다. 도지마였다.

그는 자리에서 일어나 스마트폰을 들고 복도로 나갔다.

다카가키입니다, 하고 조그만 소리로 전화를 받았다.

"응, 도지마야. 지금 통화해도 괜찮을까?"

그의 낮은 목소리에서 심상치 않은 기운이 느껴졌다.

"네, 무슨 일이죠?"

"그 후로 별일 없었나? 형사가 찾아왔다거나."

"아니요, 그 후에는 아무 일도……."

"그래? 그럼 다행이고."

"무슨 일이 있나요?"

음, 하고 잠시 뜸을 들이던 도지마가 "교수 말이야." 하고 말했다.

"교수요?"

"유가와라는 교수. '나미키야'에서 자주 마주치잖아."

"아……."

뜻하지 않은 이름이 나와 도모야는 당황했다. 유가와라면 도모야도 잘 안다. 조금 특이한 구석이 있기는 하지만 박학다식하고 말에 깊이가 있다.

"그 사람이 왜요?"

"조심하는 게 좋겠어."

"네? 조심은 왜……."

"왜냐하면, 이번 사건에 대해서 이리저리 쑤시고 다니는 것 같단 말이야. 듣자 하니 형사 중에도 아는 사람이 있는 모양이야. 어쩌면 스파이 노릇을 부탁받았는지도 모른다고."

"그분이요?"

도모야는 유가와의 얼굴을 떠올렸다. 그런 짓을 할 인물은 아니라는 생각이 들었다.

"혹시 조만간 '나미키야'에 갈 계획이 있나?"

"'나미키야'에요? 아니요, 딱히 없는데요."

"그럼 당분간 안 가는 게 좋겠어. 마주치면 자네를 넌지시 떠볼지도 몰라. 사건과 전혀 무관한 얘기를 하다가도 불쑥 정곡을 찌르는 질문을 한다거나 말이야. 무심한 척하면서 퍼레이드 당일의 행적을 물을 수도 있고."

"도지마 아저씨께도 묻던가요?"

"그래. 갑자기 치고 들어와서 얼마나 당황스러웠는지. 그보다 더 놀란 건, 그 물건 얘기를 꺼냈다는 거야. 우리 공장 냉동 시스템에 관해서도 묻더라고."

"그 사람이 왜 그런 걸……."

"모르겠어. 아무튼 그 사람, 가까이하지 않는 게 좋을 거야. 혹시 만나고 싶다고 연락이 와도 적당히 둘러대고 거절하게."

"알겠습니다. 조심할게요."

"그래. 그럼 다음에 보자고."

도지마가 전화를 끊으려고 하자 도모야는 "아니, 저, 도지마 아저씨!" 하고 다급히 그를 불렀다.

"도저히 궁금해서 안 되겠어요."

"뭐가?"

"그러니까 그, 대체 무슨 일이 일어난 건지 말이에요. 누가 뭘 한 거죠?"

전화기 너머에서 한숨을 길게 내쉬는 소리가 들렸다.

"그 얘기라면, 내가 몇 번이나 설명했을 텐데. 자네는 아무것도 모르는 편이 좋다고 말이야. 다 자네를 위해서야."

"하지만……."

"잘 듣게, 도모야 군."

도모야의 말을 자르며 도지마가 말했다.

"처음부터 말했다시피 여차하면 자네는 사실 그대로를 말하면 되네. 거짓말을 할 필요가 없다, 이 말이야. 숨길 일도 없고. 그러니 더는 알려고 하지 말게. 알겠나? 그럼 그만 끊겠네."

도모야는 순순히 네, 하는 말이 나오지 않았다. 그러나 반론할 말도 떠오르지 않았다. 물론 도지마가 도모야를 배려하고 있다는 것은 충분히 알 수 있었다.

잠자코 있자니 전화가 끊겼다. 철딱서니 없는 젊은이의 우는소리에 넌더리를 내고 있을 도지마의 얼굴이 눈에 선했다.

맥 빠진 기분으로 식탁에 돌아온 도모야는 맞은편에서 그를 뚫어져라 쳐다보는 리에의 눈길에 그만 흠칫했다.

"설거지, 끝났어?"

도모야는 그렇게 물으며 식탁 의자에 앉아 젓가락을 들었다.

"누구한테서 온 전화니?"

리에가 물었다.

"회사 선배. 나한테 그랬던 것처럼 과장이 선배에게도 억지를 부렸나 봐."

"왜 거짓말을 하지?"

리에가 노려보듯이 눈을 치떴다.

"거짓말 아니야."

도모야가 리에의 눈길을 외면하며 말했다.

"'나미키야'라는 소리, 다 들었어."

온몸이 후끈해지는 느낌이었다.

"잘못 들었겠지. 그런 얘기, 한 적 없어."

"내가 무슨 말을 잘못 들은 건데? 말해 봐."

"아, 그만해."

리에의 얼굴을 보지 않은 채 말했다.

"엄마랑 상관없는 일이야. 가만 좀 내버려 둬."

"자식이 나쁜 일에 관계됐을지도 모르는데 어떻게 가만 내버려 둬?"

"뭐가 나쁜 일이라는 거야?"

고개를 들고 리에를 바라본 도모야는 흠칫 놀라고 말았다. 엄마의 눈이 빨갛게 충혈되어 있었다.

"몰라서 묻니? 대체 무슨 짓을 하고 다니는 거야?"

리에의 목소리가 떨렸다.

"제발 조심하라고 했잖아."

도모야는 엄마의 얼굴에서 다시 시선을 돌렸다.

"엄마는 걱정 안 해도 돼."

"그럼 얘기해 봐. 사실대로 말해 보라니까."

도모야는 젓가락을 내려놓더니 "잘 먹었습니다." 하고 자리에서 일어섰다. 식욕이 싹 달아나고 없었다.

"제발 이거 하나만 대답해 봐."

리에가 애원하듯이 말했다.

"일전에 있었던 사건, 사오리를 살해한 남자가 죽은 사건 말이야. 너랑은 관계없는 거지?"

"…… 당연하지."

다시 한 번 잘 먹었습니다, 하고 도모야는 돌아서서 복도로 나갔다. 자기 방으로 향하면서 그는 복잡한 생각이 가슴속으로 번져 나가는 것을 느꼈다.

그럼 얘기해 봐. 사실대로 말해 보라니까. 리에가 한 말이 머릿속에서 메아리쳤다.

도모야 자신도 모르기는 마찬가지다.

29

니쿠라가 거실 소파에 앉아 통화하고 있는 상대는 도지마였다.

그다지 좋은 얘기가 오가고 있지 않다는 것은 남편의 표정만 봐도 알 수 있었다. 전화가 걸려 오고 남편이 "도지마로군." 하고 말한 순간부터 불길한 예감이 루미를 엄습했다.

"교수라니, 그 교수 말인가요? 유가와라는 사람? 왜 그이가 그런 걸……."

니쿠라가 미간을 찌푸리며 말했다.

무슨 얘기를 하는 건지 전혀 알 수 없었다. 유가와라면 '나미키야'에서 이따금 마주치는 학자가 아닌가. 그 사람이 뭘 어쨌다는 걸까. 남편의 표정은 어둡기만 했다. 뭔가 심각한 얘기가 오가는 게 분명하다.

그의 음울한 모습을 보고 싶지 않았던 루미는 부엌으로 들어갔다. 전화를 끊고 나면 보나 마나 심각한 얘기를 해 올 것이다. 그러면 조금이라도 차분히 대응하자 싶어 재스민차를 끓일 준비를 했다.

전기 포트의 스위치를 누르고 유리 주전자와 찻잔을 꺼냈다. 선반에는 갖가지 차가 들어 있는 캔이 나란히 놓여 있다. 그중 재스민차가 든 캔을 집어 들고 뚜껑을 열려다 그만 손이 미끄러졌다. 캔이 바닥에 떨어지고 찻잎이 사방으로 흩어졌다.

그 모습을 바라보고 있자니 기분이 암담해졌다. 치우고 싶은 마음조차 들지 않아 우두커니 서 있었다.

대체 왜 이렇게 되고 말았을까.

얼마나 충실하게 살아왔는데. 얼마나 멋진 나날이 계속되었는데.

루미의 친정은 그리 유복하지 않았다. 아빠는 개인택시를 몰았는데, 요령이 없었는지 엄마는 걸핏하면 "손님이 없는 곳으로만 찾아다닌다니까."라며 투덜거렸다. 그래서 루미가 초등학교 고학년이 되자 엄마는 자신도 일을 해야겠다며 집 근처 슈퍼마켓에서 아르바이트를 시작했다.

혼자 있는 시간에 루미는 주로 음악을 들었다. 아파트 옆집에 사는 고등학생 언니가 듣다 싫증 난 CD를 물려주었다. 당시 유행하는 곡들은 아니었지만, 그래도 루미는 좋았다. 몇 번이고 몇 번이고 들으면서 가사와 멜로디를 되새겼다. 엄마에게 조르고 졸라서 산 CD 플레이어가 루미에게는 보물이었다. 잠깐 외출할 때도 가방에 넣어 가지고 다녔다.

중학생 때, 피아노를 오래 배워 온 동급생과 친해지게 되었다. 이름은 구미코. 한번은 좋아하는 곡에 관해서 얘기하던 중 구미코가 노래방에 가자고 제안했다. 루미는 조금 놀랐다. 부모님을 따라서 간 적은 몇 번 있지만 아이들끼리 가는 장소는 아니라고 생각했기 때문이다.

"괜찮아. 낮에는 요금도 싼걸."

구미코는 자주 가는 듯했다.

토요일 낮에 둘은 결국 노래방에 가게 되었다. 먼저 부르라는 구미코의 말에 루미는 잠시 망설이다가 좋아하는 곡을 불렀다. 부모님이 아닌 사람 앞에서 노래를 부르기는 처음이었다.

구미코는 눈을 반짝이면서 손뼉을 친 후, 너무 잘 불러서 깜짝 놀랐다고 말했다. 빈말이라 여기며 쑥스러워하는데 구미코가 진지한 눈빛으로 "잘 부르는 노래, 또 없어? 좀 더 불러 봐." 하고 청했다.

칭찬을 듣고 기분 나쁠 사람이 있겠는가. 원래부터 노래 부르기를 좋아했다. 어떤 노래를 부를까 망설이자 "이 노래, 부를 수 있어?" 하고 곡을 지정했다.

얼마 전에 유행했던, 음역대가 높은 어려운 곡이었다.

불러 본 적은 없지만, 부를 수 있을 것 같다고 말한 뒤 마이크를 잡았다. 실제로 반주에 맞춰 소리를 내 보니 기분 좋게 불렀다. 자신의 몸이 멜로디에 감응하고 녹아드는 듯한 느낌이었다.

루미가 노래를 마치자 구미코는 박수를 치며 말했다.

"잘 부르는 정도가 아닌데? 프로 저리 가라야. 너, 가수 해야겠다."

그리고 그다음 말이 루미의 인생을 바꿔 놓았다.

"나랑 같이 밴드 하자. 나, 너 같은 아이를 찾고 있었어."

놀랐다. 노래를 좋아하는 건 사실이지만, 음악 활동은 생각해 본 적이 없었다. 그러나 구미코의 열정적인 생각을 듣고 둘이 얘기를 나누는 동안 그것은 루미에게도 구체적이고 매력적인 꿈이 되고 말았다.

구미코는 밴드라고 말했지만, 일단 보컬과 피아노만의 조합으로 활동을 시작했다. 그룹 이름은 '밀크'로 했다. 둘의 이름을 합성한 것이다. 처음에는 기존에 있는 곡으로 아마추어 콩쿠르 같은 데 참가했지만, 그걸로는 좋은 평가를 받기가 쉽지 않다는 걸 뼈저리게 느끼고 오리지널 곡을 만들기 시작했다. 작곡은 주로 구미코가 맡았다. 완성된 곡에 루미는 가사를 붙였다. 문학성이 있는지 어떤지는 알 수 없었다. 자신이 노래하기 편하도록 단어를 늘어놓았을 뿐이었지만, 구미코는 그래도 좋다고 말해 주었다.

둘은 서로 다른 고등학교에 진학했지만 '밀크' 활동은 계속 이어 나갔다. 그런데 고등학교 3학년이 되자 구미코가 활동을 당분간 쉬자고 제안했다. 입시 공부 때문이었다. 루미는 당혹스러웠다. 언젠가는 프로가 되고 싶다고 늘 둘이 말해 왔기 때문에 대학 진학은 염두에 두지 않았다.

"프로가 되면 좋겠지만, 그러지 못했을 경우도 대비해 둬야지."

프로가 되지 못하면 교사가 되고 싶다, 그래서 교육학부를 목표로 하고 있다, 구미코는 그렇게 말했다.

그녀는 옛날부터 냉정한 논리파였다. 꿈은 꿈이고 현실은 현실이라고 명확히 구분 짓는 듯했다. 그러나 루미는 달랐다. 친구가 멀리 떠나고 혼자 남겨진 듯한 심정이었다.

진로에 관해 부모님과 얘기할 기회가 있었다. 아빠도 엄마도 루미가 대학에 진학하기를 별로 바라지 않는 눈치였다. 학교 성적이 좋은 것도 아닌데 학비가 비싼 사립대학에 보내 봤자 이득이 없다고 생각하는 듯했다. 그건 루미 자신의 생각도 마찬가지였다. 음악 외에는 하고 싶은 게 없었다.

그러던 차에 몇 번인가 무대에 섰던 라이브 하우스에서 연락이 왔다. '밀크'의 연락처를 알고 싶어 하는 사람이 있는데 가르쳐 줘도 되겠느냐는 내용이었다. 그 사람은 아티스트로, 젊은 여성 보컬을 찾는다고 했다.

솔깃했던 루미는 좋다고 대답했다. 그렇게 해서 만난 사람이 니쿠라 나오키였다.

니쿠라는 여러 밴드에서 활동하는 건반 연주자였다. 작사 작곡도 직접 하고 다른 아티스트에게 곡을 주기도 한다고 했다. 음악 업계에서는 나름 이름이 통하는 인물이라는 걸 루미는 나중에 알았다.

니쿠라는 '밀크'의 라이브 공연을 들으러 간 적이 몇 번 있다고 했다. 그래서 새로운 밴드를 조직하자는 얘기가 나왔을 때 루미를 보컬로 기용하고 싶다는 생각이 들었다고 한다.

구미코에게 그 얘기를 하자 잘됐네, 하며 기뻐해 주었다. 진짜 프로와 함께 활동할 수 있다면 더할 나위 없다는 말도 덧붙였다. 안도하는 것처럼 보이기도 했다. 구미코 머릿속에는 이미 '밀크'의 재결성 계획이 없었으므로 루미에게 미안함을 느끼고 있었는지도 모른다.

니쿠라는 루미를 일본을 대표하는 여자 가수로 만들겠다고 호언했다. 그만큼 재능도 있는 데다 자신이 작곡한 곡을 루미만큼 정확하게 표현할 수 있는 보컬은 없다고 했다. 그러자 루미도 의지가 불타올랐다. 어떻게든 기대에 부응하고 싶었다.

약 1년의 준비 기간을 거쳐 밴드는 메이저 무대에 데뷔하게 되었다. 처음 발매한 음반은 이렇다 할 반응이 없었지만, 다음으로 발표한 곡은 애니메이션의 엔딩 음악으로 채택되는 등 그런대로 히트했다.

성공할 수도 있겠다는 꿈에 부풀었다. 대형 공연장에서 콘서트를 열고 수만 명의 관객 앞에서 노래하는 자신의 모습을 상상하면서 황홀경에 빠지기도 했다.

그러나 현실은 그리 녹록지 않았다. 계속 신곡을 발표했지만 반응은 시들하기만 했다. 콘서트 티켓은 팔리지 않았고, 음반 판매도 신통치 않았다.

그런데도 매달리듯이 활동을 계속했다. 니쿠라에게는 언젠가는 반드시 인정받을 것이라는 신념이 있었다.

"루미는 특별한 재능을 지녔어. 그걸 사람들이 모를 수는 없어."

술에 취할 때면 그는 습관처럼 말했다.

그렇게 활동하기를 어느덧 10년. 루미가 서른 살이 되기 직전, 니쿠라가 두 가지 제안을 했다. 그 하나는 아티스트 활동에서 은퇴하는 것이었다.

"루미의 재능을 충분히 끌어내지 못한 것은 내 책임이야. 아쉽지만 이젠 늦었다는 생각이 들어. 루미가 다른 사람과 함께 활동하겠다고 하면 말리지 않겠어. 다른 사람을 소개해 달라고 하면 찾아볼게. 하지만 나 자신은 무대 뒤로 물러나려고 해."

니쿠라의 제안을 루미는 애통한 심정으로 받아들였다. 그에게 그런 말을 듣고 있는 자신이 한심했다. 니쿠라는 자기 책임이라고 말했지만, 사실은 그게 아니라는 것을 루미 자신이 누구보다 잘 알았다. 자신이 부족해서 니쿠라가 만든 멋진 곡들이 세상의 인정을 받지 못한 것이다.

"기대에 부응하지 못해서 죄송합니다. 다른 사람과 활동할 생각은 없어요. 니쿠라 씨가 여기서 물러나겠다면 저 역시 그렇게 하겠어요."

루미가 눈물을 흘리면서 말했다.

그러자 니쿠라는 또 하나의 제안을 했다. 둘의 미래에 관한 것이었다. 청혼을 한 것이다.

그때까지 둘 사이에 남녀 관계는 없었다. 루미는 니쿠라를 흠모했고, 그 마음은 연애 감정과 별 차이가 없었지만, 그녀는 그 감정이 겉으로 드러나지 않도록 애썼다. 니쿠라가 멤버끼리 연애하는 걸 달가워하지 않는다는 사실을 알고 있었기 때문이다.

무대를 떠나는 건 아쉬웠지만, 두 번째 제안은 그 아쉬움을 상쇄하고도 남을 만큼 큰 기쁨을 주었다. 루미는 그 자리에서 프러포즈를 받아들였다.

그날부터 두 사람은 함께 생활했다. 니쿠라는 젊고 재능 있는 젊은 뮤지션을 발굴하고 키우는 사업을 시작했다. 돈벌이는 두 번째 문제였다. 니쿠라의 본가에 재산이 많아 가능한 일이었다. 루미는 그런 남편을 뒤에서 도왔다. 제2의 인생은 나쁘지 않았다. 옥에 티라면 아이가 생기지 않는다는 것이었지만, 자신들이 발굴한 젊고 재능 있는 아티스트를 세상에 내보낼 때면 내 자식을 떠나보내는 것 같은 충족감을 느낄 수 있었다.

그리고 두 사람은 마침내 엄청난 원석을 만나게 된다. 바로 나미키 사오리. 그녀의 노래를 들었을 때의 충격을 루미는 지금도 잊지 못한다.

그녀의 훌륭한 목소리와 가창력에 루미는 그만 압도되고 말았다. 자신과는 비교도 되지 않는 타고난 보컬리스트라는 걸 한눈에 알았다. 동시에 루미는 옆에 있는 니쿠라에게서 전해 오는 파동에 마음이 요동쳤다.

니쿠라는 여태 본 적이 없을 만큼 흥분해 있었다. 보물을 발견한 기쁨으로 온몸의 피가 들끓고 있는 것이다. 그러나 옆에서 바라본 그의 얼굴은 의외로 표정이 없고 창백하기까지 했다.

그녀는 비로소 알게 되었다. 사람은 충격이 너무 크면 감정을 겉으로 드러내지 못한다.

그 아이를 우리가 키워 봅시다. 문화제에서 사오리를 발견하고 돌아온 니쿠라가 말했다. 억양 없는 목소리였다.

사오리에게 쏟아붓는 니쿠라의 열정은 대단했다. 새로운 제자의 능력을 극한까지 끌어올리는 것이 그의 목표였다. 그러기 위해서라면 자기 인생을 전부 걸어도 좋다고까지 생각하는 듯했다. 그 모습이 루미에게는 과거 자신을 지도했던 그의 모습과 겹쳐 보였다. 그때 이루지 못한 꿈을 이번에야말로 실현하려는 것이라고 확신했다.

물론 루미도 협력했다. 사오리를 일류 가수로 키우는 일을 무엇보다 우선으로 했다. 부부만의 시간은 줄었지만 어쩔 수 없다고 생각했다. 니쿠라의 눈이 오로지 사오리만을 향해 있다는 사실에도 불만은 없었다. 그가 제자를 이성으로 여기지 않는다는 걸 누구보다 잘 알고 있으므로 질투는 논외였다.

니쿠라 밑에서 사오리는 착실하게 실력을 닦았다. 그녀의 흡수력은 엄청나서, 보통 사람이라면 익히는 데 몇 달이나 걸리는 테크닉을 아주 쉽게 터득했다. 천재란 이런 사람을 두고 하는 말이라며 루미는 혀를 내둘렀다.

조금만 더 가면 된다. 성공의 문이 눈앞에 있다. 그 문을 열어젖히면 사오리는 물론이고 니쿠라와 루미에게도 밝게 빛나는 미래가 펼쳐질 것이다. 그 후로는 망설임 없이 앞으로 나아가기만 하면 된다.

그런 생각을 하던 차에 그 보물이 갑자기 눈앞에서 사라졌다. 동시에 미래로 향한 길도 막혀 버렸다. 그때의 절망감은 지금 떠올려도 몸서리가 쳐질 정도다.

"왜 그러고 있어?"

니쿠라가 말을 걸어오는 바람에 퍼뜩 정신을 차렸다. 재스민차 캔을 손에 든 채 어느새 부엌 바닥에 쪼그려 앉아 있었다.

니쿠라가 걱정스러운 표정으로 바라보았다.

"어디 불편한 데라도 있어?"

"아……, 괜찮아."

루미는 바닥에 흩어진 찻잎을 쓸어 모았다.

"통화, 끝났어?"

"어."

그 짧은 대답마저도 음울하게 들렸다.

"그게 말이지, 좀…… 아니, 상당히 신경 쓰이는 얘기를 들었어."

"무슨 얘기?"

"당신, 유가와 씨라고 알지? '나미키야'에서 가끔 마주치는."

루미는 손을 멈추고 남편을 올려다봤다.

"알지."

"오늘 밤 도지마 씨가 그 사람을 '나미키야'에서 만났는데, 이것저것 자꾸 묻더라는 거야."

"그 사람이? 왜?"

"경찰에 아는 사람이 있다나 봐."

"경찰……."

"어쩌면 경찰이 이미 하스누마의 진짜 사인을 아는지도 모른다, 헬륨 봄베 트릭을 간파당했는지도 모른다, 그러더라는 거야."

루미는 숨을 삼키며 오른손으로 가슴을 눌렀다. 심장이 건잡을 수 없이 빨리 뛰었다.

니쿠라가 다가와 루미의 머리를 가슴에 끌어안았다.

그가 괜찮아, 하고 아내에게 말했다.

"안심해도 돼."

30

어렸을 때 다니던 길이 어른이 되어 찾아가 보면 기억보다 훨씬 좁아 보이는 경우가 종종 있다. 아마도 자신의 체격이 커졌기 때문일 것이다. 어른이 되어 다니던 길은 몇 년 만에 다시 찾아가도 별로 달라 보이지 않는다.

그런데 오늘 약 20년 만에 걷는 길은 구사나기의 기억보다 훨씬 폭이 좁게 느껴졌다. 걸음을 옮기면서 주위를 둘러보다가 그 이유를 깨달았다.

옛날에는 창고와 공장이 늘어섰던 곳에 고층 아파트가 즐비했다. 그래서 먼 경치가 모두 가려진 데다 압박감마저 느껴져 가뜩이나 좁은 길이 더 좁게 느껴지는 것이었다.

그 좁은 길 한쪽에 자리한 어느 집 앞에서 구사나기는 걸음을 멈췄다. 동네가 낙후해 있던 시절에는 하얗고 멋진 양옥이라고 생각했는데, 신식 건물에 둘러싸인 지금은 어딘가 모르게 시대에 뒤떨어진 분위기가 풍겼다.

"여기 같은데요."

옆에서 걷던 우쓰미 가오루가 대문 기둥에 박혀 있는 돌로 된 문패를 보며 말했다. '사와우치'라고 쓰여 있는 그곳에 19년 전에는 '모토하시'라는 글자가 새겨져 있었다.

"그렇군."

분위기가 상당히 달라졌군, 이라는 말은 속으로 삼켰다.

우쓰미 가오루가 인터폰을 눌렀다.

잠시 후, 네, 하는 여자 목소리가 들렸다.

"오전에 전화 드린 우쓰미입니다."

"아, 잠시만요."

두 사람이 대문 앞에서 기다리고 있자니 저만치에서 현관문이 열리더니 근사한 은발을 짧게 자른 자그마한 여자가 모습을 드러냈다. 동그란 안경을 낀 그녀는 표정은 다소 굳어 있지만 입가에 보일 듯 말 듯 한 미소를 띠고 있어 구사나기는 조금 안심했다.

여자의 이름은 사와우치 사치에. 모토하시 세이지의 여동생이다. 옛날 자료를 뒤적여 보니 모토하시 유나의 유골이 발견되었을 때 모토하시 세이지는 쉰둘이었다. 모토하시 세이지가 살아 있다면 올해로 일흔한 살이 되었을 것이다.

그러나 우쓰미 가오루가 조사한 결과 모토하시 세이지는 6년 전에 유명을 달리한 것으로 되어 있었다. 회사 경영자도 다른 사람이었다. 그런데 모토하시 일가가 살던 집은 그대로 남아 있었고, 모토하시 세이지의 여동생 부부가 10여 년 전에 이사해서 살고 있었다.

구사나기와 우쓰미는 가죽 소파가 놓인 응접실로 안내되었다.

소파에 앉기 전에 구사나기가 들고 온 쿠키 상자를 내밀자 그녀는 난처한 듯이 두 손을 내저었다.

"이런 건 안 가져오셔도 되는데……."

"아닙니다. 느닷없이 찾아와서 죄송합니다."

"그건 괜찮지만……, 알겠어요. 그럼 감사히 받겠습니다."

사와우치 사치에는 고개를 숙이며 쿠키 상자를 받아 들었다.

"차를 끓여 올 테니 잠시 앉아 계세요."

"아니요, 괜찮습니다. 일 때문에 온걸요."

"제가 마시고 싶어서 그래요. 손님과 티타임을 즐길 기회가 좀처럼 없으니까요."

사와우치 사치에가 살포시 웃으며 응접실을 나갔다.

구사나기는 숨을 내쉬면서 "그럼 앉을까."라고 우쓰미 가오루를 보며 말했다.

"그래요."

우쓰미 가오루가 대답했다.

그녀와 나란히 소파에 앉은 구사나기는 실내를 둘러봤다. 중후한 분위기의 책장에 양장본 책들이 죽 꽂혀 있었다. 외국 서적도 더러 눈에 뜨인다. 벽에는 꽃 그림이 든 액자가 걸려 있었다. 어쩌면 이름 있는 화가의 그림일지도 모른다.

"어떤가요, 옛날에 왔을 때와 뭔가 다른 점이 있나요?"

우쓰미 가오루가 물었다.

"응."

구사나기는 다시 한 번 실내를 둘러봤다.

"전혀 다르군."

"그래요?"

"당시 상황을 생각해 봐. 모토하시가의 가족이라면 부모와 외동딸, 그렇게 셋뿐이었잖아. 그런데 그 딸이 열두 살에 행방불명되고 얼마 후에 엄마가 자살했어. 딸의 유골이 발견된 건 그로부터 4년 후. 내가 그때 이 집에 온 거야. 혼자 남은 모토하시 씨가 아내와 딸의 유품을 모두 치워 버렸을 것 같아?"

아아, 하며 우쓰미 가오루는 납득이 간다는 듯이 고개를 끄덕였다.

"오히려 그 반대였겠네요. 추억이 담긴 물건들이 잔뜩 있었을 것 같아요."

"바로 그거야. 특히 모토하시 유나 양의 물건은 행방불명된 당시 그대로 고스란히 남아 있었어."

구사나기가 책장 쪽을 가리켰다.

"저쪽에 피아노가 있었어. 그 위에는 가족 셋이서 찍은 사진 액자가 놓여 있었고. 초등학생 여자아이가 사는 집 응접실의 전형이었지. 모토하시 씨의 시간은 정지되어 있었어."

구사나기는 19년 전 이 응접실에 들어섰을 때를 떠올렸다. 그때는 마미야와 함께 왔다. 하스누마를 체포했다고 알려주기 위해 방문한 참이었다. 이제 그놈은 철퇴를 맞을 겁니다……. 마미야가 힘주어 말하던 일이 바로 엊그제인 듯 떠올랐다.

그로부터 19년 후, 설마 이런 상황에서 다시 이곳을 찾을 줄은 꿈에도 몰랐다. 괴롭고 분한 경험이긴 하지만 그 사건에 관여하는 일이 더는 없을 거라며 체념했었다.

유가와 교수를 만나고 왔다고 우쓰미 가오루가 말했을 때는 별로 놀라지 않았다. 두 사람은 오래전부터 아는 사이다. 서로 가까운 곳에 있다는 걸 알게 되었을 때 시간을 맞추어 만나는 건 이상한 일이 아니다. 게다가 하스누마의 변사라는 공통의 화제까지 있다. 유가와의 추리가 없었다면 범행 방법을 특정하는 일에 품이 훨씬 많이 들었을지도 모른다.

그런데 유가와가 23년 전 사건의 관계자를 조사해야 한다고 말했다는 얘기를 듣고는 솔직히 당혹감을 느꼈다. 물론 모토하시 유나 살해 사건의 관계자 중에는 지금도 하스누마에게 원한을 품고 있는 자가 있을 수도 있다. 그러나 왜 지금이란 말인가. 복수를 할 생각이었다면 그동안에도 기회가 있었을 것이다.

우쓰미 가오루에 따르면 유가와는 '퍼즐을 완성할 조각은 과거에 있다.'라는 말까지 했다고 한다. 그 퍼즐이 무엇인지에 관해서는 '인간관계'라고만 힌트를 주었다고 한다.

"자네들이 선입견을 품도록 하고 싶지 않아. 하지만 이거 하나는 가르쳐 주지. 과거 사건과 현재 사건은 반드시 어딘가에 연결 고리가 있어. 어떤 인물과 관련해서 말이야."

예나 지금이나 괴팍하기는 마찬가지지만, 그 학자의 추리력이 범상치 않다는 것을 구사나기는 익히 알고 있다. 그가 그 정도로 단언한 데는 그럴 만한 근거가 있을지도 모른다.

유가와의 새로운 가설이 무엇일지 구사나기는 몹시 궁금했다. 예의 수풀에서 찾은 헬륨 봄베에 관한 수사가 결실을 보일 기미를 전혀 보이지 않았기 때문이다.

기쿠노 공원 주변에는 CCTV가 몇 군데 설치되어 있어서 공원에 드나드는 사람들의 모습이 촬영되고 있다. 가스봄베가 없어진 오후 4시 반부터 15분간으로 시간을 좁혀도 영상의 양이 상당히 많아서 수사관 몇 명이 분담하여 체크했지만 가스봄베가 들어갈 만한 가방이나 주머니, 상자 등을 운반하는 인물은 발견되지 않았다. 범인이 CCTV의 존재를 알고 그 사각지대를 따라 움직였을 가능성이 높다는 것이 현재까지의 견해다.

또한 범인이 공원에서 범행 현장까지 차로 이동했을 것으로 보고 간선 도로 부근의 N 시스템 기록 등도 조사하고 있지만 그것 역시 성과가 없었다. 퍼레이드 당일에는 교통이 통제되어 교통량이 그리 많지 않았는데도 찾는 데 실패한 것이다.

자전거를 이용했을 가능성도 고려해 더 넓은 범위의 CCTV 영상을 확인했지만 역시 수상한 자전거가 발견되었다는 보고는 없었다. 수사에 진전이 없자 우쓰미 가오루는 "발견된 가스봄베는 범인이 수사에 혼선을 주기 위해서 가져다 놓은 가짜일 가능성도 있지 않을까요?"라고 조심스럽게 의견을 제시했다. 들은 바로는 유가와도 같은 의견이었다고 한다.

즉 구사나기가 23년 전 사건의 관계자를 만나 보라는 유가와의 조언을 따르게 된 가장 큰 이유는 결국 수사가 암초에 부딪혔기 때문이라고 할 수 있었다.

잠시 후 문이 열리고, 사와우치 사치에가 이동식 트레이를 밀며 들어왔다. 트레이에는 전기 포트와 찻주전자, 찻잔 등이 놓여 있었다. 손님과 티타임을 즐기고 싶다더니, 빈말이 아니었던 모양이다.

손님과 마주 앉은 사와우치 사치에는 담담한 손놀림으로 찻주전자에 뜨거운 물을 부은 다음 찻잔에 호지차를 따랐다.

"드세요."

구사나기 앞에 하얀 찻잔이 놓였다. 잘 마시겠습니다, 하면서 한 모금을 마셨다.

"그 사람이 사망했더군요."

우쓰미 가오루 앞에도 찻잔을 놓고 나서 사와우치 사치에가 말했다.

"하스누마라는 사람요. 유나 사건 때 체포되었다가 무죄로 풀려났죠."

"알고 계셨습니까?"

구사나기의 물음에 그녀는 네, 하고 조그만 소리로 대답했다.

"텔레비전도 별로 안 보고 인터넷 같은 데도 관심이 없는데 동네 사람이 알려 주었어요. 벌써 20년이나 지난 일인데……. 참 친절한 사람도 다 있지요."

친절, 이라는 말에 빈정거림이 담겨 있었다.

"오늘 아침에 경시청이라면서 전화가 왔을 때 아아, 역시 우리 집에도 오려나 보다, 했어요."

"죄송합니다."

우쓰미 가오루가 사과의 말을 했다.

하스누마 간이치의 죽음이 며칠 전부터 인터넷을 중심으로 화제로 떠오르고 있다는 것은 구사나기도 알고 있었다. 그가 몇 달 전에 살인 사건 피의자로 체포되었다가 증거 불충분으로 풀려났다는 정보도 알려진 듯했다. 당연히 23년 전 사건의 무죄 판결을 언급하는 댓글도 많을 것이다. 그것을 본 '친절한' 동네 사람이 사와우치 사치에에게 알려 준 것이다.

"하스누마가 죽었다는 얘기를 들었을 때 어떤 생각이 드시던가요?"

구사나기가 물었다.

사와우치 사치에는 싸늘한 표정으로 구사나기를 바라보았다.

"아무 생각도 들지 않았어요. 아니, 그 사람 생각은 전혀 하고 싶지 않았죠. 죽든 말든 상관없어요. 앞으로도 사는 내내 떠올리고 싶지 않습니다. 그 인간 때문에 얼마나 많은 사람이 불행해졌나요. 얼마나 많은 사람이 슬픔에 빠졌나요."

서서히 목소리가 높아지고 얼굴이 붉어졌다. 그녀 자신도 그런 사실을 깨달았는지 고개를 숙이고 죄송합니다, 하며 중얼거리듯이 사과했다.

"오빠……, 그러니까 모토하시 세이지 씨는 6년 전에 돌아가셨다고요?"

네, 하고 백발의 부인이 고개를 끄덕였다.

"식도암이었어요. 마지막엔 뼈만 앙상하게 남아서는……. 하지만 본인으로서는 편안해져서 다행이었을지도 모르죠. 인생에 아무 낙이 없다고 했으니까요."

구사나기의 가슴 깊이 무겁게 가라앉는 말이었다.

"그러셨군요……."

사와우치 사치에가 주위를 빙 둘러봤다.

"그 사건으로 오빠는 모든 걸 잃었어요. 이렇게 커다란 집에서 몇 년 동안 홀로 외롭게 살았죠. 예순이 되자 회사 경영에서도 물러나 실버타운으로 들어갔어요. 하지만 부모에게 물려받은 집은 남에게 넘길 수 없으니 저더러 들어와 살아 달라고 해서 저희 부부가 이사 왔습니다. 그때까지 저희는 남편의 방침에 따라 내내 임대 아파트에서 살아왔고요. 안 그래도 하나뿐인 아들이 독립하고 저희는 시골로 이사할까 생각하던 참이었어요. 남편은 2년 전에 세상을 떠나고 지금은 저 혼자입니다. 외로웠을 오빠의 심정을 절절히 느끼고 있죠. 물론 그 속을 제가 어떻게 다 헤아리겠습니까마는."

"오빠…… 그러니까 모토하시 세이지 씨와 사건에 관해 말씀을 나눈 적은 있습니까?"

"무죄 판결이 내려진 직후에는 이런저런 얘기를 많이 나눴죠. 재판을 바로잡자는 서명 운동을 벌이자는 얘기도 했고요. 하지만 실현은 안 되었습니다. 시간이 흘러 저희를 응원하던 사람들도 하나둘 떠나갔고요. 오빠는 해야 할 일이 있었고, 가급적이면 제가 먼저 그 일에 관한 얘기는 꺼내지 말자는 생각도 있었어요. 결국 오빠도 그 일을 언급하지 않게 되었죠."

"돌아가시기 직전에는 어떠셨습니까?"

글쎄요, 하며 사와우치 사치에가 고개를 갸우뚱했다.

"자신의 삶을 되돌아봤겠죠. 아마 사건에 관해 생각하지 않은 날은 하루도 없었을 거예요. 하지만 저희 앞에서는 말하지 않았어요. 말해 봐야 오히려 괴로울 뿐이라고 생각하지 않았을까요."

그녀 말을 듣고 구사나기는 납덩이라도 삼킨 것처럼 마음이 무거워졌다. 소중한 가족을 빼앗은 인간이 아무 벌도 받지 않은 데다 진실이 무엇인지조차 모른 채 죽어 간 모토하시 세이지의 심정이 상상조차 가지 않았다.

"단도직입적으로 여쭤보겠습니다."

구사나기가 부인의 눈을 똑바로 바라보며 말했다.

"모토하시 세이지 씨는 스스로 원한을 풀겠다는 생각을 하지 않으셨습니까?"

그러자 사와우치 사치에는 허를 찔린 듯이 동그란 안경 속 눈을 화들짝 떴다. 그 눈빛이 잠시 흔들리는 듯하더니 입을 열었다.

"그 말씀은 유나의 원수를 갚는다, 그러니까 하스누마라는 남자를 죽인다는 뜻인가요?"

"그렇습니다."

사와우치 사치에는 고개를 약간 기울이고 비스듬히 아래쪽으로 시선을 떨어뜨렸다. 그리고 잠시 후 구사나기에게 시선을 돌렸다.

"죽이고 싶다고 말한 적은 몇 번 있었어요. 하지만 그걸 실행하겠다는 생각은 없었을 거예요. 죽이고 싶다는 말은 결국 그럴 수 없으니까 한 말이겠죠."

"그렇군요."

설득력이 있는 대답이라고 구사나기는 생각했다.

"그럼 말은 하지 않았지만 그 사람이라면 무슨 짓을 했을 수도 있겠다, 라고 생각되는 사람은 없습니까?"

"원수를 갚겠다고 나설 만한 사람이라는 의미죠? 흠, 글쎄요……."

사와우치 사치에는 아까보다 더 크게 고개를 기울였지만 이내 살래살래 고개를 흔들었다.

"저는 잘 모르겠어요. 물론 다들 분개했지만, 아무래도 당사자가 아니니까 거기까지는……."

그럴 것이라고 구사나기도 생각했다. 남의 자식을 위해 복수를 꾀하는 사람은 없을 것이다.

저도 몇 가지, 하며 우쓰미 가오루가 구사나기를 바라보았다. 질문을 해도 좋겠느냐는 의미일 것이다. 구사나기는 고개를 끄덕했다.

우쓰미 가오루가 사와우치 사치에에게 시선을 돌렸다.

"최근에 유나 양 사건을 떠올릴 기회가 있으셨습니까? 누가 무슨 말을 했다든지, 어딘가에서 뭘 물어 왔다든지요."

질문 중간부터 사와우치 사치에가 손을 젓기 시작했다.

"처음에도 말씀드렸다시피 어제 동네 사람에게 듣고서야 하스누마가 죽었다는 걸 알았어요. 그래서 오랜만에 괴로운 기억을 떠올렸지, 지난 몇 년간은 그런 일이 없었습니다."

"친척분들과 사건에 관해서 말씀 나눈 적은……?"

"벌써 20년이나 지난 터라 당시의 일을 아는 사람이 얼마 없어요. 우리 아들도 아주 어렸을 때라서 유나라는 사촌 동생이 있었다는 사실 자체를 기억하지 못합니다."

"아직 살아 계시는 분 중에 유나 양을 특별히 귀여워했던 분이 계시다면?"

그건, 하고 사와우치 사치에가 빙긋이 웃었다.

"저겠지요. 유나가 두 살이 될 때까지 이 집에서 같이 살았으니 말이에요. 새언니 입장에서는 시집 안 간 잔소리쟁이 시누이였겠지만요."

구사나기는 수첩을 펼치고, 모토하시 유나의 가족 관계를 확인했다. 엄마의 이름은 유미코. 결혼하기 전의 성은 후지와라다. 유나가 행방불명되고 한 달 뒤 자살했다.

"그 외에는 생각나지 않아요. 저희 부모님은 돌아가셨고요."

그렇군요, 하며 우쓰미 가오루는 구사나기를 향해 고개를 끄덕했다.

"유나 양의 외가 쪽 친척들은 어땠습니까?"

이번에는 구사나기가 질문했다.

아니, 그게, 하며 사와우치 사치에가 손을 살살 저었다.

"새언니는 친척이 없다고 했어요. 아니, 없지는 않았겠지만 교류가 전혀 없었나 보더군요. 심지어 결혼식 피로연에도 일가친척은 누구 하나 참석하지 않았죠. 부모 형제조차요."

"그렇습니까……?"

그런 여성이 아버지의 회사를 승계할 남자와 어디서 어떻게 만났는지 궁금했지만, 사건과는 관계가 없는 듯 보여 더는 화제 삼지 않았다.

그때 구사나기의 안주머니에서 진동이 울렸다. 스마트폰을 꺼내 발신자 표시를 보니 기시타니였다. 잠깐 실례하겠습니다, 하고 전화를 받았다.

"그래, 무슨 일이야?"

"계장님, 당시의 수사 자료를 죽 훑어보았는데요, 이번 사건과 관계가 있어 보이는 인물은 발견하지 못했습니다."

"그래……? 알았어. 아다치 서에 고맙다고 인사하고 철수하도록 해."

기시타니에게 아다치 경찰서에 가서 모토하시 유나 사건 기록을 다시 조사해 보라고 지시했는데, 수확이 없는 모양이었다.

"차를 좀 더 드시겠어요?"

사와우치 사치에가 구사나기의 찻잔을 가리키며 물었다. 그러고 보니 어느 틈에 다 마셨는지 잔이 비어 있었다.

"아니요, 괜찮습니다. 그런데 모토하시 세이지 씨의 유품은 어떻게 하셨습니까?"

"대부분은 처분했는데, 어떻게 해야 할지 판단하기 어려운 물건도 있어서, 그런 것들은 정리해서 보관하고 있어요."

"보여 주실 수 있을까요?"

"네, 그럼 잠깐 도와주실 수 있을까요? 좀 무거워서요."

물론입니다, 하고 우쓰미 가오루가 얼른 일어났다.

응접실로 옮겨 온 종이 상자에는 낡은 앨범과 편지 등이 빼곡히 담겨 있었다. 구사나기와 우쓰미 가오루는 장갑을 끼고 내용물들을 뒤지기 시작했다.

앨범은 구사나기가 맡았다. 유나와 함께 찍힌 사람이 있으면 사와우치 사치에에게 누구냐고 물었다. 기다리던 자식이 태어나 모토하시 부부는 무척 기뻤을 것이다. 사진의 양이 어마어마했다.

유나가 초등학교에 들어갈 무렵부터는 사진에 사와우치 사치에가 모르는 인물이 많았다. 유나의 친구나 그 부모들일 터였다. 혹은 교사로 보이는 인물도 있었다.

아무리 어린 시절에 사이가 좋았다고 해도 유나의 친구가 20년 후에 복수를 꾀하리라고는 생각하기 힘들다. 그 점을 감안하면 상당히 인연이 깊은 인물이어야 한다.

앨범에 있는 사진을 모두 확인하고 나니 두 시간 가까이가 훌쩍 지나 있었다. 편지류를 맡은 우쓰미 가오루의 작업도 끝났다. 그러나 실마리가 될 만한 것을 찾지는 못한 눈치였다.

잠시 자리를 떴던 사와우치 사치에가 커피를 들고 들어왔다.

"아이고, 이거 죄송합니다. 여러 가지로 폐를 끼치는군요."

"마음 쓰지 마세요. 오랜만에 옛날 사진을 보니 저도 옛 추억에 잠기게 되네요."

"이 앨범은요?"

우쓰미 가오루가 종이 상자에 남아 있는 낡은 앨범을 가리켰다. 표지가 가죽인 걸 보면 상당히 고급 앨범인 듯했다.

"유나 양이 태어나기 전 사진들인 것 같아."

구사나기가 대답했다.

우쓰미 가오루가 고개를 끄덕이고는 앨범을 뒤집더니 뒤에서부터 펼쳤다. 시간을 거슬러 올라가며 보려는 의도인 듯했다.

"유미코 씨……라고 하셨죠. 유나 양 어머니가 참 아름다우셨네요."

"네, 젊고 건강한 사람이었어요."

사와우치 사치에가 말했다.

"새언니가 우리 집에 들어온 후로 집안이 확 밝아졌어요. 당시에는 저희 친정엄마도 살아 계셨는데, 흔히 있는 고부간의 갈등도 없었고요. 유나에게도 정말 좋은 엄마였는데……. 유나가 행방불명되었을 때는 딱할 정도로 자기 자신을 책망하더군요. 결국 집 근처 빌딩에서 뛰어내렸는데, 그러기 얼마 전부터 상태가 이상해서 실은 걱정하고 있었다고 나중에 오빠에게 들었습니다."

얘기를 들으면서 구사나기는 마음이 한층 어두워졌다. 불행의 연쇄, 라는 단어가 머릿속에 떠올랐다.

그때 우쓰미 가오루가 어머나, 하고 소리를 냈다. 구사나기가 옆에서 들여다보니 웨딩드레스를 입은 유미코와 턱시도 차림의 모토하시 세이지가 찍힌 사진이었다. 두 사람은 행복한 듯 웃고 있었다.

"아버지 회사를 물려받을 예정이었던 오빠는 젊은 시절 아버지 회사에서 근무했는데, 그때 새언니를 알게 되었대요."

안 그래도 구사나기가 궁금했던 점을 사와우치 사치에가 알려 주었다.

"결혼식을 올렸을 때 오빠는 서른셋이었어요. 새언니는 아마 스물넷이나 스물다섯쯤이었을 거예요."

그 말을 듣고 구사나기는 다시금 결혼식 사진을 들여다봤다. 당시 유미코는 천애 고아의 처지였다.

"유미코 씨의 부모님은 언제 돌아가셨습니까?"

"아버지는 새언니가 어렸을 때 사고로 돌아가셨대요. 어머니는 고등학교에 입학했을 무렵 돌아가셨다던가……."

"그렇다면 그 후에는 혹시 시설 같은 곳에?"

"아니요, 그런 얘기는 못 들었어요. 여기저기 아는 곳에 맡겨졌다고 했던 것 같아요."

"하지만 친척은 없다고 하셨는데, 누구에게 신세를 졌을까요?"

사와우치 사치에의 주름진 얼굴에 다소 난감한 기색이 어렸다.

"자세한 건 저도 모르겠어요. 꼬치꼬치 캐물을 일도 아니고 해서……."

"그렇군요."

그러는 동안 우쓰미 가오루는 옆에서 계속 앨범을 한 페이지 한 페이지 넘겨 갔다. 시간을 한참 거슬러 올라가 유미코의 사진은 없어지고 피사체는 모토하시 세이지뿐이었다. 학생 시절에서 소년 시절로 거슬러 올라가자 사진은 모두 흑백이었다.

구사나기는 다시 종이 상자 속을 확인했다. 더는 앨범이 없었다.

"혼인했을 때 유미코 씨는 자신의 사진을 가져오지 않았습니까?"

사와우치 사치에에게 물었다.

"그런 것 같아요. 짐을 정리하다가 알게 되었지만요……."

구사나기는 다시 앨범을 보았다. 우쓰미 가오루가 페이지를 빠르게 넘겼다. 맨 첫 장에 붙어 있는 것은 갓난아기 사진이었다. 갓 태어난 모토하시 세이지일 것이다.

이상하군, 하고 구사나기가 중얼거렸다.

"유미코 씨가 고등학교에 들어갈 때까지는 어머니가 살아계셨으니까 사진을 전혀 찍지 않았다고 보기는 어려울 거야. 그리고 사진이 있었다면 결혼할 때 갖고 왔겠지. 그 사진들은 어디로 사라졌지? 모토하시 세이지 씨가 처분했을까?"

"그랬을 것 같지는 않은데요."

우쓰미 가오루가 대답했다.

"그렇지?"

구사나기는 생각에 잠겼다. 23년 전 사건의 피해자는 모토하시 유나만이 아니다. 모토하시 유미코 또한 피해자라고 볼 수 있다. 그렇다면 모토하시 유미코의 죽음에 대해 복수하려는 자가 있어도 이상할 게 없다. 혹시 유가와가 말한 '조각'이라는 것이 이런 걸 말하는 게 아닐까.

"우쓰미, 모토하시 유미코 씨, 아니 후지와라 유미코 씨의 호적을 조사해 봐. 친인척을 샅샅이 찾아내서 목록을 작성하고."

"알겠습니다."

우쓰미 가오루가 믿음직한 목소리로 대답했다.

31

취조실에서 대면한 그는 지난번에 만났을 때와는 전혀 다른 사람처럼 보였다. 비굴함은 사라지고, 가면을 덮어쓴 것처럼 무표정하다. 각오를 하고 왔군, 하고 구사나기는 느꼈다. 새삼스럽게 임의 동행을 요구한 이유를 어렴풋이 짐작하는지도 모른다. 말려들지 않도록 조심해야겠다고 구사나기는 다짐했다.

"이름은?"

구사나기의 질문에 남자는 비죽이 웃으며 "아시잖습니까?"라고 되물었다.

"직접 듣고 싶은데요."

남자가 얼굴에서 다시 웃음기를 거뒀다.

"마스무라 에이지입니다."

"부친 이름은?"

"아버지는……."

말을 꺼내 놓고서 마스무라는 심호흡을 한 번 했다.

"없습니다."

"그럴 리가 있나요."

구사나기는 양손에 든 A4 사이즈 서류를 잠시 내려다본 후 다시 마스무라의 표정 없는 얼굴을 바라보았다.

"양친이 정식으로 결혼하신 듯하군요. 그럼 아버지 이름을 알 텐데……."

"이사무였나, 오사무였나, 아무튼 그런 이름이었을 겁니다. 하지만 아버지는 기억에 없어요. 워낙 어렸을 때 집을 나가서 말이죠."

"오카노 이사무 씨로군요. 당신이 여섯 살 때 양친이 이혼하셨으니 그럴 만도 합니다."

흥, 하고 마스무라가 콧방귀를 뀌었다.

"다 조사했으면서 뭐 하러 물어봅니까?"

"직접 듣고 싶다고 말하지 않았습니까. 어머니 이름은요?"

"……기미코입니다."

"성은?"

"마스무라겠죠."

"아닐 텐데요."

구사나기가 손에 든 서류를 손가락으로 톡톡 두드렸다.

"정직하게 말씀해 주세요."

"잊어버렸어요."

마스무라가 귀찮다는 듯이 말했다.

"오래된 일인 데다, 이제는 저랑 아무 상관이 없으니까요."

"어머니 성은 후지와라예요. 당신이 여덟 살 때 재혼하셨죠. 재혼 상대의 이름은 후지와라 야스아키지만 당신은 후지와라 씨 호적에 없더군요."

"후지와라……."

그렇게 중얼거린 후 마스무라는 희미하게 웃었다.

"그렇군요. 맞아요, 후지와라. 오랜만에 들어 보네요, 그 이름."

"후지와라라는 성을 사용한 적이 없습니까?"

"기억에 없어요."

"호적에 오르지는 않았더라도 그 성을 따를 수는 있잖습니까. 출신지가 야마나시현이죠? 어느 학교를 졸업했는지, 어떤 성을 썼는지 마음먹으면 당장이라도 조사할 수 있어요."

구사나기의 말에 마스무라는 관심이 없다는 듯이 입을 다물었다. 마음대로 하라는 듯한 태도였다.

"후지와라 야스아키 씨는 결혼 5년 후에 돌아가셨군요."

구사나기는 서류를 보며 그렇게 말한 후 마스무라를 바라보았다.

"참 딱하게 되었네요. 어머니 후지와라 기미코 씨는 망연자실하셨겠습니다."

그러자 마스무라가 불쾌하다는 듯이 미간을 찡그렸다.

"그런 옛날 일에 대체 무슨 의미가 있습니까? 형사님, 하고 싶은 얘기가 있으면 빨리 하세요."

"상당한 의미가 있다는 건 당신이 더 잘 알 텐데요. 그리고 나는 하고 싶은 말이 아니라 듣고 싶은 말이 있어요. 똑같은 말 여러 번 시키지 마세요. 어머니는 어떻게 생계를 꾸렸습니까?"

마스무라는 구사나기를 외면한 채 손가락으로 눈썹 위를 긁적거렸다.

"기억은 잘 안 나지만, 여러 가지 일을 하지 않았겠습니까."

"가령 술장사라든지?"

"뭐, 그렇겠죠."

"고생이 많으셨겠습니다. 아이를 둘이나 키워야 했으니까 말이죠. 게다가 야스아키 씨가 사망했을 때 막내는 겨우 네 살이었어요."

마스무라의 뺨이 파르르 떨리는 것을 구사나기는 놓치지 않았다.

"후지와라 유미코 씨. 동생 이름이 유미코 맞죠?"

"그 비슷한 이름이었을 겁니다, 아마."

마스무라가 억양 없는 목소리로 대답했다.

"아버지가 다르기는 해도 아홉 살이나 어린 여동생이니 귀여워하지 않았습니까?"

글쎄요, 하며 마스무라가 고개를 갸웃했다.

"터울이 워낙 뜬 데다, 말씀하신 것처럼 아버지가 다르다 보니 동생이라는 느낌이 확 와닿지는 않았습니다. 동네 여자아이가 집에 놀러 왔다, 그런 느낌이었어요. 저를 별로 따르지도 않아서 저도 가까이하지는 않았습니다."

"그래도 돌보기는 했을 텐데요."

"돌보다니요?"

"어머니가 술장사를 하셨을 때는 밤에 집을 비웠을 테니 당신이 여동생을 돌볼 수밖에 없었을 거예요."

마스무라가 코 밑을 문질렀다.

"어땠는지 기억이 잘 안 납니다."

구사나기는 손에 들고 있던 서류 두 장 중 밑에 있던 서류를 위로 올려놓았다. 거기에는 마스무라가 상해 치사로 기소되었을 때 작성된 자료에서 발췌한 내용이 기록되어 있었다.

"중학교 졸업 후의 경력을 말씀해 보세요."

"경력이라고요?"

"고등학교에는 가지 않았죠?"

"네……. 가나가와현에 있는 전기 회사에 취직했습니다."

"근무한 기간은?"

"12년 정도…… 있었나."

"왜 그만두었죠?"

"그만둔 게 아니라 해고당했어요. 그런 일까지 말해야 합니까?"

"상해 치사로 3년간 징역을 사셨죠?"

그래요, 하고 마스무라는 퉁명스럽게 말을 내뱉었다.

구사나기는 손에 든 자료의 내용을 확인했다.

당시는 마스무라가 새 아파트로 이사한 지 얼마 안 되었을 때였다. 아래층에 사는 사람과 종종 다툼이 벌어졌다. 아래층 사람이 위층에서 시끄러운 소리가 난다고 불만을 표시했던 것이다.

하루는 밤에 아래층 남자가 불쑥 찾아왔다. 상당히 취한 상태로, 한 손에 맥주병을 들고 있었다. 그가 뭐라고 알아들을 수 없는 소리를 지르면서 주먹을 휘둘렀다. 그러는 바람에 어딘가에 부딪혀 맥주병이 깨졌다. 유리 조각이 사방으로 튀는데도 남자는 행동을 멈추지 않았다.

마스무라는 저도 모르게 싱크대에 놓여 있던 부엌칼을 집어 들었다. 겁만 줄 작정이었는데 상대가 오히려 더 덤벼들자 이성을 잃고 칼을 들이밀었다.

칼날은 남자의 배를 깊이 파고들었다. 아래층 남자는 엄청난 피를 쏟으며 쓰러졌다. 그 즉시 구급차를 불렀지만 남자는 목숨을 건지지 못했다.

이상이 사건의 개요다.

"그때 있었던 재판에서 당신의 동료였던 사람이 다음과 같이 증언했습니다. 한창 고도성장기여서 공장 생산 라인이 24시간 가동되고 주말에도 쉬지 못합니다. 3교대제로 2주일간 주간 근무를 한 후 일주일간 야간 근무를 합니다. 야간 근무를 하는 일주일 동안 체중이 2킬로는 빠집니다. 빠진 체중은 주간 근무를 하는 2주 동안 회복됩니다. 그것의 반복이죠. 대다수 종업원은 어떻게 하면 농땡이를 부릴 수 있을까에 골몰하는데 마스무라는 앓는 소리를 하거나 일을 대충대충 하는 법도 없이 성실하게 근무했죠. 그리고 그렇게 해서 번 돈을 대부분 본가에 부쳤습니다, 라고요. 상당히 힘드셨겠군요."

마스무라가 헛기침을 했다.

"떠올리고 싶지 않은 기억입니다."

"취직한 지 10년쯤 지났을 때 모친, 그러니까 기미코 씨가 뇌출혈로 돌아가셨네요. 그때 동생 유미코 씨는 겨우 고등학교 1학년이었어요. 그래서 당신은 어떻게 했죠?"

마스무라는 아무 대답이 없었다. 거짓말을 해 봐야 금방 들통난다는 것을 알기 때문일 것이다.

"유미코 씨를 기숙사가 있는 여학교로 전학 보냈다."

구사나기가 서류에 기재된 내용을 읊었다.

"수업료, 생활비, 기숙사비 등 모든 비용을 부담했다. 재판 자료에는 당신의 월급으로 계산할 때 수중에 돈이 얼마 없어서 생활이 몹시 궁핍할 것이라고 기록되어 있습니다. 유미코 씨도 오빠가 본인의 생활을 희생해서라도 자신을 지켜 주려고 했다고 증언했고요."

마스무라가 또 콧방귀를 뀌었다.

"작전이었습니다."

"작전이라니요?"

"변호사가 정상 참작을 노리고 이리저리 짜 맞춘 거라고요. 물론 유미코를 고등학교 졸업 때까지 돌본 건 사실이지만, 거기까지였습니다. 더는 못하겠다고 하고 형제의 연을 끊었어요."

"유미코 씨는 고등학교를 졸업한 후 지바에 있는 자동차 회사에 취직했습니다. 하지만 재판에서 유미코 씨는 오빠가 너는 머리가 좋으니까 대학에 가야 한다고 주장했다고 했어요."

그러니까 그건, 하고 마스무라가 언성을 높였다.

"변호사의 작전이었다니까요. 미담을 늘리려는 속셈이었다고요."

"그 작전에 따라 유미코 씨가 거짓 증언을 했다는 말인가요?"

"그런 거죠. 재판이라는 게 다 그렇지 않습니까?"

"위증까지 했다니, 유미코 씨가 오빠를 꽤나 따랐나 봅니다."

마스무라는 잠시 말문이 막히는 듯한 표정을 짓더니 아니요, 하며 손을 내저었다.

"자기 자신을 위해서였겠죠. 가족 중에 살인자가 나오면 장래에 지장이 있으니까요. 그래서 조금이라도 형량을 줄여야겠다고 생각한 겁니다. 그뿐이에요."

"복역 중에 유미코 씨가 면회를 온 적이 있습니까?"

"없습니다. 그럴 리가요. 교도소에 들어간 후로는 유미코를 못 봤습니다. 연락이 온 적도 없고요. 그럴 수밖에요. 전과자를 가까이하고 싶은 사람이 누가 있겠습니까."

"당신이 오지 말라고 한 거 아닙니까? 혹은 면회를 거부했거나."

"당치 않은 소리. 인연이 완전히 끊긴걸요. 어디서 뭘 하는지 피차 전혀 몰랐습니다."

이것만은 절대 양보할 수 없다는 듯이 강경한 말투였다.

"유미코 씨가 사망했다는 건 알고 있죠?"

"아니, 뭐라고요?"

마스무라의 눈이 휘둥그레졌다.

"전혀 몰랐습니다. 언제요? 병이었습니까?"

"자살이에요. 20년도 더 지난 일이지만."

"아……, 그랬군요. 이런, 몰랐습니다. 하기야 전혀 연락이 없었으니까……."

철저하게 시치미를 뗄 작정이군, 하고 구사나기는 생각했다.

유미코에게 유나라는 딸이 있었다는 것, 그 딸을 살해한 죄로 하스누마가 체포되었지만 결국 무죄로 풀려난 사실을 아느냐고 질문하려다 그냥 삼키고 말았다. 이 상태로는 사실을 말하지 않을 것이다.

구사나기는 서류를 내려놓고 눈앞에 있는 작달막한 남자를 새삼스레 바라보았다. 이 인물에 대한 평가가 처음 만났을 때와는 180도 달라져 있었다.

위악적으로 굴고 있지만, 실은 여동생을 아끼는 착한 사람이다. 재판에서 한 증언도 모두 사실일 것이다. 결국 유죄 판결을 받았지만, 상해 치사였으니 불가항력이었을 것이다.

이런 인물이 사랑하는 여동생을 자살로 몰아간 자를 가만히 두고 볼 리가 없다고 생각했다. 그 증오심을 20년 가까이 가슴에 숨기고 있었다고 해도 조금도 이상할 게 없다. 그리고 이런 인물이 우연히 이번 사건의 관계자 중에 있었다고 보는 건 너무나 비현실적이다. 유가와가 우쓰미에게 얘기했던, 과거 사건과 현재 사건을 잇는 인물이 지금 눈앞에 있는 무표정한 남자라는 건 의심의 여지가 없었다.

"비즈니스호텔에서 지내기는 어떻습니까?"

구사나기의 질문에 마스무라는 허를 찔린 듯한 표정을 지었다. 그리고 이내 "아아." 하며 표정을 누그러뜨렸다.

"상당히 쾌적합니다. 가능하다면 앞으로도 계속 있고 싶을 정도로요."

"조만간 집으로 돌아가시게 될 겁니다. 다만 그 전에 가택 수사를 할 예정입니다. 혹시 집 안의 물건을 몇 가지 가져가더라도 양해하시기 바랍니다."

구사나기가 마스무라의 눈을 보며 말했다.

"혹시 소중하게 여기시는 사람의 사진이 있는지도 철저하게 조사할 겁니다."

마스무라의 얼굴이 일순 긴장하는 것처럼 보였다. 그의 눈에 뭔가를 각오한 듯한 빛이 어렸다.

그러시죠, 하고 그가 말했다.

"나한테 소중한 사람 따위는 없어요. 그러니 그런 사진이 있을 리가요. 마음껏 조사하세요."

32

"자신만만한 그 태도는 허세라고 보기는 어려웠어요. 아마 정말로 그런 사진은 갖고 있지 않을 거예요."

유가와의 등에 대고 가오루가 말했다. 그가 전기 포트로 물을 따르는 소리가 들렸다.

책상 위에는 가오루가 가져온 킬호만 위스키의 붉은 상자가 놓여 있다. 구사나기가 멋진 추리를 해 준 답례로 좋은 위스키라도 들고 가라고 말했던 것이다.

오늘 낮에 마스무라 에이지를 취조했고, 그 결과를 보고하려고 가오루는 지금 유가와의 연구실에 와 있다.

"들어 본 바로는 만만치 않은 상대겠군."

유가와가 양손에 종이컵을 들고 소파 쪽으로 왔다. 그는 종이컵을 테이블에 내려놓고 나서 "크림은?" 하고 물었다.

"괜찮아요. 그런데 오늘은 머그잔이 아니네요."

"보다시피 이 방에는 싱크대가 없어서 말이야. 환경 보호에는 반하지만 어쩔 수 없지."

잘 마실게요, 하고서 우쓰미 가오루는 종이컵의 커피를 마셨다. 어디서나 파는 평범한 인스턴트커피인데 이 물리학자가 타 주니 조금 특별한 맛이 느껴지는 이유는 무엇일까.

그녀는 컵을 내려놓고 다시금 유가와를 보았다.

"왜 만만치 않을 거라고 하시는 거죠?"

"그가 사실대로 말한 거라면 또 모르지. 실제로 마스무라 에이지가 복역하게 되면서 남매간의 연락이 끊기고 그대로 교류 없이 살아왔다면 말이야. 하지만 자네들의 생각은 다를 텐데?"

"네, 사실이 아니라는 게 저나 계장님의 일치된 견해예요. 자신의 지출을 줄이면서까지 마스무라는 유미코 씨의 학비와 생활비를 마련했어요. 깊은 애정이 있지 않고서는 불가능한 일이죠. 유미코 씨도 재판에서 증언했다시피 그 마음을 알고 있었고요. 우발적으로 범죄를 저지르기는 했어도 쉽게 인연을 끊지는 않았을 거라고 봐요. 하지만 마스무라는 동생을 사랑했으니까 그녀의 장래를 고려해서 스스로 그녀 곁을 떠났을 거예요. 성도 다른 데다 유미코 씨의 호적에는 마스무라가 기재조차 안 되어 있으니 두 사람만 입을 다물면 유미코 씨에게 범죄자 가족이 있다는 사실이 드러나지 않을 거라고 생각하지 않았을까요? 게다가 유미코 씨는 장래를 약속한 남자도 있었어요. 유미코 씨로서도 괴로웠겠지만 한편으로 마스무라의 마음을 받아들이는 것이 은혜를 갚는 일이라고 여기고 오빠라는 존재를 숨기기로 했다, 그렇게 봐요."

"그래서 결혼하면서 가족이나 남매가 찍힌 사진을 가져가지 않았다는 얘기군."

"그렇죠."

유가와는 살짝 고개를 숙여 커피를 한 모금 마신 후 종이컵을 내려놓았다.

"그렇다면 그 사진들은 어떻게 했을까. 유미코 씨가 결혼

전에 없애 버렸을까?"

"그러지는 않았을 거예요. 마스무라에게 맡기지 않았을까요?"

"내 생각도 그래. 그리고 그 사진들은 마스무라에게는 무엇과도 바꿀 수 없는 보물이었겠지. 한두 장쯤은 늘 지니고 다녔을지도 모르고, 어디로 이사하든 소중하게 보관했을 거야. 더 나아가 그 컬렉션은 유미코 씨가 결혼한 후에도 계속 늘어났을 거라고 생각해."

가오루는 유가와가 무슨 말을 하는지 이해할 수 있었다.

"마스무라와 유미코 씨가 몰래 만나 왔다, 연락을 주고받고 있었다, 그런 말씀이죠?"

"여동생의 행복이 마스무라에게는 더없는 삶의 보람이었을 거야. 그리고 모토하시 유나라는, 그야말로 행복의 상징과도 같은 존재가 태어났어. 그렇다면 두 사람이 은밀하게 만나는 장소에 유미코 씨가 자신의 어린 딸을 데려왔으리라는 건 쉽게 상상할 수 있지."

"셋이서 사진을 찍은 적도 있었겠네요."

"한두 장이 아닐 거야. 그런데 마스무라는 그런 사진이 한 장도 없으니 마음껏 찾아보라고 자신 있게 말했어. 그건 왜일까?"

"버렸으니까요."

"그래."

유가와가 고개를 깊이 끄덕였다.

"만일 경찰이 모토하시 유나의 엄마가 마스무라의 여동생이라는 사실을 알게 되어도, 이제는 전혀 교류가 없다, 죽은 줄도 몰랐다고 주장할 수 있도록 사전에 처분했을 거야. 조그만 조각 하나라도 발견되지 않도록 태워 버렸는지도 모르지. 두 번 다시 손에 넣을 수 없는 대량의 보물을 말이야. 마스무라에게는 그만한 각오가 있어. 그래서 내가 말했던 거야. 만만치 않은 상대라고."

가오루는 고개를 끄덕이고 나서 한숨을 내쉬며 "정말 그러네요."라고 말했다. 그녀는 등을 꼿꼿이 세운 채 구사나기의 매서운 시선을 정면으로 맞받았던 마스무라의 모습을 떠올렸다. 그는 절대로 물러서지도 피하지도 않겠다는 결의를 온몸으로 뿜어내고 있었다.

"며칠 전에 교수님이 지금은 퍼즐을 완성할 조각이 하나 모자란다, 그 한 조각은 과거에 있다, 라고 말씀하셨는데요. 그 조각이 마스무라라는 걸 알고 계셨던 거예요?"

물론이야, 하고 유가와는 대답했다.

"내 추리가 옳다면 분명히 그럴 거라고 생각했어."

"그럼 왜 그때 말씀해 주시지 않았어요?"

유가와는 한쪽 눈썹을 씰룩, 움직이며 빙그레 웃었다.

"마스무라라는 걸 알았다면, 좀 더 편하게 조사할 수 있었잖느냐……, 그런 말인가?"

"편하고 싶었다기보다는 그러는 편이 조금 더 효율적이지 않았을까 싶은 거죠."

"효율이라……."

유가와가 의미심장한 미소를 입가에 머금었다.

"내가 마지막 퍼즐 조각의 정체를 자네에게 알리지 않은 건, 객관성 있는 해답을 얻게 하기 위해서였어."

"그게 무슨 말씀이죠?"

"만일 그 마지막 조각이 마스무라라고 말했다면 어떻게 됐을까? 아마 자네들은 마스무라의 경력을 철저하게 조사한 후 거기서 23년 전 사건과의 연결 고리를 찾으려고 했을 거야."

"그건…… 네, 그랬을 거예요."

부정할 수 없는 사실이었다.

"그 결과 정답에 곧장 도달했다면 문제는 없지. 그렇지만 오답 속을 헤맬 가능성도 얼마든지 있었어. 23년 전 사건이 발생한 곳이 아다치구였지? 만일 마스무라가 과거에 우연히 그 근방에서 일이라도 했다면 어땠을까. 자네들은 쾌재를 부르며 당시의 주변 인물들을 조사하려고 했겠지. 마스무라에게 아버지가 다른 여동생이 있다는 건 그의 어머니 호적을 조사하지 않고는 알 수 없는 일인데, 과연 그걸 조사했을까. 빗

나간 단서를 굳게 믿고 엉뚱한 길에서 헤매는 바람에 먼 길로 돌아갔을 가능성이 절대로 없었다고 보기 어려워. 어때, 반박할 수 있어?"

가오루는 입술을 살짝 깨물었다. 분하지만, 유가와의 지적이 옳았다.

"그랬을지도…… 모르겠네요."

"학생들의 과학 실험에서도 흔히 있는 일이야. 대개는 어떤 결과가 나올지 학생들도 알고 있어. 그래서 그들은 원하는 결과가 나오도록 작업하지. 때로 계측기의 눈금을 넉넉하게 읽거나 적게 읽으면서 말이야. 그렇게 해서 최종적으로 원하는 결과가 얻어지면 만족해 버리고 자신들이 근본적인 실수를 범했다는 사실을 깨닫지 못해. 그러니까 실험이 올바르게 이루어졌는지를 판단하려면 결과를 모르는 편이 좋아. 그와 마찬가지로, 퍼즐의 마지막 조각의 정체도 밝히지 않는 편이 좋다고 판단했어. 객관성 있는 해답을 얻게 하기 위해서였다는 말은 그런 뜻이야."

유가와는 사건 수사를 과학 실험에 곧잘 비유하곤 하는데 오늘은 그 어느 때보다도 설득력이 있었다.

"잘 알겠어요. 계장님에게도 그렇게 설명하겠습니다. 교수님처럼 설명을 잘할 자신은 없지만요."

"분발하라고."

"또 하나 묻고 싶은 게 있는데요, 마스무라가 23년 전 사건과 관련이 있다고 생각하신 이유는 뭐죠?"

"간단해. 그가 이번 사건과 무관하다면 내 가설은 성립하지 않으니까. 범인이 그 작은 방을 사형을 집행하는 가스실로 사용하지 않았을까 하는 가설 말이야. 그 가설이 성립하려면 몇 가지 조건이 필요했는데, 그 가운데 세 가지를 설명해 주지."

"아, 잠깐만요."

가오루는 가방에서 수첩과 볼펜을 꺼내 메모할 준비를 했다.

"네. 계속하세요."

유가와는 커피를 한 모금 마신 후 집게손가락을 세웠다.

"우선 첫 번째, 하스누마에게 수면제를 먹일 수 있어야 한다. 두 번째, 하스누마가 잠든 장소는 그 작은 방 안이어야 한다. 세 번째, 그 작은 방을 밖에서 잠글 수 있다는 사실을 범인이 알고 있어야 한다. 이상이야."

가오루는 유가와가 거침없이 늘어놓은 내용을 재빨리 받아 적었다.

"……네. 그래서요?"

"이 세 가지 조건에 부합하는 사람은 마스무라뿐이었어. 마스무라라면 하스누마가 경계하지 않을 테니 음료에 수면제를 넣는 것도 어렵지 않을 테지. 평소에 같이 생활했으니 어디서 자는지 아는 건 당연하고. 그리고 가장 중요한 건 세 번째 조건인데, 문에 잠금장치가 설치되어 있다는 건 거기 사는 사람이 아니고는 알 수 없어."

수첩에 글자를 휘갈겨 쓰던 가오루가 고개를 들고 천천히 물리학자의 얼굴로 시선을 옮겼다.

"듣고 보니 맞는 말씀이네요."

"납득이 가?"

"너무나 당연한 사실이라 맥이 풀릴 정도예요."

그러자 유가와는 미간에 주름을 세우며 "기대에 어긋났나?"라고 물었다.

"그게 아니라, 저 자신이 실망스러워서요. 이렇게 단순한 걸 왜 몰랐을까요. 아마 계장님도 분하게 여기실 거예요."

"그건 마스무라가 사건과 무관하다고 지레짐작했기 때문이야. 하스누마가 마스무라의 집에 얹혀 산 건 하스누마 본인의 의지인 데다 두 사람이 만난 시점도 나미키 사오리 씨가 죽기 전이었으니까. 더구나 마스무라에게는 알리바이까지 있잖아. 용의선상에서 일찌감치 배제한 것도 무리는 아니지."

"교수님은 생각이 다르셨군요."

"내 가설이 성립하려면 반드시 그 사람이어야 했어. 하지만 구사나기가 조사한 바에 따르면 마스무라와 나미키 씨 집안은 접점이 전혀 없었어. 그러니 마스무라가 하스누마에게 살의를 품을 이유가 있다면, 그 동기가 생긴 시점은 사오리 씨가 죽기 전이라는 얘기야. 그럼 한 직장에서 일하던 때일까. 그런데 두 사람 사이에 문제가 있었다면 하스누마가 제 발로 마스무라의 집에 기어 들어갈 리 없잖아. 그래서 발상을 전환해 봤지."

유가와가 오른손을 내밀더니 획 뒤집었다.

"애초에 마스무라와 하스누마가 만나게 된 것이 우연일까. 그 훨씬 전부터 마스무라에게는 하스누마를 죽일 동기가 있어서 그가 어디 있는지 찾고 있었던 것 아닐까. 그리고 마침내 찾아내자 그와 같은 직장에 들어가 하스누마에게 접근하고는 복수의 기회를 살폈다. 그러나 그 뜻을 이루지 못한 채 하스누마가 사라져 버렸다. 그런데 몇 년 후, 뜻하지 않게 기회가 찾아왔다. 하스누마 쪽에서 제 발로 나타난 것이다. 마스무라는 이번에야말로 오랜 원한을 풀기로 결심했다. 뭐, 그런 얘기야. 자, 그렇다면 문제는 그 오랜 원한이란 것이 과연 무엇일까 하는 것인데."

"그래서 유나 양 사건과 관련이 있을 거라고……."

"내 가설이 옳다면 그것밖에 없다고 본 거지."

거기까지 말하고 유가와는 느긋하게 커피 잔을 입으로 가져갔다. 논리적으로 도출한 해답이니 옳다는 것이 증명되었다고 한들 딱히 놀랄 것이 없다, 그렇게 말하는 듯한 표정이었다.

"알리바이에 대해서는 어떻게 생각하시죠?"

"거짓말한 것 아니잖아. 마스무라는 공범이지, 제 손으로 범행을 저지르지는 않았어."

"주범이 따로 있다는 말씀인가요?"

"뭐, 그렇긴 한데……."

유가와가 종이컵을 내려놓고 한숨을 쉬었다.

"문제가 그렇게 단순한 것 같지 않아서 말이지. 솔직히 털어놓자면, 가설은 아직 미완성이야. 중요한 부분의 수수께끼가 풀리지 않았거든."

"그게 무슨 말씀이죠? 범행 방법에 관해 알 수 없는 점이 있다는 건가요?"

"아니, 범행 방법은 아마 내 생각이 맞을 거야."

유가와의 말투에는 자신감이 배어 있었다.

"그 작은 방을 가스실로 만든다는 아이디어 말이죠?"

"그래."

"헬륨 가스 문제는 어떻게 봐야 할까요? 대량의 헬륨이 필요하다고 말씀하셨는데."

"그걸 설명하기에 앞서 결과를 듣고 싶군. 감식반에 확인해 달라고 부탁한 거 말이야. 답이 나왔나?"

"결과 보고서를 받아서 복사본을 가져왔어요."

가오루가 가방에서 복사 용지 한 장을 꺼내 유가와 앞에 놓았다.

유가와는 손가락으로 안경을 바로잡으며 복사 용지를 집어 들었다. 그것을 들여다보는 눈은 어느새 과학자의 그것이었다.

"어떤가요?"

가오루가 조심스레 물었다.

"감식반의 담당자는 유가와 교수님이 왜 이런 걸 알고 싶어 하는지 의아해 하던데요."

꾹 다물고 있던 유가와의 입가에 미소가 어렸다.

멋진걸, 하고 물리학자가 말했다.

"감식반에 실험을 하나 부탁했으면 해. 물론 나도 참석하고."

33

젊은 감식반원이 언젠가 유가와가 그랬듯이 미닫이문 옆에 한쪽 무릎을 꿇고 앉아 드라이버를 돌리고 있었다. 오목한 금속 판의 나사를 풀고 있는 것이다.

나사가 모두 풀리자 감식반원은 문의 안팎에 붙어 있는 금속 판을 모두 떼어 냈다. 유가와가 말했던 이른바 '유다의 창'이 열린 것이다.

"정말이군요. 안쪽이 들여다보여요."

옆에 있던 우쓰미 가오루의 말에 구사나기와 함께 서 있던 유가와가 "바로 그 점이 포인트야."라고 말했다.

"문제는 이 작은 구멍으로 과연 가스를 얼마나 많이 통과시킬 수 있느냐 하는 건데……."

"그 점이라면 큰 문제가 없을 것 같습니다."

그렇게 말한 사람은 함께 작업을 지켜보던 감식반 주임 시마오카였다. 그는 오늘 실험의 책임자이기도 하다. 이지적인 생김새에, 야외 활동이 많아선지 피부가 가무잡잡했다.

마스무라 에이지가 살던 곳에서 실험이 이루어지고 있었다. 상당히 규모가 큰 실험이지만, 감식반원 외에 입회한 사람은 구사나기와 우쓰미 가오루, 유가와뿐이었다. 마미야 등 간부들에게는 실험 과정을 카메라로 촬영해서 추후에 보고하기로 되어 있었다.

작업을 마친 젊은 감식반원이 문에서 물러나자 구사나기도 범행 현장인 작은 방을 들여다보았다. 이것으로 준비는 완료되었다.

바닥에는 인조 가죽 시트 위에 매트리스와 이불이 겹쳐서 깔려 있고 그 위에 인형이 누워 있었다. 인형은 자동차 충돌 실험 등에 사용되는 특수한 것으로 무게가 사람과 비슷하다고 한다.

"시신 발견 당시의 상황을 거의 그대로 재현했습니다. 매트리스와 이불도 똑같은 것입니다."

시마오카가 설명했다.

"피해자가 사용하던 것이 대여한 지 얼마 안 된 것이라고 해서 새 물건을 준비했습니다. 그래도 괜찮겠죠, 유가와 교수님?"

"중량은요?"

"문제없습니다. 측정해 두었습니다."

"그럼 됐습니다. 감사합니다."

"중량은 왜?"

구사나기가 유가와에게 물었다.

"나중에 설명할게."

물리학자가 무심하게 대답했다.

구사나기는 실내를 둘러보았다. 시신 발견 당시에는 없었던 물건이 몇 개 놓여 있었다. 두 군데에 카메라가 설치되어 있고, 사방 20센티미터 크기의 처음 보는 네모난 기기도 여기저기 놓여 있다. 그중 하나는 인형 근처에 있었다.

"저 기기는 뭡니까?"

구사나기가 시마오카에게 물었다.

"산소 농도계입니다. 사람이 방 안에 들어가서 관찰할 수는 없으니까 영상과 농도계의 수치를 방 밖에서 모니터하도록 되어 있습니다."

그리고 시마오카는 문 옆에 놓인 책상을 가리켰다. 거기에는 노트북이 두 대 나란히 놓여 있었다.

아까 그 젊은 감식반원이 돌아와 시마오카에게 뭔가를 보고했다. 시마오카는 고개를 끄덕이고 나서 구사나기 쪽으로 고개를 돌렸다.

"준비가 다 되었답니다. 언제든지 실험을 시작할 수 있습니다."

구사나기와 유가와가 서로 얼굴을 마주 보았다. 유가와가 말없이 고개를 끄덕이자 구사나기는 시마오카에게 "시작하시죠."라고 말했다.

감식반원 둘이 손잡이가 달린 원통형 탱크를 들고 들어왔다. 높이 60센티미터에 지름은 30센티미터 정도일까. 윗부분에 고무공 같은 것과 특수한 호스가 달려 있었다. 그들은 탱크를 신중히 방 한가운데로 옮겼다.

"환기에 주의해 주세요. 창문과 출입구를 열어 놓죠."

유가와가 말했다.

그의 지시대로 창문과 출입구가 열렸다. 시마오카는 작은 방의 미닫이문을 닫았다.

"그럼 시작할까요."

그 전에, 하고 유가와가 말했다.

"이 자리에서 아주 조금만 바닥으로 흘려보내 주시겠습니까?"

"여기서, 말입니까?"

"네. 어떤 현상이 일어나는지 이 사람들에게 직접 보여 주고 싶어서요."

알겠습니다, 하고서 시마오카가 부하에게 고개를 까딱했다.

젊은 감식반원이 호스 입구를 바닥에 드리운 후 밸브 몇 개를 조작하고 이어서 탱크 위에 달려 있는 고무공을 꾹 눌렀다. 그러자 호스에서 바닥을 향해 하얀 증기와 액체가 분출되었다.

그러나 바닥은 젖지 않았고, 액체는 순식간에 사라졌다.

"액체 질소야."

유가와가 말했다.

"끓는점이 영하 196도라서, 바닥에 쏟아도 뜨거운 프라이팬에 물방울을 떨어뜨린 격이라 이처럼 순식간에 기화하지. 이 액체 질소를……."

그가 미닫이문을 가리켰다.

"저 유다의 창을 통해 폐쇄된 작은 방에 대량으로 흘려 넣으면 어떻게 될까?"

"어떻게 되는데?"

구사나기가 반문했다.

"지금부터 그걸 검증할 거야."

자, 그럼 시작하죠, 하고 유가와가 시마오카에게 말했다.

시마오카의 지시로 감식반원들이 작업을 시작했다. 한 사람은 탱크를 미닫이문 옆까지 옮겨 놓고 호스를 이른바 '유다의 창'에 밀어 넣었다. 다른 한 사람은 노트북 두 대를 앞에 놓고 조작했다. 한쪽 모니터에는 실내의 모습이 비쳤고, 다른 쪽 모니터에는 디지털 숫자와 그래프가 표시되어 있었다.

유가와가 노트북을 조작하고 있는 감식반원 뒤에 서자 구사나기도 그 옆에 나란히 섰다.

"그럼 시작하겠습니다."

시마오카가 탱크 옆에 있는 감식반원에게 신호를 보냈다.

감식반원은 조금 전에 그랬듯이 탱크 윗부분에 달린 고무공을 몇 번인가 눌렀다. 그러자 실내를 비치고 있는 모니터 화면에 즉시 변화가 생겼다.

방 안에 부옇게 안개가 차오르기 시작한 것이다. 이윽고 바닥에 깔려 있는 인조 가죽 시트와 매트리스, 이불마저 잘 보이지 않게 되었다.

"액체 질소에 의해 공기 중의 수증기가 차가워진 결과 미세한 물 입자가 되어 떠오른 거야. 말하자면 방 안에 구름이 생긴 것이나 다름없지."

유가와가 설명했다.

그때 우쓰미 가오루가 "어, 문틈에서……." 하고 중얼거렸다.

그녀의 시선이 닿는 곳에서 하얀 연기가 새어 나오다가 순식간에 사라지곤 했다. 그 모습을 본 구사나기가 그 이유를 묻자 유가와는 "이쪽은 기온이 높으니까 다시 수증기로 돌아가는 거지." 하고 당연한 걸 묻는다는 듯이 대답했다.

잠시 후 유가와가 노트북을 들여다보고 있는 감식반원에게 "산소 농도가 얼마나 됩니까?"라고 물었다.

"방의 상부는 아직 별 변화가 없지만 인형 근처는 순식간에 18퍼센트로 떨어졌습니다. 곧 17퍼센트로 떨어질 것 같습니다."

"산소 농도가 16퍼센트 아래로 떨어지면 두통이나 구토 등의 자각 증세를 느끼게 됩니다."

시마오카가 모니터를 보며 말했다.

"12퍼센트 이하에서는 현기증이 일고, 10퍼센트를 하회하면 의식 장애가 일어납니다."

그로부터 약 10분 후, 인형 옆에 설치된 산소 농도계의 수치가 6퍼센트로 떨어졌다.

"호흡 정지가 오는 수치군……. 이 탱크의 용량이 얼마나 되죠?"

유가와가 시마오카에게 물었다.

"20리터입니다. 액체 질소가 가득 차 있었고요. 무게를 재보면 아시겠지만, 이제 얼마 남아 있지 않을 겁니다."

유가와가 고개를 끄덕이고 나서 구사나기에게 시선을 돌

렸다.

"액체 질소는 기화하면 체적이 약 7백 배로 늘어나지. 20리터의 7백 배면 1만 4천 리터야. 방의 용적은 약 1만 리터고. 넘치는 양은 문틈으로 새어 나오겠지. 그런데 원래 있던 공기와 기화한 질소가 일시에 섞이지는 않으니까 실내의 산소 농도는 장소에 따라 다를 거야. 지금 실험으로 알 수 있듯이 방의 아래쪽이 먼저 산소가 희박해질 테지. 자고 있었거나, 설사 깨어 있었다 해도 산소 결핍으로 쓰러졌다면 호흡 정지에 이를 가능성이 높아."

"흉기가 헬륨 가스가 아니었다는 말이야?"

구사나기가 물었다.

"발견된 헬륨 봄베는 수사를 교란하기 위한 속임수였어. 그 점에 대해서는 나도 사과해야겠군. 범행에 헬륨이 사용되었을 가능성을 처음으로 제기한 사람이 나니까 말이야."

"액체 질소라는 생각은 어떻게……?"

"수풀에서 발견된 헬륨 봄베가 눈속임이라는 가정하에, 그렇다면 범행에 실제로 사용된 것은 무엇일지 생각해 봤어. 공업용 고압 헬륨? 그럴 때 우쓰미 군이 힌트를 주더군. 이렇게 말한 거야, 왜 범인이 헬륨에 집착했을까, 라고. 그 말에 바로 감이 왔어. 범인은 수사진이 헬륨이 흉기라고 믿게 하고 싶었던 것 아닐까. 헬륨은 속임수가 아닐까. 그렇다면 헬륨을 대신할 수 있는 건 뭘까?"

유가와는 미소를 지으며 액체 질소가 든 탱크를 가리켰다.

"이 세상에 가장 많이 존재하는 불활성 가스, 그 이름은 질소야. 게다가 액체라면 겨우 20리터로 상황 끝."

그렇게 말하고서 유가와는 우쓰미 가오루를 바라보았다.

"이 가설이 옳다는 걸 증명하기 위해서 우쓰미 군에게 한 가지 확인을 부탁했어."

"뭐였어?"

구사나기가 우쓰미 가오루에게 물었다.

"시신 발견 당시 매트리스와 이불이 머금은 수분량요."

구사나기가 미간을 찡그렸다.

"수분량?"

"아까 영상에서 봤잖아."

유가와가 말했다.

"실내에 액체 질소를 주입하면 공기 중의 수증기가 안개가 되어 떠다니지. 기온이 올라가면 다시 공기 중에 녹아들지만, 액체 질소가 계속 주입되니까 방 안의 기온은 오르지 않고 구름 속과 같은 상태가 지속되는 거야. 즉, 이슬이 맺히기 쉬운 환경이 되는 거지. 그런 곳에 매트리스나 이불이 놓여 있으면 어떻게 될까?"

"대량의 수분을 머금는다는 말인가?"

"감식반에 확인한 바에 따르면 통상적으로 사용하는 매트리스나 이불치고는 축축했다, 즉 수분량이 많았다고 합니다."

우쓰미 가오루가 말했다.

"컵의 절반 정도 수분을 더 머금었을 가능성이 있다는 거예요."

시마오카 주임님, 하고 유가와가 감식 책임자를 불렀다.

"내부 상황을 좀 봐도 될까요?"

"네. 하지만 만일에 대비해서 조금 물러나 계세요."

시마오카의 말에 구사나기와 유가와는 미닫이문에서 약간 떨어졌다. 감식반원 하나가 문을 열었지만 곧바로 들어가지는 않았다. 아직 산소가 희박한 상태여서일 것이다.

냉기가 그들이 있는 곳까지 흘러나왔다. 순간적으로 몸이 부르르 떨렸다.

"차갑네요. 추울 정도예요."

우쓰미 가오루가 말했다.

"당연하지. 영하 196도의 액체 질소 20리터가 기화했으니까."

유가와가 말했다.

"예전에 홋카이도의 어느 연구 시설에서 끔찍한 사고가 일어난 적이 있어. 저온 실험실의 기계가 고장 나서 실온이 올라가기 시작하자 연구원들이 급히 온도를 낮추려고 액체 질소를 대량으로 바닥에 뿌린 거야. 그런데 당황한 나머지 환기를 잊었지. 그 결과 전원이 질식사했어."

"그런 일이 있었어?"

구사나기는 전혀 모르는 일이었다.

"외출했다 돌아온 마스무라가 문을 연 순간에도 지금과 비슷한 상황이 발생했겠지. 그는 액체 질소의 위험성을 잘 알고 있었을 테니 문을 열고도 방에 곧바로 들어가지는 않았을 거야."

유가와가 그렇게 말하는데 노트북을 들여다보던 감식반원이 "산소 농도가 20퍼센트를 넘었습니다."라고 보고했다.

시마오카가 유가와를 향해 고개를 끄덕했다.

"들어가시죠, 교수님."

유가와가 방으로 들어가자 구사나기도 그를 뒤따랐다.

실내의 모습은 딱히 달라진 것이 없는 것처럼 보였다. 흰 안개는 이미 사라지고 없었다.

유가와가 발치를 내려다보고 멈춰 서더니 주머니에서 가죽 장갑을 꺼냈다. 그것을 낀 그는 허리를 굽혀 뭔가를 주워 올렸다.

"그게 뭐야?" 하고 구사나기가 물었다.

유가와는 손을 펴서 그 안에 있는 것을 보여 주었다. 희고 얄팍한 전병 같은 것이었다.

"액체 질소가 한곳에 집중적으로 흘러들어서 이 부분만 온도가 엄청나게 내려간 거야. 그 결과 수증기뿐 아니라 공기 중의 탄소 가스까지 동결된 거지. 이건 드라이아이스야."

"이런 게 발견되었다는 보고는 없었는데."

"당연하지. 마스무라가 치웠을 테니까."

"그렇군."

유가와는 드라이아이스를 손에 쥔 채 벽을 더듬어 보기도 하고 허리를 굽혀 바닥에 깔린 인조 가죽 시트를 살펴보기도 했다.

"어때, 달리 눈에 뜨이는 점이 있어?"

구사나기가 물었다.

"거듭 말하지만, 요는 공기 중의 수증기가 어떻게 되었느냐 하는 점이야. 당시의 상황, 그러니까 온도, 습도, 밀폐도 등에 따라 다르겠지만, 인조 가죽 시트에도 물방울이 남아 있지 않을까 싶었어. 하지만 확인해 보니 그렇지는 않아. 벽이 약간 눅눅하지만 부자연스러울 정도는 아니고. 게다가, 현장 검증을 실시했을 무렵에는 어느 정도 건조가 진행되어 원래 상태로 되돌아와 있었을지도 모르지. 어떻습니까, 시마오카 주임님?"

시마오카와 감식반원들은 매트리스와 이불을 끈으로 묶어 디지털 계량기로 무게를 측정하는 중이었다.

"실험 전에는 매트리스와 이불을 합해 6.3킬로그램이었는데 지금은 6.4킬로그램입니다. 약 100그램이 늘었어요."

"계량컵의 절반 분량이군. 현장에 남아 있던 매트리스나 이불의 상태와 일치해."

유가와는 그렇게 말하고 구사나기를 바라보았다.

"가설을 증명하는 데 한발 다가선 것 같군."

34

도지마 슈사쿠가 경영하는 '도지마야 푸드'에 대한 압수 수색 영장이 발부된 것은 액체 질소 실험이 이루어지고 바로 다음 날이었다. 구사나기가 직접 지휘를 맡아 우쓰미 가오루와 기시타니를 대동하고 사장실로 들어갔다.

영장을 내밀자 도지마는 벌컥 화를 내며 "이게 대체 무슨 경우입니까?" 하고 언성을 높였다.

"우리 회사가 살인 사건에 관여했다는 겁니까? 우리는 식품 가공업자예요. 나쁜 짓을 하는 사람들이 아니란 말입니다."

"그렇다면 아무 문제가 없을 테니 수사에 협조해 주세요."

영장을 품에 도로 넣으며 구사나기가 말했다.

압수 수색의 계기가 된 것은 유가와의 말이었다. 액체 질소

실험이 끝난 후 그는 다음과 같이 말했다.

"범행에 사용된 흉기가 헬륨이 아니라 액체 질소일지 모른다는 생각이 떠오른 것과 동시에 중요한 사실을 깨달았어. 액체 질소라면 쉽게 조달할 수 있는 사람이 나미키 씨 주변에 있다는 거지. 나미키 씨와 어릴 적부터 친했던 도지마 사장 말이야. 그 사람이 경영하는 회사에서 냉동식품을 취급하잖아. 식품 냉동 장치에는 다양한 타입이 있지만 최근에는 액체 질소를 이용한 급속 냉동 시스템이 주목받고 있어. 어쩌면 그 회사에서도 그 방식을 채용했을지 모른다고 생각했지."

사실을 확인하기 위해 유가와는 도지마 본인에게 직접 물어보았다고 했다.

"우쓰미 군이 연구실로 찾아왔던 날 밤, 그 사람이 나타날 만한 시간을 노려 '나미키야'에 갔어. 마침 합석을 하게 되어 냉동기에 관해 물어봤지. 예상했던 대로 '도지마야 푸드'는 액체 질소를 이용한 냉동 시스템도 사용하고 있더군. 주로 디저트류를 냉동하는 데 사용한다는 거야. 다만, 내가 상당히 꼬치꼬치 물었기 때문에 도지마 사장이 수상하게 여겼을 우려가 있어. 나쓰미 씨에게 지인 중에 형사가 있다는 말을 한 적도 있으니 지금 나는 그들에게 요주의 인물일지 모르지. 그러고 보니 요 며칠 '나미키야'에서 단골들이 통 얼굴을 비치지 않더군."

중요한 정보였다.

경찰도 아닌 유가와가 그렇게까지 수고를 했는데 구사나기가 뒷짐 지고 있을 수는 없었다. 그 즉시 도지마의 회사를 수색하기 위한 절차를 밟았다.

압수 수색이 종료된 지 약 여덟 시간 후, 구사나기와 우쓰미 가오루는 기시타니와 함께 기쿠노 경찰서 회의실에 있었다. 마미야에게 성과를 보고하려는 것이었다.

"탐문 수사 결과, 올 3월경 '도지마야 푸드'에서 액체 질소 사고가 발생했다는 걸 알았습니다."

구사나기가 메모를 보면서 말했다.

"자동 냉동기를 사용하지 않고 종업원이 식품에 액체 질소를 직접 분무하다가 정신을 잃고 쓰러졌답니다. 환기를 제대로 하지 않은 것이 원인이었고요. 다행히 생명에는 별 지장이 없었지만, 자칫하면 사망에 이를 수도 있었다는군요."

"그 사고에서 힌트를 얻어 이번 범행을 저질렀단 말이야?"

마미야가 물었다.

"아이디어를 떠올린 사람이 도지마인지, 아니면 그 얘기를 들은 누군가인지는 알 수 없지만요."

구사나기가 신중한 어투로 말하고 나서 우쓰미, 하고 옆에 있던 후배 형사에게 신호를 보냈다.

우쓰미 가오루가 노트북 키보드를 조작한 후 모니터를 마미야 쪽으로 돌렸다. 화면에는 공장 입구가 찍혀 있었다.

"'도지마야 푸드' 공장 입구에 설치된 CCTV 영상입니다. 이 공장에는 액체 질소를 이용한 냉동기가 있습니다. 퍼레이드가 있었던 날 13시경에 찍은 영상인데요, 일요일이라서 공장이 쉬는데도 이렇게 물품 반입구가 열려 있습니다."

그녀가 키보드를 다시 두드리자 영상이 움직이기 시작했다. 반입구를 통해 승합차 한 대가 안으로 들어가고 있었다. 그 광경을 보던 마미야가 "흠……." 하고 소리를 냈다.

"조금 빨리 돌려 보겠습니다."

우쓰미 가오루가 영상을 빠르게 진행시켰다. 시각이 13시 20분으로 표시되었다. 이번에는 아까 그 승합차로 보이는 차량이 반입구에서 나오고 있었다.

"운전자 얼굴을 확인할 수 있어?"

마미야가 물었다.

"이 영상으로는 확인할 수 없지만, 다른 영상이 있습니다."

구사나기가 그렇게 말하고는 우쓰미 가오루에게 눈짓을 했다.

후배 형사는 또 다른 영상을 모니터에 띄웠다. 주차장에 승합차 몇 대가 나란히 서 있었다.

"'도지마야 푸드'의 영업용 차량 주차장입니다."

우쓰미 가오루가 설명했다.

"아까 보신 영상보다 좀 더 이른 시간에 찍혔습니다. 12시 56분으로 표시되어 있네요."

영상이 움직이기 시작하고 얼마 안 되어 왼쪽에서 점퍼 차림의 통통한 남성이 나타났다. 그는 차에 올라타자마자 곧장 출발했다.

우쓰미 가오루는 영상을 조금 되돌린 뒤 화면을 정지하고 남자의 얼굴을 확대했다.

구사나기가 준비해 둔 사진 한 장을 마미야에게 보였다. 도지마 슈사쿠의 운전면허증 사진이다.

"동일 인물로 봐도 될 것 같습니다."

마미야가 눈을 가늘게 뜨고 사진을 들여다봤다.

"도지마가 자신의 공장에서 액체 질소를 반출했다는 뜻이야?"

"그럴 가능성이 높지 않을까요?"

"증거는?"

"저장 탱크의 잔량이 매일 관리되고 있는데, 금요일과 월요일 사이에 약 20리터가 줄었습니다. 액체 질소는 그냥 놔둬도 몇 퍼센트가량은 늘 줄어들지만, 이 정도로 많이 줄어들지는 않는다는 게 탱크 관리자의 말입니다."

"그렇군. 하지만 결정적이라고 볼 수는 없어."

마미야가 퉁명스럽게 말했다.

"승합차의 행방은 추적해 봤어?"

그게, 하며 구사나기가 기시타니에게 턱짓을 했다.

"현장 부근의 CCTV를 조사하고 있지만 아직 문제의 승합차는 확인되지 않았습니다."

기시타니가 대답했다.

"또, 간선 도로의 N 시스템에도 잡히지 않았습니다."

"N 시스템에 잡히지 않은 채 공장에서 범행 현장까지 가는 방법도 있나?"

"멀리 돌아가면 가능합니다만, 그런 루트를 선택할 이유가 없습니다. N 시스템이 어디 있는지 민간인은 알지 못하니까요."

그리고, 하며 우쓰미 가오루가 다시 키보드를 조작해 주차장 영상을 조금 더 앞으로 가져갔다. 아까 그 승합차가 돌아오고, 도지마로 보이는 인물이 차에서 내려 어디론가 사라졌다.

"화면의 시각이 13시 51분입니다. 공장을 떠난 시각이 13시 20분이었으니까 약 30분이 걸린 거죠. 범행 현장까지 최단 경로로 가도 편도 10분 이상이 소요됩니다. 먼 길로 우회했다고 볼 수는 없을 것 같습니다."

마미야가 팔짱을 끼며 구사나기 쪽으로 몸을 향했다.

"도지마의 알리바이는?"

"있습니다."

구사나기가 이내 대답했다.

"오후 3시경부터 자치회 회원들과 함께 있었습니다. 간간이 자리를 비웠지만 긴 시간은 아니고요. 저녁까지 거기 있었고, 그 후 '나미키야'에 갔습니다. 모두 확인된 사실입니다."

그러니까, 하고 마미야가 중얼거렸다.

"결국 도지마는 주범이 아니라는 거군."

"그렇습니다. 승합차로 액체 질소를 가지고 나가서 어딘가에 내려놓은 후 공장으로 돌아왔다, 그 액체 질소를 누군가가 옮겼다, 그렇게 보는 게 타당하겠죠."

"그 옮긴 사람이 주범이란 말인가……, 그게 대체 누구야?"

"모르겠습니다. 가장 유력한 사람은 나미키 유타로인데, 아시다시피 완벽한 알리바이가 있습니다. 마스무라도 그렇고요."

마미야가 다시 낮게 신음하며 양손을 머리 뒤에 얹고는 의자 등받이에 몸을 기댔다.

"그 사람…… 갈릴레오 선생은 뭐래? 평소 같은 명쾌한 추리는 안 나왔나?"

"일단은 이게 해답이라며 내놓은 추리는 있습니다만……."

"뭔데, 그게?"

"상당히 엉뚱하지만……."

유가와는 도지마의 공장에서 액체 질소를 취급한다고 얘기한 후 다음과 같은 추리를 내놓았다. 그도 역시 도지마가 주범은 아닌 듯하다고 했다.

"마스무라는 공범이고, 도지마 사장도 아마 공범일 거야. 하지만 과연 공범이 그 둘뿐일까? 가령 다카가키 도모야는 알리바이가 있는 것처럼 보이지만 30분 정도의 공백이 있잖아. 그는 그 30분을 어디에 사용했을까? 또 수풀에서 발견된 헬륨 봄베가 눈속임이라면 범행은 가스봄베가 도난당한 오후 4시 반 이전에 이루어졌을 가능성도 있으니 니쿠라 부부의 알리바이도 완벽하지는 않아. 이 일련의 사실에 뭔가 의미가 있지는 않을까?"

유가와의 지적은 그야말로 청천벽력이었다. 물리학자는 이번 범행에 다수의 인물이 관계했을 가능성을 제시한 것이다.

그런데 그는 "하지만 이건 어디까지나 가설에 불과해."라며 말을 계속했다.

"나는 그들을 어느 정도 안다고 생각해. 하나같이 평범하고 선량한 시민들이지. 나미키 사오리 씨를 좋아했던 것도 알겠고, 하스누마를 증오하는 마음이 컸던 것도 사실이겠지만, 아무래도 살인에 가담했으리라고 여겨지지는 않아. 설사 공범이 열 명이라고 해도 각자의 양심의 가책이 십분의 일로 줄어드는 건 아니잖아. 그래서 가설을 완성하지 못하고 있는 거야."

유가와가 침통한 표정으로 말한 내용은 구사나기도 납득이 갔다. 그 많은 사람이 모두 계획 살인에 합의했다고 생각하기는 어려웠다.

얘기를 듣고 난 마미야도 유가와의 생각에 동의한다고 말했다.

"공범이 여러 명이라는 가설이 흥미롭기는 하지만, 살인이라는 큰일에 모두가 한뜻으로 뭉쳤다고 보기는 어려워. 발각되었을 때 감당해야 할 리스크가 너무 크잖아."

"그렇지만 마스무라와 도지마가 공범인 것은 거의 확실하다고 봅니다. 무언가가 그 둘의 연결 고리가 되었을 겁니다. 그 연결 고리는 나미키 유타로 외에는 생각할 수 없습니다."

"그런데 그 인물에게는 알리바이가 있단 말이지."

마미야가 팔짱을 끼며 말했다.

"이거야 원, 다람쥐 쳇바퀴 돌기로군."

"돌파구는 여기 있을 겁니다."

구사나기가 노트북 모니터를 가리켰다. 화면에는 '도지마야 푸드' 주차장에 세워져 있는 승합차가 비치고 있었다.

"실험 결과 범행에는 약 20리터의 액체 질소가 필요하다고 판명되었습니다. 일반적인 용기의 경우 높이가 60센티미터 이상, 지름이 약 30센티미터, 충전했을 때 무게는 25킬로그램 정도입니다. 도지마가 승합차로 공장에서 반출한 후 누가 어떻게 범행 현장까지 옮겼나 하는 부분입니다."

"헬륨 봄베가 액체 질소로 바뀌었다……, 어쨌든 범인은 큰 물건을 옮긴 셈이군. 하지만 아직 발견되지 않았잖아?"

"지금까지는 헬륨 봄베가 도난당한 공원 주변의 CCTV에 집중했습니다. 또한 도난당한 시간인 오후 4시 반 이후를 중시했죠. 하지만 지금부터는 장소나 시간대를 확대해서 탐문 수사를 하고 CCTV의 영상도 검토하려고 합니다."

힘주어 말했지만, 구사나기는 가슴속에 불안감이 남아 있다는 걸 부인할 수 없었다. 천하의 유가와조차 가설을 완성하지 못한 마당이다. 이 수사가 올바른 과녁을 겨냥하고 있다는 자신이 전혀 없었다.

35

구사나기가 일러 준 가게는 기쿠노역에서 걸어서 10분 정도 걸리는 곳에 있었다. 좁다란 골목에 면한 조그마한 빌딩의 1층이다. 북적거리는 상점가에서 조금 떨어져 있어 과연 이런 데서 장사가 될까 싶지만, 수십 년간 영업을 계속해 오고 있다니 '나미키야'처럼 단골 덕에 유지되는지도 모른다.

짙은 갈색의 중후한 문을 열고 가게 안으로 들어서자 오른쪽 카운터에서 지배인으로 보이는 백발의 남자가 "어서 오세요." 하고 인사했다. 그의 등 뒤로는 각양각색의 술병이 줄줄이 늘어서 있다. 조명에 적당히 반사된 술병은 그것만으로도 충분한 장식 효과가 있었다.

테이블은 커플들로 가득했다. 카운터석에도 커플이 한 쌍 앉아 있고, 그들에게서 다소 떨어진 맨 구석 자리에 오늘 만나기로 한 상대가 있었다.

"기다리시게 해서 죄송해요."

가오루가 조그만 소리로 사과하면서 유가와 옆 자리에 앉았다.

유가와는 스마트폰을 안주머니에 넣고 잔을 집어 들었다.

"별로 오래 기다리지 않았어."

그때 지배인이 그들 쪽으로 다가와 가오루는 무알코올 모스코 뮬을 주문했다.

"다시 경찰서에 들어가야 하나?"

"네, 보고서를 써야 하거든요."

"고생이 많군."

유가와가 마시고 있는 술은 하이볼인 듯했다.

"수사가 제자리걸음이지?"

"잘 아시네요."

"사람을 불러 놓고 빈손으로 오길래."

죄송해요, 하며 가오루는 한숨을 쉬었다.

"수사 방향은 옳은 것 같은데 말이죠."

"도지마 사장은 뭐래? 저장 탱크의 액체 질소가 줄어들어 있었다는 얘기는 구사나기에게 들었는데."

"자신은 전혀 모르는 일이라고 주장하고 있어요. 퍼레이드 당일 승합차로 공장을 드나들고 회사 밖으로 나갔다는 건 인정했지만요. 냉동기 점검을 하고 나서 곧바로 행사장으로 가려다가 차를 세울 곳이 마땅치 않겠다는 생각에 회사로 되돌아갔다는 거예요. 실제로 퍼레이드 출발 지점 인근에서 '도지마야 푸드'의 차를 봤다는 목격 정보도 있어요."

유가와가 후, 숨을 내쉬었다.

"얼토당토않은 변명은 아니군."

"하지만 부자연스러워요. 점검 같은 건 부하 직원에게 시키면 될 일이고, 굳이 일요일에 할 필요도 없잖아요."

"그야 자기 마음이라고 하면 그만이지."

"그건 그렇지만……."

가오루가 말끝을 흐리는데 지배인이 모스코 뮬이 담긴 잔을 들고 와서 가오루 앞에 놓았다.

반쪽짜리 라임이 동동 떠 있는 모스코 뮬을 한 모금 머금자 상큼한 향이 입안에 퍼졌다.

"마스무라는 여전히 입을 안 열어?"

유가와의 물음에 가오루는 힘없이 고개를 끄덕였다.

"지금의 회사에 들어간 건 전과자라도 받아 준다고 들었기 때문이고, 하스누마가 있다는 건 전혀 몰랐다, 애초에 23년 전 사건 자체를 모른다, 그렇게 주장하고 있어요."

"마스무라의 전 직장은 조사했고?"

"물론이죠. 건설 회사의 하청 업체인데, 종업원이 수시로 바뀌는 곳이라서 마스무라를 기억하는 사람조차 거의 없었어요."

"그렇겠지."

유가와가 예상했다는 듯이 말했다.

"그 부분이 취약하면 그들은 계획을 그르치게 되니까. 마스무라는 어떻게든 23년 전 사건과의 연관성을 부정하려 들 거야."

"그들의 계획이라니……, 그들이 누구죠? 마스무라와 도지마, 그리고 역시 나미키 집안 사람들과 다카가키 도모야 씨, 니쿠라 씨 부부를 의심하시는 거예요?"

"그러지 않는 편이 비논리적이겠지."

"하지만 나미키 집안 사람들에게는 알리바이가 있고, 다카가키 씨나 그 밖의 사람들은 행사장 주변 CCTV 확인 결과 큰 짐을 운반하지 않았다는 게 확인되었어요. 도지마 사장이 승합차로 액체 질소를 운반했다고 해도 회사 밖에 있었던 시간에서 역산하면 기껏해야 행사장까지만 갈 수 있을 정도였고요. 그럼 누가 어떻게 범행 현장까지 운반했다는 거죠?"

"그걸 알아내는 게 자네들 일 아닌가?"

"총력을 기울여 조사하고 있어요. 교수님, 혹시 시트 박스가 뭔지 아세요?"

"시트 박스? 아니, 모르겠는걸. 전철의 박스 좌석은 알아도."

"택배 업무 종사자들이 운반용 수레 위에 얹어서 사용하는 네모나고 커다란 비닐 박스예요. 비가 와도 젖지 않고, 짐이 굴러떨어지는 것도 방지하고요. 혹시 길거리에서 본 적 있지 않으세요?"

"아아, 그거!"

유가와가 알겠다는 듯이 고개를 끄덕거렸다.

"퍼레이드 당일에도 택배가 배달되었어요. CCTV에 몇 번 찍혀 있더군요. 택배 회사에 문의해서 실제로 물품을 배달했는지 하나하나 확인하고 있어요. 범인이 택배원을 가장해서 액체 질소를 운반했을 가능성도 있지 않을까 해서요."

"그렇군. 구사나기가 지시했나?"

"네."

그러자 유가와가 빙그레 미소를 지으며 하이볼을 입으로 가져갔다.

"꽤 쓸 만한 경부가 되었군."

"그 말, 계장님께 전해도 될까요?"

"그럴 필요는 없어."

"아무튼 그 정도로 철저하게 조사하고 있어요. 제가 그날 퍼레이드 자체를 본 건 아니지만, 행사장에서 사람들이 어떤 식으로 움직였는지, 구경꾼들이 얼마나 퍼레이드를 즐겼는지는 모두 파악했어요. CCTV 영상이란 영상은 모두 샅샅이 훑었으니까요. 그런데도 범인이 어떻게 액체 질소를 운반했는지 알 수 없어서 이렇게 뵙자고 한 거예요."

"나더러 추리를 하란 말인가?"

가오루는 양손을 무릎 위에 얹고 유가와를 향해 돌아앉았다.

"교수님이라면 수수께끼를 풀 수 있을 거예요."

"근거 없는 소리 하지 마."

그렇게 말하고 유가와는 지배인을 불러 잔을 가리키며 "같은 걸로요." 하고 주문했다.

가오루가 머리를 벅벅 긁으며 "뭔가 놓친 게 있는 걸까요?"라고 물었다.

"그럴지도 모르지. 아니, 아마 그랬을 거야. 그럴 때는 관점을 달리해 보는 게 좋아."

"관점을요……."

가오루는 차가운 모스코 뮬로 입안을 적신 후 턱을 괴고, 위스키소다를 만들고 있는 지배인의 손길을 바라보았다. 그러고는 시선을 그의 등 뒤에 진열된 유리병으로 옮기는데 맨 아랫단 구석에 놓인 조그만 개구리 인형이 눈에 들어왔다.

웬 개구리지, 하고 의아하게 생각하던 그녀는 이내 그 이유를 깨닫고는 웃음을 터뜨렸다.

뭔데, 하고 유가와가 물었다.

"저거요."

가오루가 개구리 인형을 가리켰다.

"이름이 뭔지 아세요?"

개구리 인형으로 눈을 돌린 유가와는 흥, 하고 콧방귀를 뀌었다.

"기쿠농이잖아, 퍼레이드의 마스코트 캐릭터."

"디자인이 좀 그렇죠? 영락없는 개구리예요."

그러자 지배인이 유가와 앞에 새 하이볼 잔을 놓으며 말했다.

"손님이 깜박하고 두고 간 겁니다."

"아, 그래요. 어쩐지 안 어울리는 물건이 있다 했더니만."

유가와가 고개를 끄덕이며 말했다.

"버리기도 뭐해서 어떻게 할까 고민 중이었습니다. 생각이 나서 찾으러 오시면 좋겠습니다만."

그렇게 말하고 지배인은 자기 자리로 돌아갔다.

가오루는 기쿠농 인형을 바라보았다. 퍼레이드에서는 거대한 기쿠농 벌룬이 맨 마지막 순서로 등장하는 듯하다. 벌룬을 헬륨 가스로 채우려면 고압 봄베가 몇 통이나 필요하다…….

아니, 하고 저도 모르게 큰 소리를 내고 말았다.

"이번에는 또 뭐야?"

아니요, 하며 가오루는 왼손을 살살 저었다.

"혹시나 싶은 아이디어가 떠올랐는데……, 죄송해요. 아닐 거예요."

"뭐가 아니라는 건데?"

"아니에요. 결코 있을 수 없는 일을 상상했어요. 잊어 주세요."

유가와가 컵 받침 위에 술잔을 내려놓았다.

"아닌지 어떤지를 독단적으로 판단해서는 안 돼. 결코 있을 수 없다고 단정하는 것도 좋지 않고. 어쩌면 거기에 문제 해결의 힌트가 숨어 있을지도 모르잖아. 일단은 아이디어를 말해서 제삼자의 의견을 들어 봐야지."

"그럴 필요도 없는 얘기예요. 아마 들으시면 어이없어서 웃으실걸요."

"점점 더 듣고 싶은걸."

아까와 반대로 유가와가 가오루 쪽으로 돌아앉았다. 그의 표정은 진심 진지했다.

"자, 얘기해 보시지."

가오루는 후, 하고 길게 숨을 내뱉었다. 아이디어가 떠올랐다는 말을 하는 게 아니었다고 후회했다.

"저 안에 있는 가스가 사용된 게 아닐까 하고 상상했어요."

그러고서 가오루는 진열장에 놓여 있는 기쿠농을 가리켰다.

"저 안이라니?"

유가와가 무슨 소리인지 모르겠다는 듯이 미간을 찡그렸다.

"거대한 기쿠농 벌룬 말이에요. 안에 대량의 헬륨이 들어 있을 테니까, 퍼레이드가 끝난 후에 벌룬에서 헬륨을 빼내 범행 현장으로 가져가면 처음에 교수님이 제시하신 방법으로 질식사시킬 수 있지 않을까 싶었어요."

더는 말하고 싶지 않다는 생각이 들어 죄송해요, 하고 가오루는 고개를 숙였다.

"잊어버리세요. 범행에 사용된 건 헬륨 가스가 아니라 액체 질소잖아요."

유가와는 웃지 않았다. 어이없다는 표정도 아니었다. 그는 진열장에 놓인 기쿠농을 보며 생각에 잠겨 있었다.

하도 엉뚱한 얘기를 해서 당황했나 보다고 가오루는 생각했다.

"교수님."

"흥미롭군."

유가와가 툭 뱉듯이 말했다.

"그 방법이라면 퍼레이드 출발 지점에서 도착 지점까지 범인들은 아무것도 할 필요가 없어. 벌룬이 행사 진행 요원들의 손으로 옮겨질 테니까."

"그래서 언뜻 좋은 아이디어라고 생각한 거예요. 하지만 불가능하잖아요, 벌룬에서 헬륨 가스를 뺀다는 게."

"빼는 것 자체는 어렵지 않아. 그러나 그걸 다시 봄베에 넣기는 매우 어렵지."

"그러니까 잊으세요. 그래도 웃지 않으셔서 다행이에요."

마음이 놓인 가오루는 모스코 뮬을 한 모금 마셨다.

"웃을 일이 아니지."

그리고 유가와는 안주머니에서 스마트폰을 꺼냈다.

"자네가 엄청난 해답을 발견한 것일 수도 있는데."

"네? 무슨 말씀이죠?"

유가와가 스마트폰 화면을 조작했다.

"아까 자네가 행사장 주변의 CCTV 영상을 샅샅이 훑었다고 했지? 그래서 사람들의 움직임이나 구경꾼들의 모습을 전부 파악했다고 말이야."

"그랬죠."

"하지만 이 사람들의 움직임은 안 봤을 거야."

유가와가 스마트폰 화면을 가오루 쪽으로 돌렸다.

화면에 비친 것은 해적들의 모습이었다.

36

'미야자와 서점'은 3층 건물의 대형 서점이다. 그러나 가장 넓은 1층에서는 음악이나 영상 관련 소프트웨어 또는 게임을 판매한다. 서적 매장은 2층에 있고 3층은 사무실이다.

그 사무실에 있는 미야자와 마야는 야무진 입매가 강인한 의지를 느끼게 하는 여성이다. 자치회 이사로 일하면서 기쿠노시 대표 퍼레이드 팀까지 진두지휘한다니 인망도 두터울 것이다.

경찰 배지를 보고 어리둥절한 표정을 짓던 미야자와 마야는 퍼레이드 소도구를 보여 달라는 구사나기의 요구를 듣고 더욱더 미간을 찡그렸다.

"소도구는 왜요?"

"잠시 확인할 것이 있습니다. 어디 있습니까?"

"사무국 창고에 있는데요."

"창고는 어디 있습니까? 그쪽에 누가 계신가요?"

"바로 요 옆이에요. 보통은 아무도 없는데……, 지금 당장 보여 달라는 말씀인가요?"

구사나기는 상대의 얼굴에 시선을 둔 채 고개를 끄덕했다.

"가능하시다면요."

알겠습니다, 하며 미야자와 마야는 옆에 있는 책상 서랍을 열어 열쇠 뭉치를 꺼냈다.

그녀가 직접 안내해 준 사무국 건물은 상점가에서 조금 떨어진 네거리에 면해 있었다. 2층짜리 조그만 건물로, 1층은 창고, 2층이 사무국이었다.

"연말에 상점가 전체에서 대대적인 세일을 해요. 그때 팀 기쿠노의 퍼레이드를 재연하는 경우가 있어서 소도구와 의상은 여기에 보관합니다. 수레는 사용하지 않아서 퍼레이드가 끝난 후 해체했어요."

창고의 전동 셔터 스위치를 누르며 미야자와 마야가 말했다.

창고 안에는 종이 박스와 의상 케이스가 쌓여 있었다. 합판이나 각목, 양철판 같은 것들도 있다.

자, 하며 미야자와 마야가 구사나기를 향해 돌아섰다.

"뭘 보고 싶으시죠?"

구사나기는 옆에 있는 우쓰미 가오루에게 눈짓을 했다. 오늘은 그녀 외에도 젊은 부하 형사를 몇 명 데려왔다. 힘을 쓰는 일을 시키기 위해서다.

우쓰미 가오루가 스마트폰을 빠르게 몇 번 터치했다. 그리고 화면을 미야자와 마야에게 보였다.

"이거요."

구사나기는 젊은 여성 경영자의 얼굴을 뚫어져라 바라보았다. 미세한 표정 변화 하나라도 놓쳐서는 안 되기 때문이다.

미야자와 마야의 뺨이 움찔하는 듯이 보였다. 그러나 우쓰미 가오루가 보여 준 화면이 예상치 못한 것이어서인지, 아니면 각오했던 대로여서인지는 판단할 수 없었다.

"보물 상자……인가요?"

그렇습니다, 하고 구사나기가 대답했다.

"구경했던 사람들 얘기로는 보물 상자가 여러 개 있었다고 하던데요."

"다섯 개를 만들었죠."

"여기 있습니까?"

"있기는 한데……."

미야자와 마야가 창고 안을 한 번 둘러봤다.

"분해해서 보관하고 있어요."

"상관없습니다. 수사관들에게 조립하라고 할 테니 순서를 가르쳐 주세요."

"알겠습니다. 무슨 색 보물 상자를 조립하시겠어요?"

"색이 여러 가지입니까?"

"다 달라요. 금색, 은색, 동색, 파랑, 빨강이 있어요. 크기와 형태는 모두 같고요."

"그렇다면 어느 것이든 상관없습니다."

미야자와 마야는 고개를 끄덕인 후 "따라오세요." 하며 창고 안으로 들어갔다. 구사나기가 다시 젊은 형사들에게 눈짓을 했다.

미야자와 마야의 지휘에 따라 부하 형사들이 상자를 조립하는 모습을 바라보며 구사나기는 전자 담배를 꺼내 피우기 시작했다. 일반 담배는 3년 전에 끊었다.

"그거, 유가와 교수님 앞에서도 피우세요?"

우쓰미 가오루가 물었다.

"그럴 리가 있겠어."

"하긴, 교수님은 흡연을 혐오하니까요."

"이런 걸 피운다는 걸 알면 얼간이 취급을 할걸? 결단력이 없다느니 비논리적이라느니 하면서 말이야."

"저도 마찬가지 생각인걸요."

"시끄러워. 내 폐니 내 마음대로 할 거야."

그런 얘기를 주고받는 가운데 보물 상자가 완성되어 젊은 형사들이 수레를 밀면서 다가왔다.

높이 약 1미터에 뚜껑이 열려 있는 보물 상자에는 모조 금은보화가 넘쳐흐르고 있었다. 구사나기가 만져 보니 발포 스티로폼 재질에, 접착제로 고정되어 있었다.

"가까이서 보니 싼 티가 나죠?"

누가 지적하기 전에 미리 말해 둔다는 듯이 미야자와 마야가 자조적으로 말했다.

"본체는 합판이에요."

그녀가 상자 옆면을 두드리자 통통, 하는 경박한 소리가 났다.

"뚜껑이 닫힙니까?"

"아니요. 열린 상태로 고정되어 있어요."

"안쪽은 어떤 상태죠?"

"텅 비어 있어요. 금은보화 장식은 바깥쪽에만 붙어 있고요."

구사나기는 손잡이를 두 손으로 잡고 수레를 밀어 보았다. 생각 이상으로 가볍게 움직였다. 조금 힘을 주어 손잡이를 누르자 앞바퀴가 공중에 떠올랐다.

구사나기와 우쓰미 가오루는 서로 얼굴을 마주 보았다. 우쓰미 가오루가 고개를 까딱했다. 유가와 교수님 지적대로네요, 라고 말하는 듯한 표정이다.

왜 그러시죠, 하고 미야자와 마야가 물었다.

"이걸로 보물 상자는 완성입니까?"

"네, 완성된 거죠."

"이런 상태로 퍼레이드에 나갔나요?"

"그렇습니다만……."

미야자와 마야의 얼굴에 경계의 빛이 스치는 것을 구사나기는 놓치지 않았다.

"우쓰미, 그 동영상 보여 드려."

네, 하며 우쓰미 가오루가 다시 스마트폰을 조작했다.

"퍼레이드를 구경한 분이 촬영한 영상입니다."

우쓰미 가오루가 스마트폰 화면을 미야자와 마야에게 보여 주며 말했다.

"해적으로 분장한 사람들이 보물 상자를 밀면서 움직이고 있죠?"

"네. 그게 왜요?"

"이리저리 움직이면서 때로는 보물 상자를 밀던 사람이 수레 뒷부분에 타기도 했어요. 그런데 수레의 앞바퀴가 전혀 떠오르질 않아요. 그러려면 보물 상자가 매우 무거워야 한다는 게 이 영상을 분석한 전문가의 의견이에요."

미야자와 마야가 아아, 하고 고개를 끄덕이며 혀로 입술을 축였다.

"그거 말이군요."

"무슨 장치라도?"

구사나기가 물었다.

"무거운 걸 실었어요. 죄송합니다, 깜박했어요."

구사나기가 의심의 눈초리로 미야자와 마야를 바라보았다.

"왜죠?"

"이 상태로는 균형이 잘 맞지 않으니까요. 상자 전체의 중심이 상당히 위쪽에 있어서 자칫하면 쓰러질 우려가 있었어요. 그래서 아래쪽에 무거운 물건을 실어서 안정되도록 했죠. 그리고 별로 무겁지도 않은 수레를 무겁다는 듯이 밀고 가려면 연기력이 있어야 하는데, 아마추어에게 그런 것까지 요구하기는 어려우니까 무거운 물건을 실어서 일거양득의 효과를 노린 거예요."

"그 전문가에 따르면,"

우쓰미 가오루가 다시 입을 열었다.

"보물 상자 본체를 포함해서 최소한 40킬로그램 정도는 필요할 거라고 하던데요."

"아마 그 정도 되었을 거예요."

"구체적으로 뭘 실었죠?"

"차와 생수 페트병요. 2리터들이 페트병이 여섯 개 든 종이 박스 두 개를 보물 상자에 실었어요. 퍼레이드가 끝난 후에는 사람들에게 나눠 줬고요."

구사나기가 재빨리 암산을 했다. 도합 24킬로그램이다.

"보물 상자에 그것들을 어떤 식으로 넣고 빼냈죠?"

"어렵지 않아요. 간단합니다."

미야자와 마야가 보물 상자 옆면에 붙어 있는 금속 장식을 풀자 옆면이 아래쪽을 축으로 열렸다. 텅 빈 내부가 한눈에 들여다보였다. 바닥에 벨트가 몇 개 붙어 있었다.

"여기에 싣고 상자를 벨트로 고정합니다. 그리고 문을 닫으면 그만이에요."

아닌 게 아니라 간단했다. 3분도 채 걸리지 않을 듯하다.

"페트병을 언제 넣었죠?"

"보물 상자를 조립했을 때니까 행사 당일 아침이에요."

"장소는요?"

"출발 지점 바로 옆에 있는 시영 운동장요. 참가 팀 준비 장소로 제공된 곳이에요."

"팀 기쿠노는 맨 마지막에 출발하죠? 출발할 때까지 내내 거기 두었습니까?"

"네. 그게 문제가 되나요?"

"들어 보니, 해마다 참가 팀이 늘어난다던데, 여러 사람이 드나들어서 혼잡했겠군요."

"그야 그렇죠. 그래서 일찌감치 가서 여유 있게 준비해요."

"그런 상황이라면 누가 소도구에 장난을 쳐도 모르지 않을까요?"

젊은 여사장의 표정에 먹구름이 끼었다.

"장난이라니……, 어떤 걸 말씀하시는 거죠?"

"가령, 누군가 몰래 보물 상자에 접근해서 안에 든 물건을 바꿔치기할 가능성도 있지 않을까요?"

미야자와 마야가 고개를 갸웃했다.

"왜 그런 짓을 해야 하는지 모르겠지만, 하려고 들면 불가능한 것도 아니죠."

"도착 지점을 통과한 후에는 보물 상자를 어디에 두셨죠?"

"일단 근처에 있는 초등학교 교정에 뒀어요."

"일단이라면……?"

"순위 발표가 있을 때까지요. 3위 안에 들면 다시 한 번 퍼레이드를 벌여야 하거든요. 아쉽게도 우리 팀은 4위에 머물렀지만 말이죠."

"퍼레이드가 끝나고 나서 순위 발표가 있을 때까지는 시간이 얼마나 걸립니까?"

"두 시간 정도요."

"꼬치꼬치 물어서 죄송합니다만, 그때까지 보물 상자는 초등학교 교정에 그대로 두는 거죠?"

그래요, 하고 다소 짜증 난다는 듯이 대답하고 나서 미야자와 마야는 구사나기의 다음 질문을 가로막듯 오른손을 들었다.

"혹시 누군가 보물 상자에 장난을 쳤어도 모르지 않았겠느냐, 그렇게 묻고 싶은 거죠? 그럴 수도 있다고만 대답해 두죠. 이제 만족하시나요?"

감사합니다, 하고 구사나기는 고개를 숙였다.

"그런데 보물 상자의 조립과 해체는 누가 합니까?"

"소도구 담당이요."

"그분들에게 보물 상자에 관해서 뭔가 보고를 받지는 않았습니까? 예정과 다른 일이 일어났다거나……."

아니요, 하며 미야자와 마야는 고개를 저었다.

"딱히 없었어요."

"그럼 소도구 담당자들의 이름과 연락처를 가르쳐 주실 수 있을까요?"

"그러죠. 나중에 목록을 보내 드릴게요."

그런데, 하며 구사나기가 창고 안으로 시선을 돌렸다.

"듣자 하니 해마다 퍼레이드의 내용은 행사 당일까지 비밀이라면서요?"

"네. 팀 관계자 외에는 알리지 않도록 되어 있어요."

"관계자라면?"

"팀 멤버와 후원자들이죠."

"후원자요?"

"스폰서 말입니다. 시에서 나오는 돈만으로는 모자라니까요. 우리 서점에서도 얼마간 보태고 있어요."

"'도지마야 푸드'는 어떻습니까?"

미야자와 마야가 순간 숨을 멈추는 기색이 느껴졌다. 그리고 그녀는 고개를 끄덕했다.

"이 지역에서는 내로라하는 기업이니까 역시 도움을 받고 있습니다."

"미야자와 씨는 도지마 슈사쿠 사장과 친분이 두텁다고 하던데, 도지마 씨는 올해의 퍼레이드 내용을 알고 있었습니까?"

"그랬을지도 모르죠."

"보물 상자에 관해서는요?"

글쎄요, 하며 미야자와 마야는 고개를 갸웃했다.

"스폰서 중에는 진척 상황을 확인하러 오는 사람도 있어요. 제가 없을 때 오셔서 확인했는지도 몰라요."

"미야자와 씨 본인이 보여 준 기억은 없다는 말씀인가요?"

"기억은 없는데, 확실하게 말씀드리기가 어렵네요. 제가 잊었을지도 모르니까요."

미야자와 마야의 말투는 몹시 신중했다. 앞뒤가 맞지 않는 말을 할까 봐 조심하는 것처럼 들렸다.

구사나기는 화제를 바꾸기로 했다.

"퍼레이드가 시작되기 전에 출발 지점에서 니쿠라 부부를 만나셨죠?"

"네……."

미야자와 마야의 얼굴에 미심쩍어하는 기색이 비쳤다.

"음악과 관련해서 도움을 받고 있거든요. 최종 점검을 받았어요. 그 일에 대해서는 다른 형사님께 이미 말씀드렸는데요."

그녀의 말대로 니쿠라 부부의 알리바이 확인을 위해 기시타니가 미야자와 마야를 만났었다. 그러나 그때는 미야자와 마야가 사건과는 무관한 제삼자라고 생각하고 있었다.

"니쿠라 부부와는 얼마 동안 얘기를 나누셨습니까?"

"10분이나 15분, 그 정도였을 거예요."

미야자와 마야는 시선을 비스듬하게 위쪽에 두고 고개를 갸웃거렸다.

"도착 지점에서는 다카가키 도모야 씨와 얘기를 나누셨다던데요."

"네, 그랬죠."

"잠시 인사를 나눈 정도였다던데, 맞습니까?"

"네."

구사나기가 다음 질문을 생각하고 있는데 형사님, 하고 미야자와 마야가 그를 불렀다.

"하나 여쭤봐도 될까요?"

"뭡니까?"

"위증죄라는 게 있는 건 저도 아는데, 혹시 침묵죄라는 것도 있나요?"

"침묵죄요?"

"거짓말은 하지 않지만 질문에 대답하지도 않는다, 그래도 죄가 되나요?"

"아니요, 그건……."

구사나기는 가볍게 고개를 저었다.

"그건 딱히 죄가 되지 않습니다."

"그렇죠? 묵비권이라는 것도 있으니까요."

"무슨 말씀이 하고 싶으신 겁니까?"

저는, 하고 운을 띄우고 나서 미야자와 마야가 심호흡을 한 번 했다.

"경찰이 보물 상자에 관해 조사하는 이유를 묻지 않겠어요. 그 대신 중요한 손님에 관해 함부로 얘기하지도 않겠습니다."

"중요한 손님이라니, 누구……."

"이 동네에 사는 주민 전원요. 아니, 이 동네에 살지 않더라도 우리 서점을 찾을 가능성이 있는 이는 모두 손님이에요. 저는 손님이 불리해질 수 있는 일은 하지 않겠어요. 앞으로 또 저를 찾아오시더라도 손님에 관한 질문이 목적이라면 아마 헛걸음하실 거예요."

"비호하겠다는 뜻입니까?"

"침묵하겠다는 것뿐이에요. 침묵은 자유잖아요."

미야자와 마야가 웃으며 그렇게 말하고 나서 보물 상자를 돌아보았다.

"용무가 끝나셨으면 저걸 치웠으면 하는데요."

구사나기는 젊은 형사들을 향해 "도와드려." 하며 턱짓을 했다.

37

누가 어깨를 툭 쳐서 도모야는 뒤를 돌아봤다. 과장 쓰카모토가 서 있었다. 원래 온화한 사람이지만 지금은 표정이 굳어 있다.

"잠시 얘기 좀 나눌 수 있을까?"

"네, 그러시죠."

그럼, 하며 쓰카모토는 출입구 쪽을 가리키고는 걸음을 옮겼다. 따라오라는 뜻인 듯하다. 도모야는 얼른 자리에서 일어섰다.

내빈실에서 마주 앉자 쓰카모토가 입을 열었다.

"다나카에게 이상한 소리를 들었어. 며칠 전에 형사가 찾아왔었다고 말이야."

"아아……."

"반응을 보니 짚이는 구석이 있는 모양이군."

쓰카모토가 목소리를 죽이며 말했다. 안경 속 눈빛이 날카로워져 있었다.

"다나카 말로는 사토에게도 찾아왔다던데. 사토가 다나카에게 어떻게 하면 좋겠느냐고 의논했다더군."

다나카는 도모야의 후배 사원이고, 사토는 신입 여사원이다. 도모야가 퍼레이드에 데려갔던 사원들이다.

"두 사람에게 뭘 물었답니까?"

"기쿠노에서 퍼레이드가 있었던 날의 일. 자네, 그 둘과 같이 갔지?"

"네."

"그날의 동선을 꼬치꼬치 물었다는군. 특히 자네와 별도로 움직였던 시간에 관해 집요할 정도로 자세히 확인했다는 거야."

영리해 보이던 우쓰미라는 형사의 얼굴이 떠올랐다. 목적을 이루기 위해서라면 상대가 진저리를 쳐도 개의치 않았을 것이다.

다카가키, 하고 쓰카모토가 생각에 잠긴 그를 불렀다.

"대체 무슨 일이야? 자네, 무슨 짓을 저질렀어?"

"아닙니다."

반사적으로 대답한 후 도모야는 눈을 깜박거렸다.

"그럼 왜 경찰이 자네의 동선을 확인하는 거지? 이상하잖아."

그러니까 그건, 하고 대답하는데 목소리가 갈라져 나왔다.

"제 여자 친구를 살해한 놈이 죽어서요……."

"뭐라고?"

쓰카모토의 눈꼬리가 치켜 올라갔다.

"그래서 저를 의심하는 것 같습니다. 그놈이 퍼레이드 당일에 죽어서 그날의 제 알리바이를 조사하는 거죠."

쓰카모토의 얼굴에서 핏기가 가셨다. 뺨에는 경련이 일었다.

"아니, 잠깐. 여자 친구가 살해됐는데 그 범인이 안 잡혔단 말이야?"

"잡히긴 했지만 증거 불충분으로 석방됐습니다."

쓰카모토는 여우에 홀리기라도 한 듯한 표정을 지었다. 인터넷상에서는 화제로 떠올랐지만 관심 없는 사람에게는 읽을 가치가 없는 사소한 기사였는지도 모른다.

"그렇게 엄청난 사건에……. 왜 여태 숨겼어?"

"개인적인 일이고, 회사에 누를 끼쳐서는 안 된다는 생각에……."

"그럼 뭐 해? 이미 누를 끼치고 있는데. 다나카와 사토가 불안해 하고 있다고."

"그건…… 미안하게 생각합니다."

쓰카모토가 무릎을 살살 떨기 시작했다. 생각이 정리되지 않아 답답한 건지도 모른다. 이리저리 방황하던 그의 시선이 다시 도모야를 향했다.

"정말 괜찮은 거지?"

"괜찮다니, 뭐가요?"

"자네가 사건과 무관한지 묻는 거야."

"관계……없습니다."

시원스럽게 대답했어야 했는데 어물거리고 말았다. 그래서인지 도모야를 바라보는 쓰카모토의 표정은 개운치 않았다.

"그래, 알았어. 아무튼 앞으로는 무슨 일이 있으면 즉시 보고하도록 해. 알겠나?"

"네. 정말 죄송합니다."

도모야는 머리를 숙였다.

쓰카모토가 일어나 내빈실 문을 열었다. 그러나 밖으로 나서기 전에 그는 다시 도모야를 돌아봤다.

"다나카와 사토를 책망하면 안 되네."

"네, 알고 있습니다."

쓰카모토는 복도로 나가 문을 거칠게 닫았다.

상사보다 한발 늦게 자기 자리로 돌아가던 도모야는 구석 자리에 있는 다나카와 눈길이 마주쳤다. 그는 어색한 표정을 짓고 있는 후배에게 애써 웃어 보였다.

퇴근 시간이 되자 평소보다 빨리 일을 정리하고 회사를 나섰다. 할 일이 남아 있었지만 오늘은 야근까지는 하고 싶지 않았다.

그런데 건물에서 나와 역으로 향했을 때 다카가키 씨, 하며 누군가 부르는 소리가 들렸다. 귀에 익은 목소리라 도모야는 흠칫했다.

걸음을 멈추고 소리가 난 쪽을 돌아봤다. 짐작했던 인물이 다가오고 있었다.

"안녕하세요. 근무가 끝나셨나 보군요."

우쓰미가 도모야 앞까지 다가와 인사했다.

"아직도 무슨……."

"네. 묻고 싶은 게 많습니다."

"많아요?"

"네, 그래서 말인데요."

형사가 한 발 더 다가왔다.

"기쿠노 서까지 동행을 부탁드립니다. 그리 오래 걸리지는 않을 거예요. 댁까지는 차로 모셔다드리겠습니다."

"서까지……."

그렇게 중얼거리는 것과 동시에 그는 경악하고 말았다. 어느새 양복 차림의 남자 여러 명에게 둘러싸여 있었다.

부탁드릴게요, 하고 우쓰미 가오루가 머리를 숙였다. 도모야는 말문이 막혔다.

가까이에 세워져 있던 검은 차에 올라탄 후 바깥을 내다보다가 그만 가슴이 덜컥하고 말았다.

아연한 표정으로 서 있는 쓰카모토의 모습이 보였기 때문이다.

난생처음 들어간 취조실에서 마주한 사람은 구사나기라는 형사였다. 그는 체구가 갓 은퇴한 운동선수 같았다. 맨 처음에 직함을 말한 듯한데 도모야의 귀에는 들리지 않았다. 베테랑 형사 같은 풍모에 도모야는 온몸이 오그라드는 듯했다.

연행된 지 몇 분이 지났는데도 도모야의 심장은 여전히 빠르게 뛰고 있었다. 흥분 때문에 몸이 뜨거운데도 순간순간 등

줄기에 오싹한 한기가 느껴졌다.

"많이 긴장하셨나 봅니다."

구사나기가 도모야의 속내를 꿰뚫어 보듯이 말했다.

"안심하세요. 질문에 순순히 답만 해 주시면 금방 끝날 겁니다."

무슨 질문이 하고 싶은 거냐고 묻고 싶었지만 입술이 움직이질 않았다.

"알고 싶은 건 딱 하나입니다."

구사나기가 검지를 세웠다.

"퍼레이드 당일 당신의 동선. 그게 전부입니다."

"그건……."

간신히 소리를 냈다.

"네, 이미 우쓰미 형사에게 말씀하셨죠? 보고는 받았습니다."

구사나기는 옆에서 노트북을 마주하고 있는 우쓰미를 잠시 바라보고 나서 다시 도모야에게 시선을 돌렸다.

"직장 후배, 그러니까……,"

구사나기가 책상 위에 있던 서류를 집어 들었다.

"다나카 씨, 사토 씨와 함께 퍼레이드를 구경하셨죠? 하지만 그 두 분과 따로 움직인 시간이 있어요. 오후 3시 조금 넘어서부터 오후 4시까지요. 그 시간에 관해서 질문하겠습니다. 퍼레이드 도착 지점에서 '미야자와 서점'의 미야자와 사장과 인사를 했다고 들었는데, 그 외의 시간에는 뭘 하셨습니까?"

"뭘……, 딱히……. 그냥 그 근처를 슬슬 돌아다녔어요."

"그 근처라면?"

"상점가요."

"그거참, 이상하군요."

구사나기가 서류를 내려놓고 팔짱을 끼었다.

"저희가 상점가에 설치된 CCTV란 CCTV는 모두 확인했지만 그 시간대에 당신의 모습은 어디에도 찍히지 않았던데요. 다나카 씨와 사토 씨 모습은 몇 군데에서 확인되었는데 말이죠. 대체 어디 계셨던 겁니까?"

도모야는 눈을 내리깔았다. 심장이 더욱 빠르게 쿵쿵 뛰었다. 관자놀이에 땀이 흐르는 게 느껴졌다.

대충 얼버무릴 수는 없었다. 상점가 어디에 CCTV가 설치되어 있는지 도모야는 알지 못한다.

"기억나지 않습니다."

기어 들어가는 목소리로 겨우 그렇게 대답했다.

"다카가키 씨, 이걸 보세요."

구사나기의 말에 도모야가 천천히 고개를 들었다. 그러자 구사나기가 사진 한 장을 책상 위에 놓았다. 그걸 본 도모야의 심장이 터질 듯이 뛰었다.

"이게 뭔지 아시죠?"

"보물 상자……."

"그래요. 팀 기쿠노가 퍼레이드에서 사용한 소도구입니다. 이 보물 상자와 관련해서 아주 흥미로운 얘기를 들었어요. 이 안에 보물 상자의 무게 중심을 잡는 페트병들이 실려 있었다고 하더군요. 우롱차와 물이 들었을 그 페트병들은 퍼레이드가 끝난 후 사람들에게 나눠 줬고요. 그런데 말입니다, 참 이상한 일이 벌어졌어요. 사다 넣은 우롱차는 전부 사라지고 그 자리를 생수병이 모두 차지했다고 합니다. 소도구 담당자들의 착각이었을 거라고들 했지만 정작 소도구 담당자들은 절대 그럴 리 없다고 주장하고 있습니다. 대체 어떻게 된 일일까요?"

차분한 어조로 말하는 구사나기의 한마디 한마디가 도모야의 가슴을 찌르는 듯했다.

"우리는 보물 상자와 관련한 이 이상한 일이 하스누마 용의자의 죽음과 깊은 관련이 있다고 봅니다. 그런 생각에 기초해서 수사한 결과, 당신의 알리바이가 문제가 되었어요. 당신이 뭘 했는지 알 수 없는 몇십 분의 시간이요. 그래서 어떻게든 밝혀내야 합니다."

도모야는 다시 고개를 숙였다. 구사나기의 눈을 마주 볼 자신이 없었다.

그때 문득 도지마의 목소리가 뇌리에 되살아났다. 며칠 전에 전화로 주고받은 대화다.

'처음부터 말했다시피 여차하면 자네는 사실 그대로를 말하면 되네. 거짓말을 할 필요가 없다, 이 말이야. 숨길 일도 없고…….'

지금이 그때일까, 하고 생각했다. 그러나 자신이 그 일을 털어놓으면 다른 사람들은 어떻게 될까. 처벌을 면할 수 있을까. 그렇지 않을 것이다. 사람이 죽었잖은가.

"보물 상자는 다섯 개가 있었습니다."

구사나기가 다시 말했다.

"현재, 모든 보물 상자의 지문을 채취하고 있습니다. 특히 여닫는 부분의 금속 장치에 있는 지문을 중점적으로요."

그 점은 문제가 없다고 도모야는 생각했다. 그때는 장갑을 끼고 있었다.

"물론 지문 말고도 여러 가지를 조사합니다. 가령 DNA라든가. 과학 기술이 발달한 시대이니 극히 소량의 피지나 땀, 비듬 등도 감정이 가능하죠. 가면이라도 쓰지 않는 이상 얼굴이나 머리에서 그런 것들이 떨어지는 걸 막을 도리가 없어요. 머리카락이 떨어져 있는지도 조사합니다. 그리고 장갑."

또다시 가슴이 철렁했다. 그 탓에 어깨를 움찔하고 말았다.

왜 그러시죠? 하고 구사나기가 날카롭게 물었다.

"들어 본 적 없으신가요? 장갑의 흔적. 장갑을 끼고 물건을 만진 흔적 말입니다. 어떤 장갑을 사용했는지 대체로 알 수 있습니다. 목장갑 같은 것은 섬유가 부착되는 경우도 있어 종류를 특정할 수도 있습니다. 그러고 보니……."

그리고 구사나기는 잠시 틈을 두었다가 다시 말했다.

"보물 상자 하나에서 장갑의 흔적이 발견되었다고 들은 것 같아요. 가죽 장갑이라고 했던가……. 가죽 장갑은 말이죠, 각각의 표면에 특징이 있어요. 완전히 똑같은 것이 없습니다. 분석해 보면 사용된 장갑이 어떤 것인지 특정할 수 있을 겁니다."

겨드랑이에서 식은땀이 배어 나왔다. 도모야는 귀까지 빨개지는 것을 스스로 느꼈지만 어쩔 도리가 없었다.

다카가키 씨, 하고 구사나기가 다시금 그를 불렀다.

"당신도 가죽 장갑 하나쯤은 있죠? 저희가 절차만 밟으면 당신의 집을 수색할 수도 있습니다. 이른바 가택 수사라고 하는 것이죠. 만일 가죽 장갑이 발견되면 그것이 보물 상자에 남은 장갑의 흔적과 일치하는지 조사할 것이고, 집에서 장갑이 발견되지 않으면 당신의 회사로 찾아갈 겁니다. 그래서 책상이며 사물함을 샅샅이 뒤질 테죠. 그래도 괜찮습니까?"

괜찮을 리가 없겠죠, 하고 구사나기는 자문자답했다.

"어머니께서 무척 놀라실 겁니다. 아니, 놀라시는 정도가 아니라 자식이 무슨 짓이라도 저지르지 않았을까 싶어 가슴이 저리도록 걱정하시겠죠. 회사 사람들은 어떨까요? 상사나 동료 할 것 없이 당신을 보는 눈이 달라질 겁니다. 그런 일은 피해야 하지 않겠습니까? 저희도 그렇게까지는 하고 싶지 않습니다. 그러지 않고 이 일이 마무리되기를 바랄 뿐입니다. 그래서 이렇게 기회를 드리는 겁니다. 퍼레이드 당일 몇십 분의 공백에 뭘 했는지, 그것만 말씀해 주시면 서로 얼굴을 붉히지 않은 채 끝날 겁니다. 어떻습니까, 다카가키 씨. 이 기회를 살리시겠습니까, 아니면 어머니께 걱정을 끼치고, 회사 사람들의 멸시에 찬 눈초리를 감수하는 길을 택하시겠습니까?"

산전수전 다 겪은 용의자들을 수없이 대해 왔을 베테랑 형사의 한마디 한마디가 도모야의 마음을 옴짝달싹 못 하게 죄어 왔다. 리에의 수심에 찬 얼굴과 쓰카모토의 씁쓸해 하는 표정이 뇌리를 스쳤다.

"다카가키 씨!"

구사나기가 책상을 탕, 치며 강한 어조로 말했다. 도모야는 움찔 놀라 고개를 들었다.

"이제 마지막 기회입니다. 밝혀지지 않은 몇십 분간에 관해 설명해 보세요. 대답하기 싫으면 그렇게 하세요. 다만 그럴 경우 당신에게는 숙소가 제공될 겁니다. 그리고 당신이 여길 나간 직후 가택 수색 영장이 신청됩니다. 그 후에는 당신의 마음이 바뀌어 모든 걸 털어놓겠다고 해도 늦습니다. 어떻게 하시겠습니까?"

압도하듯, 구사나기는 빠르게 말했다.

도모야는 혼란스러워 머리를 부여잡았다. 캄캄하고 깊은 구멍을 들여다보는 듯한 기분이었다.

문득 옆으로 시선을 돌렸다가 우쓰미와 눈이 마주쳤다. 그녀는 마치 당신의 기분을 안다는 듯이 다정하게 고개를 끄덕였다. 냉철하게만 보이던 그녀의 얼굴이 지금은 성모처럼 보였다.

도모야는 고개를 들고 구사나기의 얼굴을 마주 보았다.

"어머니와 회사에 비밀로 해 주실 수 있나요?"

"약속합니다."

구사나기가 단언했다.

38

다카가키 도모야의 진술 내용은 다음과 같았다.

퍼레이드 며칠 전, '나미키야'에서 나오는데 차에 타고 있던 도지마가 그를 부르더니 긴히 할 애기가 있다고 했다. 도모야가 차에 타자 잠시 이동한 뒤 도지마는 놀라운 애기를 했다. 하스누마에게 철퇴를 가할 계획이 있으니 협조해 달라는 것이었다.

죽이자는 건 아니라고 도지마는 말했다.

"혼을 좀 내자는 거지. 벌받을 짓을 했으니."

그러나 그 구체적인 방법은 가르쳐 주지 않았다. 모르는 편이 낫다는 것이었다.

"모든 일이 무사히 끝나면 그때 알려 주지. 하지만 그 전까지 자네는 아무것도 모르는 선의의 제삼자로 남아 있어야 해. 그게 모두의 의견이기도 하고."

'모두'라는 것이 누구를 가리키는지도 알려 줄 수 없다고 도지마는 말했다.

그러나 도모야는 짐작이 갔다. 나미키 유타로와 니쿠라일 것이다.

"가르쳐 주지 않을 경우 협조하지 않겠다고 하면 포기하겠어. 지금 당장 차에서 내려 돌아가도 좋아. 다만 이 얘기는 없었던 걸로 해 주게."

뭘 해야 하는지 듣고 나서 결정해도 좋으냐고 도모야는 물었다.

"물론이지."

그러고서 도지마가 설명한 내용은 전혀 뜻밖이었다. 퍼레이드 당일 팀 기쿠노의 소도구에 숨겨진 물건을 어느 장소까지 옮겨 줬으면 좋겠다는 것이었다.

"소도구란 보물 상자야. 팀 기쿠노의 올해 작품은 '보물섬'으로, 보물 상자가 다섯 개 등장하지. 모두 색이 다른데, 옮길 물건이 숨겨진 보물 상자는 은색일세. 팀 기쿠노가 도착하면 보물 상자 속의 물건을 꺼내서 차로 어느 장소까지 운반하는 거야. 차는 원래 자리로 되돌려 놓고. 거기까지가 자네의 역할이지."

협조하겠다고 약속하면 조금 더 자세한 얘기를 해 주겠다고 도지마는 덧붙였다.

듣고 나니 별로 어려운 일도 아니라는 생각이 들었다. 하루 정도 생각해 보고 나서 대답해도 좋다고 도지마는 말했지만, 이만한 일에 주저해서는 저세상에 있는 사오리에게 면목이 없다고 생각했다.

"하겠습니다."

도모야는 그렇게 대답했다.

퍼레이드 당일 그는 회사 후배들과 오후 3시 조금 넘어까지 퍼레이드를 구경한 후 일단 헤어졌다. 도모야의 제안에 따른 일이었다.

도착 장소로 간 도모야는 미야자와 마야를 찾았다. 알리바이를 만들려면 그녀와 인사를 나누는 게 좋을 거라고 도지마가 충고했기 때문이다.

그녀를 발견하고 몇 마디 대화를 나눈 후에는 30미터 정도 떨어진 곳에 있는 '야마베 상점'이라는 쌀가게로 향했다. 도지마의 말대로 가게 옆 주차장에 경트럭이 한 대 서 있었다. 트럭 짐칸에는 종이 박스 두 개와 하얀 비닐 주머니, 그리고 운반용 카트가 실려 있었다. 종이 박스에는 각각 2리터들이 생수가 여섯 병 들어 있었고, 비닐 주머니 안에는 퍼레이드 자원 봉사자용 점퍼가 들어 있었다.

도모야는 점퍼를 걸치고 종이 박스를 카트에 실은 다음 근처에 있는 초등학교로 향했다. 그와 똑같은 점퍼를 입은 사람들이 바쁘게 움직이고 있었다. 아무도 도모야에게는 눈길을 주지 않았다.

교정으로 들어선 그는 은색 보물 상자를 찾으려고 두리번거렸다. 그것은 이내 눈에 뜨였다. 다행히 그 주위에는 아무도 없었다.

보물 상자로 다가가서는 주머니에서 가죽 장갑을 꺼내어 끼고, 보는 눈이 없는 것을 확인한 후 옆면을 열었다. 여는 방법은 도지마가 가르쳐 주었다.

보물 상자 안에는 커다란 종이 박스가 벨트로 고정되어 있었다. 꺼내려고 들어 보니 꽤 무거웠다.

종이 박스의 내용물이 액체 질소라는 것은 도지마에게 들어 알고 있었다. 사실은 알려 주고 싶지 않지만, 무엇인지 모르면 위험해질 수도 있다고 도지마는 말했다.

"종이 박스는 밀폐되어 있지 않네. 액체 질소는 계속 기화하기 때문에 박스를 밀폐했다가는 팽창해서 끝내는 파열되고 말거든. 그리고 옮길 때는 반드시 가죽 장갑을 끼어야 하네. 지문이 남는 걸 막자는 게 아니라, 만에 하나 박스 속의 용기가 쓰러져서 손에 액체 질소가 묻을 때를 대비해서야. 면장갑 같은 건 액체 질소가 스며들어서 동상에 걸릴 수도 있으니까."

도모야가 가져간 가죽 장갑은 리에가 크리스마스 선물로 사 준 것이었다.

보물 상자 안에 페트병이 든 종이 박스 두 개를 넣고 벨트로 고정한 다음 옆면을 닫았다. 그리고 보물 상자에서 꺼낸 종이 박스를 카트에 싣고 왔던 길을 되돌아갔다. 이때도 주위에 있는 사람들이 수상히 여기는 기색은 없었다. 사람이 없는 곳에서 자원 봉사자용 점퍼를 벗은 후 '야마베 상점'으로 돌아가 경트럭 짐칸에 종이 박스를 실었다. 트럭 번호판 뒷면을 더듬자 도지마가 말했던 대로 차 키가 테이프로 붙여져 있었다. 그 키로 경트럭의 시동을 걸고 하스누마의 숙소까지 몰고 갔다. 목적지에 도착해서는 문 앞에 종이 박스를 내려놓은 후 다시 경트럭을 운전해 '야마베 상점'으로 돌아갔다. 차 키를 도로 번호판 뒤에 붙이고 자원 봉사용 점퍼를 비닐 주머니에 담아 든 그는 후배들과 만나기로 한 장소로 향했다. 도중에 길가에 방치된 자전거의 바구니에 비닐 주머니를 쑤셔 넣었다.

맥줏집에서 후배들과 시간을 보낸 후 혼자 ‘나미키야’로 갔다. 일이 어떻게 되었는지 알고 싶었던 것이다. 하스누마를 벌주겠다는 계획은 제대로 이루어졌을까.

‘나미키야’에 단골이 하나둘 나타났다. 도지마와 니쿠라 부부도 왔다. 그러나 그들은 아무 얘기도 해 주지 않았다.

잠시 후 미야자와 마야의 팀원이 하얗게 질린 얼굴로 달려와 놀라운 소식을 그녀에게 전했다. 하스누마가 죽었다는 것이었다. 도모야는 도지마를 바라보았다. 도지마는 그와 눈을 마주치려 하지 않았다.

무슨 일이 일어난 것인지, 자신 외에 누가 무슨 짓을 했는지 전혀 모르는 상태로 오늘까지 지내 왔다. 하지만 이처럼 모든 걸 털어놓은 이상 한시 빨리 사건의 진상을 알고 싶다는 것이 지금의 심경이었다.

39

진술서를 읽고 난 마미야는 멀뚱한 표정으로 구사나기를 올려다봤다. 그러나 다음 순간 그는 서류를 책상에 내려놓고는 히죽 웃어 보였다.

“잘했어.”

감사합니다, 하며 구사나기는 고개를 숙였다.

"우쓰미에게 듣자 하니 상당히 대담하게 으름장을 놓은 모양이던데."

"가죽 장갑 말입니까?"

"그래. 우쓰미 말로는 감식반에서 장갑의 흔적이 발견되었다느니 하는 보고는 없었다더군."

"유가와 교수에게 들은 얘기가 있어서요. 범인이 액체 질소를 사용했다면 반드시 가죽 장갑을 끼었을 거라고 조언했습니다. 그 얘기를 꺼내자 다카가키 군의 표정이 변하더군요. 그래서 한번 찔러 봤습니다."

"순발력이 대단하군. 그건 그렇고……."

마미야가 다시 서류를 집어 들었다.

"이런 수법으로 액체 질소를 운반하다니, 놀랍군."

"솔직히 말씀드리자면, 우쓰미를 통해서 유가와의 추리를 전해 들은 시점에는 반신반의했습니다. 그 추리가 맞겠다고 확신한 건 미야자와 마야를 만나고 나서였습니다."

유가와는 액체 질소를 보물 상자에 숨겨서 운반하지 않았을까 하고 추리했다. 그러나 퍼레이드 참가자 전원이 공범이라고 보기는 어려웠다. 관여했다면 팀 리더인 미야자와 마야 정도라고 추측했다. 하지만 아무리 그녀라도 보물 상자에 그토록 위험한 물건이 들었을 줄은 몰랐을 듯했고, 액체 질소를 보물 상자에 넣고 빼는 일에 직접 관여했을 거라고 보기도 힘들었다. 나미키 사오리와의 관계가 웬만큼 끈끈하지 않고서는 할 수 없는 일이라고 생각했다.

그때 떠오른 인물이 다카가키 도모야였다. 퍼레이드 도착 지점에서 미야자와 마야를 만났다는 점, 그리고 알리바이에 몇십 분의 공백이 있다는 점이 그 이유였다.

"CCTV 영상으로 큰 물건을 운반하는 사람을 모두 확인했지만, 퍼레이드 출발 지점과 도착 지점 인근을 살피지 않은 것이 실책이었습니다. 참가 팀이 대도구나 소도구를 옮기는 것은 당연하니 그 영역에서 벗어나지 않는 한 문제가 없다고 생각했던 거죠."

"도착 지점에서 보물 상자의 물건을 꺼낸 사람은 다카가키 도모야. 그렇다면 출발 지점에서 물건을 실은 사람도 있을 텐데."

"그쪽도 다카가키와 비슷하게, 혹은 그 이상으로 나미키 사오리와 관련이 깊은 사람이겠죠. 그렇다면 후보자는 몇 안 됩니다. 이미 의심되는 인물들을 임의 동행 해서 현재 기시타니가 취조하고 있습니다."

마미야가 고개를 끄덕였다. 부하의 발 빠른 대응에 만족하는 눈치다.

"그 외에 또 공범이 있을까?"

"있을 수 있습니다. 다만 각기 역할의 중요도는 다르겠죠. 예를 들어 다카가키는 하스누마에게 제재를 가한다는 목적은 들었지만 그 이상 자세한 내용은 듣지 못했습니다. 개중에는 계획에 가담은 했지만 그 목적조차 모르는 사람도 있는 것 같습니다. 다카가키의 진술에 등장하는 '야마베 상점'의 경우, 오늘 아침에 수사관을 보내 점주를 조사한 결과 퍼레이드 당일 도지마에게 경트럭을 빌려준 사실은 인정했습니다. 카트와 페트병도 준비해 주었다고 하더군요. 또 도지마가 자원봉사자용 점퍼를 건네면서 페트병과 함께 두라고 했답니다. 퍼레이드 일을 거들어 달라고 하면서요."

마미야가 손으로 턱을 문지르며 "그렇다면 도지마가 배후일까?"라고 물었다.

"그렇게 봐도 무방할 것 같습니다. 다만, 도무지 이해가 안 가는 점은 나미키 집안 사람들이 등장하지 않는다는 것입니다. 복수가 목적이라면 그 가족이 필시 관련되어 있을 텐데 말이죠."

마미야는 대꾸하지 않고 묵묵히 서류를 내려다보고 있었다. 같은 의견이어서일 거라고 구사나기는 해석했다.

그때 "잠시 드릴 말씀이 있는데요." 하며 수사관 하나가 다가왔다.

"무슨 일이야?"

구사나기가 물었다.

"도지마 슈사쿠가 도착했습니다."

구사나기와 마미야는 서로 얼굴을 마주 보았다.

"핵심 인물의 등장인가."

마미야가 말했다.

"잠깐 만나 보고 오겠습니다."

마미야에게 묵례를 하고 구사나기는 돌아서 방을 나갔다.

도지마 슈사쿠는 어깨를 움츠린 채 어리둥절한 표정으로 취조실에서 기다리고 있었다. 구사나기는 기록 담당으로 앉아 있는 우쓰미 가오루와 눈짓을 주고받은 후 의자에 앉았다.

"바쁘실 텐데 이렇게 와 주셔서 감사합니다."

아닙니다, 하고 도지마는 고개를 살짝 숙였다가 구사나기를 바라보았다.

가운데 가르마를 탄 희끗희끗한 머리에 우락부락한 생김새. 언뜻 봐서는 장사에 어울리지 않는 외모지만, 가업을 순조롭게 키워 가는 걸 보면 사람의 마음을 사로잡는 능력이 뛰어난 모양이다. 어머니와 함께 사는 이십 대의 마음 약한 젊은이 다카가키 도모야처럼 다루기가 간단치는 않을 것이다.

"다카가키 씨에게 연락을 받았습니까?"

"다카가키 씨라면, 그 다카가키 군 말인가요? 아니요, 무슨 일로요?"

어젯밤 귀가한 다카가키 도모야가 도지마에게 연락하지 않았을 리 없는데도 시치미를 떼고 있다. 예상한 바였다.

"퍼레이드 며칠 전에 다카가키 씨와 둘이서 얘기를 나누셨다면서요?"

"언제 일을 말씀하시는지……."

도지마가 고개를 갸웃거렸다.

"그 친구와는 자주 마주치니까 말이죠. '나미키야'에서도 그렇고."

"'나미키야' 밖에서요. 다카가키 씨가 가게를 나서는데 차에 타고 있던 당신이 말을 걸었다던데요. 긴히 할 말이 있다면서 말이죠."

아아, 하고 도지마가 입을 반쯤 벌리면서 턱을 치켜들었다.

"그날 말이군요."

"무슨 얘기를 나누셨습니까?"

도지마는 전혀 모르겠다는 듯한 표정으로 고개를 젓더니 다시 살피는 듯한 눈빛으로 구사나기를 바라보았다.

"그 친구가 뭐라고 하던가요?"

"제가 물었습니다."

구사나기가 웃는 얼굴로 말했다.

"대답해 주세요. 무슨 얘기를 하셨습니까?"

"사적인 얘기였습니다."

"다카가키 씨에게 들었습니다."

도지마는 고개를 끄덕이고 나서 등을 쭉 폈다.

"다카가키 군이 대답했다면 그걸로 된 거 아닙니까. 그 사람 말을 믿으면 되잖습니까."

"믿어도 됩니까?"

"형사 양반 마음이다, 그 말씀입니다."

"다카가키 씨는,"

구사나기가 상대 얼굴을 응시하면서 말했다.

"하스누마에게 벌을 주려는데 돕지 않겠느냐, 그렇게 말했다고 했습니다."

도지마의 표정은 달라지지 않았다. 아니, 오히려 조금 부드러워졌다.

"그가 그렇게 말했다면 그런지도 모르죠."

"아니라는 말씀입니까?"

"형사 양반, 나는 부정하지 않았어요."

그리고 도지마는 쓴웃음을 지었다.

"그런지도 모르겠다고 말했죠."

역시 꽤나 영악하다고 구사나기는 생각했다.

"그러려면 어떤 물건이 필요한데, 그걸 하스누마의 주거지로 운반해 달라, 그렇게 부탁했다고 하던데, 맞습니까?"

"그가 그렇게 말했다면……."

"당신에게 묻는 겁니다."

구사나기가 도지마의 말을 자르며 말했다.

"정말 그렇게 부탁했습니까?"

그러나 도지마는 조금도 흔들리는 기색이 없었다.

"상상에 맡기겠습니다."

구사나기는 의자에서 엉덩이를 들고 도지마 쪽으로 몸을 기울였다.

"그 물건이 뭡니까? 다카가키 씨에게 언제, 무엇을, 어떻게 운반해 달라고 부탁했죠?"

"그 질문에,"

도지마가 구사나기를 똑바로 바라봤다.

"대답하지 않으면 죄가 됩니까?"

"대답하지 않는 이유가 뭐죠?"

"대답하고 싶지 않으니까요."

구사나기는 도지마의 담담한 표정에서 눈을 떼지 않으며 도로 의자에 앉았다.

"지금 이대로 가면 다카가키 씨의 진술서가 재판에서 증거로 채택될 겁니다. 그래도 괜찮습니까?"

"무슨 재판인지는 모르겠지만,"

도지마가 어깨를 으쓱했다.

"어쩔 수 없겠죠."

구사나기는 팔짱을 낀 채 양손을 책상에 올려놓았다.

"몇 달 전 하스누마가 체포되었을 때 수사를 지휘한 사람이 접니다. 아십니까?"

네, 하면서 도지마가 고개를 끄덕했다.

"유타로에게 들었습니다."

"유타로…… 좋군요, 그 나이에도 서로 이름을 부르는 사이라니. 나미키 사오리 씨도 무척 귀여워하셨겠어요."

"'나미키야'의 테이블에서 기저귀를 갈아 준 적도 있습니다."

도지마가 미소를 띠며 말했다.

"당신들이 하스누마를 증오하는 심정은 충분히 이해합니다. 기소를 하지 못해서 저희도 이만저만 답답한 게 아니었어요."

"형사 양반의 분한 마음과 저희의 심정은 전혀 다르죠."

그렇게 말하는 도지마는 입가에는 미소를 띠었지만 눈빛은 날카로웠다.

"차원이 다릅니다. 수준이 다르다고요."

"지금 그 말을 기록해도 되겠습니까?"

도지마가 "그러시든지요."라고 대답했다.

"하스누마를 증오하는 말이라면 얼마든지 할 수 있습니다. 어때요, 좀 더 해 볼까요?"

"증오한 나머지 무슨 일을 벌였는지 얘기해 주시면 고맙겠는데요."

"그건 상상에 맡기겠습니다."

"저희 상상대로 진술서를 작성하면, 사인해 주시겠습니까?"

도지마가 픽, 웃음을 터뜨렸다.

"그럴 수는 없겠지만, 만약 그런 걸 쓰신다면 꼭 읽어 보고 싶군요. 대체 무슨 상상을 하고 있을지 몹시 궁금합니다."

"상상할 수 있으면 해 봐라, 그 말인가요? 하지만 당신은 다카가키 씨의 연락을 받고, 회사가 수색을 당했을 때 이상으로 훨씬 당황했을 텐데요. 액체 질소에 이어 보물 상자 트릭까지 간파당할 줄은 꿈에도 모르지 않았습니까? 세상에는 말이죠, 보통 사람은 흉내도 못 낼 만큼 상상력이 풍부한 사람도 있어요."

그 말에 갑자기 도지마의 눈가에 그늘이 드리웠다. 처음 보이는 동요였다.

"혹시…… 그 대학 교수를 말하는 겁니까? 유가와라는……."

"그게 누군데요?"

"아니면 됐습니다. 잊어버리세요."

도지마가 손사래를 쳤다.

"그러니까 말이죠, 도지마 씨."

구사나기가 새삼 눈에 힘을 주며 도지마를 바라보았다.

"당신들이 힘을 합해서 무슨 일을 어떻게 벌였는지도 언젠가는 밝혀질 날이 올 거라고 생각하는 게 좋습니다. 그러기 전에 모든 걸 털어놓으면 얼마간은 죄가 가벼워지겠죠. 아시겠어요? 하스누마가 아무리 잔인무도하고 살려 둘 가치조차 없는 인간이라도, 살인은 범죄입니다. 사법만이 죽음을 선고할 수 있어요."

그러나 도지마의 표정은 변함이 없었다. 유가와라는 이름을 입에 올렸을 때의 낭패감은 이미 사라지고 없었다.

"사법이 못 했잖아요."

조롱하는 말투다.

"사법도 하지 못했어요. 재판까지 가지도 못했다고요."

"그래서 친구를 대신해 당신 손으로 죽였다는 말입니까?"

도지마는 입을 다물었다. 그러나 구사나기의 강한 시선을 피하려고 하지도 않았다. 침묵의 시간이 흘렀다.

그때 누군가가 문을 노크했다.

네, 하고 구사나기가 대답하자 문이 열리고 기시타니가 얼굴을 들이밀었다.

구사나기는 도지마에게 잠깐 실례하겠다고 말하고 자리에서 일어섰다.

취조실을 나온 그는 문을 닫고서 "무슨 일이야, 입을 열었어?"라고 물었다.

기시타니에게는 니쿠라 부부를 취조하라고 지시했었다.

물론 따로따로였다.

그게, 하고 난감한 표정을 짓던 기시타니가 소리를 죽여 말했다.

"취조 도중 니쿠라 루미 씨가 쓰러졌습니다."

40

마지막 손님을 가게 밖까지 배웅한 후 나쓰미는 포렴을 뗐다. 밤 10시 10분이다. 오늘 밤은 오랜만에 조금 바빴다.

걷어 낸 포렴을 품에 안고 가게로 들어가려고 했을 때, 오늘 밤은, 하고 등 뒤에서 누군가 말을 걸었다. 귀에 익은 남자 목소리다.

뒤돌아보니 짐작했던 인물이 서 있었다.

"교수님이 이런 시간에…… 어쩐 일이세요? 이미 문을 닫았는데요."

"그건 알아. 오늘은 손님이 아니라 아는 사람으로 왔어. 나미키 씨와 긴히 나눌 얘기가 있어서 말이지."

미소를 머금고 있지만 그 눈빛은 진지했다. 평소의 유가와 교수가 아니라고 나쓰미는 생각했다.

"잠깐 기다리세요."

나쓰미가 가게로 들어가 주방에서 뒷정리를 하고 있는 부모님에게 유가와의 말을 전하자 "그 사람이?" 하고 유타로는 의아한 표정을 지었다. 그리고 잠시 생각하더니 "들어오시라고 해." 하며 앞치마를 벗었다.

나쓰미는 가게 입구로 가서 유가와에게 들어오라고 말했다.

주방에서 유타로와 마치코가 나왔다. 둘 다 얼굴이 굳어 있었다.

"안녕하세요. 늦은 시간에 찾아와서 죄송합니다."

유가와가 두 사람을 향해 고개를 숙이며 말했다.

"뭡니까, 긴히 나눌 얘기라는 게?"

"좀 복잡한 얘기입니다. 하스누마 간이치 변사 사건에 관해서요."

"댁은 학자 아닙니까? 상관이 없을 텐데요."

"경찰 관계자라면 이런 말씀을 드리는 게 수사 내용 누설에 해당하겠지만, 저는 제삼자라서 괜찮을 겁니다."

유가와는 나쓰미를 힐끔 보고 나서 다시 유타로를 바라봤다.

"지인 중에 경찰이 있습니다. 이번 사건을 담당하고 있죠. 제가 여기 온 사실을 그 사람은 모르는 걸로 되어 있습니다."

즉 실제로는 알고 있다는 뜻인 모양이다.

그래요? 하며 유타로가 나쓰미에게 시선을 돌렸다.

"너는 올라가 있어."

"싫어. 나도 들을 거야."

"나쓰미!"

"가능하면,"

유가와가 끼어들었다.

"나쓰미 양도 들었으면 합니다."

유타로가 마땅찮은 표정을 지으면서도 입을 다무는 걸 보고 나쓰미는 옆에 있는 의자에 앉았다.

"교수님도 앉으세요."

마치코가 유가와에게 자리를 권하고 자신도 의자를 끌어 당겼다. 유타로도 마지못한 듯이 의자에 앉았다.

나쓰미는 무릎에 올려놓은 두 손을 꽉 쥐었다. 유가와 입에서 예사롭지 않은 얘기가 나올 것은 확실했다.

실은 오늘 아침부터 유타로와 마치코의 낌새가 이상했다. 아니, 정확히는 어젯밤 늦게부터다. 유타로가 누군가로부터 전화를 받은 후부터 그랬다. 상대가 누구인지 정확히는 모르겠지만 아마도 도지마일 것이라고 나쓰미는 짐작했다. 유가와가 하려는 얘기도 그것과 관련이 있지 않을까.

"하스누마 간이치 변사 사건에 대해 경찰은 다각도로 수사를 펼치고 있습니다."

유가와가 차분한 어조로 이야기를 시작했다.

"사건에 여러 사람이 관여했다는 사실도 알아냈고, 그중

한 사람에게는 이미 진술도 받아 냈습니다. 어쩌면 나미키 씨도 아실지 모르겠군요. 이 가게에도 자주 오는 다카가키 도모야 씨에게서입니다."

익히 아는 이름이 튀어나오자 나쓰미는 화들짝 놀랐다. 도모야 씨가 대체 어떻게 얽혔단 말일까.

"다카가키 씨는 도지마 씨에게 부탁을 받았다고 했답니다. 하스누마 간이치를 벌할 계획을 세우고 있으니 도와 달라고 말이죠. 경찰은 그런 식으로 부탁을 받은 자가 한둘이 아닐 것으로 보고 있습니다. 여러 사람이 힘을 합해 하스누마 간이치를 벌하려 했다고 보는 것이죠. 그 생각에는 저도 동의합니다. 하지만 도지마 씨가 나미키 씨 부부와 아무런 상의 없이 그런 일을 벌였다고는 도저히 생각되지 않습니다. 그런 계획이 있다는 걸 나미키 씨가 사전에 알았다고 봐도 되겠습니까?"

"글쎄요, 무슨 말씀인지……."

유타로가 고개를 갸웃했다.

"저라면 어땠을지 생각해 봤습니다."

유가와는 담담하게 말을 이어 갔다.

"증오하고 또 증오해도 부족한 인간이 있다. 어떻게든 복수를 하고 싶다. 하지만 그 인간을 죽이면 내게 의심의 눈길이 쏠릴 것이 뻔하다. 그런데 친구가 나서서 대신 죽여 주겠다고 한다. 죽여 줄 테니, 너는 완벽한 알리바이만 만들어 두

어라. 더없이 고마운 제안이긴 합니다만, 과연 그런 제안에 옳다구나 하고 응할까요? 자칫하다가는 친구가 교도소에 갈 텐데 말입니다. 저라면 응하지 않을 겁니다. 응할 수 없지요. 그리고 나미키 씨도 응하지 않을 거라고 봅니다. 어떠신가요?"

유가와가 거침없이 쏟아 내는 말에 나쓰미는 경악했다. 퍼레이드 날 자신이 모르는 곳에서 정말 그런 일이 벌어졌다는 말일까.

"그렇게 어처구니없는 공상을 말씀하시면 뭐라고 대답해야 할지 곤란하지요."

유타로가 담담한 어조로 말했다.

"그리고 만약 그런 제안을 받았다 해도 저는 응하지 않았을 겁니다."

"그 말씀이 거짓은 아니라고 생각합니다. 그럼 역시 이번 범행은 도지마 씨가 나미키 씨와 상관없이 멋대로 벌인 셈이로군요. 앞으로 범행 내용이 자세하게 밝혀져도 경찰이나 검찰은 계획을 세운 사람이 도지마 슈사쿠 씨이고 나미키 유타로 씨는 무관하다, 그런 맥락에서 사건을 파악할 수밖에 없습니다. 아무리 부자연스러워도 그렇게 할 수밖에 없어요. 재판이란 그런 것이니까요. 나미키 씨, 그래도 좋습니까?"

유타로가 시선을 바닥으로 떨궜다. 그런 그의 옆얼굴을 마치코가 불안스럽게 바라보았다.

"사고가 발생했다, 저는 그렇게 생각합니다."

유가와가 말했다. 무슨 뜻인지 나쓰미는 알 수 없었다.

"퍼레이드 당일, 여자 손님 하나가 고통을 호소한 것은 나미키 씨의 계산에 없던 일이었습니다. 뿐만 아니라 도지마 사장의 계산에도 없던 일이었죠. 경찰은 알리바이를 조작하기 위해 벌인 일이 아닐까 하고 의심했지만 그게 아니었죠. 알리바이라면 마치코 씨가 아픈 척하고 나미키 씨가 그런 부인을 병원에 데려가면 쉽게 만들 수 있었습니다. 그 사건은 두 분으로서는 정말 예상치 못한 일이었습니다. 자신의 가게에서 음식을 먹은 손님이 갑자기 배가 아프다고 하니 모른 척할 수가 없었죠. 아마 나미키 씨는 고민 끝에 손님을 병원에 데려가기로 결정했을 겁니다. 그럼 만약 그런 일이 생기지 않았다면 어떻게 되었을까요. 나미키 씨가 맡은 역할은 무엇이었을까……."

거기까지 열띤 어조로 얘기한 후 유가와는 숨을 길게 내쉬었다.

"그 점을 밝히지 않은 채 도지마 씨 혼자 죄를 뒤집어쓰는 걸 구경만 한다면 평생 후회하지 않겠느냐, 자책에 시달리지 않겠느냐, 그런 말씀을 드리는 겁니다."

"그게 사실이야, 아빠?"

나쓰미가 물었다.

"어떻게 된 일인지 대답해 봐, 엄마."

"너는 가만히 있어."

유타로가 고함을 질렀다.

"어떻게 가만히……."

나쓰미 말이 채 끝나기도 전에 유타로가 테이블을 쾅 내리쳤다.

몇 초간 정적이 이어지다가 흠, 흠, 하고 유타로가 헛기침을 한 후 유가와를 바라봤다.

"교수님, 마음 써 주시는 건 감사합니다. 타당한 말씀이고요. 인간이라면 마땅히 그래야 한다고 생각합니다. 만일 교수님의 추리가 맞는다면 말이죠."

"역시 아무 말도 할 수 없다는 말씀인가요?"

죄송합니다, 하고 유타로가 어두운 목소리로 대답했다.

"지금은 드릴 말씀이 없습니다. 제가 입을 열면, 어렵게 침묵을 지키고 있는 사람들에게 면목이 서지 않아요."

그렇군요, 하고 유가와는 슬며시 미소를 지었다.

"그렇다면 어쩔 수 없겠네요. 더는 참견하지 않겠습니다."

유타로는 말없이 고개를 숙였다.

그럼 이만, 하고 유가와가 자리에서 일어섰을 때 그의 안주머니에서 벨소리가 들렸다. 그는 스마트폰을 꺼내 확인한 후 "실례했습니다." 하고 돌아섰다. 그리고 전화기를 귀에 대면서 미닫이문을 열고 가게를 나섰다.

나쓰미는 부모를 바라보았다. 그러자 유타로가 딸의 시선을 피하려는 듯 자리에서 일어나 주방으로 향했다. 마치코는 골똘히 생각하는 표정으로 바닥을 내려다보고 있었다.

엄마, 하고 나쓰미가 마치코를 불렀을 때 다시 가게 문이 열리는 기척이 났다. 시선을 돌려 보니 유가와가 가게로 들어서고 있었다. 얼굴이 조금 홍조를 띤 것처럼 보였다.

"중대한 진전이 있었다는군요. 이것 역시 수사 정보 누설에 해당할지도 모르겠지만, 반드시 알려야겠다 싶어서요."

그 소리를 듣고 주방에서 유타로가 나왔다.

"무슨 일인데요?"

"니쿠라 나오키 씨가 자백했답니다. 자신이 하스누마 간이치를 죽였다고요."

41

취조실에서 재회한 마스무라 에이지는 니쿠라가 자백했다는 말을 구사나기에게 듣고 후, 한숨을 쉬며 어깨를 축 늘어뜨렸다.

"그렇군요. 본인이 자백했다면 어쩔 수 없죠. 아마 그 사람이 제일 괴로웠을 겁니다."

"그 사람이라고요?"

묘한 말투다 싶어서 구사나기는 되물었다.

"만난 적도 없어요, 그 니쿠라라는 사람은. 이름도 지금 처음 알았는 걸요."

구사나기는 옆에서 취조 내용을 기록하고 있는 우쓰미 가오루와 잠깐 얼굴을 마주 본 후 다시 마스무라를 봤다.

"그게 무슨 말씀입니까? 자세히 설명해 보세요."

"흠……, 어디서부터 얘기해야 할지."

"모토하시 유나 사건, 그러니까 23년 전 얘기부터 하면 되지 않을까요."

그러나 마스무라는 아니요, 하며 고개를 기울였다.

"더 오래전 얘기부터 해야 이해가 될 겁니다."

"그럼 그렇게 하세요."

"길어질 텐데요, 상당히."

"괜찮습니다. 해 보세요."

그러자 마스무라는 자세를 가다듬은 후 헛기침을 한 번 하고 얘기를 시작했다.

아닌 게 아니라 상당히 긴 얘기였다.

상해 치사로 체포되었을 때 마스무라의 뇌리에 맨 먼저 떠오른 생각은 이대로 가다가는 유미코의 앞날을 망치고 말겠다는 것이었다.

아버지가 다른 아홉 살 아래 여동생 유미코를 마스무라는 무척이나 아꼈다. 그 아이에게는 자기 같은 고생을 시키지 않겠다는 생각에 열심히 일해서 돈을 보냈고, 어머니가 갑자기 죽은 후에는 기숙사가 있는 여학교로 전학시키며 알뜰히 보살폈다.

마스무라는 학교 성적이 우수한 유미코를 대학교까지 보내고 싶었다. 그러나 유미코는 더는 오빠에게 신세를 질 수 없다며 졸업과 동시에 지바에 있는 자동차 회사에 취직해 회사 기숙사에서 지냈다.

사건이 일어난 것은 이제 여유가 좀 있겠다고 생각하며 아파트로 이사한 직후였다.

구치소로 면회 온 유미코에게 마스무라는 이렇게 말했다.

"우리 이제 연을 끊자. 다행히 우리는 성도 다르니 네 호적을 조사해 봐야 나와의 인연은 알 수 없을 거다."

하지만 유미코는 울며불며 그럴 수 없다고 말했다.

참고인으로 재판정에 선 그녀는 자신이 오빠에게 얼마나 신세를 졌고 오빠가 얼마나 배려심 깊은 사람인지를 절절히 호소했다. 그 얘기를 들으며 마스무라는 눈물이 멈추지 않았다.

복역하는 동안 유미코는 간간이 편지를 보내 주었다. 그것은 마스무라에게 위로가 되기도 했지만 동시에 걱정거리이

기도 했다. 자신이라는 존재가 그녀의 인생에 악영향을 미칠까 봐 두려웠다.

형기를 마치기 얼마 전, 유미코에게서 연인이 생겼다는 편지가 왔다. 사내 연애라고 했다. 게다가 상대는 엘리트 사원이란다. 자회사 사장의 아들로, 일을 배우기 위해 유미코가 다니는 직장에 근무한다는 것이었다.

마스무라는 서둘러 답장을 썼다. 상대에게 전과자 오빠가 있다는 말을 해서는 절대 안 된다, 더는 편지를 보내지 말 것이며 나도 연락하지 않겠다, 그런 내용이었다.

그러나 유미코는 또 편지를 보냈다. 출소하면 꼭 연락해 달라고 쓰여 있었다.

마침내 그날이 왔다. 마스무라는 고민 끝에 유미코에게 전화를 했다. 오랜만에 듣는 여동생의 목소리는 활기찼다. 얘기를 나누던 두 사람은 끝내 울음을 터뜨리고 말았다.

만나자는 말에 가슴이 설렌 마스무라는 결국 거절하지 못하고 약속을 잡았다.

며칠 후, 만나기로 한 장소에 가 보니 어엿한 어른이 된 유미코가 있었다. 하고 싶은 얘기가 많았지만 말이 잘 나오지 않았다. 하지만 아름다운 여성으로 성장한 동생을 바라보는 것만으로도 만족스러웠다.

"오빠, 실은 보여 주고 싶은 사람이 있어."

유미코가 말했다. 그리고 잠시 후, 남자 하나가 나타났다. 인상이 예의 바르고 성실해 보였다.

유미코의 연인, 모토하시 세이지였다.

자신의 존재를 숨겼을 줄 알았던 마스무라는 당황했다.

"이 사람이라면 분명 이해해 줄 거 같아서 다 얘기했어."

유미코가 모토하시를 바라보며 말했다.

당시 스물여덟이던 모토하시는 몇 년 후 아다치구에 있는 아버지 회사로 자리를 옮길 계획이라고 했다.

모토하시가 결혼을 허락해 달라며 고개를 숙이자, 자신의 의견 따위는 중요하지 않게 여길 거라고 예상했던 마스무라는 적이 놀랐다.

"나야 물론 찬성이네만, 나 같은 사람과 친척이 되어도 괜찮겠나?"

"문제는 바로 그 점입니다."

모토하시가 굳은 표정으로 대답했다. 그리고 그가 얘기한 내용은 지극히 현실적이었다.

자신은 유미코를 사랑하며 신뢰하고 있다. 그런 그녀가 존경하고 은혜를 입은 오빠라면 설사 전과자라 해도 상관없다. 더구나 유미코에게 들은 바로는 불운했다고 볼 수밖에 없는 사건이었다.

그러나 모두가 그렇게 생각한다는 보장은 없다. 아니, 오히려 대개는 편견에 사로잡혀 거부감을 느낄 것이다. 자신의 가족과 친척도 이 결혼에 반대할 것으로 보인다.

그러니 당분간 마스무라의 존재를 감추고 싶다고 모토하시는 말했다. 얘기를 듣는 동안 유미코는 괴로운 표정으로 침묵했다.

"그건 안 될 말일세."

화들짝 놀라는 두 사람을 향해 마스무라는 말을 이었다.

"당분간만으로는 안 되네. 앞으로 쭉 그래야 해. 이제부터 나라는 존재는 없는 사람으로 치부해 주게. 만일 내 존재가 드러나면 유미코가 힘들어질 걸세. 절대 밝히지 않겠다고 약속해 줘. 그럴 수 없다면 나는 반댈세. 이 결혼에 반대하겠어."

유미코의 뺨을 타고 눈물이 흘러내렸다. 모토하시 세이지도 고통스러운 표정을 지으며 고개를 숙였다.

그렇게 해서 두 사람은 결혼했다. 유미코가 스물네 살이던 가을이었다. 그녀가 시댁으로 들어갈 때 지난 앨범은 마스무라가 맡았다. 그 누구에게도 가족사진을 보여서는 안 되기 때문이었다.

마스무라의 존재는 숨겼지만 유미코와 인연을 완전히 끊은 것은 아니었다. 둘은 간혹 만나기도 했다. 그럴 때 유미코는 태어난 지 얼마 안 된 딸 유나를 데려오기도 했다. 모토하시가 허락한 일이라는 말에 마스무라는 안심했다.

그러나 유나가 철이 들자 더는 데리고 나오는 일이 없어졌다. 유나가 마스무라의 존재를 누군가에게 말할 우려가 있어서였다. 서운하긴 했지만 사진으로 만족하는 수밖에 없었다. 유미코와 만날 때마다 유나 사진이 하나둘 늘어났다. 마스무라에게는 생명보다 소중한 보물이었다.

그런 세월이 10년 남짓 흘렀다. 불상사가 들이닥친 것은 유나가 열두 살이 되던 해였다. 어느 날 유나가 행방불명된 것이다. 마스무라는 황급히 유미코를 만나러 갔다.

볼품없이 야윈 그녀는 마치 혼이 나간 사람 같았다. 그 어떤 말을 해도 반응이 없었다. 안 좋은 마음을 먹지 않을까 싶어 불안했다. 그리고 그 나쁜 예감은 현실이 되었다.

유나가 행방불명되고 한 달 후, 유미코는 투신자살했다. 엄마로서 부주의했다며 용서를 비는 유서가 남아 있었다.

모토하시 세이지로부터 연락을 받았을 때, 마스무라는 미친 듯이 울부짖었다.

그로부터 몇 년을 어떻게 보냈는지 기억이 잘 나지 않는다. 삶의 목적을 잃은 그는 멍한 상태로 무의미한 나날을 보냈다.

그런 마스무라를 현실로 돌아오게 한 사건이 생겼다. 유나의 시신이 발견된 것이다. 모토하시 세이지와는 이미 연락이 끊겼지만, 우연히 눈에 들어온 신문 기사로 그 사실을 알게 되었다.

각오했던 일이지만 사실로 드러나니 충격이 컸다. 깊은 절망과 함께 동생을 잃은 슬픔이 다시금 밀려왔다.

대체 누가 그런 흉악한 짓을, 하고 탄식했지만, 사건으로부터 벌써 몇 년이나 흘렀으니 범인을 찾기는 어려울 거라며 체념했다.

그런데 아니었다. 그 얼마 후 범인이 체포되었다. 이름은 하스누마 간이치. 예전에 모토하시의 회사에서 일했던 종업원이라고 했다.

도저히 참을 수 없었던 마스무라는 망설이던 끝에 모토하시 세이지에게 연락을 취했다.

전화기를 통해 들려오는 모토하시의 목소리는 더없이 침통했다. 하기야 범인이 체포된들 유나와 유미코가 살아 돌아오는 것은 아니다. 그런데 그것 때문이 아니라 조금 다른 사정이 있었다.

모토하시에 따르면 범인이 입을 열지 않아 사건의 진상이 밝혀지지 않는다는 것이었다.

"일시적일 걸세."

마스무라가 말했다.

"내가 경험이 있어서 아는데, 체포된 직후에는 머릿속이 하얘져서 말을 하고 싶어도 나오지 않는다네. 섣불리 입을 열었다가 돌이킬 수 없는 사태가 벌어지고 말 거라는 두려움도 있고 말이지. 하지만 형사라는 사람들은 말을 이끌어 내는 데 프로라네. 조금 기다리면 범인이 자백할 걸세."

"그렇다면 다행입니다만……."

모토하시가 떨떠름하게 대꾸했다. 이미 그때 그는 경찰 관계자에게 자세한 얘기를 들어 하스누마가 입을 열지 못하는 것이 아니라 묵비권을 행사하고 있다는 사실을 알았는지도 모른다.

그런 사정을 몰랐던 마스무라는 다소나마 생기를 되찾았다. 체포된 이상 범인은 어차피 벌을 받을 것이라고 믿었기 때문이다. 어린아이의 목숨을 빼앗았을 뿐 아니라 그 엄마까지 자살로 내몬 인간이다. 사형에 처해야 마땅하다고 생각했다.

사형 판결이 내려지는 날이 유나와 유미코의 영혼이 편히 저세상으로 가는 날이다. 그날이 다가오고 있으니 자신도 이제 마음을 다잡자고 결심했다.

그러나 현실은 마스무라의 예상과 전혀 달랐다. 재판 결과를 전하는 신문 기사를 본 그는 경악했다. 하스누마가 무죄라는 것이었다. 몇 번이나 기사를 다시 읽었다. 다른 사건에 관한 기사가 아닐까, 라고도 생각했지만 '모토하시 유나 양'이라는 글자가 분명히 찍혀 있었다.

그길로 모토하시에게 연락했다.

"이게 대체 어떻게 된 일인가?"

그는 해 봐야 소용없는 질문을 했다.

"증거 불충분……이랍니다. 저희도 뭐가 어떻게 된 건지 모르겠습니다. 일단 검찰에 맡기는 도리밖에는요."

모토하시가 고통스럽게 내뱉는 말을 듣고 마스무라는 자신의 무력함을 절감했다. 아무것도 해 줄 수 없는 자신이 한심했다.

그래서 오직 기도에 매달렸다. 다음 재판에서 이기기를 기도했다. 이대로 무죄로 끝나 버린다면 신도 무엇도 없는 것이라고 생각했다.

그런데 두 번째 판결 역시 무죄였다. 그 소식을 뉴스로 알게 된 마스무라는 망연자실하여 일어설 수조차 없었다. 악몽이라고밖에 달리 표현할 길이 없었다.

이번에는 모토하시에게도 연락하지 않았다. 자신처럼, 아니 자신 이상으로 낙담했을 것이라고 여겼기 때문이다.

어쩌면 모토하시는 복수를 꾀할지도 몰랐다. 법이 벌하지 않는다면 제 손으로 처리하겠다고 결심하지 않았을까. 그렇다면 자신도 힘을 보태겠다고 생각했다. 그러나 아무리 기다려도 그런 연락은 오지 않았다. 모토하시가 혼자서 하스누마에게 복수했다는 얘기도 들려오지 않았다. 생각해 보면 당연한 일이었다. 회사를 경영하고 있는 모토하시에게는 짊어진 짐이 여간 많은 게 아닐 것이다.

마스무라는 하스누마에게 형벌을 내릴 사람은 자기뿐이라는 것을 깨달았다. 그 순간, 복수는 그의 삶의 목적이 되었다. 하스누마를 찾아내 그의 목숨을 끊는 것이다. 그 결과 교도소에 들어간다 해도 상관없었다.

그러나 그런 목적을 달성하는 것은 의외로 어려웠다. 재판 후 하스누마가 행방을 감추었던 것이다. 애초에 마스무라는 인맥이 빈약했다. 행방불명된 사람을 찾아낼 방도는 없었다.

아무것도 하지 못한 채 긴 시간이 흘렀다. 살아가려면 일을 해야 했지만, 전과자이기에 안정된 직장을 구할 수가 없었다. 일자리를 찾아다니기에도 벅찬 나날이었다. 하스누마를 향한 증오심은 조금도 줄어들지 않았지만, 복수할 기회도 방법도 찾지 못한 채 거의 포기하기에 이르렀다. 동시에 삶에 대한 의지도 식어 가고 있었다.

그런 공허한 나날에 마침표를 찍어 준 것은 어떤 남자였다.

그 중년 남자를 알게 된 것은 4년쯤 전에 일용직으로 일하던 공사 현장에서였다. 그는 처자식이 있었지만 지금은 이혼하여 혼자 마음 내키는 대로 살아가고 있다고 했다. 어쩐지 죽이 잘 맞아 쉬는 시간마다 함께 얘기를 나누게 되었다.

마스무라는 남자에게 자신이 전과자라는 사실을 털어놓았다. 그래서 좀처럼 일자리를 찾기가 쉽지 않다고 말했다. 그러자 남자는 기쿠노시에 좋은 회사가 있다고 알려 주었다.

"사장이 별난 사람이어서 전과자도 채용한다더라고. 그런 사람을 거듭나게 하면 보통 사람들보다 더 일을 잘한다면서 말이야."

산업 폐기물을 처리하는 회사라고 했다. 남자도 얼마 전까지 그곳에서 일했다는데, 그만둔 이유는 말하지 않았지만 아무래도 뭔가 부정을 저질러 쫓겨난 눈치였다.

"전과자는 아니지만 아주 대단한 남자가 하나 있었어. 살인죄로 체포되었는데, 재판에서 한마디도 하지 않아 무죄 판결을 받았다더라고."

살인과 무죄라는 단어가 마스무라의 신경을 자극했다. 이름을 묻자 하스누마라고 남자는 대답했다.

단숨에 머리 꼭대기까지 피가 솟구치고 온몸이 부들부들 떨렸다. 좀 더 자세히 얘기해 보라고 남자를 다그쳤다. 남자는 마스무라가 지나치게 흥분하는 데 당황하며, 본인에게 직접 들은 게 아니라 동료들이 수군거리는 얘기를 우연히 들었을 뿐이라고 대답했다.

남자의 얘기를 토대로 마스무라는 인터넷에서 그 산업 폐기물 처리 회사를 조사했다. 그러다가 '작업자 모집'이라는 글귀를 발견했다. '시니어 환영'이라는 문구도 있었다.

망설일 여지 따위는 없었다. 그 즉시 채용 담당자에게 전화했다. 회사를 선택한 이유를 묻기에 전과가 있다고 대답하자 상대는 납득하는 눈치였다.

며칠 후, 이력서를 들고 회사를 찾아갔다. 사장이 직접 만나 주었다. 상해 치사죄로 형을 치른 일에 관해 솔직하게 털어놓았다.

"거참, 운이 없었군."

사장은 그렇게 말하고 그 자리에서 채용을 결정했다.

살 곳이 있느냐고 물어서 이제부터 찾아봐야 한다고 대답하자 마침 좋은 곳이 있다고 했다. 지금은 거의 사용하지 않는 창고의 관리 사무소인데, 욕실은 없지만 싱크대와 화장실은 갖춰져 있다는 것이다. 직접 가서 보니 별로 낡지도 않은 데다 벽도 깨끗했다. 임대료도 저렴하게 해 준다기에 기꺼이 그곳에 살겠다고 했다.

변변한 가재도구가 없어 이사는 간단했다. 바로 다음 주부터 근무를 시작했다.

직원들은 가지각색이었다. 뭔가 사연이 있음 직한 분위기를 풍기는 사람이 있는가 하면 선량하기 짝이 없는 인물도 있었다.

하스누마의 존재는 금방 확인할 수 있었다. 회사 컴퓨터에 종업원 명부가 있었던 것이다.

그와 마주친 건 일한 지 사흘째 되는 날이었다. 흡연실에서 담배를 피우는 종업원들 중에 하스누마라는 명찰을 단 남자가 있었다.

처음 보는 그의 얼굴은 퀭한 눈에 턱이 뾰족하고 입술이 얇은 잔인한 인상이었다. 사람들과 거리를 두려는 것인지 외따로 떨어져 담배를 피우고 있었다.

저 남자가 유나를 살해하고 유미코를 죽음으로 내몰았다.

당장이라도 칼로 찔러 죽이고 싶은 충동을 가까스로 억눌렀다.

단지 죽이는 것만으로는 모자란다고 생각했다. 우선은 제 입으로 사건의 진상을 말하도록 할 것이다.

그러려면 내키지는 않지만 친해지는 수밖에 없었다. 기회를 보아 다가가야 했다.

그런데 그 며칠 후 생각지도 못한 기회가 찾아왔다. 흡연실에서 담배를 피우고 있는데 하스누마가 불을 빌려 달라며 다가온 것이다.

"당신, 전과가 있다면서?"

하스누마가 담배 연기를 뿜으며 물었다.

"뭐, 오래된 일이오."

스스로도 의아할 정도로 말이 자연스럽게 나왔다.

"무슨 짓을 했는데? 뭘 훔쳤나?"

"그런 게 아니라……."

마스무라는 상해 치사 사건에 관해 숨김없이 말했다. 이 남자의 신뢰를 얻으려면 괜히 둘러대지 않는 편이 좋겠다고 판단했기 때문이다.

얘기를 듣고 난 하스누마는 어깨를 으쓱했다.

"바보 같은 짓을 했군."

"나도 모르게 그만……. 그 사람이 나를 죽일 것만 같았거든."

마스무라의 해명에 하스누마는 고개를 저었다.

"내가 바보 같은 짓이라고 말한 건 상대를 찔러서가 아니야. 경찰에 뭐 하러 그렇게 솔직히 털어놓았느냐는 거지."

무슨 말인지 이해할 수 없어 잠자코 있자 하스누마가 다시 설명했다.

"찌른 기억이 없다, 먼저 칼을 든 건 저쪽이다, 그렇게 말했으면 좋았잖아. 칼을 빼앗으려고 옥신각신하다가 정신을 차려 보니 상대가 피를 흘리며 쓰러져 있었다, 그렇게 말이야."

"그건 안 될 말이지."

마스무라는 고개를 내저었다.

"어째서?"

"거짓말을 해 봐야 금방 들통이 날걸. 현장 검증 때 여러 가지를 묻잖아. 앞뒤가 맞지 않는 말을 하면 경찰이 가만있지 않을 거라고."

그러자 하스누마는 아하하, 하고 유쾌하다는 듯이 웃었다.

"사람이 그렇게 좋아서야 쓰나. 아무것도 기억나지 않는다, 나는 모르는 일이다, 하고 잡아떼면 그만인 것을. 앞뒤가 안 맞는 건 이쪽 책임이 아니라고. 맨 마지막에 칼을 쥐고 있던 사람이 당신이라고 해도 먼저 칼을 잡은 쪽이 상대방이 아니라는 걸 무슨 수로 증명하겠어? 상대의 지문이 당신 지문으로 덮여 버렸을지도 모를 일이잖아. 지금 내가 말한 것처럼 주장했다면 당신은 무죄 판결을 받았을 거야."

득의만만하게 얘기하는 하스누마의 얼굴을 바라보며 마스무라는 기가 막혀 말이 나오지 않았다.

어쩌면 이 남자 말이 맞는지도 몰랐다. 체포되었을 때 이 남자가 말한 식으로 진술하고, 이치에 닿지 않는 내용에 관해서는 모르는 일이라고 잡아뗐다면 재판 결과가 달라졌을지도 모른다.

그러나 현실적으로는 쉽지 않다. 취조실 특유의 분위기에 압도당하고 우락부락한 형사가 매섭게 노려보면 도무지 거짓말이 나오질 않는다. 설사 생각은 그렇게 했다 해도 형사가 모순점을 지적하면서 사실대로 불라고 다그치면 알아서 털어놓게 된다.

그런데 이 남자, 하스누마는 달랐다. 마스무라의 말을 조금만 듣고도 그 자리에서 형벌을 면할 방책을 생각해 낸다. 나쁜 쪽으로는 대단히 머리가 잘 돌아가는 것이다. 거기에 곤란한 질문에는 답하지 않으면 그만이라고 생각하는 뻔뻔스러움까지 있었다.

유나를 죽이고도 무죄 판결을 받은 악랄함의 일면을 보는 듯한 심정이었다.

"참 잘도 아는군."

끓어오르는 분노를 간신히 억누르며 마스무라가 말했다.

"그런 경험이라도 있나 보지?"

어쩌면 유나 살해에 관해 뭔가 얘기할지도 모른다는 생각에 찔러 봤지만 하스누마는 싱글거리며 글쎄, 하고 어물쩍 넘어갔다.

그 후로 마주칠 때마다 얘기를 주고받게 되었다. 다른 종업원들과는 뜨악하게 지내는 하스누마가 왜인지 마스무라에게만은 곁을 주는 듯했다. 답답하도록 솔직해서 형사 처벌을 받은 인간을 보고 있자면 자신의 현명함이 새삼 느껴져 우월감에 젖는지도 몰랐다. 그런 생각이 들자 마스무라의 증오심은 한층 거세게 타올랐다. 하지만 그는 그런 심정을 애써 감춘 채 하스누마와의 거리를 좁히려고 노력했다. 언젠가는 유나를 살해한 일에 관해 제 입으로 털어놓지 않을까 하는 기대에서였다.

반년쯤 지나자 둘은 함께 술잔을 기울이는 사이가 되었다. 자기 얘기는 별로 하지 않는 하스누마가 자신이 자라 온 과정을 슬쩍 흘리는 일도 있었다.

경찰이었던 아버지가 너무나 싫었다고 하스누마는 말했다.

“사람들을 대놓고 업신여기는 고압적인 경찰이었어. 자기가 으름장을 놓으면 그 누구라도 굽신거린다고 착각했지. 머리가 나빴던 거야.”

그리고 이런 말도 했다.

“집에서 술을 마시고 거나하게 취해서는 자랑을 해 대곤 했어. 오늘도 한 명을 불게 했다고 말이야. 아무래도 수상한데 증거가 없어서 풀어 준 놈을 다른 건으로 체포했는데, 취조실에 끌고 가서 겁을 줬더니 자백하더라는 거야. 자백이 최고의 증거라나. 그리고 그 자백을 이끌어 낸 자신은 검사보다 한 수 위라는 거야. 나는 만일 이런 인간에게 취조를 당한다면 죽어도 입을 열지 않을 거라고 다짐했어.”

그런 거였군. 마스무라는 이해가 갈 듯도 했다. 자백이 최고의 증거라는 말을 아버지에게 줄곧 들었으니 부인과 침묵으로 일관하면 어떻게든 해결된다고 배운 것이다. 그런 지혜는 유나 살해 사건으로 체포되었을 때 하스누마를 살려 주었다.

그에게 결정적인 말을 듣게 된 것은 그로부터 얼마 지나지 않아서였다. 그때 역시 둘이 술을 마시고 있었다. 누가 먼저 말을 꺼냈는지는 모르겠지만, 어쩌다 보니 구치소 얘기를 하게 되었다.

"정말 있을 곳이 못 돼. 좁아터진 데다 여름에는 덥고 겨울에는 춥고. 냄새는 또 얼마나 나던지. 사람을 대체 뭐로 보는 건지, 원."

하스누마의 그런 말에 마스무라의 신경이 반응했다.

"무슨 짓을 저질렀는데?"

"어?"

"구치소에 들어갔었던 거지? 뭘 하다 잡힌 거야?"

그때껏 하스누마는 자신이 체포된 적이 있다는 말을 한 번도 하지 않았다.

그는 잠시 망설이는 기색을 보이더니 "죽였어." 하고 조그만 소리로 말했다.

"아주 오래전 일이지."

"누구를 죽였는데?"

마스무라의 물음에 하스누마는 즉시 대답하지 않았다. 마치 재듯이 천천히 잔에 술을 따라 꿀꺽 삼키고 나서야 입을 열었다.

"그때 일하던 공장 사장의 딸이 행방불명되었어. 몇 년이 지나 유골이 발견되었지. 그 딸을 살해한 혐의로 체포되었어."

"자네가 죽였나?"

마스무라의 심장이 방망이질 치기 시작했다.

하스누마는 마스무라를 힐끔 곁눈질한 후 시선을 먼 곳으로 향했다.

"기소되어 재판정에 섰지. 나는 일절 입을 열지 않았어. 변호사도 그래도 된다고 말했고. 우여곡절 끝에 결국 무죄 판결을 받았지."

"……그거 다행이군. 그래서, 진실은 뭔데? 자네가 죽였나? 아무에게도 말하지 않을 테니 나한테만 말해 봐."

끓어오르는 분노를 겨우 억누르면서 마스무라가 간살맞은 말투로 물었다.

하스누마는 한쪽 입술을 틀어 올리고 어깨를 들썩거리며 낮은 소리로 쿡쿡 웃었다.

"진실? 그게 뭐야? 재판에서 무죄 판결을 받았으면 그만이지. 사실 나는 구치소에 구금된 기간에 상응하는 보상금까지 받았다고."

그리고 하스누마는 이 얘기는 여기까지라는 듯이 입에 지퍼를 채우는 시늉을 했다.

그 후로는 마스무라가 아무리 꾀어도 그 화제에는 응하지 않았다. "당신 참 끈질기군." 하면서 귀찮다는 표정을 지을 뿐이었다. 기분이 상해서 마스무라를 상대해 주지 않으면 곤란하다는 생각에 마스무라도 반은 포기했다.

그래도 수확은 있었다. 유나 살해 사건을 하스누마가 처음으로 입에 올린 것이다. 이러다 보면 언젠가는 진상을 알아낼 수 있을지도 몰랐다.

그러나 그런 기대는 어긋나고 말았다. 어느 날 갑자기 하스누마가 회사에 나타나지 않은 것이다. 회사에는 전화로 그만두겠다고 통보했다고 한다. 그가 살던 곳에 찾아가 봤지만 이미 이사한 후였다. 휴대 전화도 이미 해지된 듯, 연결되지 않았다.

다른 종업원들에게 물어봤지만 행방을 아는 사람이 아무도 없었다. 회사에도 퇴직하는 이유를 말하지 않은 듯했다.

마스무라는 망연자실했다. 이게 무슨 일이란 말인가. 이럴 줄 알았으면 진즉에 복수해야 했다며 땅을 치고 후회했다.

그런데 그 며칠 후 휴대 전화가 울려 받아 보니 놀랍게도 하스누마였다. 공중전화에서 건 전화였다.

"어떻게 된 거야? 갑자기 사라지다니 말이야."

"사정이 좀 있어서. 혹시 회사에 형사가 찾아오지 않았나?"

"형사? 아니, 그런 얘기는 못 들었는데."

"그래? 그럼 됐어."

"뭐야, 무슨 짓을 저지른 건가?"

후후, 하고 코웃음 치는 소리가 들렸다.

"딱히 아무 짓도 하지 않았다고 말해 두지."

하스누마가 전화를 끊으려고 하자 마스무라는 마음이 급해졌다.

"잠깐만. 지금 어디야?"

"그건 나중에. 또 연락하지. 그럼."

하스누마는 일방적으로 전화를 끊었다.

실제로 그 후 몇 번인가 연락이 왔다. 언제나 공중전화에서였다. 첫마디는 늘 회사에 별일 없었느냐는 질문이었다.

연락의 빈도는 점점 줄어 갔다. 며칠 간격이었던 전화가 몇 주 간격으로 벌어지더니 급기야는 몇 달씩 연락이 없을 때도 있었다. 그대로 연락이 끊길까 봐 마스무라는 애가 탔다. 하지만 하스누마는 늘 공중전화만 사용했고, 있는 곳도 가르쳐 주지 않았다.

그렇게 3년이 흘렀다. 어느 날 마스무라가 출근해 보니 회사에 낯선 남자들이 기다리고 있었다. 형사라고 했다. 그들은 사진을 한 장 보여 주며 이 사람을 아느냐고 물었다. 하스누마의 사진이었다.

안다고 대답하자 형사들은 마스무라에게 온갖 질문을 해댔다. 그들은 마스무라를 하스누마와 가장 친하게 지냈던 사람으로 여기는 것 같았다.

형사들의 질문은 하스누마가 행방을 감췄을 당시의 일에 집중되어 있었다. 무슨 얘기를 나눴는지, 이상한 점을 느꼈는지, 그 후로 연락이 있었는지 등등이었다. 마스무라는 잠깐 망설였지만 결국 솔직하게 대답했다. 간혹 전화가 걸려 온다는 말도 했다.

형사들은 만족한 듯, 협조해 주어 고맙다는 말을 남기고 돌아갔다. 다만 어떤 사건에 관련된 수사인지는 가르쳐 주지 않았다.

그러나 그것을 알기까지는 그리 오랜 시간이 걸리지 않았다. 뉴스에 대대적으로 보도되었기 때문이다. 3년 전에 행방불명되었던 어느 젊은 여성의 유해가 시즈오카현의 화재 현장에서 발견되었다고 했다. 그 여성이 기쿠노 상점가에 있는 한 음식점의 딸이라는 사실을 회사 사람 누군가가 듣고 와서 말해 주었다.

그제야 마스무라는 무슨 일이 벌어졌는지 짐작할 수 있었다. 가끔 가는 식당에 꽤 반반한 여자가 있다는 얘기를 하스누마에게 들은 적이 있다. 그 여자를 폭행한 끝에 살해했을 것이다. 시신을 숨기고 자신도 행방을 감춘 후, 경찰의 동정을 살피기 위해 마스무라에게 연락했으리라.

그리고 얼마 안 있어 하스누마가 체포되었다는 얘기가 들렸다.

마스무라는 심경이 복잡했다. 이번만큼은 제아무리 하스누마라도 빠져나가기 어려울 것이다. 결국은 처벌을 받겠지. 그러나 그것은 유나를 죽인 죄에 대한 벌이 아니다. 게다가 그가 교도소에 들어가게 되면 더는 손을 쓸 수 없다.

그런데 일은 생각지도 못한 방향으로 전개되었다. 복수가 물거품이 된 이상 더는 이런 곳에 머물 의미가 없다, 그렇다고 해서 딱히 갈 곳도 없다, 하고 고민에 빠질 무렵 놀랍게도 하스누마에게서 전화가 걸려 온 것이다.

"자네, 체포되지 않았나?"

"그랬지. 하지만 석방되었어."

"석방……."

"전에 내가 말했잖아. 자백이 최고의 증거라고. 바로 그 증거가 없으면 놈들은 아무 짓도 못 한다네."

말이 나오지 않았다. 이번에도 끝까지 입을 열지 않아 처벌을 면했단 말인가.

마스무라가 잠자코 있자 하스누마가 물었다.

"당신, 아직도 기쿠노에 있나?"

"그래."

"그럼 조만간 만나러 갈지도 몰라. 그때는 잘 부탁해."

"그래, 알았네."

그럼 또, 하고 하스누마는 전화를 끊었다. 마스무라는 넋 나간 표정으로 휴대 전화만 들여다봤다.

믿을 수 없었다. 사람을 둘이나 죽였는데 아무런 벌도 받지 않다니, 유족의 참담함은 어쩌란 말인가.

그런 생각을 하다가 이번 사건의 유족은 자신이 아니라는 사실을 깨달았다. 그리고 만난 적조차 없는 사람들이지만 그들의 심경을 상상하자 가슴이 무너졌다. 자신이 진작 하스누마를 죽였더라면 이런 일은 없었을 텐데.

얼마 후 마스무라는 피해자의 부모가 운영한다는 식당을 살피러 가 보았다. 그러나 식당은 문이 닫혀 있었다. 영업할 정신이 없겠지, 하고 생각했다.

어떻게 해야 좋을까. 마스무라는 고심했다. 이대로 손을 놓고 있을 수는 없었다. 하스누마에게 하늘을 대신해 벌을 내려야 한다. 그러나 방법이 생각나지 않았다. 그가 있는 곳조차 모르지 않는가.

전전긍긍하며 시간만 보내고 있던 어느 날이었다. 휴대 전화에 모르는 번호로 전화가 걸려 왔다. 받아 보니 하스누마였다. 지난번 전화로부터 석 달 가까이 지났을 때였다.

"부탁이 있어."

하스누마가 말했다.

"당분간 당신 집에 가 있으면 안 될까?"

"우리 집에? 왜?"

"아파트 주인이 계약을 연장할 수 없다고 하잖아. 뭐, 예상했던 일이라 놀라지는 않았지만 말이지. 그래서 말인데, 당신한테 신세를 좀 질 수 있을까? 물론 얼마간 방세는 낼게."

"그다음엔 어떻게 할 작정인데?"

"천천히 다음 거처를 찾아야지. 어때, 그래 줄 수 있겠어?"

다시는 오지 않을 기회였다. 이번 기회를 놓치면 복수는 물 건너간다.

"그래, 그렇게 해. 좁아서 불편하겠지만."

"상관없어. 잠만 잘 수 있으면 돼."

그리고 하스누마는 얼마 지나지 않아 정말로 나타났다. 오랜만에 보는 그의 얼굴은 예전의 잔인한 인상 그대로였다.

"이 동네는 여전하군."

신발을 벗고 들어와 책상다리로 앉으며 하스누마가 말했다.

"번듯한 상점 하나 없고, 재미없는 동네야."

그러고 나서 하스누마는 터져 나오는 웃음을 참으려는 듯이 쿡쿡, 소리를 냈다.

"왜 그래?"

"아니, 그게 말이지. 잠깐 인사를 하고 왔어, 유족의 집에."

"무슨 말이야? 유족의 집이라니……."

"'나미키야'라는 식당 말이야. 가서, 그 아비한테 네놈 때문에 체포돼서 신용을 잃었다, 배상금을 지불해라, 그렇게 협박하고 왔지."

"……상대는 뭐래?"

"뭐라고 지껄이기는 하던데, 그래 봐야 패배자의 열패감에서 나오는 말이라 무시하고 나왔어."

자랑스럽다는 듯이 말하는 하스누마의 얼굴을 바라보던 마스무라는 유가족의 심정을 상상하고 암담한 기분에 휩싸였다. 이 남자는 인간이 아니다. 인간의 탈을 쓴 사악한 짐승이다.

그런 생각을 하면서도 마스무라는 옛 친구라는 가면을 쓰고 하스누마와 재회를 축하하며 술잔을 기울였다. 하스누마는 상기된 표정으로 경찰과 검찰을 비웃는 말을 끊임없이 늘어놓았다.

"기소되면 어쩔 작정이었어?"

마스무라가 물었다.

"그때는 그때고."

하스누마가 별일 아니라는 투로 대답했다.

"지난번처럼 하면 돼. 1년쯤 구치소에서 부자유스러운 생활을 하겠지만, 보상금으로 돌아올 테니 밑지는 장사는 아니지."

"유죄 판결이 나면?"

"그럴 리가."

하스누마가 딱 잘라 말했다.

"지난번 사건도 무죄로 풀려났잖아. 이번에는 상황 증거가 더 부족하다고. 나만 입을 다물면 검찰도 별수 없어."

"그, 지난번 사건 말인데, 왜 죽였어? 무죄 판결이 났으니 이제는 말해도 되잖아. 얘기 좀 해 봐."

그러자 하스누마는 불쾌한 얼굴을 한껏 일그러뜨렸다. 그 얼굴에 지금껏 본 적 없는 악의에 찬 미소가 드리웠다.

"사실 죽이려고 한 건 아니었어."

그리고 그는 소주가 가득한 사발을 손에 들었다.

"어린 고양이가 있길래 귀여워서 쓰다듬어 주려고 했더니 깨물려고 덤벼들잖아. 그래서 벌을 좀 줬더니 죽었지 뭐야. 그냥 둘 수도 없고 해서 불에 태운 다음 묻었어. 그뿐이야."

마스무라는 온몸의 핏기가 가시는 듯한 느낌이었다. 방금 하스누마가 입에 담은 것은 유나를 살해했다고 인정하는 발언이 분명했다. 게다가 발칙하게도 유나를 동물에 비유했다.

"흐음, 그랬군."

마스무라는 억양 없는 목소리로 그렇게 반응했다. 연기가 아니었다. 감정이 지나치게 격앙되면 그것을 표출하지 못하게 된다는 것을 비로소 알게 되었다.

그날 밤 그는 잠이 오지 않았다. 옆에서 담요를 휘감고 자는 하스누마의 숨소리가 들렸다. 경계심 없는 태평한 숨소리다. 지금이라면 그를 죽일 수 있겠다는 생각이 들었다.

싱크대에서 칼을 들고 왔다. 보기만 해도 화가 치미는 하스누마의 잠든 얼굴을 노려보다가 칼을 높이 쳐들었다.

그러나 그 칼을 하스누마의 몸에 꽂기 직전에 마스무라는 손을 멈췄다.

복수를 원하는 사람이 자기뿐이 아니라는 것을 깨달았던 것이다.

42

'나미키야'에 들이닥친 형사들이 나미키 유타로에게 임의동행을 요구한 것은 니쿠라 나오키가 자백했다는 소식을 들은 지 사흘째 되는 날이었다. 요리에 쓸 재료들을 다듬는 중이었던 그에게 형사는 "별일 없으면 영업 시작 전에 돌아올 수 있을 겁니다."라고 말했다.

별일 없으면, 이 무슨 의미일까. 경찰차에 올라탄 후에야 나미키 유타로는 그 말이 '체포할 요건이 안 되면'이라는 뜻이란 것을 깨달았다. 그렇다면 오늘 밤 안으로는 못 돌아올지도 모른다. 가게를 나설 때 마치코와 나쓰미는 걱정스러운 표정으로 배웅했지만, 경우에 따라서는 그녀들도 불려 갈 수 있다.

모든 일이 계산 밖이다, 하고 나미키는 생각했다. 도무지 생각한 대로 되지 않았을뿐더러 니쿠라 나오키의 인생마저 망치게 되었다. 본인이 선택한 일이라고는 해도 그 계기를 만든 사람은 자신이다.

모든 일은 그 밤에 시작되었다. 하스누마가 느닷없이 '나미키야'에 찾아온 밤.

그 전까지는 희미하나마 한 줄기 빛이 보였었다.

하스누마 간이치가 석방되었을 때 그는 깊은 어둠 속에 내던져진 듯한 감각에 사로잡혔다. 수사 책임자인 구사나기가 직접 찾아와서 해명했지만 아무래도 납득이 가지 않았다.

나미키 가족이 의지할 수 있는 것은 '포기한 것이 아니다, 어떻게든 결정적인 증거를 잡아 기소하겠다'라던 구사나기의 말뿐이었다.

그리고 시간은 덧없이 흘렀다. 하스누마가 다시 체포되었다는 소식은 여전히 없었다.

기대는 날로 줄어들었고, 나미키 유타로는 되도록 사건을 떠올리지 않으려는 자신을 발견하게 되었다. 분하고 원통했지만, 체념하자는 마음이 조금씩 커 가는 것을 인정하지 않을 수 없었다. 식당 경영과 나쓰미의 장래 등 걱정할 일이 한둘이 아니었다. 사오리의 죽음이 중대한 사건이긴 하지만 과거는 과거. 무슨 수를 써도 딸은 살아 돌아오지 않는다.

앞날을 바라보며 살아야 하지 않을까, 하고 생각하기 시작했다. 입 밖에 낸 적은 없지만 그의 그런 생각은 마치코와 나쓰미에게도 전해진 듯했다. 그녀들의 얼굴에 웃음꽃이 피기 시작하는 걸 보고 나미키는 그런 사실을 알게 되었다. 나미키 집안은 활기를 되찾고 있었다.

그런데 하스누마 간이치가 '나미키야'에 나타남으로써 모든 것이 가장 절망이 깊었던 때로 돌아가고 말았다. 수그러들던 증오심은 예전보다 더욱 활활 타올랐다.

그날 밤은 한숨도 자지 못했다. 마치코 역시 밤새 이불 속에서 뒤척거리는 듯했다. 그러나 두 사람 간에 대화는 없었다. 분노나 증오를 입에 담기에는 두 사람의 충격이 너무 컸다.

다음 날은 식당을 열지 않았다. 영업을 준비할 기력이 없었다. 나쓰미는 겨우 학교에 갔지만, 마치코는 자리에서 일어나지 못했다.

나미키는 대낮부터 가게에서 술을 마셨다.

오후 5시가 조금 넘었을 때였다. 가게 문을 두드리는 소리가 났다. 내다보니 밖에 누군가가 서 있었다. 임시 휴업 팻말을 내걸었는데.

'누구지?'

잠금쇠를 풀고 문을 여니 작은 체구에 백발인 남자가 서 있었다. 마스크를 하고 있어 얼굴은 잘 보이지 않았다. 너저분한 점퍼에 무릎이 툭 튀어나온 바지 차림이었다.

"오늘은 영업을 하지 않습니다."

나미키의 말에 남자는 손을 가로저었다.

"중요한 얘기가 있어서요. 하스누마의 일입니다."

나미키는 화들짝 놀랐다.

"누구시죠?"

"얘기를 하자면 깁니다. 안으로 들어가도 되겠습니까?"

남자 눈에서 어떤 각오가 느껴졌다. 나미키는 고개를 끄덕이고 남자를 안으로 들였다.

남자가 마스크를 벗었다. 얼굴에 새겨진 깊은 주름이 지금까지 편히 살아온 사람이 아님을 알려 주었다.

남자는 선 채 자신을 소개했다. 마스무라 에이지라는 이름은 전혀 기억에 없었지만 그다음 말을 듣고 나미키는 경악했다.

"20년쯤 전에 하스누마가 어느 살인 사건 재판에서 무죄로 방면된 일을 아시죠? 저는 그때 살해된 모토하시 유나의 외삼촌 되는 사람이외다."

나미키가 그에게 의자를 권했다. 들어 넘길 얘기가 아니었다.

그리고 마스무라가 담담하게 이어 나간 이야기는 나미키를 아연하게 했다. 그가 20년 가까이 오로지 복수를 하기 위해 살아왔으며, 간신히 찾아낸 하스누마에게 접근해 마침내 신뢰를 얻기에 이르렀다는 내용이었다.

"어제 하스누마가 여기에 왔었죠? 자랑스럽다는 듯이 떠벌리더군요. 그놈은 인간쓰레기예요. 실은 어젯밤 늦게 그놈을 찔러 죽이려고 했습니다. 부엌칼을 쳐들고 찌르려다가 멈춘 것은, 그렇게 해서는 나미키 씨의 분이 풀리지 않을 거라는 생각 때문이었죠. 저처럼 나미키 씨도 자신의 손으로 복수하고 싶을 거라고 여겼거든요."

안 그렇습니까, 하며 마스무라가 나미키를 살피는 듯한 시선으로 바라보았다.

"왜 아니겠습니까. 제 손으로 죽이고 싶죠."

나미키가 대답했다. 마스무라는 크게 고개를 끄덕였다.

"역시, 그럴 줄 알았어요. 나미키 씨, 우리 둘이 손을 맞잡고 그놈에게 천벌을 줄까요? 그놈이 지금 제 집에 기거하고 있어요. 원래는 창고였던 곳이라 창문이 없어서 밖에서는 안이 들여다보이지 않죠. 우리 둘이서 마음껏 괴롭히다 죽여도 방해할 사람이 없다 이 말입니다."

혹할 만한 제안이었다.

나라가 벌하지 않는다면 내 손으로, 라고 생각했던 적이 몇 번이던가. 그러나 늘 상상에 그쳐 왔다.

"감옥에 가는 게 두려운가요?"

나미키가 아무 말이 없자 마스무라가 물었다.

"아니요, 그건 각오가 되어 있습니다만……."

"가족이 염려되는군요."

마스무라가 나미키의 속내를 꿰뚫고 있다는 듯이 말했다.

나미키는 고개를 끄덕였다.

"또한 아이의 장래도 걱정되고 해서요."

"염려 마세요. 여차하면 제가 출두하겠습니다."

마스무라가 가슴을 팡팡 두드렸다.

"전부 나 혼자 한 일이라고 하지요."

"아니, 그럴 수는 없어요. 혼자만 빠져나갈 수는……. 게다가 복수하기 전에 해야 할 일이 있습니다."

"그게 뭡니까?"

"진상을 알아야 합니다. 왜 사오리가 살해됐는지, 그걸 알고 싶습니다. 하스누마는 묵비권을 행사해서 석방되었지만, 만약 기소되어 유죄 판결을 받았다 해도 그놈이 진상을 밝히지 않는 한 나는 한이 풀리지 않았을 겁니다. 먼저 그놈 입으로 진상을 듣고 싶어요. 복수를 하느냐 마느냐는 그다음 일입니다."

나미키의 말에 마스무라가 두 눈썹을 늘어뜨리며 서글픈 표정을 지었다.

"그 심정은 잘 알죠."

나미키는 시간을 좀 줄 수 있겠느냐고 물었다.

"어떻게 해야 할지 신중하게 생각해 보겠습니다. 답이 나온 후 다시 의논하면 어떨지요."

알겠습니다, 하고 마스무라가 대답했다.

"하스누마는 당분간 제 집에 머무를 겁니다. 천천히 생각해 보세요."

연락처를 주고받은 후, 대답을 기다리겠다면서 마스무라는 물러갔다.

그 초라한 등을 바라보다 뒤돌아선 나미키는 화들짝 놀라고 말았다. 마치코가 서 있었다.

"당신…… 안 잤어?"

"목이 말라서."

"그랬군."

나미키는 테이블을 정리하기 시작했다.

"어떻게 할 거야?"

마치코가 뒤에서 물었다.

"뭘 말이야?"

나미키는 아내의 얼굴을 보았다. 그녀가 나미키를 똑바로 마주 보았다.

"어떻게 그놈한테 진상을 털어놓게 할 거냐고."

"……다 들은 거야?"

"계단 위에서. 귀에 익지 않은 목소리가 들려서 누군가 하고 들었어."

"전에 있었던 사건의 유족이래."

"그런 것 같았어. 그래서, 어떻게 할 생각인데?"

나미키가 의자를 끌어당겨 앉았다.

"글쎄, 어떻게 해야 좋을지……."

그러면서 그는 치우려던 잔에 술을 따랐다.

마치코도 잔을 가져와 나미키와 마주 앉았다. 나미키는 잠자코 술을 따라 주었다.

술을 한 모금 꿀꺽 마시고 나서 마치코는 후, 숨을 토했다. 그리고 잔 속을 들여다보며 "여보, 고민하지 않아도 돼."라고 말했다.

"나랑 나쓰미 생각은 안 해도 된다고."

나미키는 놀라서 마치코의 얼굴을 바라보았다. 그녀의 눈이 발갛게 물들어 있었다. 물론 술 한 잔에 취한 것은 아닐 터였다.

"당신이 뭘 하겠다고 하든 우리는 당신 뜻에 따를 거야. 원한을 풀 수만 있다면 뭐든 할 수 있어. 나쓰미도 분명 그럴 거라고 생각해."

나미키는 고개를 내젓고는 술을 들이켰다. 그리고 손등으로 입가를 훔쳤다.

"당신과 나쓰미를 끌어들일 수는 없어. 뭘 하든 나 혼자 할 거야."

"여보……."

"그렇다고 해서 무슨 생각이 있는 것도 아니야. 당신 혹시 아이디어 있어?"

"하스누마의 입을 여는 방법?"

"응."

마치코는 잔을 내려놓고 고개를 기울였다.

"어려운 일이야."

"그래. 경찰도 검찰도 하지 못한 일이지."

"옛날 같으면 고문이라도 했겠지만 지금은 그러지도 못하니……."

고문이라.

생각하기 나름일 수도 있다. 취조 과정 공개를 비롯해 여러 가지 엄격한 제약이 있으니 지금의 경찰이나 검찰은 강압적인 수사를 할 수 없다. 그러나 우리라면 비합법적인 수단을 사용할 수도 있지 않을까.

하지만 단순한 위협만으로는 하스누마의 입을 열게 할 가능성이 없다. 설사 나미키가 칼을 휘두른다 해도 하스누마는 코웃음을 칠 것이 분명하다. 그리고 실제로 맞붙어 격투를 벌인다고 해도 나미키가 이길 승산은 없었다. 이기기는커녕 칼을 빼앗기고 자신이 찔릴 우려마저 있었다.

수면제를 먹여 재운 후 손발을 묶고 칼로 위협하면 어떨까. 마스무라의 협조가 있다면 불가능하지 않을 것이다.

이 아이디어를 마치코에게 말해 보았지만 그녀의 반응은 시큰둥했다. 하스누마가 그 정도 위협으로 겁을 먹을 리 없다는 것이었다.

"찌를 테면 찔러 봐, 죽일 테면 죽여 보라고, 그럴 것 같은데."

아내의 의견에 나미키도 수긍하지 않을 수 없었다. 아닌 게 아니라 그럴 거라는 생각이 들었다. 그리고 그가 그런 식으로 도발한다면 자신은 그를 죽이지 못할 터였다.

도지마 슈사쿠에게 들었던 액체 질소 얘기를 떠올린 건 그다음 날 나미키가 냉동 창고에 든 식자재를 확인할 때였다. 환기가 제대로 안 되는 좁은 공간에서 액체 질소를 사용하던 종업원이 하마터면 질식사할 뻔했다는 일화였다.

머리가 아파 오고 현기증이 이는가 싶더니 바닥에 쓰러졌다, 큰일 났다고 생각했지만 몸이 움직여지지 않아 끔찍한 공포감을 느꼈다……, 종업원은 나중에 그렇게 말했다고 한다.

효과가 있지 않을까. 하스누마가 지내는 곳은 창문이 없는 좁은 방이라고 했다. 그 방에 가두고 문틈으로 액체 질소를 조금씩 주입하는 거다. 서서히 고통이 밀려오면 하스누마도 단순한 위협이라고 느끼지는 않겠지. 그럴 때 목숨이 아까우면 사오리를 죽일 때의 얘기를 해 보라고 하면 하스누마도 체념하고 입을 열지 않을까.

나미키는 그 즉시 마스무라에게 연락해 이 아이디어를 말했다.

"흥미롭네요."

마스무라가 관심을 나타냈다.

"이른바 독가스 고문이라, 이거죠? 해 볼 만한 것 같아요. 그런데 액체 질소를 구하기가 쉬울까요?"

"그 문제라면 걱정 없습니다."

그때부터 두 사람은 면밀히 계획을 세웠다. 그리고 하스누마가 외출한 틈을 타 그의 방과 미닫이문을 점검했다. 액체 질소를 실내로 주입하려면 문에 구멍을 뚫어야 했지만, 문손잡이의 금속 판을 떼어 내자 네모난 구멍이 뚫려 있어 그럴 필요가 없었다.

"이 구멍에 꼭 맞는 깔때기가 있어야겠어요."

마스무라가 말했다.

"우리 일이 폐기물을 처리하는 거예요. 조금만 뒤져 보면 찾을 수 있을 겁니다."

이렇게 해서 방법이 정해졌다. 문제는 액체 질소의 조달이었다.

도지마를 단골 술집으로 불러내 의논하자 어디에 쓸 거냐고 물었다. 친척 아이가 실험에 사용할 것이라고 대답했지만 그는 납득하지 않았다.

"유타로, 자네 자신은 모르는가 본데, 표정이 이만저만 험악한 게 아니야. 눈에는 핏발이 서 있질 않나. 대체 무슨 일을 꾸미고 있는 거지?"

"아니……."

"내 눈은 못 속여. 자네랑 나 사이에 못 할 말이 뭐가 있나."

도지마가 목소리를 낮췄다.

"하스누마를 죽이려는 거지?"

나미키가 대답을 못 하고 어물거리자 도지마가 다시 말했다.

"그런 게로군. 그렇다면 협조해야지. 하지만 시치미를 떼면 안 도울 거야. 내 생각이 맞지?"

그러나 나미키는 고개를 저었다.

"죽이려는 게 아니야. 그리고 관계없는 사람까지 끌어들이고 싶지는 않아."

"관계가 없다니?"

도지마가 한쪽 눈썹을 치켜올렸다.

"유타로, 무슨 말을 그렇게 섭섭하게 하나."

아무래도 끝까지 숨기기는 어려울 듯했다. 나미키는 한숨을 내쉬고 나서 마스무라와 함께 세운 계획을 털어놓았다.

"거참, 복잡한 방법도 생각해 냈군."

도지마가 어이가 없다는 듯이 말했다.

"하지만 어쩌면 좋은 아이디어인지도 몰라. 그 정도는 해야 그놈이 자백하겠지."

"액체 질소 말인데, 구해 줄 수 있겠어?"

"그건 나한테 맡겨. 계획을 들어 보니 20리터 정도만 있으면 되겠어. 전용 용기에 담아 차로 운반하면 돼."

그렇게 말하고 나서 도지마는 잠시 생각에 잠겼다가 다시 입을 열었다.

"하나만 묻겠는데, 용케 그놈이 자백한다면 그다음에는 어쩔 작정이야? 죽이지는 않을 거라고 했잖아. 그럼 위협만 하고 살려 줄 텐가?"

"그건……, 나도 모르겠어. 그때가 돼 봐야 알지. 그놈이 어떤 얘기를 하느냐에도 달렸고."

나미키는 솔직히 말했다. 자신도 어떻게 할지 전혀 예상이 되지 않았다. 분노에 몸을 맡긴 채 하스누마의 숨통을 끊고 싶어질지도 모른다. 또한 어쩌면 이성이 그런 충동을 억누를지도 몰랐다.

"유타로, 나는 죽여도 좋다고 생각하네. 그런 놈이 버젓이 살아 있다는 생각만으로도 남은 인생 내내 분한 마음을 안고 살아가야 하잖아. 나 같으면 죽이겠어. 그러니까 자네가 그놈을 죽여도 난 아무 상관이 없어. 다만 말이야, 자네를 감옥에 보내고 싶진 않아."

"난들 감옥에 가고 싶겠나. 그러니까 하스누마가 무슨 말을 해도 욱하지 않도록 주의해야겠다는 생각은 하고 있어."

나미키의 말에 도지마가 답답하다는 듯이 얼굴을 찡그렸다.

"내 말은 그런 뜻이 아닐세. 좀 욱하면 어떤가. 죽여도 괜찮

아. 그게 정상이야. 설사 그런 일이 벌어진다 해도 자네를 감옥에는 보내고 싶지 않다는 말이지. 그리고 내가 미리 말해 두겠네만, 자네가 죽일 마음이 없어도 하스누마는 죽을지도 몰라."

"그게 무슨 말이야?"

"액체 질소라는 물질은 그 정도로 다루기가 까다롭다는 뜻이야."

그리고 도지마는 액체 질소의 위험성에 관해 자세히 설명해 주었다. 극히 적은 양이라도 기화하면 팽창하여 부피가 엄청나게 늘어나고, 직접 흡입할 경우 단시간에 산소 결핍증을 일으키며, 전용 용기라도 조금씩 기화하므로 엘리베이터로 운반할 때 사람은 동승하지 않는다는 내용이었다.

"그러니까 단지 협박용으로 액체 질소를 방에 흘려 넣을 생각이었다 해도 조금만 양이 많아지면 하스누마를 죽이게 될 수도 있다는 거지."

도지마의 설명을 듣고 나미키는 새삼 긴장했다.

"어때, 겁이 나나?"

도지마가 물었다

"그만두고 싶어졌어?"

"그렇지는 않아."

나미키는 고개를 내저었다.

"오히려 결심이 섰어. 각오를 단단히 해야겠어."

"그래, 그래야지."

도지마는 히죽 웃고 나서 다시 진지한 표정으로 돌아왔다.

"내가 하고 싶은 말은, 죽였을 경우는 물론이고 본의 아니게 그놈이 죽었을 경우라도 시체가 발견되면 경찰의 수사가 시작될 거라는 얘기야. 경찰은 액체 질소가 사용되었다는 점을 간파할지도 몰라. 그때를 대비할 필요가 있다는 거지."

"어떻게?"

"하스누마의 시체가 발견되면 경찰은 맨 먼저 자네를 의심할 테지. 하지만 자네는 액체 질소를 조달할 수 없어. 그러면 결국 우리 공장을 주목할 거야. 공장에는 CCTV가 설치되어 있어. 내가 차를 타고 드나드는 장면이 찍혀 있으면 그럴 때 액체 질소가 담긴 용기를 반출하지 않았을까 의심할 거야."

"그건 안 돼. 자네에게 그런 일을 시킬 수는 없네. 액체 질소는 내가 운반하겠어."

"자네, 바보야?"

도지마가 나무라듯 말했다.

"사장인 내가 내 공장에 차로 드나드는데 뭐가 문제야? 무슨 말로든 둘러댈 수 있다고. 하지만 자네가 그랬다가는 내가 범인이요, 하고 나서는 꼴이란 말이야."

듣고 보니 틀린 말이 아니어서 나미키는 딱히 반박할 수 없었다.

“하지만 아무리 자네라도 그길로 곧장 하스누마가 있는 곳으로 갈 수는 없어. 마을 여기저기에 CCTV가 있잖아. 그중 어딘가 한 곳에만 찍혀도 그걸로 끝장이라고.”

“아닌 게 아니라 CCTV가 문제는 문제야. 액체 질소 20리터가 든 전용 용기라면 상당히 크고 무겁지. 차로 운반할 수밖에 없어. 경찰은 온 마을 CCTV 영상을 다 뒤져서 범인이 사용했을 만한 차량을 찾아내려고 할 거야. 그리고 듣자 하니 요즘은 N 시스템이라는 게 있어서 어떤 차가 어디를 지나갔는지 경찰이 일일이 체크할 수 있다잖아.”

“아무래도 내가 운반하는 게 좋겠어. 하스누마를 죽이지 않도록 주의할게. 만에 하나 일이 잘못돼서 죽이게 되면 깨끗이 자수하고.”

나미키의 말에 도지마가 혀를 끌끌 찼다.

“내 얘기를 어디로 들은 거야. 자네를 감옥에 보내고 싶지 않다고 했잖아. 그리고 주의한다고 해서 될 일이 아니라고.”

“그건 그렇지만…….”

“좀 더 지혜를 동원해 봐. 액체 질소가 사용되었다는 걸 경찰이 눈치챘다고 치자고. 그다음에 그 사람들이 무슨 생각을 할지 예상해서 뒤통수를 쳐야지.”

“뒤통수를 치다니, 어떻게?”

"나한테 하루만 시간을 줘."

도지마가 집게손가락을 세웠다.

"좋은 생각이 떠오를 것 같으니까."

그다음 날 두 사람은 다시 만났다. 도지마는 어쩐지 신이 난 표정이었다.

"경찰은 범인이 차를 이용했을 거라고 짐작하겠지? 그러니까 뒤통수를 치려면……."

차를 이용하지 않고 액체 질소를 운반하는 거야, 하고 도지마는 말했다.

"용기가 크고 무겁다면서. 그런데 차를 이용하지 않고 어떻게 옮기겠다는 거야? 수레 같은 데 실어서 옮기면 사람들 눈에 뜨일 텐데."

"그야, 나나 자네가 옮기면 그렇겠지."

나미키는 숨을 삼켰다.

"공범을 또 만들겠다는 거야?"

"부탁하면 응할 만한 사람은 있어. 자네도 한두 명은 얼굴이 떠오를 텐데."

도지마의 말이 틀린 것은 아니었다. 실제로 니쿠라 부부나 다카가키 도모야의 얼굴이 떠올랐다.

"죽이려는 게 아니라고 강조하면 반드시 도와줄 거야. 물론 그 교섭은 내가 맡겠네. 자네는 나서지 않아도 돼. 당일에 하스누마가 있는 곳에 가기만 하면 돼."

"대체 뭘 하려는 거야? 무슨 꿍꿍이지?"

"자네는 몰라도 된다니까. 이거 하나만 말해 두지. 실행일은 퍼레이드 당일이야."

나미키는 기가 막히다는 듯이 입을 딱 벌렸다.

"퍼레이드 당일? 왜 하필 그렇게 분주한 날……."

"그런 날이니까 좋은 거지. 그런데 한 가지 문제가 있어. 마스무라라는 사람 말이야, 당일에 어쩔 생각인가?"

"마스무라 씨는 나와 함께 있겠다고 했어. 하스누마를 추궁하는 현장을 보고 싶대."

그러나 도지마는 고개를 저으며 그건 절대 안 된다고 말했다.

"만일 하스누마가 죽으면 경찰은 필시 타살을 의심할 거야. 수면제가 검출되면 마스무라라는 사람에게 의심의 눈초리를 돌릴 테고, 그렇게 되면 그의 경력 등을 조사하겠지. 만에 하나 출신지까지 수사의 손길이 뻗쳐서 23년 전의 사건과의 연관성이 드러나면 그걸 철저히 파헤칠 게 틀림없어. 일이 그렇게 되지 않으려면 마스무라 씨의 알리바이를 만들어 둘 필요가 있어. 거짓 알리바이가 아니라 완벽한 진짜 알리바이 말이야."

지당한 말이었다. 마스무라와 이번 사건이 무관하다고 경찰이 결론을 내리기만 하면 수사는 미궁에 빠질 것이 분명했다.

마음이 괴로웠지만 나미키는 마스무라에게 도지마의 말을 전했다. 어쩌면 마스무라가 이건 얘기가 다르다며 이럴 거면 자기 혼자서 복수를 감행할 걸 그랬다고 화를 낼지 모른다고 생각했다.

그러나 마스무라는 알겠다며 선뜻 수긍했다.

"나야 감옥에 가도 상관없지만, 그렇다고 해서 나미키 씨에게까지 그걸 강요할 수는 없지요. 게다가 경찰의 의심을 사지 않도록 하는 것이 이번 계획의 핵심이라는 건 익히 알고 있습니다. 좋습니다. 나미키 씨가 하스누마를 벌하는 동안 저는 어딘가에서 알리바이를 만들겠습니다."

다만 조건이 하나 있어요, 하고 마스무라는 덧붙였다.

"지금 나미키 씨는 하스누마를 죽일 생각이 없으시지요? 만일 그 마음이 끝까지 바뀌지 않는다면 문은 잠근 채로 현장을 떠나셨으면 합니다. 그리고 그다음은 제 마음대로 해도 괜찮겠지요?"

문을 잠근 채 떠나면 하스누마는 방에서 나올 수 없다. 산소 결핍으로 몸을 가누기 힘든 상태이니 문을 부술 힘도 없을 터였다.

마음대로 한다는 게 무슨 뜻인지는 물을 필요조차 없었다.

"부엌칼로 끝낼 거예요. 그리고 경찰에 출두하겠습니다. 그러면 나미키 씨에게는 수사의 손길이 미치지 않을 거예요. 모두가 만족할 만한 결과가 될 겁니다."

그렇게 말하는 마스무라의 얼굴은 후련해 보이기까지 했다.

이렇게 해서 계획은 정리되었다. 남은 일은 퍼레이드 당일을 기다리는 것뿐이었다.

그러나 사실 나미키는 계획의 상세한 내역까지는 알지 못했다. 처음부터 끝까지 파악하고 있는 사람은 도지마뿐이었다. 협력자가 누구인지도 짐작만 할 뿐 확신은 없었다.

다카가키 도모야도 그중 한 명일 듯했다. 도지마가 그를 빼놓을 리 없었다.

하지만 여전히 순박함이 남아 있는 청년의 얼굴을 보고 있자면 잔혹한 행위에 손을 대게 하는 것이 미안해졌다. 입장이 입장인지라 협력하지 않을 수 없겠지만, 내심으로는 관여하고 싶지 않다, 도망치고 싶다, 그렇게 생각하는 것 아닐까. 그래서 그에게는 이제 그만 사오리를 잊어도 된다고 말했다. 무정하다고 여기지 않겠다는 말과 함께.

니쿠라 부부에게도 그렇게 말하고 싶었지만 기회가 없었다.

그리고 퍼레이드 당일이 되었다. 나미키는 아침부터 좌불안석이었다. 마치코에게는 오늘 오후에 하스누마에게 갈 것이며 죽일 생각은 아니다, 진실을 털어놓게 하려는 것뿐이다, 그렇게만 말해 두었고 구체적으로 뭘 할지는 말하지 않았다. 일이 모두 마무리된 후에 알려 줄 생각이었다.

도지마는 결행 시간이 오후 4시 전후라고 가르쳐 주었다.

"준비를 모두 마치면 연락하겠네. '야마베 상점'의 경트럭을 이용하면 돼. 미리 얘기를 해 두어서 별문제 없을 거야. 하스누마의 거처로 가면 물건이 담긴 종이 박스가 입구에 놓여 있을 테니 그걸 집 안으로 들여놓고. 그다음은 예정대로."

누가 종이 박스를 하스누마의 거처까지 운반하는지는 나미키에게 가르쳐 주지 않았다.

불안한 마음을 숨긴 채 그는 주방에서 평소처럼 일했다.

오후 2시 조금 전에 도지마에게서 전화가 걸려 왔다.

마스무라에게서 연락이 왔는데, 하스누마가 마시는 캔 맥주에 수면제를 넣는 데 성공했다는 것이었다. 마스무라가 집에서 나올 때 이미 졸린 기색을 보였으니 누가 깨우지 않는 한 앞으로 두세 시간은 잘 것이라고 했다.

"그리고,"

도지마가 덧붙였다.

"하스누마를 심문하는 장면을 니쿠라 씨도 보고 싶다는데……."

"니쿠라 씨가?"

"심정을 알 것 같아서 자네에게 물어보라고 했어. '야마베 상점' 주차장에서 기다리고 있을 거야. 자네가 싫으면 거절하고."

"알겠네."

거절할 필요는 없다고 생각했다. 아니, 오히려 니쿠라 씨와 함께라면 든든하겠다 싶었다. 계획에 없던 일이 생겼을 때 의논할 상대가 있으면 좋을 것이다.

나미키의 긴장감이 한층 팽팽해졌다. 마침내 자신이 결단을 내리고 움직일 때가 온 것이다.

그런데 예상 밖의 일이 벌어졌다. 점심 영업이 거의 끝나가는 시간에 들어온 여자 손님이 화장실에 가서 한참 있더니 핼쑥한 얼굴로 나와서는 복통을 호소한 것이다.

모른 척할 수는 없었다. 마치코는 운전을 못 한다. 나미키가 병원에 데려가야 했다.

"안 그래도 준비를 마치고 전화하려던 참이었는데. 왜 하필 오늘 같은 날 그런 일이……."

도지마는 낙담하는 기색이 역력했다.

"어쩔 수 없었어. 미안하네."

"자네가 사과할 일은 아니지. 알겠어. 계획을 변경함세. 기회가 또 있겠지. 협력자들에게는 내가 연락하겠네."

태세 전환이 빠른 도지마의 말이 나미키에게는 믿음직하게 들렸다.

전화를 끊자 온몸에서 힘이 쭉 빠졌다. 병원 대합실에서 멍하니 있는데 마치코가 들어왔다. 상황을 설명하자 그녀는 낙담과 안도감이 혼재된 표정을 지었다. 그녀 역시 내심으로는 무슨 일이 일어날지 몰라 두려워했었다는 걸 나미키는 깨달았다.

손님은 상태가 심각하지는 않은 듯했다. 그녀는 폐를 끼쳐서 죄송하다고 나미키 부부에게 사과했다. 혼자 돌아갈 만한 상태인 것 같아 병원에서 나온 후 헤어졌다.

이것으로 모든 일이 끝났다고 생각했다. 오늘은 아무 일도 일어나지 않았다, 그렇게 생각했다.

그러나 그 후 도지마에게서 걸려 온 전화는 나미키를 혼란에 빠뜨렸다.

사정이 달라졌다는 것이었다.

"예상 밖의 사태가 발생했어. 자세한 내용은 밤늦게 다시 전화로 알려 줌세. 나중에 가게로 갈 테지만, 그때는 아무것도 모르는 척하게."

대체 무슨 일이냐고 물었지만, 설명할 시간이 없다면서 도지마는 전화를 끊어 버렸다.

5시 반이 되자 평소대로 가게 문을 열었다. 단골들이 잇달아 들어왔다. 도지마와는 니쿠라 부부와 함께 나타났다. 표정이 여느 때와 다르지 않아 보였는데, 나중에 돌이켜 보니 대단한 연기였다고 말하지 않을 수 없었다. 니쿠라 부부의 얼굴은 자세히 보지 못했다. 봤다면 분명 이상한 낌새를 알아차렸을 것이다.

그리고 팀 기쿠노의 멤버가 와서 하스누마의 죽음을 알렸다. 나미키는 도지마의 얼굴을 보았다. 일순 눈이 마주쳤다.

예상 밖의 사태란 게 이거였나.

밤이 깊자 도지마에게서 전화가 왔다.

"누가 한 짓이야?"

나미키가 물었다.

"물론 나는 아니야. 다카가키 군도 아니고. 그럼 누구겠어?"

"……니쿠라 씨?"

그래, 하고 도지마는 대답했다.

43

도지마 슈사쿠 씨에게서 전화가 걸려 온 건 퍼레이드가 있기 일주일쯤 전입니다. 저와 의논하고 싶은 일이 있다고 하더군요. 그러면서 하스누마가 기쿠노로 돌아와 '나미키야'에 나타났다는 거예요. 믿기지 않았습니다.

도지마 씨는 저를 차에 태워 그 남자가 살고 있다는 집 근처까지 데리고 갔습니다. 그리고 그 후 근처 패밀리 레스토랑에서 뜻밖의 제안을 했어요.

하스누마 간이치를 벌할 계획을 세웠으니 힘을 보태달라

는 것이었죠. 계획을 처음 제안한 사람이 나미키 유타로 씨라는 말도 그때 들었습니다.

놀랐지요. 저 역시 제 손으로 죽이고 싶을 만큼 하스누마를 증오했지만, 그걸 실행한다는 건 상상도 못했으니까요. 그런 일을 벌였다가는 경찰이 움직일 테고, 범행이 절대 발각되지 않는 완전 범죄 같은 건 있을 수 없잖아요.

어쩌면 나미키 씨는 경찰에 체포되어도 상관없다는 생각이고, 설사 누군가의 도움을 받더라도 모든 죄를 자신이 혼자 시 짊어질 각오인지도 모른다고 생각했습니다.

제가 그런 말을 하자 도지마 씨는, 소중한 죽마고우가 감옥에 가는 일은 받아들일 수 없다, 아무도 경찰에 체포되지 않을 방법으로 하스누마에게 철퇴를 가할 것이다, 그렇게 말했습니다.

과연 그렇게 좋은 방법이 있을까 싶었는데, 도지마 씨에게 자세한 설명을 들으니 납득이 가더군요. 방에 가두고 액체 질소로 위협해 진실을 말하게 한다……, 그야말로 의표를 찌른, 실로 독창적인 고문 방법이었죠. 죄를 묻더라도 상해죄 정도일 거라고 도지마 씨는 말했습니다. 하지만 하스누마가 경찰에 신고할 리 없으니 결국 그 누구도 체포될 일이 없다고 했어요.

제가 부탁받은 일은 액체 질소가 담긴 용기를 팀 기쿠노가 퍼레이드에 사용하는 보물 상자에 숨겨 달라는 것이었죠. 그 부탁을 들은 저는 다소 맥이 빠졌습니다. 조금 더 중요한 역할을 맡길 줄 알았거든요. 어쨌든 저는 그 자리에서 승낙했습니다.

아내 루미에게는 계획을 말하지 않았습니다. 남편이 그런 범죄에 가까운 짓을 계획하고 있다는 걸 알게 되면 동요하지 않을 수 없을 테니까요. 신체적으로도 정신적으로도 허약한 그녀에게 중대한 비밀을 품게 하는 게 안쓰럽다는 마음도 있었습니다.

결행일이 다가오자 불안하기 짝이 없었습니다. 나미키 씨가 하스누마에게 어떤 얘기를 듣게 될지, 상상만으로도 아찔해지더군요. 그리고 이왕 발을 들였으니 나도 그 자리에 함께 하고 싶다는 생각이 들었습니다.

그래서 도지마 씨에게 부탁했더니, 당일 상황을 봐서 나미키 씨에게 말해 보라고 하더군요.

퍼레이드 당일, 저는 루미와 함께 점심때가 지나 집을 나섰습니다. 간간이 마주치는 지인들과 인사를 나누며 퍼레이드를 구경한 후, 팀 기쿠노가 출발하기 직전에 미야자와 마야 씨가 있는 곳으로 인사하러 갔죠. 퍼레이드에서 사용할 음악과 관련해서 확인할 사항이 있기도 했지만, 만일의 경우에 대비해서 알리바이를 확보해 두라는 도지마 씨의 당부가 있었기 때문이었습니다.

미야자와 씨와 헤어진 후 저는 루미에게 사업상 급한 연락이 있어서 그러니 잠시 혼자서 구경하라고 말한 후 그녀가 멀어지는 걸 확인하고 서둘러 시영 운동장으로 갔어요. '도지마야 푸드'의 승합차가 근처 노상에 서 있더군요. 운전석에는 도지마 씨가 앉아 있었어요. 저를 본 도지마 씨는 차에서 나와 짐칸에서 큰 종이 박스와 카트를 내렸습니다. 그리고 자원봉사자용 점퍼와 함께 건네주더군요.

점퍼를 걸치고 수레에 종이 박스를 싣고서 시영 운동장으로 향했습니다. 은색 보물 상자는 금세 눈에 띄었습니다. 보물 상자 속에 종이 박스가 두 개 들어 있었어요. 하나는 물이 담긴 페트병이 들어 있었고 또 하나에는 우롱차 페트병이 여섯 개 들어 있었습니다. 그것들을 꺼내고 제가 가져간 종이 박스를 대신 넣은 후 벨트로 고정했습니다. 작업하는 데 채 10분도 걸리지 않더군요. 페트병이 든 박스를 카트에 싣고 도지마 씨가 있는 곳으로 돌아가 자원 봉사자용 점퍼와 함께 돌려주었습니다.

도지마 씨는 하스누마를 심문하는 모습을 보고 싶으면 '야마베 상점' 주차장에서 기다리라고 했습니다. 제 희망 사항이 이미 나미키 씨에게 전달된 듯했어요.

저는 알겠다고 대답하고 루미가 있는 곳으로 돌아가 함께 퍼레이드를 구경했습니다.

잠시 후에 팀 기쿠노가 출발하자 우리도 그들을 따라 이동했습니다.

이윽고 도착 지점에 다다르자 저는 루미에게 잠시 볼일이 있으니 먼저 노래자랑 대회장에 가 있으라고 했습니다. 그녀는 수상해 하는 눈치 없이 이내 자리를 떴어요.

저는 '야마베 상점' 주차장으로 가서 나미키 씨가 오기를 기다렸습니다. 그런데 4시가 되어도 그가 나타나지 않았어요. 이상하다고 여기는 참에 도지마 씨에게 연락이 왔습니다. 사고가 생겨서 계획을 중지한다는 거예요. 그러니 경트럭을 타고 하스누마의 거처로 가서 종이 박스를 회수해 달라고 하더군요.

한껏 긴장해 있던 터라 솔직히 맥이 풀렸습니다. 하지만 나미키 씨가 오지 못한다니 어쩔 수 없다며 체념하고, 도지마 씨가 시키는 대로 경트럭을 타고 하스누마의 거처로 향했습니다.

종이 박스는 계획대로 출입구 앞에 놓여 있었어요. 그걸 경트럭에 싣기 전에 문을 한번 열어 봤죠. 잠겨 있지 않더군요.

안쪽에 작은 방이 보였어요. 미닫이문은 닫힌 채 자물쇠가 걸려 있었습니다. 들은 대로 손잡이 장식을 떼어 낸 자리에는 네모난 구멍이 뚫려 있었고요.

저는 신발을 벗고 살금살금 미닫이문으로 다가갔습니다. 도중에 코 고는 소리에 놀라 걸음을 멈추기도 했죠.

하스누마는 깨어날 기미가 없었습니다. 저는 문으로 좀 더 다가가서 네모난 구멍으로 방 안을 들여다봤습니다.

이불 위에 누워 있는 하스누마 얼굴이 보이더군요. 칠칠치 못하게 침을 흘리며 코를 골고 있었습니다.

그 얼굴을 보고 있자니 분노가 맹렬히 끓어올랐습니다.

우리의 보석이었던 사오리가 고작 이런 놈에게 살해당했단 말인가. 대체 왜? 둘 사이에 무슨 일이 있었던 것인가. 어떻게 살해당했을까.

당장 알고 싶었습니다. 진실을 털어놓게 할 기회는 지금밖에 없다, 내가 나미키 씨를 대신해서 그 역할을 해도 좋지 않을까, 그런 생각이 들었습니다.

밖에 놓여 있던 종이 박스를 실내로 들고 와 풀었습니다. 깔때기 같은 것이 들어 있어서 일단 그걸 네모난 구멍에 끼웠죠. 그리고 액체 질소 용기의 뚜껑을 연 다음 하스누마의 이름을 부르며 미닫이문을 두드렸습니다.

그러자 하스누마가 눈을 떴습니다. 누구냐고 묻더군요. 미닫이문을 열려고 하는 듯했는데, 자물쇠가 걸려 있으니 당연히 열리지 않았습니다.

저는 용기를 들어 올려 액체 질소를 깔때기에 부었습니다.

하스누마가 놀라는 것 같았습니다. 뭐야, 이건, 하고 묻는 소리가 들렸습니다.

액체 질소야, 하고 대답했죠. 그리고, 이대로 계속 부으면 네놈은 산소 결핍으로 죽을 거야, 라고 경고했습니다.

하스누마가 고함을 질러 대더군요. 멈춰, 죽여 버릴 거야, 하고 소리쳤어요. 몸으로 부딪쳐서 문을 부수려 들지도 모른다는 생각에 저는 용기를 껴안은 채 미닫이문에 몸을 기대고 버텼지만 그런 일은 일어나지 않았습니다. 구멍으로 흘러 들어오는 액체 질소 탓에 다가오지 못하는 것 같았습니다.

잠시 후 하스누마는 머리가 아프다느니 토할 것 같다느니 하며 몸의 이상을 호소하기 시작했습니다. 저는 살고 싶으면 사실을 말하라고 다그쳤습니다. 나미키 사오리에게 무슨 짓을 했는지 정직하게 대답하라고 말이죠.

문을 열어 줘, 하고 하스누마가 외쳤습니다. 여기서 나가게 해 주면 말하겠다면서요. 거짓말일 게 뻔했죠. 저는 다 털어놓으면 열어 주겠다고 대답하고 계속 액체 질소를 흘려 넣었습니다.

마침내, 알겠다, 얘기할 테니 그만하라는 비명 같은 소리가 들렸습니다. 그래서 액체 질소 흘려 넣기를 멈췄습니다.

'나미키야'의 딸을 언젠가는 덮치려 했다고 하스누마는 말했습니다. 예전부터 눈독을 들이긴 했지만, '나미키야'에 출입을 금지당하자 약이 올라 그 앙갚음으로 사오리를 범하기로 결심했다는 거예요. 그러던 어느 날 밤, 차를 타고 가다가 혼자 길을 걷는 사오리를 우연히 발견하고 뒤따라가 공사 중이었던 작은 공원에서 습격했답니다. 그리고 자동차로 끌고 가려고 했는데 사오리가 저항해서 그 자리에 쓰러뜨렸고, 갑자기 조용해져서 어쩐 일인가 싶어 들여다봤더니 죽은 것 같더래요. 일이 골치 아프게 됐다는 생각에 서둘러 사체를 차에 싣고 나서 어디에 갖다 버릴까 고민한 끝에 아직 어머니 유해가 발견되지 않은 그 집이 적당하다고 생각했다, 숨이 간당간당한 하스누마는 그렇게 털어놨습니다.

새삼 분노가 격렬하게 치밀어 오르더군요. 왜 자수하지 않았느냐고 물었습니다.

그러자 그놈이 뭐라고 대답한 줄 압니까? 그런 바보짓을 왜 하겠느냐, 사체만 숨기면 그만인걸, 그러는 겁니다.

저는 다시 액체 질소를 부어 넣었습니다. 그리고 사과하라고 호통쳤습니다. 저세상에 있는 사오리에게 사과해, 진심으로 용서를 구해, 그렇게 말했습니다. 하스누마가 뭐라고 말을 한 것 같긴 했지만 사과의 말처럼 들리지는 않아 액체 질소를 계속 부었습니다.

마침내 방 안에서 아무 소리도 들리지 않는다는 걸 깨달았습니다. 액체 질소의 용기는 거의 비어 있었고요. 저는 구멍에서 깔때기를 뽑아내고 방 안을 살폈습니다.

하스누마가 쓰러져 있었습니다. 미동도 하지 않았어요. 아차 싶어서 자물쇠를 열고 문을 젖혔습니다. 하지만 곧장 들어가면 위험하니까 잠깐 기다렸다가 방에 발을 들였습니다.

하스누마는 심폐가 정지된 상태였습니다. 심장 마사지를 시도했지만 소생할 기미가 안 보이더군요. 액체 질소 용기와 깔때기를 종이 박스에 도로 넣은 후 상자를 들고 그곳을 나왔습니다. 그리고 경트럭 짐칸에 상자를 실은 다음 '야마베 상점'으로 향했습니다. 운전 중에 도지마 씨에게 전화를 걸어 상황을 알렸죠.

도지마 씨는 놀라서 말문이 막히는 듯했습니다. 하지만 그분의 대단한 면모는 거기서부터 드러납니다. 모든 일을 계획대로 진행해도 좋다는 거였어요. 뒷일은 자신이 알아서 처리하겠다면서요.

그가 시킨 대로 저는 경트럭을 제자리에 가져다 놓은 후 공원으로 가서 루미를 만났습니다. 노래자랑 대회가 시작되었지만, 심사 위원석에 앉아 억지로 웃음을 짓고 있자니 괴롭기 짝이 없었죠.

노래자랑 대회 후에는 도지마 씨가 저희와 합류했습니다. 루미가 있어선지 도지마 씨는 아무 말도 하지 않더군요. 그녀가 계획에 관해 전혀 모른다는 얘기를 이미 해 두었거든요.

그 후에 셋이 '나미키야'에 갔고, 하스누마가 죽었다는 소식을 다른 손님들과 함께 들었습니다. 그때까지 아무것도 모르는 척 평정을 유지하기가 무척 힘들었어요.

밤이 늦어서 도지마 씨가 전화를 해서는 마스무라 씨와 나미키 씨에게 상황을 설명했다고 했습니다.

유타로가 니쿠라 씨에게 면목이 없다고 하더군요, 라고 도지마 씨는 말했어요. 자신이 괜한 일을 벌여 말도 안 되는 부담을 지우고 말았다고요.

그러면서 도지마 씨는 무슨 일이 있어도 자신이 지켜 줄 테니 안심하라고 했습니다. 우리가 침묵을 지키면 경찰은 계획의 전모를 파악할 수 없다면서요.

그런데 경찰이 사건의 진상에 다가서는 속도는 우리의 상상 이상이었습니다. 특히 헬륨 봄베가 위장이고 실제 범행에는 액체 질소가 사용되었다는 사실을 알아챈 것 같다는 말을 도지마 씨에게 들었을 때는 눈앞이 캄캄했어요. 유가와 교수가 개입했다는 얘기에 불안감이 한층 커졌습니다.

그리고 마침내 마스무라라는 사람의 이력이 밝혀지고 도모야 군이 자백했다는 소식을 듣고는 궁지에 몰렸다는 것을 통감했습니다. 이제 시간문제일 뿐이라고 각오를 다질 즈음 경찰이 우리 부부에게 임의 동행을 요구했고요.

루미와 저는 취조를 각자 받았습니다. 저는 아무것도 모른다, 사건과 무관하다고 밀어붙이면서도 내심으로는 루미가 염려되어 견딜 수 없었어요. 정말로 아무것도 모르는 그녀는 그동안 내내 혹시 남편이 사건에 관여하지 않았을까 의심하는 눈치였는데, 경찰에 연행되었으니 불안이 한계에 다다랐을 거라고 생각했습니다.

아니나 다를까, 취조 도중에 루미가 쓰러졌다는 연락을 받았습니다. 급히 병원으로 달려갔죠.

과호흡 증후군이라고 의사가 설명하더군요. 지금까지 이런 증상을 보인 적이 있느냐고 묻기에 가벼운 증상은 몇 번 있었다고 대답했습니다.

루미는 병실에서 약의 힘으로 잠들어 있었습니다. 침대 옆에 앉아 그녀 손을 잡았습니다. 편안히 잠든 아내의 얼굴을 바라보다가 이 힘든 상황에서 해방시켜 줘야겠다고 생각했습니다.

44

복도 맨 끝에 있는 문이 열려 있었다. 가오루가 다가가는데 안에서 작업복 차림의 남자가 나와서 큰 종이 박스를 카트에 실었다. 순간, 다카가키 도모야가 진술했던, 액체 질소를 운반할 때의 상황이 떠올랐다.

가오루는 실내를 들여다보았다. 와이셔츠 소매를 걷어 올린 유가와가 양손을 허리에 얹은 채 서 있었다. 그가 가오루를 보고 알은체를 했다. 방문하겠다는 연락은 사전에 해 두었다.

작업복 차림의 남자가 멀어지는 모습을 확인한 다음 가오루는 안으로 들어섰다. 실내를 둘러보니 분위기가 상당히 달라져 있었다. 책장에서 파일들이 사라지고 책상 위도 말끔한 느낌이다.

"연구가 일단락돼서 철수하기로 했어."

유가와가 그렇게 말하며 책상으로 다가갔다. 전기 포트와 인스턴트커피 병, 종이컵은 아직 남아 있었다.

"타이밍이 좋군요."

"무슨 타이밍?"

"사건도 일단락되었거든요. 증거 수집 등등, 잡다한 일이 아직 남아 있기는 하지만요."

유가와는 대답 없이 인스턴트커피를 저었다. 가오루는 그 등에서 의미심장한 기운을 느꼈다.

"사건에 관해서 계장님께 들으셨어요?"

유가와가 뒤돌아섰다. 손에 종이컵이 두 개 들려 있었다.

"전화로 대충. 예상했던 대로 여러 사람이 관여한 모양이더군."

"관리관도 감탄하셨어요. 갈릴레오 선생의 추리가 전부 맞았다고요. 통찰력이 대단하다고 하시던걸요."

경시청 내에서 통하는 별명을 말하자 유가와는 불만스러운 듯 한쪽 눈썹을 움찔하더니 테이블 위에 종이컵 두 개를 내려놓고 소파에 앉았다. 가오루도 실례하겠습니다, 하고 유가와 맞은편에 앉았다.

유가와가 종이컵을 집어 들고 다리를 꼬며 "자세한 얘기를 들어 볼 수 있을까?"라고 물었다.

"그러려고 찾아뵌 거예요."

가오루는 가방에서 파일을 꺼냈다.

"그 전에 우선 계장님 말씀을 전할게요. 일간 직접 만나서 감사 표시를 하고 싶으니 가시고 싶은 곳이 있으면 말씀해 달라고 하셨어요."

"흠, 생각해 보지."

가오루는 고개를 끄덕이고 나서 파일을 펼쳤다. 관련된 인물들의 진술을 바탕으로 해서 사건의 진상을 나름대로 정리한 것이다. 진술을 거부하던 도지마도 니쿠라 나오키가 자백했다는 말에 마침내 무거운 입을 열었다.

그것을 천천히 읽으며 가오루 자신도 사건을 되돌아보았다.

실로 복잡한 사건이었다. 그 원인이 하스누마라는 비열하고 흉악한 인물의 범죄를 사법이 제대로 벌하지 못한 데 있음은 명백했다. 그런 의미에서 하스누마를 벌하는 데 직접 나선 니쿠라 나오키나 범행을 고안한 나미키 유타로, 계획을 추진한 도지마 슈사쿠에게 동정의 여지가 없는 것은 아니었다. 그러나 아무리 인간 이하의 존재라 할지라도 그 목숨을 빼앗을 권리는 누구에게도 없다. 앞으로 경찰은 어떤 이유로든 그런 범행은 용납되지 않는다는 것을 실증해야 한다. 그런 생각을 하자 가오루는 마음이 무거웠다.

"하스누마가 죽었다는 말을 니쿠라 나오키에게 들은 도지마 슈사쿠는 곧바로 마스무라에게 전화를 걸어 상황을 설명했어요. 그리고 하스누마의 머리카락을 몇 올 회수해 오라고 했답니다. 다음 날 마스무라에게 머리카락을 건네받은 도지마는 그것을 노래자랑 대회가 열린 공원에 숨겨 두었던 헬륨 봄베와 함께 쓰레기봉투에 넣어 현장에서 20미터 정도 떨어진 수풀에 가져다 놓았다는 거예요."

"도지마 사장이 직접 가스봄베를 훔쳤나?"

"원래 풍선은 자치회 임원이 나눠 주고 있었어요. 그 사람이 자리를 뜨고 동네 유지인 도지마 슈사쿠가 거기 있었다고 해서 수상하게 여길 사람은 없었겠죠. 가스봄베는 초록색 보자기에 싸서 공중 화장실 뒤 수풀에 숨겼었다고 해요. 일종의 보호색이어서 아무도 알아채지 못했을 거예요."

"도지마 사장은 나미키 씨가 하스누마를 죽일 거라고 예상했던 건가?"

"죽일지도 모른다고 생각했대요. 죽인대도 당연하고, 만일 그렇게 되었을 경우 최대한 돕고 싶어서 헬륨 봄베 트릭을 준비했다는 거예요. 액체 질소로 인해 사고가 발생했을 때를 대비해서 말이죠. 헬륨으로 그와 비슷한 사고가 일어난 적이 있는데 그 양상이 액체 질소와 똑같다고 들었답니다. 결국 그 트릭은 니쿠라 나오키를 위해서 사용한 셈이 되었지만요."

유가와는 어깨를 으쓱하며 "대단한 우정이군."이라고 중얼거렸다.

가오루가 파일을 내려다보며 "그리고." 하고 말을 이었다.

"'미야자와 서점'의 사장은 여전히 사건과의 관련성을 부인하고 있어요. 도지마 슈사쿠도 그녀에게는 아무 말도 하지 않았다고 진술했고요. 다만, 보물 상자를 관리했던 소도구 담당자의 말로는 퍼레이드 출발 전과 도착 후에 딱히 별다른 용건도 없는데 사장이 전화를 걸어 자신을 불러냈답니다. 소도구 담당자를 보물 상자로부터 멀리 떼어 놓는 게 목적이 아니었을까 하는 게 저희 쪽의 생각이에요. 그렇다고는 해도 그녀가 계획에 관해 어디까지 알고 있었는지는 의문이고요. 도지마가 우회적으로 협조를 구한 정도일지도 모르죠. 퍼레이드 중에 보물 상자를 상당히 험하게 다룬 걸 보면 적어도 액체 질소가 실렸다는 사실은 몰랐을 거라고 봅니다."

거기까지 말한 가오루는 파일을 내려놓고 종이컵을 집어 들었다.

"이상이에요. 어떠세요?"

유가와는 한동안 종이컵을 물끄러미 내려다보다가 입을 열었다.

"모순은 없어 보이는군."

"저희도 같은 생각이에요. 기억이 다소 어긋날지는 몰라도 의도적인 거짓말은 별로 없는 것 같습니다."

"그 스토리로 검찰에 송치할 작정인가?"

"그렇긴 합니다만……."

유가와가 '스토리'라고 표현한 점이 가오루는 마음에 걸렸다.

"한 가지 묻겠는데, 그 사람들은 각각 무슨 죄로 기소될 예정이지?"

"그 문제는 좀 복잡해요."

가오루는 다시 파일을 집어 들었다.

"진술 내용이 사실이라면 니쿠라 나오키는 살의가 없었으니까 상해 치사죄가 적용될 거라고 봅니다. 나미키 유타로는 결과적으로 범행에는 가담하지 않았지만, 범행을 발안한 사람이니 공범으로 간주되겠지만 그래 봐야 상해죄에 그칠 거고요. 다카가키 도모야는 하스누마에게 복수를 할 거라고 들었을 뿐 액체 질소가 어떻게 사용될지도 몰랐던 듯하니 공범으로 검찰에 송치된다 해도 불기소로 끝날 거예요. 문제는 도지마 슈사쿠인데, 공범으로 상해죄가 성립될 것은 명백하지만, 헬륨 봄베로 알리바이 조작을 기획하는 등 하스누마가 죽을 경우에 대비한 점도 있으니 해석하기에 따라서는 미필적 고의에 의한 살인죄가 적용될 수도 있습니다. 하지만 하스누마를 살려 둘지 말지의 판단은 어디까지나 범행을 실행한 사람의 의사에 따른 일이라서 도지마 슈사쿠에게 살인죄가 적용될 가능성은 낮다는 것이 유력한 견해죠. 니쿠라 루미는 어쩌면 계획을 알고 있었을 수도 있지만 그 사실 만으로 처벌할 수 있을지 어떨지는 미지수입니다."

이상입니다, 하며 가오루는 유가와를 보았다.

"하스누마는 어떻게 되지?"

"네?"

"하스누마에 대한 처우를 묻는 거야. 피의자 사망으로 불기소인가?"

"아……."

그 점은 가오루도 미처 생각하지 못한 것으로, 그녀는 의표를 찔린 기분이 들었다.

"아마 그럴 거예요."

"구사나기는 그 점에 관해 뭐라던가? 마스무라 씨에 의해서는 23년 전 사건이, 그리고 니쿠라 씨에 의해서는 사오리 씨 사망 사건의 진상이 판명된 셈인데."

"심경이 복잡하다고 하셨어요. 진상이 밝혀진 건 다행이지만, 역시 우리 손으로 사건을 해결하고 싶었다고요."

그렇겠지, 하고 중얼거리고 나서 유가와는 커피를 한 모금 마신 뒤 빈 종이컵을 테이블에 내려놓았다.

"공원은 특정되었어?"

"공원이라니요?"

"니쿠라 씨의 진술에 등장하는 공원 말이야. 하스누마가 작은 공원에서 사오리 씨를 습격했다고 했잖아."

아아, 하고 가오루는 고개를 끄덕이며 수첩을 꺼냈다.

"특정되었어요. 공사 중이었다는 말이 단서가 되었죠. 니시기쿠노 어린이 공원으로요. '나미키야'에서 도보로 10분 정도 거리에 있습니다. 3년 전 그 시기에 공사 중이었던 공원은 그곳뿐이었어요."

그건 왜요? 하고 가오루가 물었지만 유가와는 대답하지 않았다. 뭔가 생각에 잠긴 듯한 표정이었다. 이럴 때는 말을 걸지 않는 편이 좋다는 것을 가오루는 잘 알고 있었다. 그런데 대체 유가와는 무엇이 마음에 걸리는 것일까.

그런 생각을 하고 있는데 유가와가 우쓰미 군, 하고 부르며 진지한 눈빛으로 그녀를 바라보았다.

"몇 가지 조사해 줬으면 하는데, 부탁해도 될까?"

가오루는 가방에서 볼펜을 꺼내고 수첩을 펼쳤다.

"말씀하세요."

"그걸 말하기 전에 약속해 줬으면 하는 점이 있어. 이 일은 구사나기에게는 비밀로 할 것. 그리고 자네도 왜 이런 걸 조사하는지 질문하지 않았으면 해. 이 두 가지 조건을 받아들일 수 없다면 이 얘기는 여기서 끝내겠어."

가오루는 오래 알고 지낸 물리학자의 드물게 결연한 얼굴을 바라보았다.

"한 가지 여쭤봐도 될까요?"

"뭐지?"

"교수님은 제가 말씀드린 사건의 진상에 납득이 가시나요, 아니면 어떤 의문이나 불만이 있으신가요?"

그러자 유가와는 숨을 길게 내쉬고 팔짱을 낀 후 왼손을 얼굴에 갖다 댔다. 엄지손가락과 집게손가락, 가운뎃손가락을 펼친 채 뭔가를 곰곰이 생각하는 듯했는데, 가오루는 그 손가락 모양이 뭔가와 비슷하다는 엉뚱한 생각을 했다. 물리 시간에 배웠던 것 같은데.

플레밍이라는 이름이 떠올랐을 때 유가와가 자세를 바꿨다.

"납득해야 할지 어떨지 아직 결론을 내리지 못했어. 그래서 자네에게 부탁하는 거야."

"알겠습니다. 뭘 조사하면 되는지 말씀해 주세요. 물론 목적은 묻지 않겠습니다."

45

현관 밖으로 나서자 싸늘한 공기가 온몸을 휘감아 목이 절로 움츠러들었다. 어느새 11월이다.

지구 온난화가 진행되고 있다고 하지만 겨울은 또 우리 곁으로 찾아올 것이다.

루미는 정원으로 내려갔다. 니쿠라와 결혼하고 얼마 안 있어 가드닝을 시작했다. 그 이후 꽃을 가꾸는 일이 일과가 되었다.

작업을 시작하기 전에 꽃들을 바라본다.

백일홍은 이름대로 꽤 오래 피어 있었다. 여전히 만개한 것처럼 보이지만 머잖아 시들 것이다. 연분홍 샐비어도 아직 피어 있다. 조금은 더 갈 듯하다. 다년초지만 월동하려면 곁가지를 자르고 실내에 두어야 한다.

올해는 어떻게 될까, 하고 생각한다. 어쩌면 힘들지도 모르겠다. 샐비어뿐 아니라 다른 식물들도 돌봐 주지 않으면 말라 죽고 만다.

울타리 삼아 심은 애기동백 나무는 아직 꽃이 피지 않았다.

얼마 안 있어 피겠지만, 과연 여유롭게 감상할 날이 올지.

꽃망울의 상태를 살피고 있자니 울타리 사이로 길거리가 내다보였다. 검은 승합차가 길가에 세워져 있다. 요즘 들어 늘 그곳에 서 있다. 창에 검게 선팅이 되어 있어 차 안은 전혀 들여다보이지 않는다.

한번은 양복 차림의 남자가 밖에서 담배를 피우는 모습을 봤다. 루미가 우편물을 가지러 나갔을 때다. 남자는 약간 당황한 듯이 얼른 차에 올라탔다.

안 그래도 우울한 마음이 한층 가라앉았다. 남자는 아마도 형사일 것이다. 루미의 행동을 감시하고 있는 것이다.

꽃을 돌볼 마음이 가셨다. 바로 곁에는 이 정원을 내려다볼 만한 건물이 없지만 눈을 조금 멀리 돌리면 아파트가 즐비하다. 그 어딘가에서 망원 렌즈로 이쪽을 보고 있을지도 모른다.

장갑을 벗으면서 현관 앞까지 돌아갔을 때 대문 밖에 누군가 서 있다는 것을 알았다. 혹시 형사인가 생각했는데 아니었다. 그 얼굴을 본 순간 가슴이 격렬히 뛰기 시작했다. 루미도 아는 인물, '나미키야'에서 자주 마주쳤던 유가와 교수였다.

유가와도 루미를 본 듯했다. 미소 지으며 고개를 숙인다.

루미는 경계심을 한껏 품은 채 대문으로 다가갔다. 언젠가 니쿠라에게 들은 이야기가 떠올랐다.

'그 사람은 단순한 학자가 아니야. 지인 중에 형사가 있다

는군. 말하자면 경찰 관계자인 셈이지.'

문을 열고 "저희 집에는 무슨 볼일로……?"라고 물었다.

"긴히 드릴 말씀이 있어서요."

유가와가 온화한 표정으로 대답했다.

"사건에 관한 얘기입니다."

물리학자가 사건에 관해 대체 무슨 할 얘기가 있단 말인가. 루미는 대답할 말을 찾지 못한 채 낭패한 표정을 지었다.

"두 분께 불리한 말씀을 드리려는 게 아닙니다."

루미의 당황함을 간파한 듯 유가와가 덧붙였다.

"선택지가 있다는 말씀을 드리러 왔어요."

"선택지요?"

네, 하고 유가와가 루미를 바라보며 고개를 끄덕였다. 그 눈빛이 모든 진실을 꿰뚫고 있는 듯이 보였다.

어떻게 대응하면 좋을지 알 수 없었다. 들어오세요, 하며 유가와를 안으로 들인 것은 이 광경을 보고 있을 것이 분명한 형사들의 시선에서 벗어나고 싶어서였는지도 모른다.

유가와를 거실로 안내하고 나서 루미는 부엌으로 가 홍차를 준비했다. 얼그레이를 선택한 것은 자신이 가장 좋아하는 홍차 종류이기 때문이다. 느긋하게 홍차를 마실 기회는 지금이 마지막일 것 같은 예감이 들었다.

찻잔과 함께 우유가 담긴 피처를 쟁반에 얹어 거실로 돌아와 보니 유가와는 벽에 기대어 둔 어쿠스틱 기타 옆에 서 있었다.

"기타에 관심이 있으신가요?"

쟁반을 테이블에 내려놓으면서 루미가 물었다.

"학창 시절에 조금 튕겼죠. 이건 깁슨이군요. 그것도 빈티지 같아 보이는데요."

"자세한 건 잘 몰라요. 남편도 기타가 본업은 아니고 취미로 즐겼던 것 같아요."

"잠깐 연주해 봐도 될까요?"

학자의 뜻밖의 부탁에 루미는 당황하면서 고개를 끄덕였다.

"네, 그러세요."

기타를 손에 든 유가와는 옆에 있는 의자를 끌어당겨 앉은 후 현을 튕겨 소리를 내 보더니 리듬이 느릿한 곡을 연주하기 시작했다.

루미는 화들짝 놀랐다. 니쿠라가 오래전에 작곡한 곡이었다. 70년대의 포크송 풍으로, 음반은 많이 팔리지 않았지만 루미가 좋아하는 곡이다.

유가와는 도중에 연주를 멈추고 "소리가 좋군요." 하며 기타를 원래 자리에 돌려놓았다.

"솜씨가 좋으시네요. 더 연주하셔도 괜찮은데."

"이쯤 하겠습니다. 더 하다가는 급조한 실력이 탄로 나고 말아요."

유가와는 그렇게 말하고 웃으며 소파 쪽으로 걸어갔다.

급조……. 오늘을 위해 연습한 것일까. 집에 어쿠스틱 기타가 있다는 말을 남편에게 들었는지도 모른다.

드세요, 하고 루미가 홍차를 권했다. 소파에 걸터앉은 유가와는 잘 마시겠습니다, 하고 찻잔을 들어 향을 맡은 후 우유를 조금 넣었다.

"나미키 사오리 씨는 늘 이 거실에서 연습을 했습니까?"

그럴 리가요, 하고 대답하며 루미는 빙그레 미소를 지었다.

"그랬다가는 동네에서 민원이 들어올걸요. 연습은 방음 장치가 된 방에서 했어요."

"민원이 들어와요? 노래하는 목소리가 아름다웠다고 들었는데요."

"제대로 부르면 그렇겠지만, 연습하는 동안에는 역시 잡음에 지나지 않으니까요."

"보통 일이 아니군요."

유가와가 홍차를 한 모금 마셨다.

"한번 들어 보고 싶었습니다. 천재 가수의 목소리를요. 유튜브도 뒤져 봤지만 찾을 수 없더군요."

"들어 보시겠어요?"

유가와가 눈을 깜박였다.

"들을 수 있습니까?"

물론이죠, 하며 루미는 티 테이블 아래 칸에서 리모컨을 집어 들고 벽에 붙어 있는 최신식 음향 장치의 전원을 켠 후 스마트폰을 조작했다. 스마트폰에는 루미가 좋아하는 노래가 수백 곡이나 담겨 있다.

이윽고 스피커에서 전주가 흘러나왔다. 이내 곡명을 알겠다는 듯이 유가와가 고개를 끄덕였다. 'Time to say Goodbye'. 사라 브라이트만이 불러서 유명해진 곡이다.

속삭이는 듯한, 그러나 결코 연약하지 않은 노랫소리가 반주에 얹혀 들렸다. 분명 귀를 타고 들리는 소리인데 몸속에서 울리는 듯한 신비한 감각에 휩싸인다. 유가와가 눈을 번쩍 떴다. 충격을 받은 듯했다.

곡이 절정에 이르자 사오리의 천재적인 재능은 더욱 빛을 발했다. 쭉 뻗어 나가는 고음은 듣는 사람의 몸 중심에서 뇌로 빠져나가고, 중후한 저음은 뱃속을 울린다. 스무 살도 채 안 된 소녀가 이 정도의 기술을 의도적으로 구사할 리는 없고, 그야말로 음악의 신에게 재능을 물려받았다고 하지 않을 수 없었다.

감미로운 여운을 남기며 사오리의 노래가 끝났다.

유가와는 고개를 절레절레 저으며 손뼉을 쳤다.

"멋지군요. 상상 이상입니다."

"조금 더 들으시겠어요?"

"아니요. 듣고 싶은 마음은 굴뚝같지만, 그러면 용건을 꺼내기가 어려워질 것 같아서요."

루미는 심호흡을 하고 홍차를 한 모금 머금었다.

"사건에 관한 얘기라고 하셨죠?"

유가와가 네, 하고 대답했다.

"하지만 저는 하스누마 간이치가 죽은 사건을 꺼내기 전에 맨 처음 일을 돌아보고 싶군요."

"맨 처음 일, 이라면……?"

"6개월 전쯤 하스누마 간이치가 사오리 씨 살해 용의자로 체포되었을 때 말입니다. 그 경위를 구체적으로 알고 계십니까?"

"시즈오카현이었던가요."

루미가 뺨에 손바닥을 댔다.

"그곳에 있는 낡은 집에서 사오리의 유해가 발견되어서……. 그 일이 발단이었던 것 같은데요."

"맞습니다. 정확하게 말하자면 일명 '쓰레기 집'으로 불리는 가옥에서 화재가 발생했고, 그 화재 현장에서 유해가 두 구 발견되었죠. 그중 한 구는 몇 년 전에 사망한 것으로 보이는 집주인이었고, 다른 한 구는 DNA 감정 결과 나미키 사오리 씨로 판명되었습니다. 집주인의 주변 인물을 조사한 결과 하스누마 간이치라는 이름이 수사선상에 떠올랐고요. 자, 여기서 일단 의문점이 하나 있습니다."

유가와가 집게손가락을 세워 보였다.

"몇 년이나 방치되었던 그 집에서 왜 갑자기 화재가 발생했는가. 경찰 관계자가 조사해 봤지만 원인이 아직 밝혀지지 않았습니다. 가장 유력한 것은 방화이지만 범인을 특정할 만한 단서가 발견되지 않았고요."

예상 밖의 얘기에 루미는 어떻게 반응해야 좋을지 몰라 당혹스러웠다. 유가와가 무슨 얘기를 하려는 것인지 짐작조차 가지 않았다.

"한편, 하스누마에게 혐의를 둔 수사진은 그와 나미키 사오리 씨의 연관 관계를 추적했고, 그 결과 3년 전 하스누마가 '나미키야'에 드나들었으며 심지어 사오리 씨에게 흑심을 품었었다는 증언이 나왔습니다. 수사진은 사오리 씨가 하스누마에게 살해되었을 가능성이 높다고 판단했죠. 문제는 물증이었습니다. 수색 끝에 수사관들은 하스누마의 방에서 미량의 혈흔이 묻은 작업복을 발견했어요. 그리고 분석 결과 그 혈흔은 사오리 씨의 것으로 판명되었습니다. 이것을 결정적인 증거로 해서 수사진은 하스누마를 체포했지요."

여기서 두 번째 의문, 하고 유가와는 손가락 두 개를 세웠다.

"이 얘기를 처음 들었을 때부터 저는 계속 마음에 걸리는 점이 있었습니다. 하스누마 간이치는 그깟 작업복을 왜 그토록 소중하게 보관하고 있었을까. 직장을 그만두고 이사하게 되면 처분하는 게 보통이 아닐까요? 깜박 잊었다, 미처 버리지 못했다, 라고 하면 할 말은 없지만, 납득은 가지 않습니다."

"유가와 교수님."

루미가 입을 열었다.

"왜 제게 그런 얘기를 하시는 거죠? 타당한 의문들이지만, 저로서는 드릴 말씀이 없는데요."

그러자 유가와는 몸을 앞으로 굽히며 루미의 속마음을 들여다보기라도 하려는 듯이 그녀를 바라보았다.

"정말 그럴까요?"

"네? 정말이 아니면……."

"답을 알고 계시지 않습니까? 실은 알고 있는데 본인은 그걸 깨닫지 못하는 것 아닐까요?"

유가와가 무슨 말을 하는지 알 수 없어 루미는 당황스러울 뿐이었다.

조금 더 들어 보시죠, 하고 유가와는 자세를 바로 한 뒤 손가락 세 개를 세웠다.

"세 번째 의문. 이게 가장 중요합니다. 체포된 하스누마 간이치는 동요의 기색이 전혀 없었습니다. 19년 전처럼 침묵으로 일관했어요. 이미 경험이 있으니 묵비권을 행사하면 죄를 물을 수 없다는 자신감이 있어서였을까요? 하지만 경찰이나 검찰도 고집이 있어요. 강력한 증거를 찾아내지 못하란 법이 없지요. 그런데도 끝까지 여유를 보일 수 있었던 이유는 뭘까. 석방된 후에 하스누마는 어떤 사람에게 자백이 최고의 증거고 증거가 없는 자신은 걱정이 없다고 호언장담했답니다. 즉 그는 자신이 유죄로 결론 날 만한 증거가 절대 나오지 않을 거라는 확신이 있었던 거죠. 그건 왜일까요?"

유가와는 들었던 손을 내리고 찻잔의 홍차를 마신 다음 다시 루미를 바라보았다.

"어떻습니까. 부인께서는 이 세 번째 의문의 답을 알고 계시지 않습니까?"

루미의 마음속에서 무언가가 무너졌다. 그것은 커다란 무언가를 지탱하고 있던 토대의 가장 중요한 부분이었다. 그것이 무너진 이상 더는 와해를 막을 수 없을 것이다. 이 물리학자는 모든 것을 간파하고 찾아왔다.

"하스누마는 자신에게 죄를 묻는 일이 없을 거라고 어떻게 확신할 수 있었는가. 제가 추리한 답은 하나뿐입니다. 사오리 씨를 죽인 사람은 그가 아니었다. 그뿐 아니라 그는 진범을 알고 있었다. 그리고 자신이 추궁당할 경우 진범을 밝히면 된다고 생각했다. 그래서 그는 끝까지 묵비권을 행사한 것입니다."

유가와의 입을 떠난 말이 루미의 몸 한가운데를 관통했다. 얼굴에서 핏기가 가시는 소리가 들리는 듯했다. 힘이 빠져 앉아 있기조차 힘들었다.

"얘기를 계속해도 괜찮겠습니까?"

유가와가 걱정스러운 듯이 물었다.

"네, 그러세요."

심장이 격렬히 고동치고 숨이 가빠 오는 것을 참으며 루미는 간신히 대답했다.

문제는, 하고 유가와가 말을 이었다.

"하스누마가 그런 태도를 보인 이유입니다. 그런 태도란 진범을 알면서 말하지 않은 사실만을 말하는 게 아닙니다. 그 이전에 그는 이해하지 못할 행동을 했어요. 사오리 씨의 시신을 시즈오카현의 어느 집에 숨긴 겁니다. 이 행동만 보면 그는 진범의 공범입니다. 그것도 상당히 충실한 공범이에요. 그 흉악한 하스누마가 그렇게 충성심을 보일 만한 사람이 있었다는 뜻일까요?"

그리고 유가와는 천천히 고개를 저었다.

"지금까지의 수사에서 그런 인물은 단 한 명도 드러나지 않았습니다. 그렇다면 무엇이 하스누마를 움직였을까. 생각할 수 있는 것은 딱 하나, 돈이죠. 그는 돈을 목적으로 진범에게 협력한 겁니다."

아니에요, 하고 루미는 말할 뻔했다. 그 남자가 한 일은 결코 '협력'이 아니었다고.

그런데 유가와가 말하지 않아도 안다는 듯이 오른손으로 그녀를 제지했다.

"진범이 하스누마에게 협력을 구한 것은 아닙니다. 저는 하스누마가 제멋대로 협력했다고 추측합니다. 구체적으로는 진범이 사라진 후 사오리 씨의 시신을 그 집에 숨긴 거죠. 사오리 씨의 행방이 묘연해지자 여러 사람이 애를 태웠겠지만 진범 또한 마음이 편치 않았을 겁니다. 시신이 어디로 사라졌는지 알 수 없었으니까요. 그 후에 하스누마는 기쿠노를 떠나 경찰 수사가 어떻게 진행되고 있는지 상황을 살폈습니다. 그리고 자신을 의심하고 있지 않다는 확신이 서자 조용히 숨죽인 채 기다렸을 겁니다. 3년간, 그러니까 사체 유기죄의 공소시효가 성립할 때까지요."

루미는 말이 나오지 않았다. 숨을 쉬기조차 어려웠다. 도망치고 싶었지만, 몸이 말을 들을 것 같지 않았다.

"시즈오카현의 작은 마을, 주변에서 눈살을 찌푸리는 일명 '쓰레기 집'에 집주인이던 늙은 여성의 시신과 젊은 여성의 시신이 함께 잠들어 있다는 사실을 아는 사람은 이 세상에 하스누마 단 한 명뿐이었습니다. 진범은 아무것도 몰랐죠. 어쩌면 세월이 흐르는 동안 사오리 씨에 관해 잊어……."

거기까지 말하고 유가와는 고개를 저었다.

"아니, 그럴 리는 없겠죠. 정정하겠습니다. 늘 마음에 걸렸을 게 분명합니다."

그래요, 라고 루미는 마음속으로 대답했다. 단 한순간도 잊은 적이 없었다.

"그리고 3년이 지나자 하스누마는 움직이기 시작했습니다. 그가 맨 처음 한 일은 나미키 사오리 씨가 살해당했다는 사실을 만천하에 드러내는 것이었죠. 실제로는 뭘 어떻게 했나. 잘 아실 겁니다. 첫 번째 의문, 왜 '쓰레기 집'에서 화재가 발생했을까. 하스누마가 불을 지른 겁니다. 그렇게밖에 생각할 수 없어요."

유가와의 낮은 목소리가 루미의 귓속을 울렸다. 얘기를 들으면서 '아아, 그랬구나.' 하고 새삼 깨닫는 부분이 있었다. 지금까지 생각해 본 적이 없었다. 왜 그 집에서 화재가 발생했는지는 관심조차 없었다.

"하스누마가 사오리 씨를 살해한 범인이라면 유해가 발견될 만한 일을 할 리 없죠. 그러니 하스누마는 방화범일 리 없다, 시즈오카 현경도 그런 생각에서 벗어나지 못했을 겁니다. 하지만 일부러 유해가 발견될 만한 일을 했다면 두 번째 의문도 답이 보입니다. 왜 사오리 씨의 혈흔이 남아 있는 작업복을 소중하게 보관했을까. 실은 그것도 의도적이었습니다. 즉 하스누마는 자신이 체포되도록 일을 꾸몄어요. 왜 그랬을까. 저는 그 일련의 행동이 진범에게 보내는 메시지였다고 생각합니다. 자신은 사건의 진상을 알고 있다, 그런 메시지죠. 그럼 알고 있는데 왜 말하지 않는가. 그 알 수 없는 태도가 진범에게는 강력한 압박이 되리란 것을 그는 간파했을 겁니다. 실로 교활하고 대담한 행위죠. 자신은 절대 처벌받지 않을 거라는 확신 없이는 할 수 없는 행동입니다. 그건 진범을 알고 있다는 비장의 카드가 있어서이기도 하지만, 약 23년 전의 성공 체험이 그에게 힘을 실어 줬기 때문이기도 하다고 봅니다."

담담하게 내뱉는 유가와의 말 한마디 한마디는 마치 퍼즐의 조각들처럼 빈 공간을 하나하나 맞추어 갔다. 루미 자신조차 완전히 파악하지 못했던 부분까지 하나하나 메워지고 있었다.

"처분 보류로 석방된 것은 하스누마로서도 예상 밖의 일이었을 겁니다. 재판에서 무죄 판결을 받을 때까지 2년 정도는 구치소에서 썩을 각오를 하고 있었을 테죠. 그렇더라도 그는 아무렇지도 않았을 겁니다. 출소하면 지난번처럼 형사 보상금을 청구할 수 있으니까요. 일부러 체포된 목적 중에는 그런 노림수도 있지 않았을까 싶습니다. 그런데 뜻하지 않게 석방되는 바람에 하스누마는 계획을 앞당겨 실행하기로 합니다. 방법은 잘 모르겠지만, 드디어 진범과 접촉해서 거래를 제안했을 테죠. 즉, 진상에 대해 입을 다무는 대가로 금전을 요구합니다. 거래라기보다 협박이겠죠."

유가와는 한숨 돌리려는 듯 홍차를 마시고 찻잔을 내려놓았다. 잔이 비자 루미는 한 잔 더 드시겠느냐고 묻고 싶었지만 그 말은 머릿속에서만 맴돌 뿐 소리가 되어 나오지 않았다.

"사오리 씨가 죽음에 이른 경위와 이유를 진범은 몰랐습니다. 돌발적인 사건으로, 사오리 씨는 물론이고 진범에게도 불행한 사고가 아니었을까, 저는 그렇게 추측합니다. 그때 경찰에 신고했다면 문제가 이렇게 커지지 않았을 겁니다. 하지만 진범에게는 그럴 수 없는 사정이 있었습니다. 그렇기에 하스누마의 협박을 거절할 수 없었을 겁니다. 그런데 금전 요구는 한두 번에 그치지 않습니다. 평생을 따라다닐 거라고 생각하니 절망적인 마음이 들었을 거예요. 그 심경을 생각하면 저도 가슴이 아픕니다."

학자의 강의 같던 유가와의 말투가 어느 사이엔가 다정하게 위로하는 것처럼 변해 있었다.

"그러던 차에 생각지도 못한 일이 일어났어요. 나미키 유타로 씨가 하스누마를 감금하고 진실을 추궁하기로 계획한 겁니다. 진범은 경악했겠죠. 만일 계획이 성공한다면 하스누마가 진실을 모두 털어놓을 테니까요. 그것만은 무슨 수를 써서라도 막아야 했습니다. 이에 진범들은 타개책을 모색했죠. 그 결과, 나미키 씨를 주저앉히고 자신들이 하스누마를 살해하기로 합니다. '나미키야'에서 느닷없이 복통을 호소한 여자 손님……, 야마다 씨라고 했나요?"

유가와가 루미를 똑바로 바라보며 물었다.

"그 여자분, 누굽니까?"

갑작스러운 질문이 날카로운 화살촉처럼 루미의 가슴을 파고들었다. 이것이 결정타였다. 간신히 유지하던 마음의 균형이 마침내 무너지고, 그녀를 지탱하던 모든 것이 와르르 소리를 내며 붕괴되었다.

니쿠라 씨, 니쿠라 씨, 하고 부르는 소리가 들렸다. 퍼뜩 눈을 떴다. 무슨 일이 일어난 건지 이해되지 않았다.

정신을 차리고 보니 소파에서 떨어져 있었다. 잠깐 정신을 잃었나 보았다. 곁에서 한쪽 무릎을 꿇은 유가와가 자신을 내려다보고 있다.

"괜찮으십니까?"

"아, 네……."

루미는 윗몸을 일으키고 가슴에 손을 얹었다. 심장이 방망이질 친다.

죄송합니다, 하고 유가와가 사과했다.

"제가 그만 흥분해서 말을 지나치게 했군요. 잠시 쉬시는 게 좋겠습니다."

"아니요, 괜찮습니다만, 잠시 자리를 비워도 될까요? 약을 먹었으면 해서요."

"물론입니다. 천천히 드시고 오세요."

루미는 소파를 짚고 일어섰다. 조금 휘청거리는 걸음걸이로 거실을 나가 세면실로 향했다.

약을 먹고는 세면대 거울을 바라본다. 초췌하디초췌한 중년 여자의 얼굴이 거기 있었다. 피부에는 탄력이 없고, 혈색도 나쁘다.

이런 얼굴로 다른 사람 앞에 나서면 그이가 나무란다. 그렇게 생각하자 그냥 있을 수 없어 화장 파우치로 손을 뻗었다.

거실로 돌아와 보니 유가와는 벽에 걸린 액자 앞에 서 있었다. 액자에는 악보 한 장이 담겨 있다.

"저희의 데뷔곡이에요."

루미가 말했다.

"먼 옛날 일이죠. 제가 니쿠라 씨의 밴드에 보컬로 합류해서 처음 메이저 무대에 데뷔했을 때 연주한 곡이에요. 별로 많이 팔리지는 않았지만요."

"기념비적인 첫걸음이었겠어요."

그렇게 말하고 루미 쪽으로 돌아선 유가와가 놀란 듯 눈을 활짝 떴다.

"무슨 약을 드셨는지는 모르겠지만, 효과가 직방이군요. 몰라볼 만큼 안색이 좋아지셨어요."

루미가 어렴풋이 쓴웃음을 지었다.

"화장을 조금 고쳤어요. 거울을 바라보며 화장하고 있자면 마음이 고요해지고 혼란스러웠던 머릿속이 정리되거든요. 그런 의미에서는 약보다 효과가 나을지도 모르겠네요."

유가와가 고개를 끄덕였다.

"아무래도 그런가 봅니다."

"홍차 한잔 더 드시겠어요? 새로 끓이려고 하는데요."

"네, 주세요."

루미가 유가와의 얼굴에서 눈을 떼지 않은 채 물었다.

"그럼 이번에는 제 얘기를 들어 주실 수 있을까요?"

유가와는 당황스러운 듯이 눈을 깜박이다가 싱긋 웃었다.

"듣는 사람이 저라도 괜찮으시다면요."

루미도 미소를 지으며 부엌 쪽으로 향했다. 그러나 그녀는 도중에 걸음을 멈추고 뒤를 돌아봤다.

"아시나요? 차나무도 꽃을 피우잖아요. 그래서 꽃말이 있어요."

"그런가요? 야, 몰랐습니다. 뭡니까?"

"차의 꽃말은 '추억'이에요. 그리고 '순애'."

허를 찔린 듯한 표정을 짓고 있는 유가와에게 "잠깐만 기다려 주세요." 하고 루미는 부엌으로 들어갔다.

46

모든 일이 순풍에 돛을 단 듯했다. 음악의 신이 내려 준 자신들의 보물이 머지않아 전 세계에 충격을 줄 것이었다. 그날이 하루하루 다가온다고 생각하면 루미는 매일매일이 더없이 즐거웠다. 소년처럼 눈을 반짝이며 사오리에 관해 말하는 남편의 모습을 보며 행복을 곱씹었다.

그런데 딱 한 가지, 마음에 걸리는 점이 있었다.

그것은 다카가키 도모야의 존재였다.

그 청년을 루미는 '나미키야'에서 만났다. 단골인 듯, 몇 번인가 얼굴을 마주친 끝에 얘기를 나누게 되었다. 귀티 나는 생김새에 예의 바른 젊은이였다.

다만 루미는 다카가키 도모야가 사오리를 바라보는 눈빛이 마음에 걸렸다. 아니, 사실 그건 별로 상관이 없었다. 사오리의 미모를 생각하면 그녀를 사모하는 남자가 있는 것은 오히려 당연했다.

문제는 사오리 쪽이었다. 그녀 역시 다카가키 도모야를 마음에 품고 있는 눈치였다. 주위의 그 누구도 알아차리지 못한 듯했지만 루미는 알 수 있었다. 이유는 설명하기 힘들다. 여자의 직감이라고밖에 할 수 없는 무언가가 작동한 것이다.

하필 이런 시기에, 하고 못마땅하게 여겼다. 연애를 하면 표현력이 풍부해진다는 말을 예술계에서는 흔히 하는데, 현실은 그리 단순치만은 않다. 연애에 정신이 팔려 연습에 전념하지 못하는 경우가 훨씬 많았다. 특히 사오리는 아직 발전해 가는 과정에 있었다. 그런 만큼 다른 곳에 정신이 팔리지 않도록 생활 면에서도 부부는 그녀를 엄격히 관리했다. 나미키 부부도 그 점을 마음에 들어 했다.

그런데 아무래도 사태가 루미가 우려한 방향으로 나아가는 듯했다. 고등학교를 졸업하고 얼마 후부터 사오리에게 눈에 띄는 변화가 나타났다. 본인 입으로 다카가키 도모야와 사귀고 있다고 밝히지 않았지만, 루미는 간파했다. 둘 사이에 육체관계도 있었다고 확신했다.

니쿠라에게는 말하지 않았다. 그는 아직 아무것도 모르는 눈치였다. 애제자가 노래 외에는 그 무엇도 안중에 없는 줄 알고 있었다. 그런 그가 이 사실을 알게 되면 충격을 받을 터였다.

고민 끝에 사오리와 직접 얘기를 나눠 보기로 했다. 다카가키 도모야와 사귀는 사이냐고 묻자 사오리는 선뜻 인정했다.

"역시 들키고 말았네요."

미안해 하는 기색 하나 없이 혀를 쏙 내미는 것이었다.

루미는 지금은 중요한 시기이니 조금만 참으라고 주의를 줬다.

"헤어지라고 하지는 않겠어. 무사히 프로로 데뷔하고 나름의 결과가 나오면 그다음은 너의 인생이니까 마음대로 해도 괜찮아. 하지만 지금은 자중하는 게 좋겠어. 노래 연습에 집중해야지. 프로가 되고 싶지 않아?"

사오리는 맥 빠진 표정으로 네, 하며 고개를 끄덕였다. 그러나 루미는 불안했다. 그녀가 납득한 것처럼 보이지 않았기 때문이다. 남자와 사귀는 걸 들키지 않도록 앞으로는 좀 더 조심해야겠다고 생각하는 것 아닐까 싶었다.

그리고 그 짐작은 빗나가지 않았다. 볼일이 있어 시부야에 간 날 루미는 팔짱을 끼고 즐거운 듯이 걷고 있는 사오리와 다카가키 도모야의 모습을 목격했다. 사오리가 친구의 문병을 가야 한다면서 노래 연습을 빼먹은 날이었다.

다음 날 루미는 사오리를 다그쳤다. 대체 프로가 될 마음이 있기는 하냐고 질책했다.

그러자 사오리 입에서 생각지도 못한 말이 나왔다. 자신에게는 다카가키 도모야와 지내는 시간이 가수가 되는 꿈만큼이나 소중하다는 것이었다.

"사람이 꿈을 이루려고 애쓰는 건 그러면 행복해진다고 여기기 때문이잖아요. 그런데 지금 저는 도모야 씨와 함께 있으면 행복해요. 다른 행복을 손에 넣으려고 지금의 행복을 포기한다는 건 이상하지 않나요?"

예상 밖의 반론에 루미는 현기증이 일 만큼 혼란스러웠다.

기껏해야 젊은 남자와의 풋내 나는 연애일 뿐 아닌가. 그렇게 사소한 일과 세계를 목표로 하는 장대한 꿈을 저울질하다니. 게다가 그런 꿈에 니쿠라는 인생을 걸었다. 루미는 남편의 마음이 짓밟히기라도 한 것처럼 느껴졌다.

그녀는 자신들이 얼마나 사오리의 재능을 높이 사는지 역설하면서 기대를 배반하지 말라고 당부했다. 그것은 애원에 가까운 호소였다.

사오리는 알겠다고 대답했지만, 과연 얼마나 이해했을지는 미지수였다.

그날 이후 루미는 더욱 사오리의 일상생활에 신경을 쓰게 되었다. 연습에 오지 않는 날은 이유를 따졌고, 외출한다고 하면 행선지를 확인했다.

니쿠라에게서 사오리가 좀 이상해졌다는 말을 듣게 된 것은 해를 넘기고 얼마 지나지 않아서였다. 연습에 뜻이 없는 듯하다는 것이었다.

"이제 슬슬 데뷔 준비를 하려고 했는데, 최근 들어 마음이 좀 해이해진 것 같아. 뭐, 그런 시기가 반드시 올 거라는 생각은 했지만 말이야. 한번 따끔하게 혼을 내야 하나……."

니쿠라의 말에 루미는 초조해졌다. 사오리의 생활을 제대로 관리하지 못한 것은 자신의 책임이라고 생각했다.

그리고 그날.

저녁 무렵에 사오리를 전화로 불러냈다. 긴히 할 얘기가 있다고만 말했는데 어쩐지 그녀는 용건이 뭔지 아는 눈치였다. 목소리만으로도 사오리의 지겨워하는 표정이 눈에 보이는 듯했다.

어디서 얘기할지 루미는 망설였다. 아무도 안 들었으면 싶었기 때문이다. 그런 생각을 말하자 사오리 쪽에서도 공원 같은 곳이 좋겠다고 의견을 말했다. 두 사람은 동네 끄트머리에 있는 작은 공원에서 만나기로 했다.

약속 장소에 나가 보니 공원의 일부가 공사 중이었고, 그 탓인지 사람이라고는 보이지 않았다. 근처에 주택도 없어 고요하기 짝이 없었다.

벤치에 나란히 앉자 루미는 용건을 꺼냈다. 이제는 니쿠라 씨도 사오리가 이상하다고 느끼는 듯하니 연인과의 교제는 그만 끝냈으면 좋겠다고 했다.

사오리는 잠시 묵묵히 고개를 숙이고 있다가 시선을 들어 루미를 쳐다보았다. 그 진지한 눈빛에 루미는 움찔하고 말았다. 동시에 불길한 예감이 밀려왔다.

"저……, 아무래도 그만둬야 할 것 같아요."

사오리가 말했다.

루미는 그게 무슨 뜻인지 이해하지 못했다.

"……그만두다니, 뭘?"

그러니까, 하면서 사오리는 입술을 핥은 후 말을 계속했다.

"가수가 되는 거요, 그만둘래요."

그 말이 루미의 머릿속으로는 금방 입력되지 않았다. 들리기는 하는데, 그 의미를 이해하는 것을 본능이 거부하고 있었다.

"그게 무슨 말이야?"

목소리가 떨려 나왔다. 온몸의 피가 역류하는 느낌이었다.

"농담이지? 그렇지?"

그러나 사오리는 고개를 저었다. 그 표정이 너무나도 차분했다.

"진심이에요. 그만할래요. 저, 다른 길을 선택하기로 했어요."

"다른 길? 가수 말고 무슨 길이 있다는 거야?"

사오리는 미소를 머금었다. 그러고서 그녀가 한 말은 전혀 예상치 못한 것이었다.

"저, 엄마가 될 거예요. 아기를 낳아 멋진 가정을 꾸리고 싶어요."

"아기?"

루미는 사오리의 아랫배로 시선을 떨어뜨렸다.

"설마, 너……."

"오늘 아침에 검사했어요. 임신이에요. 도모야 씨에게는 아직 말하지 않았지만, 그도 기뻐할 거예요. 결혼하고 싶다고 했거든요."

해맑게 말하는 사오리 얼굴이 둘도 없는 천치처럼 보였다. 이 아이가 지금 무슨 말을 하는 거지.

"잠깐, 사오리. 잘 생각해 봐. 너, 자기가 무슨 말을 하고 있는지 알아? 왜 이런 때 임신 따위를……, 데뷔가 코앞이잖아. 이렇게 중요한 때……."

"그러니까 데뷔를 안 하겠다고 하는 거잖아요. 루미 씨야말로 본인이 무슨 말을 하는지 모르는 것 같아요."

그리고 후후후, 웃는 바람에 루미는 머리끝까지 피가 솟구쳤다.

"어떻게 그런 말을……. 우리한테 어떻게 그럴 수가 있지? 너를 위해서 우리가 얼마나 애써 왔는지 알아? 너를 일류 가수로 만들기 위해서 모든 노력을 다 했어. 우리 그이도 모든 걸 희생했다고. 그런데 그렇게 간단히 꿈을 포기하도록 내버려 둘 것 같아? 지금까지 우리가 해 온 고생은 다 뭐야?"

루미가 그렇게 몰아세우자 사오리도 잘못을 느꼈는지 죄송하다고 사과했다.

"두 분께는 고마워하고 있어요. 정말 감사합니다. 이 경험을 앞으로의 인생에 살릴 수 있다면 좋겠다고 생각해요."

"너야 어떻게 되든 아무래도 좋아. 우리 부부의 꿈은 어떡하느냐고 묻는 거야. 너에게 모든 걸 걸었는데……."

그 말을 듣고서 사오리는 미간을 찌푸렸다. 그리고 고개를 갸웃하며 "그건 좀 이상하지 않나요?"라고 물었다.

"이상하다니, 뭐가?"

"왜 제가 니쿠라 선생님 부부의 꿈을 이루어 드려야 하죠? 니쿠라 선생님은 걸핏하면 루미와 할 수 없었던 걸 너랑은 할 수 있다고 하셨는데, 저는 두 분의 설욕전에 참가할 마음이 없었어요. 좀 더 자유롭게 노래하고 싶었고, 또 다른 꿈이 생기면 진로를 변경해도 상관없다고 생각했다고요."

루미가 사오리의 얼굴을 노려봤다.

"은혜도 모르고 잘도 그런 말을 하는구나."

그러자 사오리는 "알겠어요."라고 냉정한 표정으로 말했다.

"니쿠라 선생님께도 정식으로 말씀드릴게요. 사과도 드리고요. 아니면 혹시 아기를 지우기라도 하라는 건가요? 그런 짓은 절대 못 해요."

그리고 사오리가 스마트폰을 꺼내자 루미는 낭패한 표정을 지었다.

"뭘 하려는 거지?"

"니쿠라 선생님에게 전화하려고요. 솔직하게 다 말씀드릴 거예요."

"잠깐, 그건 안 돼."

루미가 스마트폰을 빼앗으려 했다. 니쿠라에게 그런 얘기를 하도록 놔둘 수는 없다고 생각했다. 자신이 어떻게든 수습

해야 한다.

"다시 생각해 봐. 부탁할게. 방법이 있을지 생각해 보자. 반드시 길이 있을 거야. 아기는 낳아도 돼. 엄마가 돼도 좋으니까, 그러니까 부탁할게. 노래만은 포기하지 말아 줘."

"이러지 마세요. 어쩔 수 없어서 포기하는 게 아니에요. 기쁜 마음으로 다른 길을 선택하는 거라고요. 당신들 꿈을 제게 강요하지 말아요. 너무 부담스럽고 기분 나빠요."

그 말에 루미가 벌떡 일어서며 눈을 치켜떴다.

"기분 나쁘다고? 어떻게 그런 말을……."

"그게 사실인 걸 어떡해요. 스토커에게 쫓기는 것 같아서 숨이 막힌다고요."

그 말에 루미는 이성의 끈을 놓치고 말았다. 부부가 힘을 합해 죽도록 애써 온 일을 스토커에 비유하다니.

"우릴 뭘로 아는 거야!"

온 힘을 다해 사오리를 밀쳤다. 그런데 구두 굽이 어딘가에 걸렸는지 사오리의 몸이 뒤로 반듯이 넘어갔다. 이어서 둔탁한 소리가 들렸다.

곧바로 일어날 줄 알았다. 그러면 이번에는 손으로 뺨을 한 대 갈기려고 몸을 굽혔다. 그럴 만큼 화가 많이 나 있었다.

그런데 사오리가 땅바닥에 큰대자로 누운 채 꼼짝하지 않았다. 사오리, 하고 부르며 얼굴을 들여다보니 눈을 어렴풋이 뜨고 있었다. 몸을 흔들어 봤지만 반응이 없었다. 설마, 하는 생각에 입가에 손을 대 봤다. 숨을 쉬지 않았다.

무슨 일이 벌어졌는지 순식간에 이해했다.

죽이고 말았다. 사오리를 죽이고 말았다.

머릿속이 새하얘지는가 싶더니 격렬한 혼란이 그녀를 덮쳤다. 뭘 어떻게 해야 할지 알 수 없었다. 정신을 차렸을 때 그녀는 그 자리에서 도망치고 있었다. 생각이 거의 정지된 가운데, 니쿠라에게 뭐라고 설명해야 할지, 그 걱정만 가득했다.

거리를 이리저리 배회하고 있자니 절망감이 더욱 커졌다. 자신은 경찰에 체포될 것이다. 니쿠라에게도 막대한 지장을 주게 된다. 무엇보다 그가 삶의 보람으로 여기는 애제자의 목숨을 빼앗은 일에 대해 변명할 도리가 없다.

죽음으로 사과하는 길밖에 없다고 생각했다. 어디서 어떻게 죽어야 할까. 투신자살이 가장 쉬울지도 모른다.

어디로 가면 높은 건물이 있을까, 하고 생각하는 차에 멀리서 구급차의 사이렌 소리가 들려왔다. 어쩌면 사오리의 사체가 발견되어 실려 가고 있는지도 모른다는 생각이 들었다. 지금쯤 그곳에서는 큰 소동이 벌어지고 있지 않을까.

그러다 아까 그 공원으로 발길이 향하고 있다는 걸 깨달았다. 범죄 드라마에서 흔히 보는 것처럼 경찰차가 집결한 장면이 머리에 떠올랐다. 경찰은 쉽게 범인을 알아낼 것이다. 그러기 전에 죽어야 한다고 루미는 생각했다.

그런데 공원 근처까지 다가가도 소란스러운 소리는 들리지 않았다. 물론 경찰차 같은 것도 보이지 않았다. 아까 그 사이렌 소리는 이 일과는 아무 상관이 없는 것이었을까.

사오리를 밀친 현장으로 조심스레 걸음을 옮겼다. 다리가 멈추지 않고 후들거렸다. 큰일을 저지르고 말았다는 생각에 숨이 가빠 왔다.

아까 그 자리에 사오리의 사체는 없었다. 위치를 착각했나 싶어 주위를 둘러봤지만 어디에도 사오리의 사체는 보이지 않았다.

다시 머리가 혼란스러워졌다. 대체 어찌 된 일일까. 사오리의 시신은 어디로 사라졌을까.

그때 지면을 훑고 있던 눈에 들어온 것은 반짝반짝 빛나는 물체였다. 루미는 그것을 주워 들었다. 나비 모양의 금색 집게 머리핀이었다. 사오리가 머리에 꽂고 있던 기억이 났다. 아까 그녀가 쓰러질 때 빠졌을 것이다.

혹시, 하고 생각했다. 사오리가 죽었다는 건 자신의 성급한 판단일 뿐 실은 그저 정신을 잃었던 것 아닐까. 그 후 의식이 돌아와 제 발로 사라진 것이다. 그렇지 않고 누군가에게 발견되었다면 경찰이 달려왔을 테니까.

생각하면 생각할수록 그것이 타당한 추론일 듯했다. 망설이던 끝에 루미는 사오리의 스마트폰으로 전화를 걸었다. 그녀가 받는다면 일단 폭력을 써서 미안하다고 사과하자고 마음먹었다.

그러나 사오리는 전화를 받지 않았다. 일부러 안 받는지 어떤지는 알 수 없었다.

루미는 개운치 않은 심정을 품은 채 집으로 돌아갔다. 내일도 사오리의 레슨이 예정되어 있다. 아마도 그녀는 나타나지 않을 것이고, 니쿠라는 불만을 표시하겠지만 그런 건 아무래도 상관없다. 지금은 무엇보다 사오리의 무사함을 확인하는 것이 우선이다.

그날 밤 니쿠라는 일 때문에 늦게 귀가했다. 사오리의 데뷔와 관련한 미팅을 하고 왔다면서 무척 기분이 좋았다. 그런 그를 보고 있자니 루미는 가슴이 아렸다. 사오리가 가수의 꿈을 포기했다는 말은 도저히 꺼낼 수가 없었다.

그러나 그런 고민 따위는 그다음에 벌어진 사태에 비하면 아무것도 아니었다. 밤늦게 나미키 유타로에게서 걸려 온 전화에 루미는 전율을 느꼈다. 전화를 끊은 니쿠라가 "사오리가 저녁때 나가서 안 돌아온다는군."이라고 말한 것이다.

그 순간 루미는 패닉에 빠졌다. 어떻게 대처해야 할지 전혀 생각이 떠오르지 않았다. 하지만 니쿠라는 루미의 그런 혼란스러운 모습이 단순히 사오리의 안전이 염려되기 때문이라고 받아들인 듯했다.

"걱정할 필요 없어. 무슨 일이 있었느냐는 듯이 나타날 텐데, 뭐."

그런 말로 루미를 안심시키려 했다.

그러나 그다음 날이 되어도 사오리는 돌아오지 않았다. 경찰의 본격적인 수사가 시작되었다.

루미는 그녀와의 사이에 무슨 일이 있었는지 말해야 한다고 생각했지만 도저히 입이 떨어지지 않았다. 사오리의 변심을 니쿠라에게 알리기도 괴로웠고, 자신이 저지른 짓을 숨기고 싶은 마음도 있었다. 사오리의 행방불명과 자신의 행동은 관계가 없을 것이라고 멋대로 결론짓기도 했다.

이렇게 해서 사오리는 실종되었다. 루미는 뭘 어떻게 해야 할지 알 수 없었다. 꿈과 목표를 잃은 남편의 모습을 보기가 괴로웠지만, 그날 밤의 일은 얘기하지 않는 편이 낫겠다고 생각해 계속 침묵했다.

그리고 3년이란 세월이 흘렀다. 시간이 흐르면서 루미는 세세한 기억을 잃어 갔다. 아니, 결코 잊은 것은 아니지만, 자신과 사오리 사이에 일어난 일이 현실이 아닌 것만 같았다. 꿈에서 본 광경을 사실로 착각하는 듯한, 그런 감각이었다.

그리고 반년쯤 전에 우려했던 일이 사실로 드러났다. 역시 사오리는 죽었던 것이다. 유해가 발견되었다. 그것도 시즈오카현의 작은 마을에 있는 오래된 집의 화재 현장에서. 정말 생각지도 못한 장소였다.

어찌 된 일인지 영문을 알 수 없었던 루미는 니쿠라와 함께 사건의 경위를 지켜보았다. 그리고 하스누마라는 남자가 체포되었다. 범인일 가능성이 높다고 했다.

루미는 그날 일을 돌이켜 보았다. 자신이 사오리를 밀치고 현장을 떠난 후 대체 무슨 일이 일어난 것인가.

그러나 자세한 사정은 무엇 하나 밝혀지지 않았다. 체포된 하스누마라는 남자가 줄곧 침묵을 지켰기 때문이었다. 결국 하스누마는 석방되었다. 그 사실을 알았을 때 니쿠라는 격노했다. 그는 하스누마를 자기 손으로 죽이고 싶다고 입버릇처럼 말했다.

루미는 참으로 기묘한 일이라고 생각했다. 경찰이 체포했을 정도라면 뚜렷한 증거가 있었을 것이다. 그런데 왜 석방되었을까.

얼마 후에 걸려 온 전화 한 통에 루미의 그런 의문은 완전히 전복되었다.

상대방은 "당신의 은인이야."라고 자신을 소개했다. 남자 목소리였다.

불쾌한 느낌에 루미는 전화를 끊으려 했지만, 그러기 전에 그는 "전화를 끊으면 댁의 입장이 난처해질걸. 나는 3년 전에 그쪽이 나미키 사오리에게 무슨 짓을 했는지 알고 있어." 라고 말했다. 그리고 "내 이름 정도는 들어 봤을 거야. 그쪽을 대신해서 살인범이라는 오명을 뒤집어쓰고 하마터면 교도소 신세를 질 뻔했던 하스누마 간이치야."라고 덧붙였다.

루미가 아무런 대답을 못 하자 쿡쿡, 하고 억지로 참는 듯한 하스누마의 웃음소리가 전화기를 타고 흘렀다.

"놀라는 것도 당연해. 그 사건은 이미 끝났다고 생각했을 테니까. 자신과 무관한 일로 마무리되었다고 말이야. 그런데 그게 아니지. 주역은 여전히 그쪽이야. 오히려 그쪽의 등장은 지금부터라고. 그것도 나미키 사오리를 살해한 범인이라는 주역으로 말이야. 나미키 사오리를 밀쳐서 즉사하게 했던 일을 설마 잊은 건 아니겠지? 내가 처음부터 끝까지 다 보고 있었다고. 그쪽이 도망치는 모습도. 하지만 나는 경찰에 신고하지 않았어. 대신 뭘 했을까? 시신을 운반했지. 그리고 아무도 찾아내지 못할 곳에 숨겼어. 그 덕분에 오늘까지 경찰이 그쪽을 찾지 않은 거야. 아니, 의심조차 하지 않았을 테지. 내가 입을 다물고 있었으니까 말이야. 이쯤 말했으면 이제 사정이 이해될 텐데."

"왜…… 시신을 숨긴 거죠?"

"아니, 뭐야? 그럼 숨기지 않는 편이 좋았단 말인가? 시신이 발견되고 경찰 수사가 시작되어서 살인범으로 체포됐으면 좋았겠다는 거야? 그렇다면 내가 괜한 짓을 했군. 하지만 나로서는 사업 기회를 놓칠 수 없었거든."

"사업……?"

"그래, 사업이지. 그게 아니면, 내가 단순히 선의에서 시신을 처리하고 시종일관 묵비권을 행사했을 것 같아? 세상에 그런 멍청이가 어디 있어. 돈이 될 것 같으니까 그렇게 한 거지."

상대의 말 한마디 한마디가 시커먼 덩어리가 되어 루미의 온몸에 달라붙는 듯한 느낌이었다. 그대로 깊은 어둠에 휩싸여 나락으로 떨어질 것만 같은 예감이 들었다.

"그러니까 걱정할 것 없어."

그녀의 절망감과는 대조적으로 하스누마는 즐겁다는 듯이 말했다.

"그쪽이 경찰에 체포되는 일은 없을 거야. 사건이 어둠 속에 묻힐 테니까 말이지. 앞으로도 유족이나 세상 사람들은 내가 나미키 사오리를 죽였다고 믿겠지. 물론 그쪽이 거래에 응했을 때의 얘기지만 말이야. 설마 거절하지는 않겠지?"

여기까지 들었을 때 루미는 마침내 하스누마의 목적을 이해했다.

"내가…… 어떻게 하면 되죠?"

후후, 하고 하스누마가 나지막이 웃었다.

"그건 아주 간단해."

두 번째 홍차를 다즐링으로 선택한 것은 강한 향을 맡으며 마음을 단단히 먹기 위해서였다. 우유도 레몬 조각도 넣지 않고 스트레이트로 향을 음미했다. 마지막 한 모금까지 다 마시고 찻잔을 내려놓았다.

"백만 엔을 요구하더군요."

루미가 말했다.

"제 명의로 은행 계좌를 만들어서 백만 엔을 입금한 후 현금 카드를 비밀 번호가 적힌 쪽지와 함께 우편으로 보내라고 했어요."

백만 엔, 하고 유가와가 되뇌었다.

"상당히 미묘한 액수군요. 이렇게 말씀드리기는 뭐하지만, 예상보다 적다고 생각지 않으셨나요?"

"맞아요. 천만 엔이나 2천만 엔, 어쩌면 억 단위를 요구할지도 모른다고 생각했어요."

"1억 엔을 요구했다면 어떠셨을까요?"

루미는 고개를 저었다.

"어쩔 줄 몰랐겠죠."

"남편분에게 의논을?"

"했을지도 모르죠. 아니면 체념하고 경찰에 출두했을지도요. 아니, 아닐 거예요. 어쩌면……."

루미는 잠시 숨을 멈췄다가 말을 이었다.

"자살했을지도 몰라요."

"그렇군요. 어느 쪽이든 하스누마에게는 득 될 게 없죠. 하지만 백만 엔이라면 얘기가 다를 겁니다. 자산가의 아내이니 그 정도라면 어렵지 않게 마련할 수 있을 거라고 생각하지 않았을까요? 협박당해서 당황한 와중에 일단 돈을 건네기로 마음먹을 거라고 내다본 거죠."

유가와의 말대로였다. 루미는 할 말이 없어 입을 다물고 고개를 수그렸다.

"그래서 요구에 응하신 거로군요."

네, 하고 루미는 갈라진 목소리로 힘없이 대답했다.

"두 번째 요구는요?"

"첫 번째 요구에서 약 한 달이 지난 후였어요. 역시 백만 엔이었죠."

"그 돈도 주셨죠?"

"네, 줬어요. 자수할 용기도 남편과 의논할 용기도 없어서 문제를 미루기만 한 거예요. 하지만 언제까지고 마냥 미룰 수만은 없다는 것도 알고 있었어요. 특히 하스누마가 기쿠노로 온 후로는 살아도 사는 게 아니었습니다."

"하스누마와는 늘 전화로 연락하셨나요? 직접 만난 적은……?"

유가와의 질문에 루미는 잠시 망설이다가 대답했다.

"……딱 한 번 있어요. 돈 이외의 것을 요구하더군요."

"돈 이외의 것이라면?"

그렇게 말하고 나서 유가와는 그게 뭔지 곧바로 깨달았다.

"알겠습니다. 그 점에 관해서는 자세히 묻지 않겠습니다."

고맙습니다, 라고 루미는 대답했다.

하스누마가 기쿠노에 오기 얼마 전의 일이다. 직접 만나서 할 얘기가 있다고 하기에 도쿄의 한 찻집에서 만났다.

"우리는 공범 관계니까 조금 더 사이좋게 지내야겠다 싶어서 말이지."

그렇게 말하는 하스누마의 목소리에도, 그리고 루미의 몸을 핥듯이 바라보는 시선에도 끈끈하게 달라붙는 듯한 느낌이 있었다.

"설마, 싫다고 하지는 않겠지?"

그로부터 약 한 시간 후, 어느 싸구려 호텔 방에서 루미는 이 세상 최악의 남자에게 몸을 맡겼다. 아무 생각도 하지 않으려고 애쓰면서 지옥 같은 시간이 지나가기만을 기다렸다.

도망치듯 하스누마와 헤어진 후 "나이에 비해서는 나쁘지 않군."이라던 그의 말이 언제까지고 루미의 귓속에서 맴돌았다. 다시금 죽음을 진지하게 생각했다.

"아까 교수님이 말씀하셨듯이 절망적인 심정에 빠져 있던 차에 집에 돌아온 남편이 뜻밖의 얘기를 했어요. 저는 도지마 사장의 계획을 듣고 오싹, 소름이 끼쳤죠. 하스누마가 진상을 폭로하면 저는 파멸이잖아요. 저뿐 아니라 남편의 인생도 망가지고 말 테고요. 제 태도가 이상하다는 걸 알아차렸는지 남편이 대체 왜 그러느냐고 묻더군요. 저는 주저했지만, 더는 숨길 수 없다고 판단하고 남편에게 모든 걸 고백했습니다."

47

신문을 이 구석 저 구석 샅샅이 훑었지만 찾는 기사는 보이지 않았다. 기쿠노시라는 조그만 마을에서 일어난 사건은 급속히 사람들의 기억에서 사라지고 있다는 걸 실감했다. 한때는 '살인 용의자 살인 사건'이라는 글귀가 인터넷상에 수없이 오르내렸던 것 같은데, 세상 사람들은 이렇듯 쉽게 싫증을 낸다.

그래서 다행이지, 하고 니쿠라는 생각했다. 더는 누구도 이 사건에 관심을 기울이지 않기를 그는 바랐다. 몰락한 음악가 하나가 애제자를 살해한 피의자에게 원한을 품은 끝에 결국 그 피의자를 죽음에 이르게 했다, 그렇게 귀결되면 그것으로 족하다.

그는 읽고 난 신문을 깔끔하게 접어 카펫이 깔린 바닥에 놓았다. 유치장에서 신문을 무료로 읽을 수 있는 것은 감사한 일이다.

벽에 기대어 앉은 채, 옆에 놓인 디지털 뮤직 플레이어를 집어 들었다. 루미가 넣어 준 것이다. 헤드폰을 끼고 전원을 켜며 입구 쪽을 보았다. 불투명한 가림막 덕에 앉아 있으면 누구와도 눈이 마주치지 않는다. 두 평 남짓한 이 공간에는 니쿠라 혼자 있다. 다른 범죄자들과 같이 지내는 생활을 각오한 터라 다행이라는 생각이 든다.

귀에 익은 곡이 흘러나왔다. 'I will always love you'. 원래는 컨트리 뮤직이었는데 휘트니 휴스턴이 영화 '보디가드'의 주제가로 불러 세계적으로 크게 히트했다.

그러나 지금 니쿠라가 듣고 있는 것은 루미가 부른 버전이다. 그녀가 아직 이십 대이던 시절에 녹음했다.

아름답고 투명하며 풍부하게 뻗어 나가는 소리. 사오리는 천재였지만, 루미도 그에 못지않았다. 그녀가 재능을 꽃피우지 못한 것은 자신의 역량이 부족했던 탓이라고 니쿠라는 지금도 생각한다.

눈을 감았다. 루미와 함께 음악의 길을 추구하려고 노력했던 시절을 떠올리려고 했다. 그러나 되살아나는 것은 역시 그날의 일뿐이다. 사오리의 죽음에 얽힌 진상을 들었던 그날 말이다.

루미가 눈물을 흘리며 하는 말을 들으면서 니쿠라는 묘한 감각에 빠졌다. 조금 떨어진 곳에 또 하나의 자신이 있어서 이 상황, 즉 지금까지 아무것도 모르고 태평했던 남편이 아내에게 충격적인 고백을 듣는 상황을 객관적으로 바라보고 있는 듯한 감각이었다. 머리 한구석으로는 인격 장애가 이런 것일까 하는 생각도 들었다.

나중에 돌이켜 보니 너무나 충격적이어서 정신이 상황을 미처 따라가지 못했던 것 같기도 했다.

그만큼 루미의 얘기는 믿기지 않았고 받아들이기도 어려웠다. 들으면서 그는 간간이 현기증을 느꼈다. 지금 이 얘기는 전부 엉터리고, 아내가 자신을 놀라게 하려고 지어냈을 뿐이라고 생각하고 싶었지만, 오열하는 아내의 모습이 연기로는 보이지 않았다.

얘기를 모두 듣고 난 후에도 한동안은 말이 나오지 않았다. 세상이 뒤집혀 캄캄한 어둠 속으로 떨어지는 듯한 감각만이 남아 있었다.

루미는 가느다란 목소리로 미안해요, 미안해요, 를 되풀이하며 울었다. 그 모습을 망연히 바라보는 자신, 그런 자신을 보는 또 하나의 자신이 있었다.

"왜 그런 짓을……."

간신히 입을 열었지만 입에서 나온 말은 그런 얼빠진 질문이었다. 왜냐고? 거기에 관해 지금까지 루미가 열심히 설명하지 않았나. 사오리가 가수의 길을 포기하는 것을 말리고 싶어서 그랬다고. 사오리를 세계적인 가수로 성장시키는 일이 자신들의, 아니 사랑하는 남편의 애달픈 소원이자 삶의 보람이라고 여겼기 때문이라고.

여보, 하며 루미가 고개를 들었다. 눈이 충혈되어 있고 그 주위는 벌겋게 부어 있었다. 빨은 눈물로 번들거린다.

"나, 어째야 좋을까? 역시 자수하는 게 나을까?"

그래야 한다고 생각했지만 말이 되어 나오지 않았다. 사오리를 살해한 죄로 루미가 체포된다……, 그 사실을 도저히 받아들일 수 없을 것 같았다. 범인은 하스누마 간이치가 아닌가. 세상은 그 남자를 범인으로 알고 있다. 범인인데 벌을 받지 않으니 모두가 힘을 합해 천벌을 내리려고 하는 것이다.

그렇게 생각한 순간 니쿠라의 머릿속에 한 가지 구상이 떠올랐다.

나미키 유타로는 액체 질소를 사용해 하스누마로 하여금 진상을 털어놓게 하려고 한다. 그런 그를 저지하고 대신 자신이 하스누마를 죽이면 되지 않겠는가. 예상 밖의 전개에 나미키를 비롯한 사람들은 놀랄 것이다. 그러나 어떻게든 자신의 손으로 복수하고 싶었다고 말하면 이해해 줄 것 같았다.

또한 하스누마가 죽지 않거나 나미키의 위협에 굴하지 않고 진상을 털어놓지 않을 경우, 루미는 앞으로도 계속 협박을 받게 된다. 언젠가는 처리해야 하는 문제인 것이다.

만일 경찰에게 범행이 발각된다 해도 어쩔 수 없다고 생각했다. 이 일로 체포되는 건 상관없다. 세간에서도 아마 동정해 줄 것이다. 그러나 루미가 사오리를 죽게 했다는 사실만은 어떻게든 끝까지 숨겨야 한다.

귓속에서 루미가 노래하고 있다. 'I will always love you'. 언제까지나 당신을 사랑하리. 그것은 아내에 대한 니쿠라의 마음이기도 하다.

무슨 수를 써서라도 루미를 지키겠다고 니쿠라는 결심했다.

48

"도지마 씨가 제 남편에게 들려준 계획은 다수의 사람이 조금씩 범행에 가담한다는, 아주 복잡한 것이었어요. 그런데 감금 상태의 하스누마를 심문하는 사람은 나미키 씨 혼자라고 했다는 거예요. 남편은 무슨 수를 쓰든 그 역할을 나미키 씨 대신 자신이 맡아야 한다고 생각했어요."

거기까지 얘기했을 때 루미는 유가와의 찻잔이 비었다는

걸 알았다.

"홍차, 더 드릴까요?"

그녀가 이렇게 물을 수 있는 것은 각오를 하고 나니 마음에 약간의 여유가 생겼기 때문인지도 몰랐다.

"아니요, 괜찮습니다."

유가와는 손을 살랑살랑 저었다.

"얘기를 계속하시죠."

네, 하고 루미는 다시 등을 쭉 폈다.

"그래서 생각해 낸 방법이 바로 아까 교수님이 말씀하신 대로예요. '나미키야'에서 식사하던 손님이 갑자기 몸이 안 좋다고 하면서 병원에 데려다 달라고 부탁하면 나미키 씨로서는 모른 척할 수 없지 않을까 하고 생각한 거죠."

"야마다 씨의 등장이로군요."

유가와가 눈을 빛냈다.

"누굽니까?"

"실은 저희도 본명을 몰라요."

"네에?"

안경 속 유가와의 눈이 동그래졌다.

"가족 대행업체에 의뢰했거든요."

유가와가 미간을 찡그렸다.

"그게 뭡니까?"

"렌털 가족이라는 말을 사용하는 업자도 있다고 해요. 간단히 말하자면 의뢰하는 사람의 희망에 따라 가족 행세를 하는 배우를 파견하는 업체예요. 예를 들어 사정이 있어 애인에게 진짜 부모를 소개할 수 없을 때 금실 좋은 부부인 척하는 남녀가 와 준다든가 하는 거죠."

"그런 업체가……, 놀랍군요."

"가족뿐 아니라, 일하다 실수를 저질러서 거래처에 사과하러 갈 때 상사인 척하는 사람이라든가, 책 사인회에서 독자인 척 줄 서는 사람 등등, 이런저런 연기를 해 줄 사람을 파견해 준답니다."

"야마다 씨도 그런 업체의 배우였다는 말씀이군요."

"네. 기쿠노 상점가에 있는 가맹점의 위기 관리 능력을 불시 점검하는 것이라고 설명했어요."

"아하, 궁리를 많이 하셨군요."

"계획은 예상했던 것 이상으로 순조롭게 진행되었어요. 남편이 하스누마의 숙소로 가 보니 그는 자고 있었답니다. 시끄러운 소리를 내고 큰 소리로 불러서 깨웠다는 말은 물론 거짓말이에요. 남편은 곧바로 액체 질소를 부었죠. 남편 말에 따르면 액체 질소의 위력이 상상을 초월했다더군요. 방 안에서 아무 소리도, 신음 소리조차 들려오지 않았고, 액체 질소를 다 주입하고 나서 문을 열어 보니 이미 심폐 정지 상태였답니다."

"잠든 상태에서 액체 질소를 흡입했으니 눈을 뜰 겨를조차 없었겠죠."

루미는 심호흡을 했다. 상쾌한 기분마저 느꼈다.

"제가 드릴 수 있는 말씀은 여기까지입니다. 죄송해요, 두서없이 얘기해서."

"아닙니다. 충분히 이해했습니다."

"경찰에 가서는 조금 더 요령 있게 얘기할 수 있었으면 좋겠는데……. 남편이 얼마나 저를 배려했는지도요."

유가와의 얼굴에 그늘이 드리웠다.

"자수할 생각이신가요?"

"그걸 권하러 오신 거 아니에요?"

"아니요, 아닙니다."

유가와가 뜻밖에 강경한 어조로 말하며 고개를 저었다.

"저는 형사가 아닙니다. 루미 씨에게 어떤 진술을 요구할 입장이 아니에요. 처음에 말씀드렸다시피 니쿠라 씨 부부께 불리한 얘기를 하려는 게 아닙니다. 선택지가 있다고 했잖습니까."

"지금까지 제가 드린 말씀을 경찰에는……."

"제 쪽에서 굳이 얘기할 마음은 없습니다. 그리고 제가 얘기하지 않는 한 그들이 진상에 접근하기는 상당히 어렵지 않을까 싶습니다. 저만의 생각일지도 모르지만요."

"비밀을 지켜 주시겠다는 말씀인가요?"

"아는 사람들이 줄줄이 교도소에 가는 건 저로서도 괴로운 일입니다. 게다가 지금 이대로도 니쿠라 씨는 상해 치사죄로 3년 이상의 실형을 면치 못할 겁니다. 죽은 사람이 그런 놈이라고 생각하면 그걸로 충분하다는 마음이 있는 것도 사실입니다."

그리고, 하며 유가와는 시선을 먼 곳으로 향했다.

"제게는 쓰디쓴 경험이 있습니다. 이번과 비슷한 일이 있었어요. 사랑하는 여자를 위해 모든 죄를 짊어지려고 한 남자가 있었는데, 제가 진상을 폭로하는 바람에 그 여자는 양심의 가책을 견디지 못했고, 결과적으로 남자의 헌신은 물거품이 되고 말았습니다. 같은 일을 더는 되풀이하고 싶지 않다는 생각이 들어요."

심각한 표정으로 거기까지 말한 후 유가와는 자조적으로 웃으며 고개를 저었다.

"그럼 대체 뭐 때문에 왔는지 궁금하실 것 같군요. 자수를 권할 마음이 없다면 굳이 진상을 확인할 필요도 없는데 말이죠. 모든 걸 가슴에 묻으면 그만 아닙니까. 하지만 루미 씨 자신도 모르는 아주 중대한 사실을 저만 알고 있다면 너무 부조리하지 않겠습니까."

유가와의 말을 이해하지 못한 루미는 눈썹을 살짝 찡그리며 고개를 갸웃했다.

"어떤 사실인데요?"

"그걸 얘기하기 전에 묻고 싶은 것이 있습니다. 조금 전 루미 씨의 얘기에 사오리 씨의 머리핀이 등장했죠? 금색의……."

"나비 모양의 집게 머리핀 말인가요?"

"맞습니다. 사오리 씨가 쓰러진 장소에 떨어져 있었다고 하셨는데, 혹시 지금 갖고 계신가요?"

"네, 있어요."

"잠깐 보여 주실 수 있을까요?"

"머리핀을……요?"

네, 하고 유가와가 대답했다.

루미는 영문을 몰라 어리둥절했지만 잠깐 기다리라고 말하고 일어서서 부부 침실로 갔다.

옷장 맨 아래 서랍을 연 그녀는 안에 들어 있는 조그만 상자를 꺼냈다. 지난 3년 동안 한 번도 열어 본 적 없는 상자였다. 어떻게 처리하면 좋을지 몰랐지만 버린다는 생각은 해 본 적이 없었다.

상자를 가지고 거실로 돌아왔다. 여기 있습니다, 하며 유가와에게 건네던 그녀는 움찔하고 말았다. 유가와가 하얀 장갑을 끼고 있었기 때문이다.

"한번 보겠습니다."

유가와가 상자 뚜껑을 열고 안에서 머리핀을 꺼냈다. 반짝이는 금빛이 3년 전과 조금도 달라지지 않았다.

그는 머리핀을 꼼꼼히 관찰한 후 도로 상자에 넣고 뚜껑을 닫았다. 그리고 장갑을 벗으면서 만족스러운 표정으로 루미를 바라보았다.

"역시 제 생각대로군요."

"뭐가요?"

"루미 씨는 제게 사실을 있는 그대로 말씀하셨습니다. 거짓말이라고는 한마디도 없었어요."

"네, 이런 상황에서 거짓말을 할 수는 없죠."

"하지만 루미 씨가 사실이라고 여기는 것이 반드시 진실이란 법은 없습니다. 그걸 모르고서는 운명의 선택도 있을 수 없죠."

그리고 유가와는 벗은 장갑을 테이블에 놓은 후 무테 안경을 손가락으로 살짝 밀어 올리고는 루미를 똑바로 바라보았다.

"진실을 말씀드리죠. 제가 추리한 진실입니다."

49

문을 열었을 때 유가와는 카운터석 맨 끝자리에서 백발의 지배인과 뭔가 얘기를 나누고 있었다. 두 사람은 동시에 구사나기 쪽을 돌아보았다.

"어서 오세요."

지배인이 인사했다.

다른 손님이라고는 테이블석에 커플이 하나 있을 뿐이다. 구사나기는 곧장 카운터 쪽으로 걸어가 유가와 옆 자리에 앉았다. 그리고 지배인에게 "와일드 터키, 온더록스로요."라고 주문했다.

"축배?"

유가와가 물었다.

"홧술은 아니었으면 좋겠는데."

"그 중간이야."

구사나기는 들고 온 쇼핑백에서 기다란 꾸러미를 꺼내 유가와 앞에 놓았다.

"일단 이것부터 받아."

"뭐지? 모양으로 봐서는 와인 같은데……."

"몇 년 전에 주려다 못 준 와인이야."

"'오퍼스 원'? 오, 그렇다면 사양하지 않고 받지."

유가와는 와인을 들어 옆에 놓여 있던 가방에 밀어 넣었다.

온더록스 잔이 구사나기 앞에 놓이자 구사나기는 잔을 집어 들었다. 유가와도 자신의 텀블러를 들어 구사나기의 잔에 짜랑, 하고 부딪쳤다.

구사나기는 버번 온더록스를 한 모금 마셨다. 강한 자극이 혀에서 목을 타고 넘어간다. 특유의 향이 코로 뿜어져 나왔다.

"니쿠라 나오키가 진술을 번복했어."

"그렇군. 어떻게?"

"놀라지 않는군."

"놀랄 걸 그랬나?"

흥, 하고 구사나기는 콧방귀를 뀌었다.

"어제 니쿠라 집을 감시하던 수사관에게서 문자가 들어왔어. 제목이 '손님 방문'이더라고. 보내온 영상을 보니 자네 모습이 찍혀 있는 거야. 한 시간 넘도록 길게 이야기를 나눈 모양이던데? 그러고서 오늘 아침에 니쿠라 루미가 기쿠노 서로 면회를 왔어. 5분이라도 좋으니까 남편과 단둘이 대화를 나누고 싶다고 하더군. 원래는 유치계가 입회해야 하지만 니쿠라는 이미 모든 걸 자백한 용의자이니 서장과 의논해서 특별히 허락하기로 했어. 그러니 접견실에서 둘이 무슨 얘기를 나눴는지는 알 수 없었지. 그런데 그 후에 있었던 취조에서 니쿠라 나오키가 느닷없이 지금까지 진술한 내용이 모두 거짓이라고 말한 거야. 실수로 하스누마를 죽인 게 아니라 명백한 살의를 갖고 죽였다나. 어이가 없더군. 죽였다고 진술한 용의자가 죽일 마음은 없었다고 번복하는 경우는 많아도 그 반대 경우는 들어 본 적이 없어."

"살해 동기가 뭐래?"

"아내를 지키기 위해서였다는 거야. 자세한 내용은 자기 아내에게 들으라더군."

"그래서, 들었어?"

"물론이지. 그 즉시 니쿠라 루미를 서로 호출했어. 그녀는 침착하더군. 니쿠라가 진술을 번복했다고 알려 주자 슬픈 표정을 짓더니 이내 각오했다는 듯이 얘기를 시작했어. 설명이 어찌나 논리 정연한지 아주 놀랍더라니까. 그 내용은 더욱더 놀라웠고."

니쿠라 루미가 들려준 얘기는 지금까지 그려 온 사건의 구도를 완전히 뒤집는 것이었다. 나미키 사오리 변사 사건만 해도 그 진상이 구사나기를 비롯한 수사관들의 상상과는 거리가 멀었다.

그러나 그 내용에는 모순이나 어긋남이 없었다. 오히려 수사관들이 막연하게 품었던 의문이 그녀의 설명으로 모두 해결되었다.

내 참, 하며 구사나기가 술잔을 들었다.

"지난 몇 달 동안 우리가 대체 뭘 쫓아다녔나 싶어 허망해지더군. 아까 축배와 홧술의 중간이라고 말했던 건 그 때문이야. 이걸로 사건은 해결되겠지. 하지만 승리했다는 감각은 전혀 없어. 이쪽의 작전은 완전히 빗나갔는데 적의 자책골로 승리가 굴러 들어온 느낌이야."

"상관없잖아? 이긴 건 이긴 거니까."

"그게 아니지. 아직 우리 사이에 해결해야 할 일이 남아 있다고. 왜 지금 단계에서 니쿠라 부부가 사실을 털어놓을 마음이 생겼나, 그 의문에 대해서 말이야. 오늘 아침 면회에 중요한 의미가 있는 건 확실한데, 무슨 얘기를 주고받았는지에 관해서는 부부가 둘 다 프라이버시라면서 입도 벙긋하지 않으니, 원."

그래서 말인데, 하며 구사나기는 유가와를 향해 돌아앉았다.

"자네에게 묻는 도리밖에 없겠다고 생각했어. 니쿠라 루미는 무슨 말을 하려고 남편에게 갔던 것인가. 니쿠라는 아내에게 무슨 말을 들었기에 진술을 번복하겠다고 마음을 먹었는가. 자네는 알지? 아니, 아는 정도가 아니라 하나부터 열까지 전부 자네가 꾸몄을 거야. 자네가 그 부부의 마음을 움직인 거지? 그렇지?"

그러나 유가와는 잔을 기울여 술을 한 모금 마신 후 고개를 저었다.

"아니야."

"거짓말."

"거짓말이 아니야. 어제 니쿠라 부인을 만나서 사건의 진상에 관한 내 추리를 피력한 건 사실이야. 하지만 그건 그들을 성토하기 위해서도, 자수를 권유하기 위해서도 아니었어. 그들 자신도 모르고 있을 진실을 알리기 위해서였지."

"진실이라니, 무슨 진실?"

"나미키 사오리 씨의 죽음에 관한 진실이야."

유가와의 말에 구사나기가 입술을 일그러뜨렸다.

"그건 니쿠라 루미의 진술이 진실 아니야?"

"그녀는 자신이 알고 있는 내용을 얘기했을 뿐이야. 그게 전부 사실이라는 보장은 없지."

아무래도 흘려들을 얘기가 아닌 듯했다. 구사나기는 주위를 둘러보았다.

"장소를 바꿀까?"

"아니. 여기도 괜찮아. 들을 사람도 없는걸."

그러자 구사나기가 유가와 쪽으로 얼굴을 들이댔다.

"그럼 어서 말해 봐."

문제는, 하고 유가와가 말을 꺼냈다.

"출혈이 언제 있었느냐는 점이야."

"출혈이라니?"

"자네들이 하스누마의 체포를 감행한 건 놈이 예전에 일하던 직장의 작업복에서 사오리 씨의 혈액이 검출되었기 때문이잖아. 두개골 함몰이라는 중상이었다면 대량의 출혈이 있었을 테고, 그렇다면 현장에 흔적이 남아 있어야 하지. 사오리 씨가 실종된 다음 날 지역 경찰은 상당히 넓은 범위를 수색했어. 지면에 혈흔이 남아 있었다면 반드시 문제 삼았겠지. 우쓰미 군에게 그때의 자료를 확인해 달라고 부탁했는데, 문제의 공원을 수색한 기록은 있지만 혈흔이 발견되었다는 보고는 없었대. 그리고 루미 씨의 말에 따르면 사오리 씨를 죽게 한 충격으로 일단 현장을 떠났다가 다시 돌아왔는데, 머리핀을 발견하기 전까지는 정확한 장소를 알 수 없었다는 거야. 이런 정보들이 지면에 혈흔이 없었다는 사실을 말해 주는 거 아니겠어?"

"혈흔이 없었다. 즉 그 시점에는……."

구사나기는 유가와가 하고 싶은 말이 뭔지 알 것 같았다.

"하스누마가 사오리 씨의 시신을 옮긴 시점에는 아직 출혈이 없었다는 뜻이야?"

"자네는 방금 시신이라고 말했지만, 과연 그랬을까?"

"사오리 씨는 그때까지 죽지 않았다, 숨이 붙어 있었다……, 그럴 가능성이 있었다고 말하고 싶은 모양이군."

"나는 가능성이 높다고 봐. 지면에 부딪혀서 즉사하는 경우도 있긴 하겠지만 그리 흔한 일은 아니지. 두개골 함몰도 그래. 인간의 두개골이 과연 그렇게 약할까? 루미 씨는 사오리 씨가 숨을 쉬지 않았다고 했지만 그것도 너무 놀라서 착각한 것일 수도 있고."

"그렇다면 사오리 씨를 실제로 죽인 사람은……."

"하스누마도 처음에는 사오리 씨가 죽은 줄 알았을 거야. 그런데 운반하던 도중 사오리 씨의 의식이 돌아왔다면 어땠을까. 모처럼의 계획이 수포로 돌아가면 어쩌나 싶었겠지. 일이 시끄러워지는 것도 문제고."

"그래서 후두부에 일격을 가해 숨을 끊었다, 그런 얘기군. 피는 그때 흘린 거고."

구사나기가 말했다.

"있을 수 있는 일 아닌가?"

"있을 수 있는 정도가 아니라……, 아니, 이거 얘기가 어떻게 돌아가는 거야."

구사나기는 체온이 올라가는 느낌이었다.

"내가 루미 씨의 변호인이라면 증거물로 머리핀을 내놓겠어."

"머리핀이라니?"

"현장에 떨어져 있던 금색 머리핀 말이야. 쓰러질 때 이미 출혈이 있었다면 그 머리핀에 혈액이 묻었을 거야. 분석 결과 혈액이 검출되지 않는다면 치명상은 제삼자가 입혔다고 주장할 수 있겠지."

"헉, 그런 거야?"

구사나기는 얼른 시계를 보았다. 아직 12시가 되기 전이다.

안주머니에서 스마트폰을 꺼내며 일어서려는 그를 유가와가 붙들어서 도로 앉혔다.

"이 시간에 부하 직원들을 출동시키려고? 아서, 쉬는 시간도 좀 있어야지. 머리핀은 도망가지 않아. 루미 씨가 소중히 보관하고 있으니 안심하라고."

하긴 맞는 말이다 싶어 구사나기는 다시 의자에 등을 기대고 앉았다. 잔에 남아 있던 버번을 마저 들이켜고 지배인에게 한 잔 더 주문했다.

"아까 자네가 했던 말, 그러니까 니쿠라 부부도 모른다는 진실이 그거야?"

그래, 하면서 유가와는 고개를 끄덕였다.

"자신들이 한 일을 고백하건 말건, 그건 그들이 스스로 결정하면 될 일이야. 하지만 진실을 모른 채 결정하는 건 의미가 없지. 그래서 가르쳐 줬어."

"니쿠라 루미는 남편과 의논해야겠다고 생각한 거군. 그래서 오늘 아침에 면회를……."

"루미 씨가 상당히 고민하더라고. 지금 이대로 가면 남편의 죄는 상해 치사에 그치지만, 진실을 털어놓으면 살인죄가 되니까. 루미 씨 자신도 죗값을 치러야 할 테고 말이야. 하지만 침묵하면 하스누마가 한 짓이 영원히 어둠 속에 묻히게 되는 거야. 그리고 무엇보다 자신들도 정당한 벌을 받아야 한다고 생각하는 것 같았어."

"최후의 최후까지 와서 그 두 사람이 침묵을 깬 거군."

새로운 잔이 구사나기 앞에 놓였다. 손가락 끝으로 잔 속의 얼음을 튕기자 카랑! 하는 소리가 울렸다.

50

입구에 포렴을 내건 뒤, '준비 중'으로 되어 있는 팻말을 뒤집어 '영업 중'으로 바꿨다. 그것만으로도 나쓰미는 뭔가 큰 일을 해낸 듯한 기분이 들었다.

"어머, 오늘부터 다시 여나 보지?"

등 뒤에서 여자 목소리가 들렸다. 돌아보니 근처에 있는 두부 가게 아주머니다. 짙은 보라색 카디건이 동글동글한 몸에 조금 끼어 보인다.

"네, 앞으로도 잘 부탁드려요."

"힘내. 응원할 테니까."

아주머니가 다정하게 미소를 지었다.

"조만간 밥 먹으러 올게."

"감사합니다. 기다릴게요."

나쓰미는 가슴 앞에 두 손을 모으고 고개를 숙였다.

아주머니가 "그럼, 또 봐." 하고 멀어져 갔다. 그 뒷모습을 바라보며 나쓰미는 후, 숨을 내쉬었다. 안도의 한숨이다.

요즘 유타로가 임의 동행으로 몇 번이나 경찰에 불려 가는 바람에 최근 '나미키야'는 휴업이 계속되었다. 한때는 이대로 가게를 접어야 하나 싶어 걱정스럽기도 했다. 주인이 체포되어 교도소에 들어가게 되면 가게를 운영하는 건 불가능하다.

유타로에게 적용된 혐의는 살인 공동 정범과 살인 예비죄였다. 전자에 관해서는 유타로가 니쿠라의 행위를 사전에 예상할 수 없었다는 이유로 혐의를 벗었다. 남은 것은 살인 예비죄다.

결과적으로 하스누마 살해에 사용된 액체 질소는 유타로가 도지마에게 부탁해서 준비한 것이었다. 그는 그걸 사용해서 하스누마를 협박할 생각이었다. 단, 살해까지 하기로 결정한 것은 아니었다. 그건 하스누마의 얘기를 듣고 나서 판단하자고 생각했다.

문제는 이 같은 주장이 과연 통할까 하는 것이었다. 경찰은 실제로는 하스누마가 사오리를 살해했다고 단정하고, 죽이기 전에 본인의 입으로 그 사실을 듣고 싶었을 뿐이 아닌가 의심하고 있었다.

이에 대해 유타로는 취조관에게 다음과 같이 말했다고 한다.

"그렇게 생각한대도 어쩔 수 없죠. 하지만 액체 질소를 도지마에게 부탁한 시점에는 그를 어떻게 할지 정말로 정하지 않은 상태였습니다. 사람을 죽이는 끔찍한 짓을 제가 할 수 있을지 어떨지 저도 모르겠더군요. 하지만 그놈이…… 하스누마가 사오리를 어떻게 죽였는지 듣게 된다면, 어쩌면 그럴 마음이 생길지도 모른다, 그렇게 되면 어떻게 할지는 그때 가서 결정하자……, 그런 식으로 생각했습니다."

다른 사람에게는 어떻게 들릴지 모르겠지만, 나쓰미는 아빠가 거짓말을 하지 않았다고 확신했다. 원래 소심하고 온화한 사람이다. 딸을 죽였을 것이 분명한 남자가 근방에 있는데도 부엌칼을 들고 쫓아가지 못하는 자신의 나약함을 오히려 답답하게 여겼을 것이다.

그런데 그런 정황이 취조관에게도 전해진 듯했다. 일단 살인 예비죄로 검찰에 송치되는 일은 보류된 것이다. 그래서 '나미키야'도 오랜만에 다시 문을 열게 되었다.

들리는 얘기로는 도지마도 크게 처벌되지는 않고 마무리될 듯했다. 그는 어디까지나 유타로를 거들려고 했을 뿐, 니쿠라를 위해 액체 질소를 준비한 것이 아니었다. 문제는 헬륨 봄베를 사용해 알리바이를 조작한 것인데, 계획의 전말을 모른 채 저지른 일이라 그 역시 크게 처벌받지 않을 전망이라고 했다.

가게 문을 다시 열었다는 소식이 도지마의 귀에 들어가면 언젠가 그도 찾아올 것이다. 그때는 무슨 일이 있었느냐는 듯한 얼굴로 나타날지 모른다. 전처럼 호방하고 대범한 그의 태도를 나쓰미는 빨리 보고 싶었다.

그렇다고는 해도 정말 큰 사건이었다.

니쿠라 나오키의 자백에 이어 놀라운 얘기들이 줄줄이 날아드는 바람에 대체 뭐가 어떻게 된 일인지, 무엇이 사실이고 무엇이 거짓인지 한동안 정신을 차릴 수 없었다.

나중에서야 유타로는 나쓰미와 마치코에게 사실을 얘기해주었다. 마치코는 어느 정도 알고 있었던 눈치였지만, 계획의 전모를 듣지는 못한 듯했다.

액체 질소를 사용해 하스누마를 협박하여 진상을 자백하도록 한다……, 정말 놀라 까무러칠 만한 계획이었다. 그보다 더 놀라운 것은 트릭의 내용이었다. 그날의 퍼레이드에서 그런 일이 벌어지고 있었다니.

계획을 처음 제안한 사람은 유타로이니 마침내 유타로가 경찰에 불려 갔을 때는 이것으로 사건이 마무리되나 보다고 생각했다.

그런데 그게 아니었다. 마무리는커녕, 생각지도 못한 방향으로 일이 굴러갔다.

우선 사건과는 무관한 것으로 여겨졌던 니쿠라 루미가 체포되었다. 그 후에 발표된 니쿠라 부부의 진술 내용에 나쓰미는 경악했다. 니쿠라가 하스누마를 의도적으로 살해했으며 그 동기는 루미가 협박받고 있었기 때문이라는 것이다. 게다가 그 협박의 내용은 사오리의 죽음과 관련된 것이라고 했다.

믿기지 않았다. 그 온순해 보이던 니쿠라 루미가 사오리를 죽였다니. 하지만 그것이 사실이 아니라면 협박당할 리 없었다.

혼란스러운 가운데 나미키 가족은 잠 못 이루는 나날을 보냈다. 그러던 어느 날 구사나기가 그들을 찾아왔다.

"경찰로서는 이러는 게 규칙 위반이지만, 재판이 끝날 때까지 기다리시라고 하는 것도 여러분께 너무 가혹하다는 생각이 들어서요."

지금부터 자신이 하는 얘기는 절대 외부에 발설하지 말라고 전제한 다음 구사나기는 얘기를 시작했다. 니쿠라 부부의 진술을 간략히 정리한 내용부터 시작했다.

구사나기가 담담한 어조로 털어놓는 말이 나쓰미로서는 하나같이 의외의 내용이었다. 사오리가 가수가 되는 길을 단념했다는 사실에 우선 놀랐고, 그 이유가 다카가키 도모야의 아이를 가졌기 때문이라고 들었을 때는 자신의 귀를 의심했다. 부모님도 마찬가지였는지, 그게 정말이냐, 거짓말 아니냐고 몇 번이나 확인했다.

구사나기는 니쿠라 루미가 거짓말을 했다고는 생각하지 않는다고 대답했다.

그 후로도 구사나기는 수첩을 들여다보며 감정을 억누른 목소리로 사건의 경위를 설명했다. 격앙된 루미가 사오리를 밀치는 부분에서는 조금 빠른 말투로 흘리듯이 지나가기도 했다.

루미가 하스누마의 협박을 받기 시작한 부분까지 얘기한 후 구사나기의 보고는 니쿠라 나오키의 진술 내용으로 옮겨 갔다. 아내의 고백을 듣고 하스누마를 살해하기로 결심한 경위였다.

"이상이 현재까지의 수사로 판명된 내용입니다."

구사나기가 수첩을 덮었다.

"혹시 질문이 있으십니까?"

아무 생각도 떠오르지 않아 나쓰미는 부모님을 바라보았다. 두 사람 역시 구사나기의 얘기가 너무나 뜻밖이라 당장은 아무 생각도 나지 않는 듯했다.

"한 가지 덧붙이고 싶은 이야기가 있습니다."

구사나기가 다시 입을 열었다.

"오늘, 어느 증거물에 관한 분석 결과가 나왔습니다."

바로 머리핀입니다, 하고 그가 말했다. 그 머리핀에서 혈액이 검출되는 것이 어떤 의미가 있는지 설명한 후 그는 다음과 같이 말했다.

"결론부터 말씀드리자면, 혈액은 검출되지 않았습니다. 그러나 피지와 표피가 미량 검출되었고, DNA 감정을 실시한 결과 사오리 씨가 사용하던 머리핀이 틀림없는 것으로 판명되었습니다."

"그러니까, 니쿠라 루미 씨가 밀쳤을 때 사오리는 정신을 잃었을 뿐이고, 죽인 사람은 역시 하스누마라는 말씀인가요?"

"단정할 수는 없습니다."

구사나기가 신중한 말투로 대답했다.

"그러나 재판에서 변호인 측은 그럴 가능성을 주장하겠죠."

나쓰미에게 그 말은 구원이었다. 니쿠라 루미를 원망하고 싶지 않았기 때문이다.

구사나기가 돌아간 후 유타로는 "이걸로 마무리하자."라고 말했다.

"더 생각해 봐야 무슨 소용이 있겠어. 꼴사나운 푸념이 될 뿐이지. 나머지는 경찰과 검찰에 맡기고, 우리는 가게를 다시 여는 데 온 힘을 쏟자고. 알았지?"

마치코가 잠자코 고개를 끄덕여서 나쓰미도 알겠다고 말했다.

그날 일을 떠올리다가, 열심히 하자고 다짐하며 갓 세탁한 포렴을 쓰다듬었을 때였다.

옆에서 종종걸음으로 다가오는 인물이 시야에 들어왔다.

그쪽을 바라본 나쓰미는 살짝 놀랐다.

다카가키 도모야였다. 이게 얼마 만에 보는 것일까.

"예정대로 가게를 다시 여나 보군."

도모야가 포렴을 바라보며 말했다.

어제 나쓰미는 '잘하면 내일 다시 가게를 열 수 있을 것 같아요.' 라는 문자를 도모야에게 보냈다. 곧바로 '다행이에요. 힘내요.'라는 답신이 왔는데, 그 문장을 보고 나쓰미는 왠지 서먹함을 느꼈다.

"이제 가게에는 안 오실 줄 알았어요."

포렴을 바라보던 도모야가 나쓰미의 얼굴로 눈길을 돌렸다.

"왜?"

"그게……, 여기 오면 괴롭고 아픈 기억만 날 것 같아서요."

나쓰미의 대답에 도모야가 침통한 표정을 지으며 바닥으로 시선을 떨어뜨렸다.

"그야 그렇겠지. 앞으로 몇 년이 지나도 잊지 못할 거야. 자꾸자꾸 생각나겠지. 사오리가 살아 있었다면 어땠을까, 그녀가 낳은 아이는 어떻게 되어 있을까, 하고 말이야."

나쓰미가 화들짝 놀라며 도모야의 얼굴을 올려다보았다.

"그 얘기는 누구한테 들었어요?"

"며칠 전 경찰에 불려 갔을 때 물어보더라고. 사오리가 임신했던 사실을 알고 있었느냐고. 어찌나 놀랐던지. 전혀 들은 바 없었거든.”

“사건의 진상에 관해서는 알려 주던가요?”

“대충은.”

도모야는 고개를 끄덕였다.

“놀라웠어. 믿기지 않을 정도로.”

“그렇죠?”

“나쓰미도 들었어?”

“네, 수사 책임자라는 사람이 와서 이런저런 얘기를 해 줬어요.”

그렇군, 하고 도모야가 한숨 섞인 소리로 반응했다.

“솔직히 말하자면, 오늘 올까 말까 망설였어. 하지만 오늘 오지 않으면 내일은 더 오기 어렵겠더라고. 우리 집에서 역으로 가려면 이 집 앞을 지나는 게 제일 가까운 길이야. 그런데 이 가게를 피하면서 살아간다는 건 생각만 해도 가슴이 답답한 일이잖아. 그러느니 지금까지 하던 대로 이 앞을 지나면서 즐거운 추억을 더 늘리자고 생각했지.”

서늘한 눈빛으로 또박또박 말하는 도모야를 바라보며 나쓰미는 언니가 그를 사랑하게 된 이유를 새삼스럽게 이해했다. 이 사람이라면 설사 윤택하게 살지 못하더라도 즐겁고 긍정적으로 살아갈 수 있겠다고 생각하지 않았을까. 아이가 생겼다는 걸 알았을 때는 분명 날아오를 것같이 기뻐했을 것이다. 그 순간의 기쁨이 가수의 꿈을 저 멀리 날려 버린 것이다.

"왜?"

나쓰미가 아무 말이 없자 도모야는 의아하다는 듯이 물었다.

나쓰미는 고개를 저으며 "아무것도 아니에요."라고 말했다.

"고마워요. 자, 안으로 들어가죠."

도모야에게 자리를 안내한 후 주방을 향해 "오늘 첫 손님이에요."라고 외쳤다.

카운터 안쪽에서 유타로가 얼굴을 내비쳤다. 도모야를 보고 살짝 표정이 굳은 그가 홀 쪽으로 나왔다.

오랜만에 뵙습니다, 하고 도모야가 인사했다.

도모야 군, 하면서 유타로는 앞치마를 벗었다.

"자네에게도 폐를 끼쳤네."

"아닙니다, 폐라니, 무슨 말씀을……."

도모야가 손을 내저었다.

"숨기지 않아도 돼. 경찰에 여러 번 불려 갔지?"

"아, 그건……, 네. 하지만 그 정도는……. 액체 질소를 운반한 일에 관해 얘기했습니다."

유타로가 괴로운 표정으로 혀를 찼다.

"도지마 그놈이 부탁했다지? 나는 자네를 끌어들이고 싶지 않았는데 말이야."

"도지마 아저씨가 원한을 풀고 싶어 하는 사람들의 마음을 헤아리신 거죠. 만약 제게 그런 부탁을 하지 않으셨다면 나중에 내막을 알고 서운했을 겁니다."

"경찰에게 다 들었대요."

옆에서 나쓰미가 끼어들었다.

"언니가 임신했던 일까지요."

그렇군, 하고 유타로가 작은 소리로 대꾸했다.

"면목 없습니다. 먼저 결혼 얘기를 꺼낸 사람은 접니다. 물론 진심이었지만, 사오리의 운명을 완전히 뒤흔들고 말았어요. 그녀에게 매우 중요한 시기였으니 좀 더 신중하게 행동했어야 하는데……."

사오리에게 임신시킨 것을 후회하는 듯한 표정이었다.

"도모야 군, 고개를 들어요."

유타로가 차분히 말했다.

"나는 자네에게 고마워하고 있어. 물론 아이를 갖지 않았다면 사오리가 가수의 길을 포기하지 않았을지도 모르지. 죽지 않았을지도 모르고. 하지만 그 일과 그 녀석의 마음은 별개야. 그 녀석은 자네 아이를 잉태하고 엄마가 되는 것을 진심으로 기뻐했어. 그런 기분을 잠시나마 맛보았다고 생각하면 부모로서 더없이 다행스럽다네. ……그렇지?"

유타로가 뒤를 돌아보며 마치코의 동의를 구했다.

마치코는 눈가를 벌겋게 물들인 채 고개를 끄덕였다.

"우리는 도모야 씨를 조금도 원망하지 않아요. 그보다, 우리가 너무 한심하다는 생각이 들어. 임신했다는 걸 알았을 때 사오리는 기뻐하면서도 고민이 컸을 거야. 하지만 엄마인 나에게조차 선뜻 의논하지 못했어. 걱정을 끼치면 안 된다고 생각했겠지. 좀 더 의지할 수 있는 부모였어야 한다고 반성하고 있어요."

도모야는 대꾸할 말이 떠오르지 않는지 잠자코 서 있었다.

그때 드르륵, 미닫이문 열리는 소리가 났다. 나쓰미가 입구 쪽을 돌아보니 유가와가 들어오고 있었다.

모두의 시선이 쏠리자 유가와는 당황한 표정으로 나쓰미를 보았다.

"바쁜가 보군."

아니, 아니에요, 하며 나쓰미가 손을 내저었다.

"어서 오세요. 이쪽으로 와서 앉으세요."

"아니, 오늘은 그저 인사를 드리러 왔을 뿐이야."

그리고 유가와는 유타로를 향했다.

"이쪽에 있는 시설에서 하던 연구가 일단락되어서 당분간 가게에 들를 수 없을 것 같습니다. 그 말씀을 드리러 왔습니다."

어머, 그래요? 하는 소리가 나쓰미의 입에서 흘러나왔다.

"이거 아쉽게 되었군요."

유타로도 유감스럽다는 듯이 말했다.

“교수님과는 한번 느긋하게 말씀 나누고 싶었습니다. 여쭤보고 싶은 일이 많아서요.”

“그렇습니까? 언젠가 기회가 있겠죠.”

유가와는 모두와 인사를 나눈 후 가게를 떠났다.

“정말 알 수 없는 분이에요.”

도모야가 자리에 앉으며 말했다.

“그러게 말이야. 경찰과 무슨 관계가 있는지 끝내 알아내지 못했어.”

그렇게 말하고 나서 유타로는 마치코와 함께 주방으로 들어갔다.

나쓰미는 문을 열고 밖으로 나갔다. 저 멀리 걸어가는 유가와의 뒷모습을 발견하고 쫓아가서 “교수님!” 하고 불렀다.

유가와가 걸음을 멈추고 돌아보았다. 무슨 일이지, 하는 표정이다.

가르쳐 주세요, 하고 나쓰미가 말했다.

“교수님 정체가 뭐예요?”

“정체?”

유가와가 미간에 주름을 세웠다.

“그저 물리학자일 뿐이지.”

“거짓말. 탐정이죠?”

그러자 유가와가 흠칫 놀라는 얼굴로 몸을 뒤로 젖혔다.

"그게 무슨 소리야?"

"그렇잖아요. 교수님이 우리 '나미키야'에 나타나신 건 하스누마가 석방된 직후였어요. 그리고 사건이 해결되니까 이렇게 사라지시네요. 너무 절묘하지 않나요? 사람들이 그러는데, 이번 사건 해결에 틀림없이 교수님이 관여했을 거래요. 꼭 에르퀼 푸아로(애거사 크리스티 소설에 등장하는 탐정의 이름-옮긴이) 같다나요."

"그거 영광이군. 하지만 과대평가야."

"정말요?"

"연구가 일단락돼서 이 동네를 떠나게 된 건 정말 우연이야. 하지만 뭐, '나미키야'에 드나들게 된 건 우연만은 아니지."

"그게 무슨 말씀이에요?"

"도지마 사장과 같은 이유야."

"이유가 같다고요?"

"친구의 분한 마음을 풀어 주고 싶었어. '나미키야'에 다니면서 이 동네 사람들과 만나다 보면 뭔가 힌트가 손에 잡히지 않을까 싶었지."

"친구라면……, 혹시 경찰 관계자?"

유가와는 대답 대신 의미심장한 미소를 지으며 돌아서려고 했다.

"교수님, 꼭 다시 오실 거죠?"

잠시 생각하는 표정을 짓던 유가와는 "다음에 왔을 때도 최고로 맛있는 조림 요리를 먹게 해 준다면."이라고 대답했다.

나쓰미가 고개를 크게 끄덕거렸다.

"약속드려요."

물리학자는 빙그레 웃으며 집게손가락으로 안경을 살짝 밀어 올린 후 돌아서서 경쾌하게 걸음을 내디뎠다.